U0905489

知道点中国文学

余秋雨◎序
姜赞◎著

二十一世纪出版社
21st Century Publishing House

图书在版编目(CIP)数据

知道点中国文学 / 姜赟著.
—南昌:二十一世纪出版社,2006.8
(知道点丛书/丹飞主编)
ISBN 7-5391-3501-8

Ⅰ.知… Ⅱ.姜… Ⅲ.文学史—中国—通俗读物 Ⅳ.I209-49

中国版本图书馆 CIP 数据核字(2006)第 093717 号

知道点中国文学 姜赟/著

策　　划 张秋林
责任编辑 敖　德　林　云　杨年春
特约编辑 千　日　李耀辉
版式设计 金若龙设计室
出版发行 二十一世纪出版社(江西省南昌市子安路 75 号　330009)
www.21cccc.com　cc21@163.net
出 版 人 张秋林
经　　销 全国新华书店
印　　刷 三河市三佳印刷装订有限公司
版　　次 2006 年 8 月第 1 版　　2006 年 8 月第 1 次印刷
开　　本 710mm×1000mm　　1/16
字　　数 260 千字
印　　张 18.75
书　　号 ISBN 7-5391-3501-8/G·1736
定　　价 24.80 元

(如发现印装质量问题,请寄本社图书发行公司调换,服务热线:0791-6524997)

序

余秋雨

北京大学历史系、中文系的一批青年学者编了一套“知道点”丛书，邀我写序。我对丛书的名称有点好奇，一问，明白了他们的意思，就决定写了。

原来，这套丛书里每一本的标题，都以“知道点”开头，如《知道点中国历史》、《知道点中国文化》、《知道点世界文化》……落脚点都显得宏大，而着眼点却很谦虚，显出青年学者的俏皮。中外文化是万仞群峰，我们不应该畏其高峻而仓皇躲开，更不应该看了两眼而自以为已经了如指掌。我们所能做的，是尊敬地在山脚下仰视，勤快地在山道口打听，简单说来，也就是：知道点。

首先，不知道是可惜的。区区五尺之躯，不以文化群峰作为背景，只是一种无觉无明、平庸卑琐的生理存在。人凭文化与外界进行不同层次的沟通，并通过文化证明自己是谁，对此，即使文化程度不高的人也有一种荣辱感。记得去年中央电视台举办一次全国直播的青年艺术人才大奖赛，比赛中有一项文史知识测试，结果出乎意料，几亿观众对这一部分的关注远远超过比赛的主体项目，全国各省观众对于自己省派出的选手在艺术技能上的落败并不在乎，却无法容忍他们居然答不出那些文史知识的试题。由此可知，直到今天，很多中国人还是习惯于在文化上寻求自身尊严和群体尊严的，这很不错。

但是，紧接下来的问题是，又必须提防人们对于文史知识的沉溺。沉溺，看似深入，实则是一种以文化名义制造的灭顶之灾。中国明清之后一直有一批名人以引诱别人沉溺来谋生，很不道德。因此，必须在文化的群峰间标画一些简明的线路，在历史的大海中铺设一些浮标的缆索，使人们既领略山水之胜又不至于沉溺。这种做法用一种通俗用语来表述，就是不必知道得太多、太杂、太碎、太滥，只须“知道点”。

“知道点”，不是降低标准，而是提高标准。这就像线路的设定者一定比一般的逛山者更懂得山，缆索铺设者也一定比一般的游水者更熟识海。不仅更懂、更熟识，而且也更有人道精神，更有文化责任。

正是在这个意义上，我觉得北大青年学者们编写这套“知道点”丛书是一项有价值的事业。新世纪的公民不可能全然舍弃人类以前创造的文化历史背景，却又不能让以前的创造来阻断今天的创造，因此应该有更多的山路划定者和缆索铺设者。只有这样，壮丽的历史文化才能真正成为新世纪的财产。

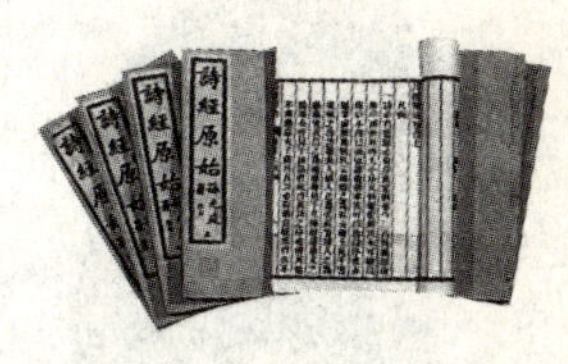

目　录

文学萌芽与先民歌唱

散文勃兴
——先秦文学

蔚然大国
——两汉文坛风貌

建安风骨，正始玄风
——魏晋南北朝文学

流丽万有，东方意境
——唐朝文学

八音克谐，神人以和
——宋代文学

牢笼万态杂剧兴
——元代文学

万仞崛起
——明代文学

雄瞻浩博
——清代文学

文变染乎世情，兴废系乎时序

——近代文学

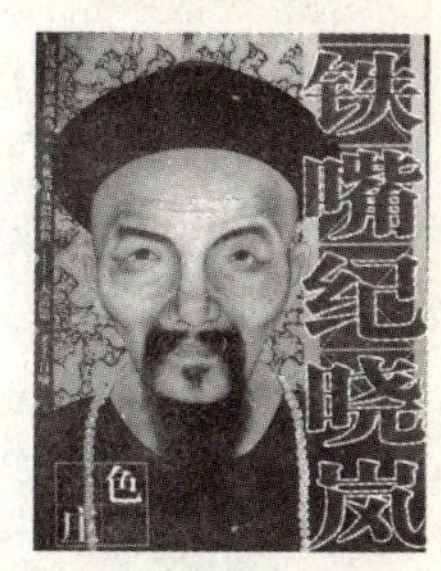

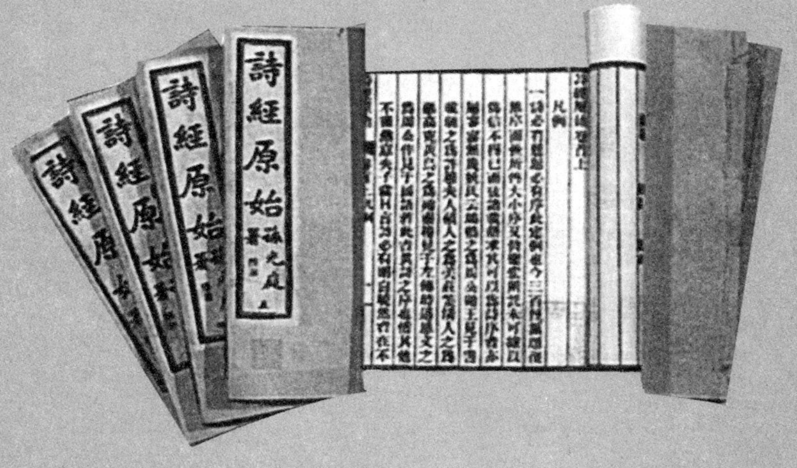

知道点
中国文学

文学萌芽与先民歌唱

神话与传说的渊薮——《山海经》

发鸠之山，其上多柘木。有鸟焉，其状如乌；文首、白喙、赤足，名曰精卫，其鸣自。是炎帝之少女，名曰女娃。女娃游于东海，溺而不返，故为精卫。常衔西山之木石，以堙于东海。

——《山海经·北山经·精卫填海》

这则神话出于《山海经·北山经》。《山海经》仅仅三万一千多字，却是一部涵盖古代地理学、方志学、动物学、植物学、天文学、药物学、社会学、历史学、人文学、民族学、神话学和巫术学等集大成的旷世奇书。它文字简洁、内容丰富、整体有序、结构严谨，共 18 卷，分《山经》五篇，《海经》十三篇（《海外经》四篇，《海内经》五篇，《大荒经》四篇），成书于战国初至汉代初年。关于它的作者，学界有不同的争论，有些古籍记载，认为《山海经》是夏禹、伯益所作，其实没有那么早，大部分成于战国时期的楚地，《海内经》部分成于西汉。《山海经》是我国古代一部地理著作，它在文学史上的特殊价值，主要是保

《山海经》中的神话言短意深，宏伟壮美，精卫、夸父、鲧、刑天等诸英雄尽管有着超乎常人的力量和意志，但他们所抗争的对手——大自然、统治者却更为强大和残酷。他们身上体现了先民征服自然、支配自然、改变现实的强烈愿望和崇高理想，所表现出来的悲剧美和崇高美则给后世文学以示范。

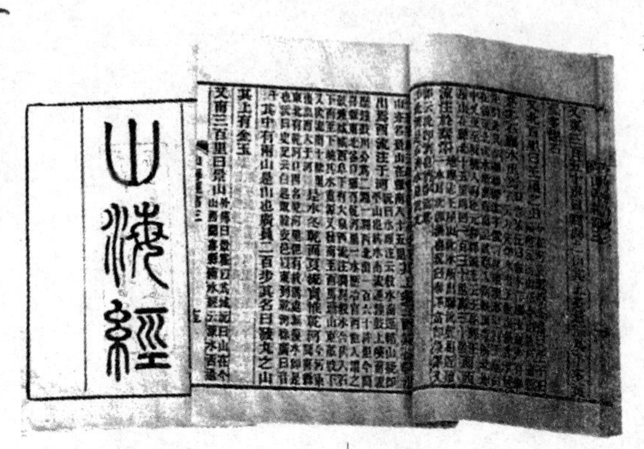

存了我国远古时代丰富的神话传说。《山海经》的文学价值主要在于它是我国古代收集神话最多的典籍，据统计，全书记述神和神话故事四百多个，内容十分丰富。

《山海经》书影

“夸父与日逐走，入日。渴，欲得饮，饮于河渭，河渭不足，北饮大泽，未至，道渴而死。弃其杖，化为邓林。”（《海外北经》）夸父是古代一个氏族的名称，其特点是“其为人大”，神话中的夸父是这个同名氏族的代表，同时也是父系氏族社会男性力量的化身。《大荒北经》中是这样描述夸父的：“大荒之中，有山名曰成都载天。有人珥两黄蛇，把两黄蛇，名曰夸父。”夸父为什么要去逐日？这个简短的神话并没有给出答案。当人类从自然界分化出来之后，对环绕于周围的这个大自然充满了好奇，面对日月变化、四季轮转、风雨雷电、洪水肆虐、瘟疫横行，我们的先民有强烈的探寻自然界奥秘的冲动。“夸父逐日”正是这种探索的渴望、探索的过程以及探索的艰辛的艺术的再现。然而面对强大的自然界，人总是显得那样渺小，对自然的挑战得到的往往是失败与死亡，尽管夸父追上了太阳，他最终还是倒下了，这使人不由得生发出浓重的悲剧感。但是夸父形体的毁灭，个体生命的结束，并不是斗争的结束，神话让夸父的手杖变化为郁郁葱葱的桃林（邓林即桃林）。《列子·汤问》中描写得更为动人：“弃其杖，尸膏肉所浸，生邓林，邓林弥广数千里。”可见夸父不仅有与自然力斗争的坚强意志，更将自己最后的身躯化为桃林养育后人，激励后人，让人们继续与大自然斗争，从而展现出一种死而不已、奋争不息的悲壮崇高的艺术境界。

“洪水滔天，鲧窃帝之息壤以堙洪水，不待帝命。帝令祝融杀鲧于羽郊。帝乃命禹卒布土以定九州。”（《山海经·海内经》）在上古时期，对人们的农业生产危害最大的可能就是洪水了，所以在原始文明中都有关于洪水的神话传说。基督教文化中洪水神话是神对人的罪行的惩罚和人类的自省，而我们的洪水神话却强调人对自然的抗争，强调自我拯救。相传在尧的时代发生了一场大洪水，大家一致推举鲧去治理洪水，他首先奔赴天庭，央求天帝收回洪水，还给人们安宁的生活，可是没有奏效；于是他采用“堵”的方法治水，把高地的土垫在低处，堵塞百川。然而治水九年，洪水仍旧泛滥不止。正当他烦闷之际，一只猫头鹰和一只乌龟相随路过，告诉他可以盗取天庭至宝“息壤”来堙塞洪水。鲧深知此举的罪责，但是看到受尽煎熬的人民，他义无反顾，排除万难，盗出了“息壤”。“息壤”土果然神奇，撒到何处，何处就会形成高山挡住洪水，并随水势的上涨自动增高。天帝知道鲧盗息壤的事情后，派火神祝融将鲧杀死在羽郊，取回了“息壤”，洪水再次泛滥。鲧死不瞑目，尸体三年不烂，天帝知道后怕鲧变成精怪，再次派祝融拿着天下最锋利的“吴刀”剖开鲧的肚子看个究竟。可是奇迹发生了，从鲧的肚子里跳出一个人来，那就是鲧的儿子禹。禹承父业，又历经九年，终将洪水彻底制服。鲧的死不瞑目，不是因为顾及自己的生死，而是因为惦念自己的理想未能实现，治水还未成功，而人民仍旧生活在苦难之中。鲧不计生死，为了拯救人民而触犯天庭的大无畏精神，堪与希腊神话中为了将火种带向人间而冒犯宙斯的普罗米修斯相媲美。

《山海经》中的神话言短意深，宏伟壮美，精卫、夸父、鲧、刑天等诸英雄尽管有着超乎常人的力量和意志，但他们所抗争的对手——大自然、统治者却更为强大和残酷。抗争的结果虽然是毁灭和失败，但他们那种不屈奋斗的英雄主义精神却是永不熄灭的。他们身上体现了先民征服自然、支配自然、改变现实的强烈愿望和崇高理想，所表现出来的悲剧美和崇高美则给后世文学以示范。

先民的歌声——《诗经》

小子何莫学夫诗？诗，可以兴，可以观，可以群，可以怨。迩之事父，远之事君；多识于草木鸟兽之名。不学诗，无以言。

——孔子

这是两千多年前这块土地上流传的“民歌”——“之乎者也”，很久以前我

《诗经》是我国第一部诗歌总集，共收入自西周初期（公元前11世纪）至春秋中叶（公元前6世纪）约五百余年间的诗歌三百零五篇，最初称《诗》或《诗三百》，后来被汉儒奉为《诗经》。

们的祖先都曾经这么说话，这么歌唱，后人却为他们缚上了沉重的枷锁，附加了太多的意义。其实，《诗经》中的“风”之于“雅”和“颂”，大概就像现在所谓的“通俗歌曲”，而把“国风”译做“中华民谣”应该是很贴切的！采风之作，众口相传，简单而真挚，就像席慕容的诗所说：“涉江而过，芙蓉千朵，诗也简单，心也简单！”《诗经》是我国第一部诗歌总集，共收入自西周初期（公元前11世纪）至春秋中叶（公元前6世纪）约五百余年间的诗歌三

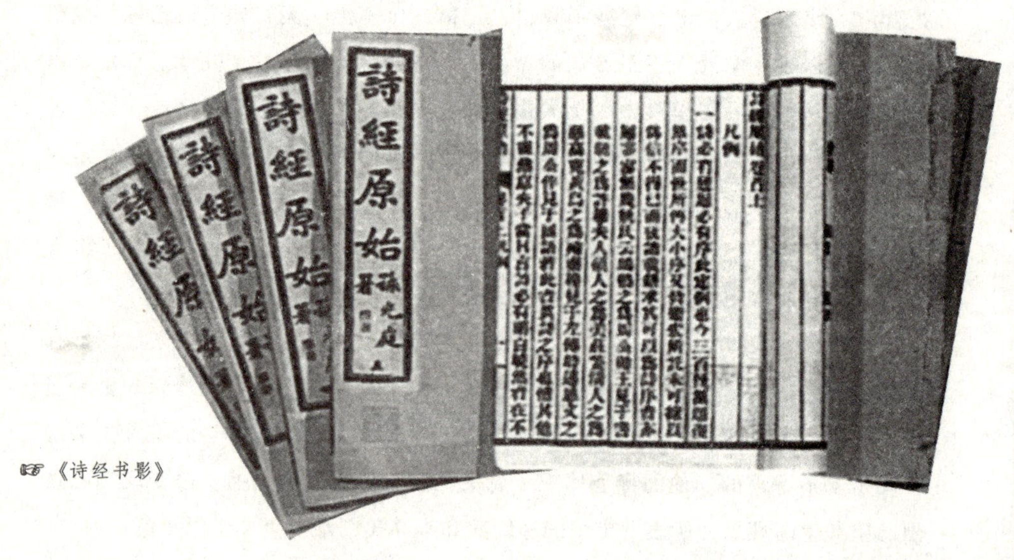

☞《诗经书影》

百零五篇，最初称《诗》或《诗三百》，后来被汉儒奉为《诗经》。这些诗篇，本来都是供人诵唱的歌词。《史记·孔子世家》中说：“三百五篇，孔子皆弦歌之，以求合韶、武、雅、颂之音。”这表明《诗经》在古代与音乐和舞蹈的关系是极为密切的。《诗经》分为《风》、《雅》、《颂》三部分。《风》有十五《国风》，诗一百六十篇；《雅》包括《大雅》三十一篇，《小雅》七十四篇；《颂》包括《周颂》三十一篇，《商颂》五篇，《鲁颂》四篇。这种划

分，就是依据音乐特点的不同。《风》相当于周王朝统治下不同地区的音乐，十五《国风》就是15个地方上的土风歌谣，其中大部分产生于黄河流域的陕西、山西、河南、山东。《雅》是指“王畿”（都城）之乐，因为这个地区周人称之为“雅”，同时雅又有“正”的意思，就是把王畿之乐看做典范音乐的意思。《颂》是专门用于宗庙祭祀的音乐。相传周王朝时，专门派有采诗人，他们到民间收集歌谣以了解民风民情，加上王室的乐官自己创造的乐曲和公卿的献词，经过挑选和加工整理，最后形成这三百诗篇。

《诗经》是我国第一部诗歌总集，共收入自西周初期（公元前11世纪）至春秋中叶（公元前6世纪）约五百余年间的诗歌三百零五篇，最初称《诗》或《诗三百》，后来被汉儒奉为《诗经》。

《诗经》的内容极为丰富，蔚为大观，展现了西周初年到春秋中叶500年间广阔的社会生活图景，政治、经济、文化、世态人情、民风习俗莫不为其所包容。

《国风》被普遍认为是《诗经》中文学成就最高的部分，因为它是各地的民间歌谣，反映的生活内容比上层社会的《雅》和《颂》更为广阔，生活气息更浓。周王朝以农业为本，反映农业生产的诗篇在《诗经》中占有很大的篇幅。农业劳动是极为艰辛的，然而更为艰辛的是农夫自己辛勤劳动的果实却为不劳动的贵族们占有。《豳风·七月》真实地记录了这些社会现象。其中描写到农夫从正月开始修理农具，二月开始下田劳动，三月开始修剪桑树、割芦苇、收割农作物，乃至打猎捕兽、修场子、造酒等等；即使农闲时还得到城堡里给奴隶主服各种劳役。但是他们“六月食郁及薁，七月亨葵及菽，八月剥枣”；“七月食瓜，八月断壶，九月叔苴”，吃的就是些野菜野果，“无衣无褐，何以卒岁”，辛苦一年，连过冬的衣服都没有。最后众人还要“跻彼公堂，称彼兕觥，万寿无疆”！为奴隶主们高呼万岁。

《诗经·国风·魏风·葛屦》诗意图

残酷的剥削和悲惨的生活必然引起农奴的觉醒和反抗，有不少诗篇描写了劳动者对统治者不劳而获的强烈控诉。《伐檀》中写到“不稼不穑，胡取禾三百廛兮？不狩不猎，胡瞻尔庭有悬貆兮？彼君子兮，不素餐兮”！诗中用反诘的语气质问统治者：“你们不播种不收割，为什么粮食却装满了几百屯？你们从不去狩猎，为什么各种猎物却挂满了院子？”最后运用反语，讽刺统治者说你们每天什么也不用干，却能得到那么多东西，真不是白吃饭的呀！

《诗经》中最为动人的要数对纯真爱情的描述。首篇之《关雎》描写了一位少年对一位姑娘相见倾心，进而辗转求之，最后结为伉俪的整个过程。

关关雎鸠，在河之洲。窈窕淑女，君子好逑。
参差荇菜，左右流之。窈窕淑女，寤寐求之。
求之不得，寤寐思服。悠哉悠哉，辗转反侧。
参差荇菜，左右采之。窈窕淑女，琴瑟友之。
参差荇菜，左右芼之。窈窕淑女，钟鼓乐之。

第一行写主人公遇到一位容貌娇好、品德善良的姑娘，雎鸠鸟婉转的鸣叫触发了他追求这位女子的决心。第二行写他的执着追求，第三行写他求之不得后怅惘与苦闷的心情，最后两行写他追求成功后迎娶新娘时喜不自禁，兴奋地弹琴鼓瑟、敲钟击鼓。我们应该为这对佳配表示由衷的祝福，因为生活中更多的情侣因为社会礼俗或环境影响而无法结合，甚至连将心中挚情表白的机会都没有。《秦风·蒹葭》就是对这种惆怅心情的描写。

蒹葭苍苍，白露为霜。所谓伊人，在水一方。溯洄从之，道阻且长。溯游从之，宛在水中央。

萧索冷落的清秋，我们的主人公站在岸边渴望意中人的出现。然“所谓伊人，在水一方”，他不愿就此放弃，遂忽而顺流而下，忽而逆流而上，可是我们的“伊人”却始终是可望而不可及。

《诗经》中写恋爱和婚姻的诗，或歌唱男女相悦之情、相思之意，或赞扬对方的风采容貌，或描述幽会的情景，或表达女子的微妙心理，或嗟叹弃妇的不幸遭遇，内容丰富，感情真实，是全部《诗经》中艺术成就最高的作品。

《诗经》的表现手法有“赋、比、兴”三种。“赋者，敷也，敷陈其事而直言之者也。”“比者，以彼物比此物也。”“兴者，先言他物以引起所咏之词也。”(朱熹《诗集传》)赋即是直接铺陈叙述；比是比喻，有明喻、隐喻之分；兴即起兴，有引起联想，烘托渲染气氛的作用。大抵《国风》、多用比兴，《大雅》多用赋法。赋、比、兴手法的运用，使《诗经》具备了动人的艺术魅力。《诗经》主要采用四言诗和隔句用韵，但亦富于变化，其中有二言、三言、五言、六言、七言、八言的句式，显得灵活多样，读来错落有致。章法上具有重章叠句和反复咏唱的特点，大量使用了叠字、双声、叠韵词语，加强了语言的形象性和音乐性。《诗经》中的一些篇章工于描写，勾画出许多生动的细节，上面提到的《七月》写农家一年四季的生活，宛如一幅幅优美的民俗生活画。

孔子像

知道点 中国文学

散文勃兴

——先秦文学

纂诸侯别说——《国语》

有志者，事竟成，破釜沉舟，百二秦关终属楚；苦心人，天不负，卧薪尝胆，三千越甲可吞吴。

——蒲松龄

左氏《国语》，其文深宏杰异，固世之所耽嗜而不已也。

——柳宗元《非国语·序》

“卧薪尝胆”这个成语可谓家喻户晓，其主人公越王勾践以及美人西施的故事在我国浩瀚的文学画廊中占据着十分重要的地位。故事叙述了勾践被吴王夫差打败后，忍辱负重，悬苦胆于床头，不时品尝以教育自己不要忘掉旧辱。经过十年生息，十年教训，终于报仇复国。他表现出的发愤图强精神，给后人以教益。这个故事见于《国语》中的《越语》。《国语》是我国第一部国别体史书，记载了起自周穆王，止于鲁悼公（约公元前1000年~公元前440年），周、鲁、齐、晋、郑、楚、吴、越八国的事件，它没有记述详细的历史，而是以一些重要事件将历史串起来，并且以记载言论为主。其中《晋语》九卷，占全

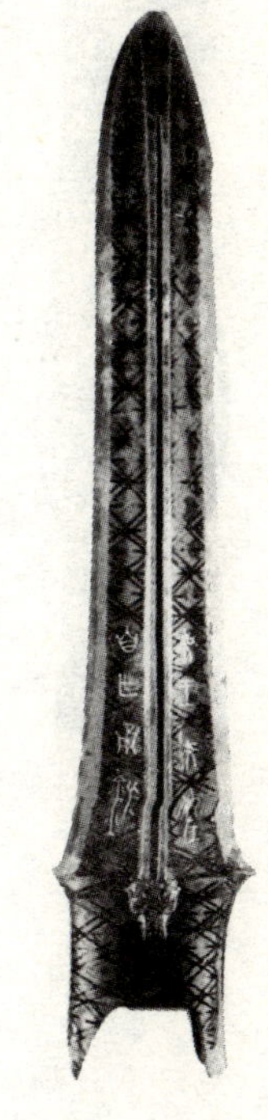

吴王夫差铜矛

《国语》的文学成就总体而言没有《左传》高，但其缜密、生动、精练、真切的笔法，在历史散文中占有比较重要的地位。

书近半；《周语》三卷；《鲁语》、《楚语》、《越语》各二卷；《齐语》、《郑语》、《吴语》各一卷。

关于《国语》的作者，历来说法不一。司马迁在《报任安书》中说："左丘失明，厥有《国语》。"认为《国语》和《左传》同出自左丘明之手。但《国语》和《左传》两书在编写体例、语言风格上存在很大差异，一般的看法是，《国语》的成书有一个过程，产生于战国初年，作者不详。

越王石矛

《国语》的文学成就总体而言没有《左传》高，但其缜密、生动、精练、真切的笔法，在历史散文中占有比较重要的地位。它详于记言而略于记事，将笔墨集中于对一两个主要人物形象的刻画上，有向传记文学发展的趋势。其中《勾践灭吴》就是有代表性的一篇。

公元前494年，吴王夫差遣伍子胥为大将领精兵攻打越国，越军大败，越王勾践退守到会稽山上，向士兵下令说："凡是我的兄弟们，只要有帮我出谋划策打败吴国的，我将和他共理国政。"大夫文种进谏说："我听说，商人在夏天的时候就准备皮货，而冬天的时候就准备细葛布。天旱的时候准备船，在有大水的时候则准备车辆，这样做就是想在缺少这些东西的时候马上派上用场。在没有被四邻侵扰的时候，我们也应该选拔谋臣与武士并供养起来，就像蓑笠一样，雨已经下来了，却要急着到处找。现在大王您退守到会稽山上了，才想起寻求谋臣勇士，怕是太晚了吧？"勾践说："如果现在能够让我听听您的高见，哪又能算是晚了呢？"于是就拉着文种还有范蠡等人一起商量，最后终于决定派文种去吴国议和。

夫差不顾伍子胥的反对与越国讲和，撤走了大军，勾践带着三百个士人到吴国为奴，受尽了屈辱。三年后，夫差认为勾践是真心臣服所以就把他放回了越国。勾践对越国人说："我自不量力，与吴国这样的大国作对，结果使你们流离失所，横尸遍野，这是我的罪过。我恳请你们允许我改变政策。"于是下令："青壮年不娶老妇，老年不娶少妇，女孩子十七岁还未出嫁者，男子二十岁还不娶妻生子者，其父母有罪；孕妇临产，公家派医生守护。生下男孩，公家奖励两壶酒，一条狗；生下女孩，公家奖励两壶酒，一头猪；生三胞胎，公家给配备一名乳母；生双胞胎，公家发给吃的。还下令孤儿、寡妇、患病的人、贫苦和重病的人，由公家出钱供养教育他们的子女。前来投奔的四方之士，一定在庙堂上举行宴飨，以示尊重。”这样连续十年，国家不收赋税，老百姓家家存有三年的余粮。

越国的老百姓都请求说：“从前夫差让我们的大王在诸侯面前丢脸，现在越国已经忍受够了，请允许我们为您报仇。”勾践还故作姿态，推辞说：“从前打的那败仗，不是你们的罪过，是我的罪过。像我这样的人，哪里还知道什么是耻辱？大家就不用为我打仗了。”老百姓们又请求说：“越国全国上下，爱戴大王，就像爱戴自己的父母一样。儿子想着为父母报仇，作为臣下也想着为国君报仇，难道还有谁敢不尽其全力吗？请大王带我们再打一仗！”勾践就答应了，于是招来大家宣誓，说：“前进的将得到赏赐，后退的则要受到惩罚。”

晋文公像

越国上下同仇敌忾，于公元前482年利用夫差北上同晋国争霸的机会一举攻破吴国都城姑苏，杀了吴太子友。十年后，越国再次攻占姑苏，夫差在姑苏山上自杀了。在勾践回国途中，范蠡携西施泛舟而去，而大夫文种不听范蠡隐退的劝告，结果回国不久被勾践赐死。

《国语》一书，深厚浑朴，《周语》、《鲁语》尚矣。《周语》辞胜事，《晋语》事胜辞。《齐语》单记桓公霸业，大略与《管子》同。如其妙理玮辞，骤读之而心惊，潜玩之而味永，还须以《越语》压卷。

不祧之大宗——《左传》

言近而旨远，辞浅而义深，虽发言已殚，而含意未尽，使夫读者望表而知里，扪毛而辨骨，睹一事于句中，反三隅于字外。

——刘知几《史通》

《左传》虽是一部编年体的史学著作，但仍应该说是中国第一部大规模的叙事性著作。较之以前任何一部作品，它的叙事能力都有了惊人的发展。它叙事详细完整，并且富有戏剧性，将春秋列国之间错综复杂的关系和政治、军事、外交斗争叙述得头头是道，有条不紊，且能够兼顾情节的曲折生动，造成扣人心弦的效果。

《春秋》书影

左丘明，复姓左丘，单字明，据说是公元前6到前5世纪鲁国的盲史官，与孔子同一时代。依司马迁《史记·十二诸侯年表》记述，孔子作《春秋》，为使《春秋》主旨不被人误解，永不失真，左丘明据此书，撰成《左氏春秋》，一般通称为《左传》或《春秋左氏传》。

《左传》成书后，是与《春秋》分开的，到晋代杜预作《春秋经传集解》，才以传附经，合为一书，所以有人说《左传》是《春秋》的内传，《国语》是外传。又有学者把《公羊传》、《谷梁传》和《左传》相配，合称“春秋三传”。现在一般认为《左传》为战国初期无名氏的作品。

《左传》虽是一部编年体的史学著作，但仍应该说是中国第一部大规模的叙事性著作。较之以前任何一部作品，它的叙事能力都有了惊人的发展。它叙事详细完整，并且富有戏剧性，将春秋列国之间错综复杂的关系和政治、军事、外交斗争叙述得头头是道，有条不紊，且能够兼顾情节的曲折生动，造成扣人心弦的效果。最为后人所称道的是它对战争的描写，像晋楚城濮之战、秦晋崤之战、鄢陵之战、长勺之战等规模宏大的战争。

作者不是仅仅描写战争场面，而是善于将战役放在春秋争霸宏大政治背景下展开，多从战争的起因写起，交代清大国之间错综复杂的关系，然后描述战前的策划与准备，交锋过程，最后还要对战争的结果和影响进行分析，用简练的文笔将战争复杂的面貌铺陈在读者面前。

秦晋崤之战见于鲁僖公三十二年和三十三年的记载，当时晋文公去世，秦国想趁机向东扩张自己的势力。当时

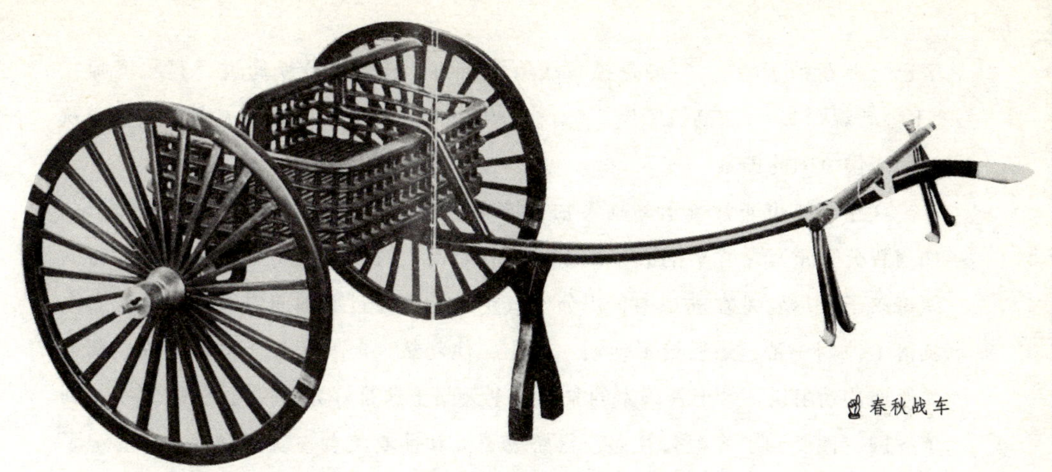

春秋战车

秦国和郑国曾经结盟，秦国的杞子、逢孙、杨孙帮助郑国卫戍都城。杞子派人密告秦穆公说他们得到了郑国都城北门的钥匙，可以和秦军里应外合占领郑国。秦穆公遂派孟明视等三名大将偷袭郑国。出师之日，谋臣蹇叔向将士们哭道："我只能看到你们出去，却见不到你们回来了。"因为他认为这样"劳师以远袭"是个战略上的失误。这就为秦军蒙上了一层阴云。当秦军路过周王朝都城洛邑北门时，本应该摘取头盔，下车步行以示对周天子的尊敬，然而他们只是下车走了几步装装样子。周朝王孙满观此情景说"秦军轻而无礼，必败"，似乎预示了秦军的骄兵必败。当秦军到达郑国境内时遇到了郑国商人弦高，他一方面拉着自己贩卖的牛谎称是郑国君的使臣去犒劳秦军，一方面派人火速回郑国报信，秦军偷袭的计划破产，他们只能挥师西去。此时晋国正在举行国丧，他们被秦国骄横的做法所激怒，君臣上下决心要教训一下秦军。晋襄公亲自出征在崤设下埋伏，秦军全军覆没。但是由于晋襄公的母亲是秦穆公的女儿，她命令晋襄公将俘虏的孟明视等三名秦将放走。秦穆公得知三人生还，身披丧服出城迎接，自责说："都怪我没有听蹇叔的话，这都是我的过错。"他恢复三人的职位，以图报复晋国。在整个战争中，只有"夏四月，

《左传》虽是一部编年体的史学著作，但仍应该说是中国第一部大规模的叙事性著作。较之以前任向一部作品，它的叙事能力都有了惊人的发展。

辛巳，败秦师于崤”。一局是描写战争场面的，其他部分就通过“蹇叔哭师”、“王孙满观师”、“弦高犒师”、“秦穆公悔过”等小故事向人们展现了整个春秋时期诸侯争霸的场景。

《左传》也非常善于刻画人物，描写出人物的个性及其性格的发展变化，如《晋公子重耳之亡》的故事。重耳刚开始流亡时，还是一个没有雄图大略的纨绔弟子。尽管是在逃难中，仍公子气十足。当经过卫国向农人乞食时，农人奚落了他们一番，最后给了他们一块土，他勃然大怒要用鞭子抽打老农，部下弧偃连忙劝阻说：“土是国家的象征，上天赐土这是好兆头。”他这才罢手。到了齐国，他受到了齐桓公礼遇，得娇妻姜氏和锦衣美食，就玩物丧志，忘记了报仇复国的大业，过了五年乐不思蜀的生活，最后还是姜氏和部下们把他灌醉后偷偷地运出齐国，酒醒后他虽极为恼火也无法返回。此后他们一行又周游了曹国、宋国、郑国、楚国、秦国等，最后在秦穆公的帮助下返回晋国，登上君位。《左传》通过一系列曲折的故事为我们讲述了重耳由一个幼稚无知、贪图安逸的纨绔子弟，历经磨难，成长为老于世故、雄才伟略的大政治家的过程。晋文公十九年流亡,年逾六旬得王位，以其丰富的阅历和过人的智谋在诸侯争霸中脱颖而出，城濮之战战胜楚国后成为春秋五霸之一。

《左传》所记外文辞令也很精彩，其代表要数《烛之武退秦师》一节：

> 秦、晋围郑，郑知其亡矣。若郑亡而有益于君，敢以烦执事。越国以鄙远，君知其难也。焉用亡郑以陪邻？邻之厚，君之薄也。若舍郑以为东道主，行李之往来，共其乏困，君亦无所害。且君尝为晋君赐矣，许君焦、瑕，朝济而夕设版焉，君之所知也。夫晋何厌之有？既东封郑，又欲肆其西封。若不阙秦，将焉取之？阙秦以利晋，唯君图之。

整篇说辞不到二百字，却紧紧抓住秦晋争霸的矛盾，剖析秦、晋、郑三国的关系，告之秦唯有保全郑国作为在中原的“东道主”，才能牵制晋国，获得最大利益；同时还揭示了晋国东灭郑之后向西扩张的野心，靠三寸之舌轻而易举地瓦解了秦晋两大国的联盟，保全了郑国。至今读来，仍叫人拍案叫绝。

在中国文学史上，小说和戏剧出现得很晚，但是对事件和人物的深入刻画等小说的基本要素在历史散文中已经有了很大的发展；《左传》尽管为史家著作，但其丰富多彩的历史事件和细致生动的描写滋养着后人。

长短纵横之术——《战国策》

三寸之舌，强于百万雄兵；一人之辩，重于九鼎之宝。

——《战国策·东周》

高才秀士，度时君之所能行，出奇策异智，转危为安，运亡为存，亦可喜，皆可观。

——刘向

战国是一个波澜壮阔、风起云涌、自由活跃的年代。在此间活跃着的是那些运筹帷幄、纵横捭阖的谋臣策士们：苏秦逐个说服六国参与合纵，张仪离间齐楚实行连横，范雎向秦昭王提出“远交近攻”的大战略，唐雎为安陵君使秦雄辩滔滔而不辱使命等等。他们凭着犀利的口才，说服了君王、显贵和政要，其说辞或辨丽横肆、大义凛然，或旁征博引、条理分明，或迂回曲折、玄机深埋，或危言耸听、故作惊人之语。而记录这一切的正是彪炳千古的《战国策》。

《战国策》作者不详，是由秦汉年间的辩士汇编而成的历史著作。开始时名为《国策》、《国事》、《短长》、《事语》、《长书》、《修书》，西汉末年的刘向整理宫中书籍，将这六书所记归入十二国别中，为其定名《战国策》，同时“战国”作为那段纷纭复杂历史的名称也由此而来。《战国策》包括策士的著作和史臣的记载，总共三十三篇，按国别记述了上接《春秋》，下至秦始皇统一中国这段时间的历史，以策士的游说活动为中心来反映战国时期的政治、外交情况。尽管习惯上我们把《战国策》同《左传》、《国语》同归于历史著作，但是它不是对战国时历史事件的描述，更多的应看做策士游说的一个个相互独立的小故事，其情节很难说符合历史史实。

《战国策》中所收策士的纵横之论，反映了战国时的社会风貌和各国政治、经济、军事、外交等重大活动，生

《战国策》作者不详，是由秦汉年间的辩士汇编而成的历史著作。开始时名为《国策》、《国事》、《短长》、《事语》、《长书》、《修书》，西汉末年的刘向整理宫中书籍，将这六书所记归入十二国别中，为其定名《战国策》，同时“战国”作为那段纷纭复杂历史的名称也由此而来。

动地记载了他们机智善辩的生动形象，使人如临其境，如闻其声，《冯谖客孟尝君》是其中艺术价值最高的一篇。

孟尝君是战国四公子（还有魏国的信陵君、楚国的春申君、赵国的平原君）之一，他以门下宾客三千而闻名诸侯。开始时，冯谖自称“无能”、“无好”，孟尝君无法仔细观察，就给他低等门客的待遇。冯谖对此非常不满意，从而用奇特的方法为自己争取地位，书中是这样描述的：

齐人有冯谖者，贫乏不能自存，使人属孟尝君，愿寄食门下。孟尝君曰：“客何好?”曰：“客无好也。”曰：“客何能?”曰：“客无能也。”孟尝君笑而受之曰：“诺。”左右以君贱之也，食以草具。

居有顷，倚柱弹其剑，歌曰：“长铗归来乎！食无鱼。”左右以告。孟尝君曰：“食之，比门下之客。”居有顷，复弹其铗，歌曰：“长铗归来乎！出无车。”左右皆笑之，以告。孟尝君曰：“为之驾，比门下之车客。”于是乘其车，揭其剑，过其友曰：“孟尝君客我。”后有顷，复弹其剑铗，歌曰：“长铗归来乎！无以为家。”左右皆恶之，以为贪而不知足。孟尝君问：“冯公有亲乎?”对曰：“有老母。”孟尝君使人给其食用，无使乏。于是冯谖不复歌。

普通门客不满足于自己的地位，要么忍气接受，要么直接去向主人乞求。冯谖既不想埋没自己的才华，更不想低三下四地去乞食，所以三次弹长铗而歌，不卑不亢，向孟尝君表达自己的心曲。尽管其他门客对他极为不满，但却显示了他卓尔不群的独特人格。

《战国策》还有很多篇幅热情讴歌了几位侠义志士的豪情壮举，例如战国四大刺客：要离、专诸、聂政、荆轲，还有挺剑要挟秦王的唐雎等。其中最为人们所熟知的是荆轲刺秦王的故事。战国末年，秦国即将灭掉六国。燕国太子丹为了阻止秦国，便向太傅鞠武请教，太傅不同意对抗秦国，认为那样只有自取灭亡。恰在此时，触犯了秦王的秦将樊于期逃到燕国避难，鞠武看到燕秦对抗之势已成，只能向太子推荐田光，田光因年迈又向太子推荐了老友荆轲。荆轲的出现可谓曲折，同时也是一种铺垫，暗示着荆轲必不同凡响。后来就是一连串的准备工作，期间田光为了激励荆轲自刎而死，樊于期为了能使荆轲取信于秦王而献出了自己的首级，太子丹花重金为荆轲购得一把匕首，终于荆轲踏上征程，众人为其送行，来到了易水河边：

太子及宾客知其事者，皆白衣冠以送之。至易水之上，既祖取道，高渐离击筑，荆轲和而歌，为变徵之声，士皆垂泪涕泣。又前而歌曰："风萧萧兮易水寒，壮士一去兮不复还。"复为羽声慷慨，士皆瞋目，发尽上指冠。于是荆轲遂就车而去，终已不顾。

人们知道荆轲此去必不能生还，所以穿白衣、戴白冠，生离就是死别。秋风萧萧、易水生寒，而更毋宁是勇士明知一死却从容赴死的献身精神笼罩着大地，震撼着人们的心灵。"高渐离击筑，荆轲和而歌"，"风萧萧兮易水寒，壮士一去兮不复还"，一曲侠肝义胆的勇士悲歌荡漾在燕赵大地上空。

《战国策》还常常引用生动的寓言故事，这些寓言，形象鲜明，寓意深刻，又浅显易懂，都是文学宝库中璀璨的明珠。诸如《画蛇添足》、《狐假虎威》、《惊弓之鸟》、《南辕北辙》、《鹬蚌相争，渔翁得利》、《亡羊补牢》等，为历代人们所传诵。

《战国策》文笔优美，叙事生动形象，秦汉著名散文家贾谊、晁错都受到它辞采华丽、铺排夸张的风格的影响；它刻画人物栩栩如生，司马迁在《史记》中对人物形象的描绘，也是在此基础上发展起来的。《战国策》中运用的工整的对偶和排比句法及主客对答的写法，也为汉赋所继承；

《战国策》还有很多篇幅热情讴歌了几位侠义志士的豪情壮举，例如战国四大刺客：要离、专诸、聂政、荆轲，还有挺剑要挟秦王的唐雎等。其中最为人们所熟知的是荆轲刺秦王的故事。

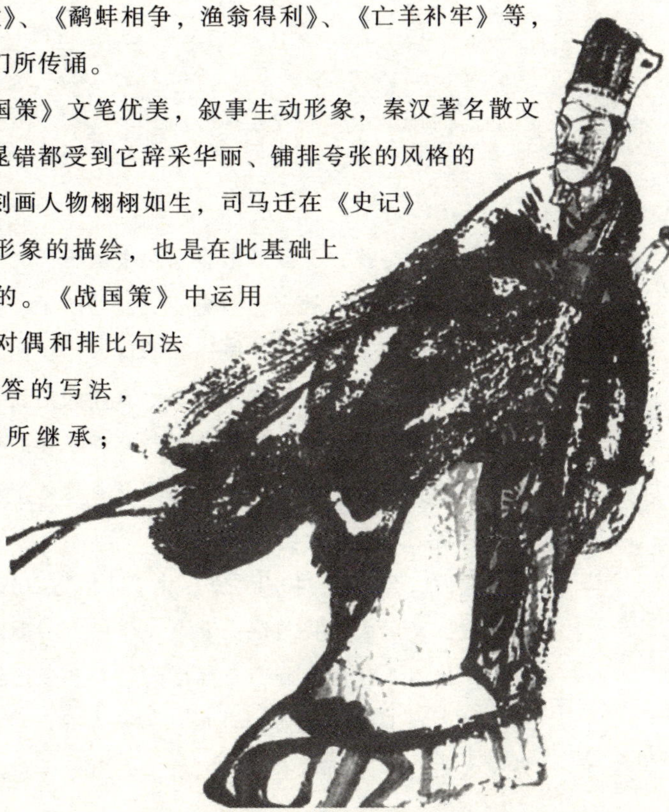

荆轲像

荆轲刺秦王

太子及宾客知其事者，皆白衣冠以送之。至易水之上，既祖取道，高渐离击筑，荆轲和而歌，为变徵之声，士皆垂泪涕泣。又前而歌曰："风萧萧兮易水寒，壮士一去兮不复还。"复为羽声慷慨，士皆瞋目，发尽上指冠。于是荆轲遂就车而去，终已不顾。

直至宋代的苏洵、苏辙、苏轼的散文都受到它的影响。

衣被词人——屈原

衣被词人，非一代也。

——刘勰《文心雕龙·辨骚》

屈平词赋悬日月，楚王台榭空山丘。

——李白

如果要寻找一位深刻地浸润着中国历代文人心灵，又广泛地影响着中国社会、历史、民俗的骄子，那么屈原当为首选。屈原是中国第一位伟大的诗人，在他之前出现的《诗经》是众人的吟唱，在他之前，天下没有诗人；他的降临却呼唤出一批英才，使诗的荒原充满了春的气息，他的诗的个性化，标志着"诗人"这一形象的真正诞生，标志着一个新纪元的开始。

屈原（公元前 340 年~公元前 278 年左右），名平，字原，战国楚国人，我国诗史上第一位伟大的爱国主义悲剧诗人。出身于楚国王族，有高度的修养和爱国情怀。"明于治乱，娴于辞令"，楚怀王时，官至左徒，参与楚国内政外交大事。"入则与王图议国事，以出号令；出则接遇宾客，应对诸侯。”（《史记·屈原列传》）主张举贤授能，变法图强，遭到保守派的谗害排挤。怀王时曾被放逐于汉北一带；顷襄王时，被第二次放逐，从此飘泊于江南鄂诸对岸一带。在长期的流放生涯中，他不改初衷，关怀人民，注视着故国政局的变化。顷襄王二十一年（公元前278年）秦破郢都，楚王客死于秦，人民陷入国破家亡、流离失所之困境，屈原悲愤绝望，自投于汨罗江。

《楚辞》原指楚人特有的诗歌形式，后来亦指西汉刘向汇集的一部以屈原作品为主体的诗歌总集。楚辞的特点是“书楚语，作楚声，纪楚地，名楚物”，富有浓厚的楚国地方色彩。

据现代学者研究，楚辞原指楚人特有的诗歌形式，后来亦指西汉刘向汇集的一部以屈原作品为主体的诗歌总集。楚辞的特点是“书楚语，作楚声，纪楚地，名楚物”，富有浓厚的楚国地方色彩。屈原是楚辞的代表作家，他的《离骚》是楚辞的代表作，故后人又称“楚辞”为“骚”。屈原作品基本上可以肯定的有《离骚》、《九歌》、《九章》、《天问》、《招魂》等二十三篇。这些作品以其深邃的思想、卓越的艺术手法而享誉中国诗史。

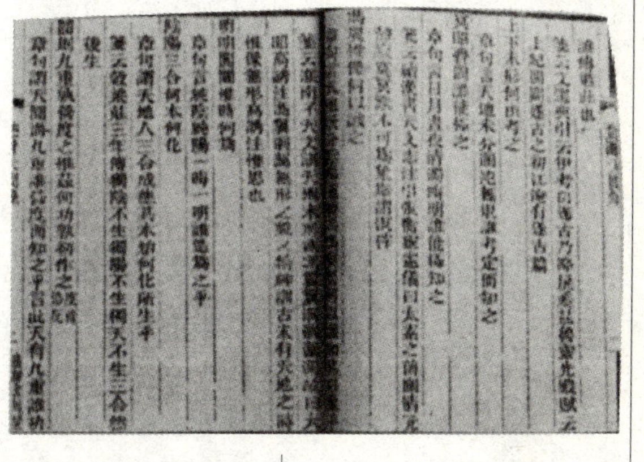

《天问》书影

《离骚》是中国古代文学史上最宏伟的长篇抒情诗，也是屈原一生中最伟大的诗篇，代表了楚辞的最高成就。在诗中他回顾了自己的身世和参政历程，表达出献身理想的强烈愿望和不屈不挠与黑暗势力斗争的决心。《离骚》中写到屈原两次遭到放逐，在排挤打击之下怀着忧愤的心情在祖国大地上漫游，看到了自己的祖国一天天地衰落。楚国当时已经陷入绝境，外交上孤立无援，军事上屡屡受挫。屈原虽然“竭忠尽智，以事其君”，结果却只能是“信而见疑，忠而被谤”被流放异地。尽管他有“存君兴国”之才志，却唤不醒昏聩的顷襄王；虽常眷恋故土，关心人民生活的苦难，却也苦于无计可施，郁郁寡欢之中“颜色憔悴，形容枯槁”。空怀忧国忧民之爱国壮志却终不为所用，其悲愤之情岂能抑制，所以文思如大江般奔涌而出，谱就了这空前绝后的长篇巨制。全诗具有强烈的浪漫主义色彩。

《九章》包括《惜诵》、《涉江》、《哀郢》、《抽思》、《怀沙》、《思美人》、《惜往日》、《橘颂》、《悲回风》九篇作品，同《离骚》一样，诗人反复地抒写了自己的理想，揭露了楚国政治的黑暗。《九歌》是一组祭神诗，所祭之神有云中君、大司命、少司命、河伯、湘君、湘夫人、山鬼、东皇太一及国殇（为国战死之神）等。屈原既保存了民间祭神歌辞的特点，也注入了自己的思想感情。《天问》是一首奇特的诗，诗人一口气提出了一百九十个问题，对自然现象、历史故事、神话传说等发出了疑问，表现了诗人对宇宙、社会、人生的哲学思考。

屈原像

屈原作品在艺术形式和表现技巧上有独特的成就。他继承和发展了《诗经》的四言诗形式，同时从楚国民间文学中汲取营养，创造了一种句法错落、灵活生动的骚体诗，它既是辞赋形式的先导，又是四言诗向五言诗过渡的桥梁。楚辞发展了传统的比兴手法：使比兴能象征一个完整的艺术形象；众多的比喻构成了一个特定的系统；象征物与本体之间有一种相对稳定的状态。屈原作品想象丰富、构思奇特、变化多端、热情奔放、雄奇瑰丽，具有浪漫主义色彩，是我国浪漫主义诗人之祖。屈原作品塑造了一位顶天立地的抒情主人公形象，这是一位人格峻洁、感情充沛、志向远大的新人形象，他具有平治天下的历史使命感和先天下之忧而忧的忧患意识。屈原以其“举世皆浊我独清”的节操、忧愤的爱国情怀、不屈不挠的批判精神和对理想的坚定信念为中国文化注入了一股阳刚之气，让后世历代知识分子都望尘莫及。他的人格成为后世文人学习的楷模，苏轼曾说：“吾文终其身企慕而不能及万一者，惟屈子一人耳!”

屈原对后世的影响有两个方面。一是他深沉的爱国主义情怀和积极顽强的斗争精神给一切追求光明、坚持正义

屈原九歌图

的人士以精神上的感召力；二是他富有个性的作品与《诗经》一起成为我国诗史的两大源头，衣被了历代诗人。从此中国诗歌从集体歌唱走向个人独立创作的新时代。正是由于这些原因，鲁迅先生在《汉文学史纲要》中才称赞道：“较之于《诗》，则其言甚长，其思甚幻，其文甚丽，其旨甚明，凭心而言，不遵矩度……然其影响于后来之文章，乃甚或在《三百篇》以上。”

战斗的传教士——墨子

孔子是文雅的君子，墨子是战斗的传教士。他传教的目的在于把传统的制度和常规，把孔子以及儒家的学说，一齐反对掉。

——冯友兰《中国哲学简史》

看过电视连续剧《寻秦记》的朋友一定还记得男主人公的师父武艺高强，怀揣一块“钜子令牌”，号令天下，好不威风。所谓“钜子”，其实是古代墨家的最高领袖。墨家是一个有着严密组织和严格纪律的团体，墨家的成员都称为“墨者”，必须服从钜子的领导，听从指挥，可以“赴汤蹈火，死不旋踵”，意思是说即使死也不后转脚跟后退。

墨子（约公元前480年~公元前400年），是墨家的创始人，也就是墨家的第一个钜子。墨子是春秋末战国初期的思想家、学者，本名翟，鲁国人，有的说是宋国人。墨子平民出身，是小工业者。他精通手工技艺，可与当时的巧匠鲁班相比。但他却又自称是“北方之鄙人”，被人称为“布衣之士”和“贱人”。汉朝的王充甚至说，孔子和墨子的祖先都是粗鄙之人。墨子曾做宋国大夫，自诩说“上无君上之事，下无耕农之难”，是一位同情“农与工肆之人”的士人。墨子曾经从师于儒者，学习孔子之术，称道尧舜大禹，学习《诗》、《书》、《春秋》等儒家典籍。但后来逐渐对儒家的烦琐礼乐感到厌烦，最终舍掉了儒学，形成自己的墨家学派。在法家崛起以前，墨家是先秦和儒家相对立的最大的一个学派，并列为“显学”。《墨子》为墨翟及其弟子、后学所著，是墨家学派的著作总汇，汉代有71篇，现存53篇。

可以一令统率天下数以千计门徒的墨子思想上自然有卓越之处。墨子思想共有10项主张：兼爱、非攻、尚贤、尚同、节用、节葬、非乐、天志、明鬼、非命，其中以兼爱为核心，以节用、尚贤为基本点。为宣传自己的主张，墨子广收门徒，一般的亲信弟子就达数百人之多，形成了声势浩大的墨家学派。墨子的行迹很广，东到齐，西到郑、卫，南到楚、越。他还曾和公输班论战，成功地制止了楚国对宋国的侵略战争，这个“墨子巧辩救宋”的故事记载于《墨子·公输》中。

墨子像

墨子（公元前480年~公元前400年），是墨家的创始人，也就是墨家的第一个钜子。墨子是春秋末战国初期的思想家、学者，本名翟，鲁国人，有的说是宋国人。

公输班也就是鲁班，是当时最出名的能工巧匠，他被楚惠王请去制造了一种攻城器械——云梯，准备攻打北方的小国宋。墨子一生主张“非攻”，得知此事后尽管当时年事已高，仍经过10天跋涉赶到楚都郢劝说。他径直去说服公输班，首先他故意以赠千金为条件让公输班为他杀一个人，公输班非常恼怒，说：“义不杀人”（我讲仁义，从不杀人）。墨子知公输班已经上钩，就一路责问下去：“楚国本来地广人稀，你们却要动用稀缺的人口去打仗，攻占多余的土地，不能说是明智之举；并且宋国并没有什么罪过，这样兴师讨伐不能算是仁义；你公输班标榜仁义连一个人都不愿意杀，却要帮助楚王杀害无辜的宋国人，怎么能说得过去呢？”公输班无言以对，彻底折服了。但是要想救宋国，关键还得说服楚惠王。面对楚王墨子，故伎重施，他先问楚王：“如果一个人不要自己的华车、锦衣、佳肴，而非要去偷别人的破车、布衣、粗茶淡饭，那这是个什么样的人呀？”楚王不明就里，顺口答道：“那肯定是个偷窃狂。”墨子见楚惠王落入圈套，紧紧逼问：“楚国地方5千里，而宋国只有5百里，可比华车与破车；楚国有云梦大泽，渔产丰富，而宋国连野兔、鲫鱼都没有，可比佳肴与粗茶淡饭；楚国产楠等名贵木材，而宋国连棵像样的树都没有，可比华衣与布衣，由此看来，强大的楚国去攻打弱小的宋国岂不是偷窃狂之所为？如果楚国一定要攻宋，也只能失去道义，得到失败的下场。”楚王自知理亏，但是仗凭有云梯，以为一定可以攻下宋国。墨子为了说服楚王，以衣带围成城池，用筷子模拟攻城器械，与公输班来了一场别开生面的沙盘演练，结果公输班穷其所有，仍无法攻下城池，楚王的野心被墨子彻底挫败了。就这样墨子不费一兵一卒，“止楚攻宋”，被传为佳话。

鲁班像

但是令人伤心的是，墨子的思想并不能为当时人所理解。书中曾记载他从楚国胜利返回时，“过宋，天雨，庇其闾中，守闾者不内也”。冒生命危险立下神功的墨子，居然不能在宋国里巷的大门内避雨！简直是莫大的悲哀。墨子主张任人唯贤，做官的不能永远都是高贵的，老百姓也不能永远都是下贱的。他还反对侵略战争，为被侵略的国家奔走呼号，主持正义。他还主张“兼相爱，交相利”，人们不分贵贱，互爱互利，这样社会就会走向大同，表达了劳动人民要求平等、反对战争与压迫的心声。然而墨子的这些思想在当时明显带有空想的色彩，其崇尚平等的精神更不能为统治者所接受，这恐怕就是墨子不能为人们理解的根本所在。所以曾经同儒家实力相当的墨家，在汉初就销声匿迹了。

《墨子》文字朴实浅显，过于强调说理的严密和逻辑的清晰，重质轻文、重理轻事，缺少对事件和人物的描写，缺少文采，所谓“言之无文，行而不远”，这大概也是《墨子》失传的一个重要原因。

德侔天地，道贯古今——孔子

天下君主至于贤人众矣，当时则荣，没则已焉。孔子布衣，传十余世，学者宗之。……可谓至圣矣！

——司马迁《史记·孔子世家》

（《论语》是）“孔子应答弟子时人及弟子相与言而接闻于夫子之语也。”

——班固《汉书·艺文志》

马克思曾经说：“死人紧紧地抓住活人。”

在中国历史上，没有任何人能像孔子一样紧紧地抓住后人的思想，哪怕是小小的一部分。我们的思维方式、生活理想、衣食住行甚至包括走路的方式最终都可以溯源到孔子那里。由孔子所创立的儒家思想在中国的影响源远流长，两千多年来，这种思想无时无刻不在影响着每一个中国人，沉淀在中国人的头脑里。这种儒家文化既是中国学术思想的主流，又通过各种渠道渗入民族文化的各个阶层，就连喧哗民间的说唱文学、戏曲、格言也都深受其影响。别的不说，仅一个“孝”字，就像一把天尺，衡量着每一个中国人。古时候，孔子被尊奉为“至圣先师”，皇帝每年要到孔庙祭拜他。在学堂里也挂着孔子的画像或设孔子的牌位，孩子们入学的第一件事，就是向孔子磕头行礼。

孔子，名丘，字仲尼，生于公元前551年，死于公元前479年。孔子出生后，父亲故去，家境贫寒。青少年时代，他曾为别人管粮食，看牲畜，干过许多杂活。孔子天资聪明，博学多思，成年后开始收徒讲学。他希望从政施展自己的政治抱负，却至51岁那年，才步入仕途，先后当过鲁国的中都宰、司空、司寇，但没过几年，便因与当权者政见不合，去职离国，率弟子游说卫、宋、陈、楚等国。其间，虽时时似有希望，结果却一再失望，甚至颠沛流离，被人说是“丧家之狗”。68岁时，孔子结束了十多年的流亡生涯，返回鲁国，专心教授学生，整理古籍。公元前479年，73岁的孔子去世。

孔子在整理古籍方面功劳甚巨。据说，《诗》、《书》、《礼》、《乐》、《易》、《春秋》这六部中国最古老的文化典籍，都是因为孔子的整理、传授，才得以流传后世的。除《乐》后来失传以外，其他5部重要典籍我们现在仍可获得。因为当时还没有私人著述的风气，孔子并没有自己的著作传世。幸赖他的弟子和再传弟子将他的言论记录下来，汇成《论语》一书，才使后人能够领略这位哲人的风采。《论语》成书的年代，大约在战国初期，即公元前400年左右。全书二十篇，各取篇首二三字为题，篇题与内容、同篇的各章之间，没有逻辑联系。

孔子的思想，中心是讲做人的道理。

《论语》的思想，融政治、道德、教育为一体，而中心就是做人的道理，其中包含了许多有普遍意义的原则。他强调，道德与刑、政不同，单纯依靠刑罚和行政手段，百姓慑于刑罚，不敢做坏事，却不会有知耻之心；只有实行德治，才能使百姓有知耻之心，自觉不做坏事。他提出了正人先正己、先富后教、取信于民等重要原则。在仁学中，一方面倡导爱人、匹夫不可夺志，提倡独立的人格精神，另一方面又要求以仁为己任，见利思义，见义勇为，把社会责任放在第一位，提出了一种把个人人格与社会责任、社会义务相统一的人生观；在人我关系上，他提出“己所不欲，勿施于人”、“己欲立而立人，己欲达而达人”、推己及人的原则；提出了孝、悌、忠、信、恭、宽、敏、勇、直等一系列道德规范；还特别强调“为仁由己”，启发每个人的自觉道德精神，提出了不少重要的修养方法；并且论证了道德思想与礼仪规范的关系，要求人们仁礼兼备，文质彬彬。在教育方面，孔子提出有教无类、启发式教学等许多有价值的思想。这些思想对中国教育和文化的发展有深远的影响。《论语》中许多话都成为格言流传于后世。读《论语》要着重吸取其有普遍意义的精华，以提高我们的道德意识、责任感和使命感。孔子处于二千五百年前的宗法等级制社会，《论语》的内容也不免带有时代的烙印。今天继承吸取其精华，也要注意剔除其旧的时代内容，赋予它新的时代内容。

《论语》自问世以来，两千余年间，对中国政治、思想、教育、伦理等多方面无不产生极其广泛的影响。汉代以后，《论语》几乎是每个读书人的必读之书。东汉的时候，它被列入儒经的行列，与《尚书》、《周易》等合称

孔子像

在中国历史上，没有任何人能像孔子一样紧紧地抓住后人的思想，哪怕是小小的一部分。我们的思维方式、生活理想、衣食住行甚至包括走路的方式最终都可以溯源到孔子那里。

孔门弟子守丧图

"七经"。到了宋代，《论语》经过朱熹的注解后，便一直成为科举考试最重要的教科书，宋元明清几朝的做官人、读书人无不受其影响。在古人心目中，《论语》是修身治国的宝训。纵是科举废除以后，《论语》仍是读书人经常诵读的书。今天，该书仍是一版再版，发行量之大更是惊人的。宋初名相赵普有"半部《论语》治天下，半部论语致太平"的传说，古今圣贤的读书经历证明，此话并不为过。

《论语》自问世以来，两千余年间，对中国政治、思想、教育、伦理等多方面无不产生极其广泛的影响。汉代以后，《论语》几乎是每个读书人的必读之书。

《论语》就是记述孔子及其弟子言行的书，所以是语录体的散文，其语言基本上是口语，比较易懂，用词力求言简意赅，所以多为一些格言警句。如："岁寒，然后知松柏之后凋也"，"三军可夺帅也，匹夫不可夺志也"，"朝闻道，夕死可矣"，"知者乐山，仁者乐水"，"人无远虑，必有近忧"，"小不忍，则乱大谋"等等，读来朗朗上口，意味深长。孔子的这些名言警句，展现了他深邃的思想、高尚的情操，也为后人树立了楷模。

仁者无敌——亚圣孟子

居天下之广居，立天下之正位，行天下之大道，得志，与民由之；不得志，独行其道。富贵不能淫，贫贱不能移，威武不能屈，此之谓大丈夫！

——《孟子·滕文公下》

孟子之文，语约而意尽，不为镵刻斩绝之言，而其锋不可犯。

——苏洵

过去有一个小孩子，他的父亲很早就死了，母亲守节。他们居住的地方离墓地很近，孩子学了些丧葬、痛哭之类的事。母亲想："这个地方不适合孩子居住。"就带着孩子离开了，将家搬到了街上，离杀猪宰羊的人家很近，这个小孩儿就模仿起做买卖和屠杀的活计。母亲又想："这个地方还是不适合孩子居住。"又将家搬到学宫旁边。夏历每月初一这一天，官员进入文庙，行礼跪拜，揖让进退，孩子见了，一一记在心上。母亲想："这才是适合孩子居住的地方。"于是就在这里定居了下来。

这个小孩子就是先秦儒家学派重要代表人物，被尊为"亚圣"的孟子，这个故事也就是广为传诵的"孟母三迁"。

亚圣——孟子

孟子名轲，邹国（今山东邹城市）人。后来孟子受业于孔子之孙子思，成为孔门后学。他以孔子为榜样，怀着治国平天下的抱负，游历各诸侯国，向统治者宣传他的王道思想、仁政主张。但诸侯为了富国强兵、争霸天下，纷纷采纳法家和兵家的学说，认为孟子过于迂阔，没有立竿见影的效果。这使得孟轲也像孔子当年一样，四处碰壁，终不得志。晚年回到故乡，从事教学和著述。他以"得天下英才而教育之"为乐事，培养了一批著名的学生，如公孙丑、万章、乐正子等。他和学生们一起，将自己的思想言论整理成《孟子》一书。

居天下之广居，立天下之正位，行天下之大道，得志，与民由之；不得志，独行其道。富贵不能淫，贫贱不能移，威武不能屈，此之谓大丈夫！

——《孟子·滕文公下》

《孟子》一书，共7篇，每篇又各分上下，依次为《梁惠王》、《公孙丑》、《滕文公》、《离娄》、《万章》、《告子》、《尽心》。篇名取自每篇开头的几个重要的字，没有特定的含义。《孟子》思想的核心是性善论，他认为人都有天赋的恻隐之心、羞恶之心、辞让之心、是非之心，也就是仁、义、礼、智人之四端的萌芽，这是人与禽兽的区别之所在，而恶则是后天受到外界影响才产生的。孟子强调，人们只要自觉、努力，就可以成为像尧舜那样道德完善的圣人；只要尽心、知性就可以知天，事天的途径就是修养心性。在人性善的基础上，孟子形成了仁政学说，提出了民贵君轻的思想，强调得民心者得天下，失民心者失天下。

在修养方面，孟子强调人的道德价值和道德自觉精神，明确提出了“所欲有甚于生者”，“所恶有甚于死者”，在生与义二者不可兼得时要“舍生取义”，还提出了要养浩然之气，培养“富贵不能淫，贫贱不能移，威武不能屈”的大丈夫精神，提出了“生于忧患，死于安乐”，要自觉接受艰难困苦的磨炼等极有价值的思想，这些思想对于我们生生不息的民族精神的形成有着深远的影响。有因于此，孟子的文章也气势雄伟宏大，感情真挚热烈，长于说理和论辩，是先秦诸子散文的代表作，为后人所推崇。

《孟子》行文最大的特点在于“势”，由于孟子善辩，讲起道理来口若悬河、滔滔不绝，常常将对方逼问得“顾左右而言他”。《孟子》词锋犀利，表现出咄咄逼人的气势，义正词严、大气磅礴；论证一环紧扣一环，层层深入，直达主题，如《告子上》中的“鱼与熊掌不能得兼”一节：

> 鱼，我所欲也；熊掌，亦我所欲也；二者不可得兼，舍鱼而取熊掌者也。生，亦我所欲也；义，亦我所欲也；二者不可得兼，舍生而取义者也。生亦我所欲，所欲有甚于生者，故不为苟得也?鸦死亦我所恶，所恶有甚于死者，故患有所不辟也。如使人之所欲莫甚于生，则凡可以得生者，何不用也？使人之所恶莫甚于死者，则凡可以辟患者，何不为也？由是则生而有不用也；由是则可以辟患而有不为也。是故所欲有甚于生者，所恶有甚于死者；非独贤者有是心也，人皆有之，贤者能勿丧耳。

读来觉文气如飞瀑一般，直落而下，不可中断。而析理，又似剥笋，层层深入，直至中心。

《孟子》的另一个特点是善于运用比喻和寓言来说明事理，形象生动，引人入胜。如在《梁惠王上》“寡人之于国”一节中，他针对梁惠王提出“察邻国之政，无如寡人之用心者”，以“弃甲曳兵而走”的两种情况为喻，问“以五十步笑百步，则何如”，惠王答道“不可，直不百步耳，是亦走也”。实际上是批评梁惠王在对待老百姓的问题上，同其他统治者的立场是一样的，只不过没

孟子游梁祠

有别的统治者那么残暴罢了。这其中也用了欲擒故纵、请君入瓮的手法，引梁惠王上钩，再以子之矛攻子之盾，使其处于非常窘迫的境地。此外还有“拔苗助长”、“缘木求鱼”、“一曝十寒”等等，现在已经成为人们经常使用的成语。

孟子文学上的成就，主要就是散文创作，并且对后世影响很大，唐宋时的散文大师，几乎都以孟子的文章为典范。《孟子》论辩机敏、文气浩然、语言通畅、洗练准确，历经两千余年，孟子作为思想家的形象仍旧跃然纸上。

孟子文学上的成就，主要就是散文创作，并且对后世影响很大，唐宋时的散文大师，几乎都以孟子的文章为典范。

集百家之大成——荀子

荀子在中国历史之地位如亚里士多德之在西洋历史，其气象之笃实似之。

——冯友兰《中国哲学史》

有人喜欢征服人，也就有人喜欢被人征服，那么这两种人之间当然没有麻烦，可以十分和谐地生活在一起；或是人人所欲之物极其充足，像可以自由呼吸的空气一样，当然也不会有麻烦；又或者人们可以独立生活，各不相干，问题也会简单得多。可是世界并不是如此理想，人们必须一起生活，为了在一起生活而无争，各人在满足自己的欲望方面必须接受一定的限制。“礼”的功能就是确定这种限制。

以上是荀子所作的关于“性恶”论及“礼”的一个论证，以解释道德上的善的起源。这种论证完全是功利主义的，与墨子的论证很相似。

荀子，名况，字卿，赵国人。荀况博学善辩，年轻时便到学者荟萃的齐国“稷下学宫”讲学，齐襄王时曾三次被推为“祭酒”（学宫之长），成为享有很高声望的学者。以后，他游历秦、赵等国，从事政治活动，与这些国家的当权者讨论富国强兵的问题。公元前238年，春申君被杀，荀况也受株连而免官，居于兰陵，直至老死。

荀况在教育上和著述上很有成就。在秦统一中国过程中起过重要作用的思想家韩非和政治家李斯，都是他的学生。今本《荀子》三十二篇除最后六篇一般认为是荀况门人所记外，其余各篇都是荀况的著述。

如果说孟轲承继子思学说，形成了儒家正统派的话，那么荀况则猛烈抨击子思、孟轲，形成了儒家内部的反对派。荀况反对孟轲，不在于反对孟轲对人的重视和高扬，而在于其对人的主体性的理解与孟轲不同。荀、孟分歧的基本点在于：孟轲对人的理解，重在发掘出人的内部世界——自我意识，从而确立人的主体性，再从人的内部世界拓展出人的外部世界——人对自然的主导、人与社会的联系。相反，荀况对人的理解，则重在肯定人的外部世界——人对自然的主导、人与社会的联系，从而确立人的主体性，再从人的外部世界入手来塑造人的内部世界——自我意识。简言之，孟轲是由“内圣”而“外王”，荀况则由“外王”而“内圣”。这种对人的理解的不同，导致了荀、孟在一系列问题上的分歧和对立，形成了荀况的独树一帜的人学体系。

在《荀子》一书中，荀况对人与自然的关系的思考占有相当重要的地位，形成了“明于天人之分”、“制天命而用之”的天人观。荀况指出“天”就是客观存在的自然界，自然界按其固有的客观规律运动变化。他认为，天与人、自然与社会有不同的职能。同时，荀况又强调，人虽然不能把自己的意志和目的强加于自然界，但并不意味着人在自然界面前是无能为力的。他提出了“制天命而用之”的思想，认为与其崇拜天、歌颂天，不如像畜养万物那样将天驯服；与其顺从天、歌颂天，不如掌握自然规律而使之为人类造福。

对人性问题的讨论，也是《荀子》一书的重要内容。荀子从“明于天人之分”的思想出发，在人性问题上主张“性”、“伪”之分，就是把人的自然属性与人的社会品质区分开来。他认为，“性”是与生俱来的原始质朴的自然属性，表现为“饥而欲饱，寒而欲暖，劳而欲休”等本能的物质需要，并不具有仁、义、礼、智的萌芽。因此，人的自然属性与人的礼仪规范是格格不入的。如果顺从人的自然本性，任其发展，必然引起人们对有限的物质生活资料的争夺，导致强者害弱，众者暴寡，天下大乱。总之，人性恶而非善，孟轲讲人性善，是不对的。荀况又认为，必须对人的恶的自然属性加以改造，使之成为符合礼仪规范的善的社会品质。这种善的社会品质是怎样形成的呢？他说：“人之性恶，其善者伪也。”所谓“伪”，是人为的意思，指人的社会品质不是先天具有的，而是由于文化环境影响，经过长期教化和学习而形成的。荀况十分重视教育学习对于改造“性”的作用。他指出：“干、越、夷、貉之子，生而同声，长而异俗，教使之然也。”不同民族的人，在初生之时声音一样，没有区别，但由于在成长过程中受到不同的教化，长大以后便具有不同的教养和习俗。可见教育学习对人性的改造起着决定性的作用。

荀子曾作《性恶》来辩驳孟子的性善论，《劝学》是

对人性问题的讨论，也是《荀子》一书的重要内容。荀子从“明于天人之分”的思想出发，在人性问题上主张“性”、“伪”之分，就是把人的自然属性与人的社会品质区分开来。

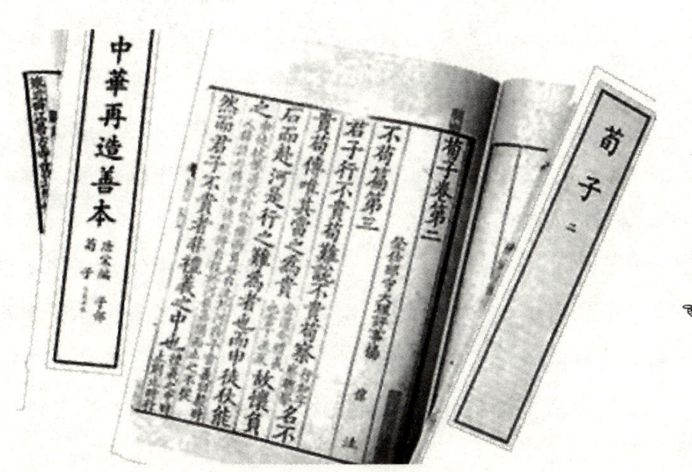

古本《荀子》

荀子曾作《性恶》来辩驳孟子的性善论，《劝学》是作为《性恶》篇的副产品出现的，然而今天读来，《劝学》却成为妙绝千古、孺子可诵的名篇。

作为《性恶》篇的副产品出现的，然而今天读来，《劝学》却成为妙绝千古、孺子可诵的名篇。《荀子》中的文章，论点明确、结构严谨，论述缜密、风格质朴，并且能够运用自然界和日常生活中非常普通的事例作为论据，巧妙运用比喻、反复论证；用词简练，善于运用铺陈手法和排比句式，整齐流畅，读来朗朗上口。

君子曰：学不可以已。青，取之于蓝，而青于蓝；冰，水为之，而寒于水。木直中绳，以为轮，其曲中规；虽有槁暴，不复挺者，輮使之然也。故木受绳则直，金就砺则利，君子博学而日参省乎己，则知明而行无过矣。（《劝学篇》）

荀子的文章，虽朴实无华却耐人回味。文章开篇即开宗明义地讲出核心观点，鲜明果断。然后大量用喻，文字浅显易懂却含义深切，自然而然就得出了结论。

积土成山，风雨兴焉。积水成渊，蛟龙生焉。积善成德，而神明自得，圣心备焉。故不积跬步，无以至千里；不积小流，无以成江海。骐骥一跃，不能十步；驽马十驾，功在不舍。锲而舍之，朽木不折；锲而不舍，金石可镂。蚓无爪牙之利，筋骨之强，上食埃土，下饮黄泉，用心一也。蟹六跪而二螯，非蛇蟮之穴无可寄托者，用心躁也。是故无冥冥之志者，无昭昭之明。无惛惛之事者，无赫赫之功。……故君子结于一也。（《劝学篇》）

荀子的文章，虽朴实无华却耐人回味。文章开篇即开宗明义地讲出核心观点，鲜明果断。然后广泛用喻，文字浅显易懂却含义深切，自然而然就得出了结论。

这一段文字几乎都在使用譬喻，或正或反或并列，变化多端，生动巧妙地说明了学习要不断积累、用心专一的道理。

《荀子》的思想相当丰富，对中国文化产生了多方面的影响。荀子在中国学术、思想界的地位不可忽视。正如冯友兰在《中国哲学史》中所的说：“荀子在中国历史之地位如亚里士多德之在西洋历史，其气象之笃实似之。”

柔弱胜刚强——老子

天下皆知美之为美，斯恶已。皆知善之为善，斯不善已。有无相生，难易相成，长短相形，高下相盈，音声相和，前后相随。恒也。

——《老子》第二章

上善若水。水善利万物而不争，处众人之所恶，故几于道。居善地，心善渊，与善仁，言善信，政善治，事善能，动善时。夫唯不争，故无尤。

——《老子》第八章

哈佛大学教授约翰·高在谈到《老子》这本书时说："《老子》许多年来一直是我的床头伴侣。其意义永无止尽，通常也是不可思议的。例如，当我研究心理学时，它是一本有价值的关于人类行为的教科书。作为一个研究组织机构的专业人员，我从这本书中学到了许多有关政治和领导的知识。我把它作为最喜爱的礼物送给身为企业家和高级经理的朋友们。这本书道出了一切。"

《老子》，其实是一部用韵文写成的哲学诗，短短不过五千言，却蕴含着深邃丰富的思想，洋溢着玄远浪漫的情致，凝结着荆楚之地哲人的智慧，是中国古文化的一枝硕果累累的哲学之花。从对后世的影响来说，《老子》为此后的中华文化创造提供了一个可以不断阐释、开出新意的"文本"。

《老子》的作者即老子，现在一般多认为是老聃，楚国苦县（今河南鹿邑）人，他生活的时代约与孔子同而稍早。他是一个见闻广博、知识丰富、思想深沉的学者，相传孔子曾向他请教过周礼，他晚年隐居著述，著成《老子》，开创先秦道家学派。

今天流传的《老子》一书，共八十一章，分上下两篇，上篇为道篇，下篇为德篇，汉代以后又被称为《道德经》。据现代学者考证，

《荀子》的思想相当丰富，对中国文化产生了多方面的影响。荀子在中国学术、思想界的地位不可忽视。正如冯友兰在《中国哲学史》中所说的："荀子在中国历史之地位如亚里士多德之在西洋历史，其气象之笃实似之。"

老子像

《老子》可能是道家后学根据老聃的思想言论记述、整理、加工而成的，约在战国初年成书，以后又有不同版本流传。然而，不管怎么说，《老子》代表了先秦时期的原始道家思想，是确定无疑的。

道家学派创始人老子，与儒家学派创始人孔子一样，都生活在春秋末期，都对当时的社会大变动持比较保守的态度。但他又与孔子不同，他没有那种修己治国的政治抱负和游说谋官的积极性，而是力图置身于社会大变动的激流旋涡之外，冷静地思考宇宙人生，任凭自己的思想在天地、古今之间遨游，从而讲出了一番关于“道”的“玄之又玄”的哲理。正是这样，他的哲学思想既含有丰富的时代内容，又具有较高的思辨色彩。在哲学思维水平上，老子比孔子更胜一筹。

《老子》的哲学思想最显著的特点，是第一次把“道”作为哲学最高范畴并予以系统的论证。被《老子》所尊崇、所景仰的“道”究竟是什么呢？在《老子》看来，这个问题是难以回答的。《老子》开篇就说：“道可道，非常道；名可名，非常名。”认为“道”如果说得出来，那么它就不是永恒的道；“名”如果能叫得出来，那么它就不是永恒的名。尽管“道”无法用语言表达，但《老子》还是对“道”作了各种描述和说明。

今天流传的《老子》一书，共八十一章，分上下两篇，上篇为道篇，下篇为德篇，汉代以后又被称为《道德经》。据现代学者考证，《老子》可能是道家后学根据老聃的思想言论记述、整理、加工而成的，约在战国初年成书，以后又有不同版本流传。

《老子》认为，“道”不同于经验世界的具体事物，不具有可感知的物象，是一种叫做“惚恍”的“无状之状，无物之象”。因此，“道”是超经验世界的存在。从这个意义上说，“道”又可以称为“无”。“道”之为“无”，实际是相对于“物”之为“有”而言的。也就是说，如果人们只把经验世界的具体事物看作是“有”的话，那么作为非经验世界的“道”只能被看作是“无”。“道”与万物分别属于两个不同的世界。正因为“道”不同于万物，是与“有”相对立的“无”，因此，它能成为宇宙根本，成为万物得以衍生的本原和赖以存在的根据。“天下万物生于有，

老子授经图

有生于无。”“道生一，一生二，二生三，三生万物。”作为万物得以衍生的本原和赖以生存的根据，“道”是永恒的、无限的存在，而万物则是暂时的、有限的存在。

从这些描述和说明中可以看出，《老子》所讲的“道”，既是哲学意义上的最高本体，又是科学意义上的宇宙本源，更是人之为人之道。由于古代哲学和科学发展水平的局限，《老子》不可能自觉地将这些区分开来。尽管没有进行这种区分，但《老子》所提出的“道”毕竟为古代中国人开拓出了一个崭新的世界——与经验世界不同的超经验世界，把人们的思维引入了更为广阔的空间。

《老子》的这些思想，在战国时期分别为庄周学派和稷下道家所继承和发扬。先秦道家思想，特别是老、庄思想，对先秦以后的中国哲学和中国文化产生了深刻影响。

《老子》认为，“道”不同于经验世界的具体事物，不具有可感知的物象，是一种叫做“惚恍”的“无状之状，无物之象”。

鲲鹏展翅逍遥游——庄周

(《庄子》)这些故事所含的思想是，获得幸福有不同等级。自由发展我们的自然本性，可以使我们得到一种相对幸福；绝对幸福是通过对事物的自然本性有更高一层的理解而得到的。

——冯友兰《中国哲学简史》

其文汪洋辟阖，仪态万方。晚周诸子之作，莫能先也。

——鲁迅《汉文学史纲要》

一只白色的蝴蝶，自由而快乐地飞着……它流连在姹紫嫣红的花丛中，徘徊于清澈湍急的小溪边，尽情享受着大自然赐予的明月清风，甘露醇浆。它从山谷飞起，向远方飞去，飞过一望无际的平原，飞过连绵起伏的高山。它欣赏着长河落日、大漠孤烟，品味着铁马秋风、杏花春雨。与落霞齐飞的孤鹜是它的伙伴，与长天一色的秋水是它的乐园。它扶摇直上，忘记了人间的是非荣辱；遗世独立，摆脱了世俗中生死名利的纠缠。它不知飞到了何处，要去何方，只知道从从容容地飞翔，安安静静地生活……

蝴蝶就是庄子。庄子名周。庄周不知道到底是他变成了蝴蝶，还是蝴蝶变成了庄周。他称之为“物化”（《庄子·齐物论》，以下只注篇名），可诗人却说是“庄生晓梦迷蝴蝶”（李商隐·《锦瑟》）。在梦醒时分，他发现躺在床上的依然是那具僵直的身体，自己的身体，没有翅膀的身体。

庄周是战国诸子中道家的代表人物，他生活的时代正是战国中期，征战频繁、王权更迭、生活无序，儒墨两家提出的社会理想在庄周看来都是各执一端、于世无补。在这样的情况下，庄周对社会和现实政治采取了逃避态度，他拒绝了高官厚禄，把自己的目光由社会政治生活转向更为宽大的自然界。由现实生活转向理想境界，提出了“天其运乎？地其处乎？日月其争于所乎？”（《庄子·天运》）

《庄子》书影

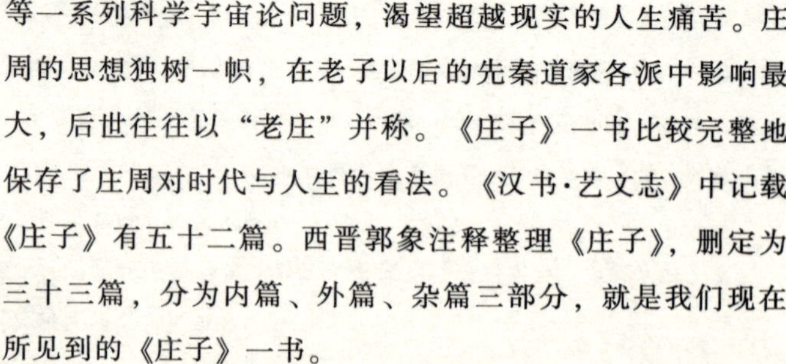

等一系列科学宇宙论问题，渴望超越现实的人生痛苦。庄周的思想独树一帜，在老子以后的先秦道家各派中影响最大，后世往往以“老庄”并称。《庄子》一书比较完整地保存了庄周对时代与人生的看法。《汉书·艺文志》中记载《庄子》有五十二篇。西晋郭象注释整理《庄子》，删定为三十三篇，分为内篇、外篇、杂篇三部分，就是我们现在所见到的《庄子》一书。

《庄子》继承了《老子》的道论，经验世界为“物”，指有形、有声、有色的具体事物；超经验世界为“道”，指无形无象、不可感觉而又有情有信、可传可得的存在，是产生天地、鬼神与上帝的根本，它弥漫宇内、贯穿古今，无时无刻不在。庄周认为，立足于“物”的经验世界与立足于“道”的超经验世界的人，其思想境界和认识结果是迥异的。前者只会从具体事物的一偏之见出发，发现事物之间各有差异，世界充满矛盾，人生尽是痛苦。后者则能超越“物”的束缚，发现各种事物、各种矛盾都处于不断转化之中，细小的草茎与粗大的屋柱，丑陋的厉与美丽的西施，都可以通而为一，甚至事物的性质、差异都可以完全颠倒。这种“天地与我并生，万物与我为一”（《庄子·齐物论》）的境界，能给人无限的满足，使人从生活的困顿、人生的痛苦中解脱出来，获得心灵的自由。

在涉及主体的认识能力的问题的时候，《庄子》指出，人的认识能力可以分为“小知”与“大知”。前者是指以“物”为认识对象的主体认识能力，即人们通常的感觉经验和思维活动。后者是指以“道”为认识对象的主体认识能力，是人们的直觉认识能力。通过“小知”而获得的关于“物”的知识，是通过“大知”把握“道”的最大障碍。因此，以直觉方法“体道”的过程，实际上就是摒弃传统认识原则和传统知识的过程。

《庄子》给人们指出了一条从现实生活的困顿中获得自由和解脱的道路。这种对自由的祁向和对现实的超越，是庄周思想的精华，他给在现实生活中痛苦挣扎的人们开辟了一片逍遥的精神家园，使人们的心灵有慰藉、养息、安顿之所。与儒家积极入世的精神相比，庄子的精神是超然的、出世的，这两种人文精神在历史发展中相互补充、各有所成，共同塑造了中国知识分子的性格。

《庄子》一书在先秦诸子散文中是文学成就最高的，其总体风格为“汪洋恣肆”，其文章常

《庄子》继承了《老子》的道论，经验世界为“物”，指有形、有声、有色的具体事物；超经验世界为“道”，指无形无象、不可感觉而又有情有信、可传可得的存在，是产生天地、鬼神与上帝的本根，它弥漫宇内、贯穿古今，无时无刻不在。

庄子像

《庄子》一书在先秦诸子散文中是文学成就最高的，其总体风格为“汪洋恣肆”，其文章常常是突兀而起，行所欲行，止所欲止，完全随着作者自己的意识所及任意跳荡起落。句式或顺或倒，或长或短，词汇丰富，描写细致，极有独创性。

常是突兀而起，行所欲行，止所欲止，完全随着作者自己的意识所及任意跳荡起落。句式或顺或倒，或长或短，词汇丰富，描写细致，极有独创性。

《庄子》散文最大的特点在于其丰富的想象力，极富浪漫主义气息。郭象在《〈庄子〉序》中说：“观其书，超然自以为已当，经昆仑，涉太虚，而游恍惚之庭矣。”庄子超乎寻常的想象力应归因于他思想的自由、个体精神的解放和对世界的独特认识。鲲鹏可谓大也，可是也不过是沧海一粟，但哪怕是一小粒尘埃也可从其中窥出世间大道，万事万物只是形体层面的差别，其理其道是一样的，所以庄子的文思就可以在差别巨大的物象之间自由驰骋。

《庄子》散文的另一个特点是能够用生动的艺术形象来说明异常抽象的哲学道理。《道德经》开篇讲“道可道，非常道；名可名，非常名”，就是说天地的大道、事物的本质可以通过语言表达出来，但是表达出来后，就不是原来的道和本质了。因此道家有“言不尽意”的理论思想。同时有许多哲学命题按照常规话语本来就很难表达出来，所以，《庄子》中很大篇幅都是用各种神话、寓言来隐喻抽象的哲学道理，比如说《逍遥游》中的“无用之为大用”的道理：

> 惠子谓庄子曰：“吾有大树，人谓之樗。其大本拥肿而不中绳墨，其小枝卷曲而不中规矩。立之涂，匠者不顾。今子之言，大而无用，众所同去也。”庄子曰：“……今子有大树，患其无用，何不树之无何有之乡，广莫之野，彷徨乎无为其侧，逍遥乎寝卧其下；不夭斤斧，物无所害。无所可用，安所困苦哉！”

通过一个故事和一株“毫无所用”的大椿树将“人皆知有用之用，而莫知无用之用”的道理阐发得淋漓尽致。

总之，《庄子》在许多方面深刻影响了后世，最主要的是浪漫主义的文学气质，让后世许多大家比如李白、苏轼等争相效仿。《庄子》铺张扬厉的写法对汉赋的发展也有一定影响。此外，在《庄子》中首次出现了“小说”这个词，它里面丰富的语言和神话故事也成为后世小说创作的重要素材。

御风而行——列子

北宋才子苏东坡在其《水调歌头·明月几时有》中有一千古名句：“我欲乘风归去，又恐琼楼玉宇，高处不胜寒。”借以表达他渴望超脱尘世的情怀，而其此番灵感却源于战国时另一学者“竟不知风乘我邪？我乘风乎”的列子。

列子名叫列御寇，郑国人，是道家的一位代表人物。《吕氏春秋》有“子列子贵虚”认定列子是郑国人，《历世真仙体道通鉴》也记述列子是郑国人，由于他崇尚黄老之学，一生追求清静无为，在郑国市井中居住四十余年竟不为人所知。被后世奉为道教的仙人，唐玄宗天宝元年（742）被封为“冲虚真人”，《列子》也被诏称《冲虚真经》；宋徽宗时被封为“致虚观妙真君”。但是《列子》的“身世”常为人们所怀疑，虽然在《庄子》中曾经提到列子，但是《列子》这一书名，在先秦诸子时代并没有为人们所提及。到汉代刘向整理朝廷的藏书时才首次提及，并且整理成八篇。但是后来人研究时，说刘向编校的原书也失传了，现在的《列子》是魏晋时代的张湛所作的伪书。但是不管《列子》是否为伪书，它因其文学价值和艺术贡献在中国文学史上仍占有一席之地。钱钟书就曾分析过：“使《列子》果张湛所伪撰，不足以贬《列子》，只足以尊张湛。魏晋唯阮籍《大人先生传》与刘伶《酒德颂》，小有庄生风致，外此无闻焉尔。能赝作《列子》者，其手笔驾曹、徐而超嵇、陆，论文于建安、义熙之间，得不以斯人为巨擘哉？”

列子以关尹子、壶丘子、林老商等人为师，而这三个人，都是承老子之学，所以列子继承黄老的学说，这是无疑的。《吕氏春秋·不二》中说：“子列子贵虚”，就是主张虚静无为，一切要顺应自然。他还说“人之用心若镜，不将不迎，应而不藏，故能胜物而不伤。”他因为穷困潦倒而面有饥色，郑国的执政者子阳要馈赠他粮食，而他拒绝了。他的弟子严恢问他：“有闻道者为富乎？”列子答道：“桀纣唯轻道而重利是以亡！”主张人们应该摆脱人世间富贵、名利等

吕不韦像

其书大略，明群有以至虚为宗，万品以终灭为验，神惠以凝寂常全，想念以著物自丧，生觉与化梦等情。巨细不限一域，穷达无假智力，治身贵于肆任，顺性则所之皆适，水火可蹈，忘怀则无幽不照。此其旨也。然所明往往与佛经相参，大归同于老庄，属辞引类，特与庄子相似。

——张湛《列子序》

的影响，要淡泊名利、清静修为。

《列子》散文的想像力极为丰富，构思奇特新颖。例如其中有“偃师造人”一节，描写了偃师用木头等材料造成的人能达到以假乱真的程度：

偃师谒见王，王荐之曰：“若与偕来者何人邪?”对曰：“臣之所造能倡者。”穆王惊视之，趣步俯仰，信人也。巧夫领其颐，则歌合律；捧其手，则舞应节。千变万化，惟意所适。王以为实人也，与盛姬内御并观之。技将终，倡者瞬其目而招王之左右侍妾。王大怒，立欲诛偃师。偃师大慑，立剖散倡者以示王，皆傅会革、木、胶、漆、白、黑、丹、青之所为。王谛料之，内则肝、胆、心、肺、脾、肾、肠、胃，外则筋骨、支节、皮毛、齿发，皆假物也，而无不毕具者。合会复如初见。

如此想像，纵使是今天的人工智能也是望尘莫及呀!当然这也不是凭空瞎想，传说三国魏时有能工巧匠可以制造出木头人“击鼓吹箫”，而蜀国丞相诸葛亮制造出木牛流马帮助军队运送粮草的故事更为人们所熟知。

在先秦历史散文中《战国策》、《国语》对人物的刻画是比较成功的，而诸子散文中《列子》在人物的塑造方面也较为突出。通过调动多种手法，《列子》成功地展现了许多个性鲜明的人物形象。“愚公移山”曾被毛主席大加赞赏，成为“老三篇”之一，在中国大地广为流传，成为中华民族不畏艰难、艰苦奋斗精神的象征，这个形象就是在《列子·汤问》中塑造的。

太行王屋二山，方七百里，高万仞；本在冀州之南，河阳之北。北山愚公者，年且九十，面山而居。惩山北之塞，出入之迂也，聚室而谋，曰：“吾与汝毕力平险，指通豫南，达于汉阴，可乎?”杂然相许。其妻献疑曰：“以君之力，曾不能损魁父之丘，如太行王屋何?且焉置土石;”杂曰：“投诸渤海之尾，隐土之北。”遂率子孙荷担者三夫，叩石垦壤，箕畚运于渤海之尾。邻人京城氏之孀妻有遗男，始龀，跳往助之。寒暑易节，始一反焉。河曲智叟笑而止之，曰："甚矣，汝之不惠！以残年余力，曾不能毁山之一毛，其如土石何？"北山愚公长息曰："汝心之固，固不可彻；曾不若孀妻弱子。虽我之死，有子存焉，子又生孙，孙又生子；子又有子，子又有孙；子子孙孙，无穷匮也；而山不加增，何苦而不平？"河曲智叟亡以应。操蛇之神闻之，惧其不已也，告之于帝。帝感其诚，命夸娥氏二子负二山，一厝朔东，一厝雍南，自此，冀之南、汉之阴无陇断焉。

文中直接描写愚公的有"年且九十"（快要到九十岁了），其余的主要通过对比、烘托的手法使人物的形象逐渐丰富起来。首先开篇描写愚公所面临的自然环境，"方七百里，高万仞"，来暗示愚公所要完成的任务之艰；然后写运土之难，"寒暑易节，始一反焉"；还写愚公受到的质疑，首先是其妻"以你现在的力量，连魁丘这样的小山都撼动不了，能拿太行王屋怎么样呢"？还有智叟"以你这么高的年龄和虚弱的体力，连山上的树木都毁不了，能拿那些土石怎么办呢"？然而愚公没有被这些困难和压力吓倒，反而更加坚定了信心，"我的子子孙孙无穷无尽，而山又不会增高，还怕移不平它"？这样通过运用直接间接相结合的描写手法，充分显现出愚公面对自然困境，勇往直前的大无畏精神。

法家集大成者——韩非

其于文也，峭而深，奇而破的，能以战国终者也。

——王世贞《合刻管子韩非子序》

汉代史学大家班固有言，诸子"皆起于王道既微，诸侯力政，时君世主，好恶殊方，是以九家之术，蜂出并作，各引一端，崇其所善，以此驰说，取合诸侯"。春秋战国，诸子为了推行自己的主张，四处游说，著书立说，以求得统治者的信任，"以其道易天下"。然而在战国晚期却有一位公子饱受造化之苦，虽满腹经纶却天生口吃，无法像别人那样四处游说诸侯。上天总还是眷顾苍生，让他有如椽巨笔，长于著述，终留下《韩非子》。

自不待言，此人即法家思想之集大成者——韩非。韩非本是韩国贵族，与后来成为秦国丞相的李斯一起师从于荀子。当时韩国已经是国力衰竭，面临西方的强敌秦国，韩非多次上书韩王，提出富国强兵、修明法制的主张，但都没有被采纳，故退而著书十万余言。他的著作传到秦国，秦王嬴政读了他的《五蠹》、《孤愤》等篇后对他十分钦佩，立即发兵攻打韩国，逼韩王以使节的名义将韩非派往秦国。他的同学李斯因为嫉妒他的才学，怕对自己的地位构成威胁，所以同姚贾一起向秦王嬴政进谗言，将韩非打入狱中，又派人送毒酒给他，逼其在狱中饮鸩自尽。

韩非首先继承了其师荀子的“性恶论”思想。韩非身为韩国贵族，处于权力斗争的中心，对官场特别是宫廷的丑恶看得入木三分，所见所闻尽是些邀功取宠、弑君篡位之举，尤其是在社会极为动荡的情况下，人性中负面的因素极度膨胀，这是他极力主张人性恶的重要经验因素。既然人和人类在本性上是恶的，那么所谓道德、伦理、信用、亲情、个人尊严、社会公正等等美好的内容自然都是不成立的，它们在韩非笔下都成为笔伐的对象。被儒家顶礼膜拜的尧舜等先贤在他看来都是自私自利的，“是去监门之养而离臣虏之劳”，只是贪图享乐而已；妻子和儿女把“同床”和“在旁”的“父兄”都视为“奸”；《制分》篇中说“民者，好利禄而恶刑罚”，只懂得趋利避害；《内储说上七术》中说：臣下“犹兽鹿也，唯荐草而就”。而对于这等只知趋利避害的动物，韩非认为只有一个办法可以控制，那就是赏罚，他提出：“凡治天下，必因人情。人情者，有好恶，故赏罚可用；赏罚可用，则禁令可立而治道具矣。”（《八经》）

韩非像

凡说之难，非吾知之有以说之难也。又非吾辩之难能明吾意之难也。又非吾敢横失能尽之难也。凡说之难，在知所说之心，可以吾说当之。

——《韩非子·说难》

他主张不要因循守旧、墨守旧法，认为如果当今之世还赞美“尧、舜、汤、武之道”，“必为新圣笑矣”。主张“不期修古，不法常可”，“世异则事异”，“事异则备变”（《韩非子·五蠹》），要根据当时实际情况的变化来制定具体的政策。韩非还提出了“事在四方，要在中央；圣人执要，四方来效”（《韩非子·物权》）的君主中央集权的理论。《韩非子》中宣扬最多的要算法、术、势相结合的法治思想，他将以前法家的精华加以整合，吸收了商鞅的“法”，

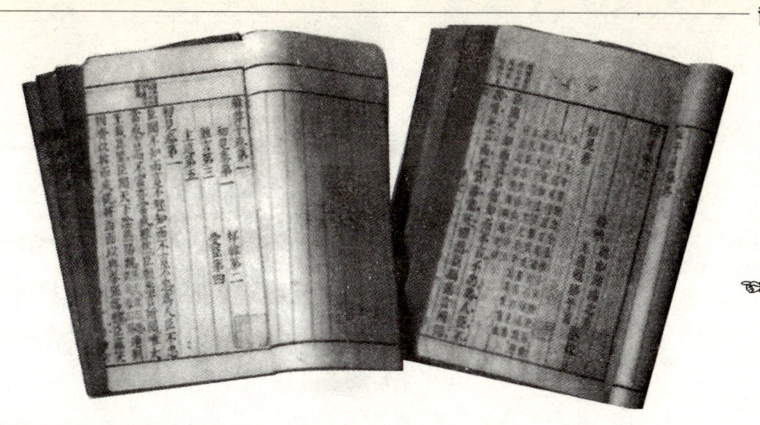

《韩非子》书影

申不害的“术”和慎到的“势”，从而成为集大成者。

《韩非子》在写作上的一大特点就是犀利峻峭，鞭辟入里，说理无所顾忌。例如前面所述他对人性恶的阐述，他还说君臣之间根本不是彼此信任、你仁我忠的关系，而是“君以计畜臣，臣以计事君，君臣之交，计也”，完全成为尔虞我诈的关系。在《说难》篇中，他剖析了身为人主的种种可怕的心理，认为游说最难的就是去揣摩人主的心理，所以告诫那些游说之士不要犯上怒。这样直接露骨的论述在以前是很少见的。

《韩非子》的另一个特点是论证严谨，丝丝入扣。例如《五蠹》，先提出上古、中古和近古历史发展的事实，说明“今有构木钻燧于夏后氏之世者，必为鲧禹笑矣；有决渎于殷周之世者，必为汤武笑矣”，继而转入本题：“今有美尧、舜、汤、武、禹之道于当今之世者，必为新圣笑矣。”在做了这些充分的论证之后，即顺理成章地得出了结论：“圣人不期修古，不法常可，论世之事，因为之备。”后文的“世异则事异”、“事异则备变”、“赏莫如厚而信”、“罚莫如重而必”等著名论点，也都是使用同样的论证方法得出的。

《韩非子》在写作上的一大特点就是犀利峻峭，鞭辟入里，说理无所顾忌。

还应该提出的是，《韩非子》记载了大量脍炙人口的寓言故事，在战国后期，用寓言故事来说明、阐释自己的政治观点成为一种常用的方法，《墨子》、《孟子》中都有为数不少的寓言。《韩非子》中的《说林》、《储说》都是由纯粹的寓言故事组成的，尤其是《说林》，二百多个文字竟能有组织有系统地形成一个整体。“自相矛盾”、“守株待兔”、“讳疾忌医”、“滥竽充数”、“老马识途”、“郑人买履”等脍炙人口的名篇都出自这里。这些生动的寓言故事，蕴含着深隽的哲理，凭着它们思想性和艺术性的完美结合，给人们以智慧的启迪，具有较高的文学价值。

一字千金成《吕览》——吕不韦

凡十二纪者，所以纪治乱存亡也，所以知寿夭吉凶也。上揆之天，下验之地，中审之人，若此，则是非可不可无所遁矣。

——《吕氏春秋·序意》

不韦乃集儒者（原讹作书字）使著其所闻，为十二纪、八览、六论，合十余万言。……然此书所尚，以道德为标的，以无为为纲纪，以忠义为品式，以公方为检格，与孟轲、孙卿、淮南、杨雄相表里也。

——高诱

呂氏春秋卷第四
漢河東高 誘訓解 明新安汪一鸞重
孟夏紀
一曰孟夏 四月紀
孟夏之月日在畢
昏翼中旦婺女中
其日丙丁其帝炎帝

《吕氏春秋》书影

《史记》中有载：公元前239年，即秦王嬴政八年的一天，秦国首都的城门特别热闹，人如潮涌，大家在看什么呢？原来城门楼上挂满了成片的写满文章的竹简，城门口上贴的告示说，如果有谁能够将此书增或删一个字，就赏赐他千金。然而一连好几天过去了，仍没有人能够得到这千金。难道这部书真的就这么完美无缺吗？其实不然，这部书的作者是当时身为秦国“仲父”的相国吕不韦，谁敢在太岁爷头上动土呢？这就是“一字千金”的由来，而这部无价宝书就是《吕氏春秋》。

吕不韦在历史上是一个极富传奇色彩的人物。他是战国末期的卫国人，出身商贾。然而他与一般商人不同的是，他具有非同寻常的政治敏感性，他在赵国都城邯郸经商时，发现质于赵国的秦贵族子楚有回秦国继承王位的可能，“奇货可居”。于是他决定进行政治投机，出谋划策并出资支持子楚取得王位继承权。子楚即位，就是秦庄襄王，感于吕不韦之恩而任其为丞相，封文信侯，食洛阳十万户，自此他的买卖可谓获得了极高的回报。3年后，秦庄襄王去世，太子嬴政（就是后来的秦始皇）立为王，吕不韦做相国，号称“仲父”，一时权倾朝野。当时魏有信陵君、楚有春申君、赵有平原君、齐有孟尝君，都以能够招聚宾客而闻名天下，吕不韦也开始招揽天下贤士，并厚待之，宾客竟达到3千多。他让这些宾客将自己的所学所闻记录下来，然后汇聚在一起，编成八览、六论、十二纪，总共二十余万字，冠名《吕氏春秋》，也叫《吕览》。后来因为他与太后有染，遭嬴政罢黜，被发配蜀地后引鸩自尽。

尽管人们对吕不韦由商贾到从政多有诟病，但是他不仅仅是一个只会投机钻营的商人，他具有超人的战略眼光和政治才华，也有纵横捭阖、统御天下的才能。《吕氏春秋》的编纂固然有为自己造势、为自己留名的一面，但同时也为秦国统一天下提供了政治和文化支持。当时，秦国通过商鞅的改革国力日益强盛，灭六国而统一天下的大势已成。但是出身西戎的秦国在文化上却是一个矮子，吕不韦深知统一天下可以靠武力，然而统治天下却绝非武力就可以完成。因此，在吕不韦专权的十二年中，他一方面派兵攻打赵国、灭周国，另一方面将天下贤士聚集到秦国，使秦国的文化有了一个跃升。后来秦始皇重法家，只是一味强调苛刑厉法，终二世而亡，以此相较足可见吕氏目光之长远。

《吕氏春秋》名列杂家之首，最大的特点就是以广阔的心胸和非凡的气魄对诸子百家之学进行取长补短，以求能成一家之言。《孟夏纪·用众篇》中说：“物固莫不有长，莫不有短，人亦然。故善学者，假人之长以补其短。故假人者遂有天下……虽桀纣犹有可畏可取者，而况乎贤者。……天下无粹白之狐，而有粹白之裘，取之众白也。夫取于众，此三皇五帝之所以大立功名也。”这与执己一端、排除异己的诸子学说明显不同，它以实用为原则，只要有利于我统治的观点，都可以收罗起来汇入书中，这成为《吕氏春秋》的一个指导思想。

尽管《吕氏春秋》观点庞杂，并且是由众多宾客集体编纂而成，但它有一个系统完整的形式框架，全书分纪、览、论三大部分，其中纪以春夏秋冬四季来命名，每一个季节又各自分为孟、仲、季三部分，由此形成十二纪，每纪有五篇。览有八览，每览八篇，共六十四篇。六论每论六篇，计三十六篇，全书共计一百六十篇。这种系统性、整体性的编撰方式在先秦还是第一次，明显有为秦的统一大业服务的政治功能。

《吕氏春秋》的编纂者们既为宾客，就不免带有战国纵横家的雄辩之风，

《吕氏春秋》在艺术表现手法上也比较注重博采众家之长，吸收了诸子文学中善用寓言、神话表达思想的传统，比如刻舟求剑、掩耳盗铃、荆人袭宋、涸泽而渔等等。

《吕氏春秋》集百家之言，是整合中华文化的一种尝试，然而统一性同多样性始终存在着无法解决的矛盾，《吕氏春秋》标志着诸子时代的结束，而后秦统一六国，而后焚书坑儒，百家争鸣的盛况在中国古代历史上就再也没有出现过。

再加上有相国撑腰，所以文章多方言无忌、气势恢宏，比较多地运用层递、排比、反复、对比等手法。如："昔先圣王之为苑囿园池也，足以观望劳形而已矣；其为宫室台榭也，足以辟燥湿而已矣；其为舆车衣裘也，足以逸身暖骸而已矣；其为饮食酏醴也，足以适味充虚而已矣；其为声色音乐也，足以安性自娱而已矣。"（《重己》）又如："天有九野，地有九州，土有九山，山有九塞，泽有九数，风有八等，水有六川。"由七个排句组成，语句简洁有力。《吕氏春秋》中广泛运用排比，使得气势浩荡、节奏畅达、层次分明，对后世骈文有很深的影响。

《吕氏春秋》在艺术表现手法上也比较注重博采众家之长，吸收了诸子文学中善用寓言、神话表达思想的传统，比如刻舟求剑、掩耳盗铃、荆人袭宋、涸泽而渔等等。同时文中多有格言警句，如："石可破也，而不可夺坚；丹可磨也，而不可夺赤。"（《诚廉》）"欲知平直，则必准绳，欲知方圆，则必规矩。"（《自知》）"天下大乱，无有安国；一国尽乱，无有安家；一家尽乱，无有安身。"（《务大》）等等。

《吕氏春秋》集百家之言，是整合中华文化的一种尝试，然而统一性同多样性始终存在着无法解决的矛盾，《吕氏春秋》标志着诸子时代的结束，而后秦统一六国，而后焚书坑儒，百家争鸣的盛况在中国古代历史上就再也没有出现过。

知道点中国文学

蔚然大国

——两汉文坛风貌

千古才情——贾谊

宣室求贤访逐臣，贾生才调更无伦。

可怜夜半虚前席，不问苍生问鬼神。

——李商隐

汉文帝五年（前175）四月孟夏的一个黄昏，一只浰鸟（古书中像猫头鹰一样的鸟）飞到长沙王太傅贾谊的房中，悠然自得地停落在一个角落里。据说这是种不祥之鸟，“野鸟入室兮，主人不在”。看到它，被贬谪居长沙已三年的贾谊想到自己的生死，再也抑制不住心中的忧伤，援笔写下了名篇《浰鸟赋》。

贾谊像

赋云：“万物变化兮，固无休息。斡流而迁兮，或推而还。形气转续兮，变化而还。沕穆无穷兮，胡可胜言！祸兮福所依，福兮祸所伏；忧喜聚门兮，吉凶同域。……天不可预虑兮，道不可预谋；迟速有命兮，焉识其时。”既然在万千变化中祸福、忧喜、吉凶这些对立事物皆有其相同之处，相反的事

刘长卿长沙过贾谊宅

物实际上并没有什么差别，那么也就不必去执著于一端。天道难测，生死有命，谁知道死神哪天会降临呢？

赋中又云：“千变万化兮，未始有极，忽然为人兮，何足控抟；化为异物兮，又何足患！小智自私兮，贱彼贵我；达人大观兮，物无不可。……释智遗形兮，超然自丧；寥廓忽荒兮，与道翱翔。……其生兮若浮，其死兮若休；澹乎若深渊止之静，泛乎若不系之舟。不以生故自宝兮，养空而浮；德人无累兮，知命不忧。”既然在世为人只是天地造化的一个偶然，那么为人一生也无需过分把玩，生命之长短就更无需过分在意了。作者能“同生死，轻去就”，如此看得开，也是无奈中的一种消极自慰，苦闷忧伤到极点后的一种乐观旷达吧！

贾谊究竟是一个什么样的人，竟能对生死问题如此超然呢？

贾谊（公元前200年~公元前168年），西汉政治家、文学家，洛阳人。是荀子的再传弟子，十八岁时，就以博学能文而得到郡守吴公的赏识，因吴公的推荐，汉文帝任其为博士，不到一年又被提升为太中大夫，当时他才二十三岁，可谓少年得志。他给汉文帝提出了许多政治改革意见，还积极主张变法，制定了各种仪式法度。汉文帝非常赏识他，想晋升他为公卿，但这遭到朝中老臣周勃、灌婴、冯敬等人的反对，说他“洛阳之人，年少初学，专欲擅权，纷乱诸事”，结果文帝让贾谊去做长沙王的太傅。太傅之职有名而无实，位高但权轻，并且当时长沙在人们眼中仍是蛮荒之地，实际上贾谊是被贬了。

当他赴任途经湘江时，触景生情想起了遭贬的爱国诗人屈原，于是提笔写就名篇《吊屈原赋》。

“鸾凤伏竄兮，鸱枭翱翔。闒茸尊显兮，谗谀得志；贤圣逆曳兮，方正倒植。世谓随、夷为溷兮，谓跖、蹻为廉；莫邪为钝兮，铅刀为銛。吁嗟默默，生之无故兮；斡弃周鼎，宝康瓠兮。腾驾罷牛，骖蹇驴兮；骥垂两耳，服盐车兮。”这里通过大量的比喻，描写了当时楚国黑白颠倒、贤愚倒置的事实。

此后三年，贾谊作了《汎鸟赋》，表达了他谪居长沙的抑郁心情。文帝七年，贾谊被召回长安，任梁怀王的太傅。后来梁怀王骑马时不小心摔死，贾谊一直认为是自己没有尽到太傅的责任，经常悲泣自责，不到一年便死去。

贾谊的文章不仅有辞赋，还有政论。辞赋展现出他充沛的感情，而政论文更多表现他的治国才华，然而赋中有文，文中有赋，相得益彰。

《过秦论》兼顾了辞赋的文采语势和政论的雄辩精辟，以汪洋恣肆之文表达经世济民之意，成为别具一格的辞赋家的政论。

《过秦论》旨在讲秦二世而亡的教训。但是作者没有直接说秦之过而是先列举秦之功，不直言秦之衰而先详述秦之兴，不先写秦之亡而先书秦之盛，从全文看来只是由“然而”一词连接的两个句子，前一句只写秦之强盛，后一句专写陈胜等的弱小，但是在两者强烈对比之下，作者予以点睛：“仁义不施而攻守之势异也。”辞赋的艺术手段，使得文势充畅，波澜壮阔，议论风发，题旨轩昂，使人不仅可以从理性上得到启迪，感情上也能够得到震撼。

贾谊死时只有三十三岁，他的死代表着一个时代的结束，在战国时期，只要一个人有才能，善于论辩，就可以凭自己的才学去打动君主，获得地位与权势。但是随着中央集权的大一统帝国的发展，官僚体制越来越完善，纵横家与策士的时代结束了。

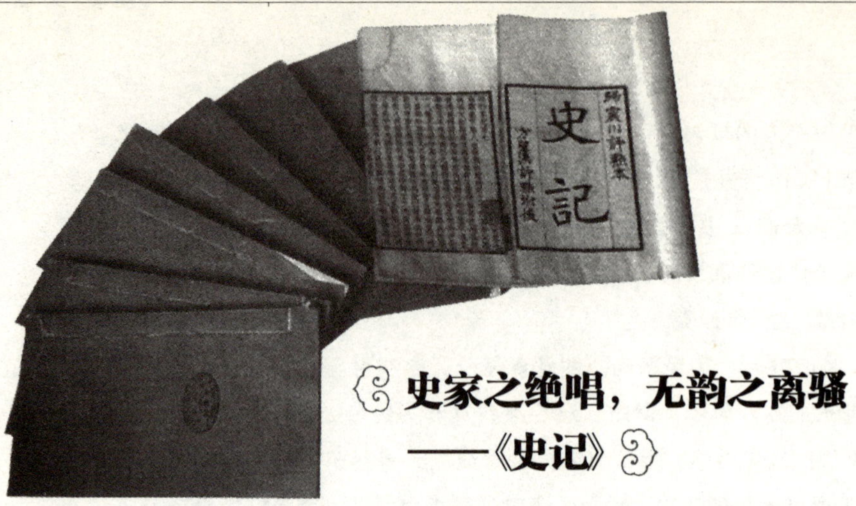

清版《史记》书影

史家之绝唱，无韵之离骚
——《史记》

后世诸史之列传，多借史以传人；《史记》列传，惟借人以明史。故与社会无大关系之人，并不限于政治方面，凡与社会各部分有关系之事业，皆有传为之代表。以行文而论，每叙一人，能将其面目活现。

——梁启超

鲁迅称赞《史记》是“史家之绝唱，无韵之离骚”，这是对《史记》在史学和文学史上卓越成就的精辟评价。

司马迁像

司马迁出生在黄河之滨的龙门（今陕西韩城附近），自幼聪颖好学，青年时代四处漫游，获得了许多书本上没有的珍贵的第一手材料，为撰写《史记》积累了很多生动活泼的素材，同时也为《史记》那种“其文疏荡，颇有奇气”（苏辙语）的语言风格提供了丰富的生活基础。其父司马谈，熟悉史事与天文地理，汉武帝建元初年（公元前140年~公元前135年）任太史令，他早就有意论载“天下之史文”，但始终没有如愿。司马谈死后，司马迁继任太史令，此后不久，就开始着手撰写《史记》。公元前98年，正当司马迁全力以赴写作《史记》时，遭李陵之祸害下狱受腐刑。司马迁以先贤鼓励自己，虽遭大辱，也要完成《史记》，终于用了大约十六年的时间写完了这部五十二万余字的著作。

司马迁一方面深受《春秋》的影响，撰述《史记》要明辨是非善恶；另一方面，他还要在《春秋》的基础上作创变突破，把史学从政治和道德评价的范围引向对历史探索的园地，使其成为名副其实的史学。

如何使史学真正担负起研究历史的任务，司马迁在给任少卿的信中作了叙说：“仆窃不逊，近自托于无能之辞，网络天下放失旧闻，考之行事，稽其成败兴坏之理，凡百三十篇，亦欲以究天人之际，通古今之变，成一家之言。”（《汉书·司马迁传》）

负荆请罪

作为一个优秀的史学家，司马迁在《史记》中形成了极具个性的风格，对后世产生了极大的影响，主要表现在两个方面：

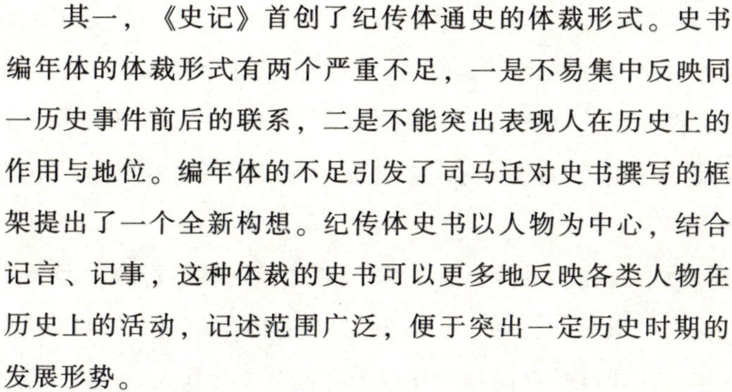

其一，《史记》首创了纪传体通史的体裁形式。史书编年体的体裁形式有两个严重不足，一是不易集中反映同一历史事件前后的联系，二是不能突出表现人在历史上的作用与地位。编年体的不足引发了司马迁对史书撰写的框架提出了一个全新构想。纪传体史书以人物为中心，结合记言、记事，这种体裁的史书可以更多地反映各类人物在历史上的活动，记述范围广泛，便于突出一定历史时期的发展形势。

《史记》纪传体的创造，为后世纪传体史书的编纂树立了楷模，对中国史学的发展起了极大的推动作用。

《史记》主要由本纪、表、书、世家、列传、史论组成，记载了上自黄帝，下到汉武帝时期近三千年的历史。精心的结构、谋篇布局，表现了结构美。全书共一百三十篇，其中本纪两篇，记载历代帝王世系与国家大事，及帝王本人事迹；表十篇，记载帝王、诸侯、贵族、将相大臣的世系、爵位与简要的政治事迹；书八篇，分别记述天文、历法、礼、乐、封禅、水利、经济等典章制度和有关的自然、社会情况；世家三十篇，主要记述西周、春秋、战国时期诸侯的世系及历史，汉代丞相、功臣、宗室、外戚的孔子和陈涉的事迹；列传七十篇，是全书的主要部分，记述社会各阶层、各方面的重要人物及各少数民族和邻国的历史。全书大多篇章后都有“太史公曰”，是作者对历史事件和人物的评论及一些史实的补充，书的最后一篇《太史公自序》叙述司马迁自己的家世和事迹，以及撰写本书的经过、意旨及作者的史学见解。

《史记》纪传体的创造，为后世纪传体史书的编纂树立了楷模，对中国史学的发展起了极大的推动作用。后来的史学家撰写纪传体史书，在体裁上基本都是沿着《史记》的路子走的。

其二，体现司马迁个性的不仅是他创造了纪传体通史的体裁，还有他那独特的文学风格。司马迁具有高超的语言艺术，他运用时代语言，刻画历史人物的性格、特点，生动而简练。《史记》的人物传记有人物形象，有故事情节，简练生动，绘声绘色，一些人物和故事流传至今。司马迁将我国古代散文推向了新的、难以企及的高峰。韩愈、柳宗元、欧阳修、苏轼、归有光等，他们以《史记》为典范，反对具有种种不良倾向的文风，推动他们倡导的古文革新运动。至于太史公“笔法”，文章的气势、韵味等，更是后代作者揣摩、效法的重点。汉以来的许多作家作品都从《史记》中得到过有益的启发，传记文学乃至小说更是直接或间接地受《史记》的影响，它对我国古典小说传统风格的形成起了巨大作用。

《史记》的问世，为中国史学，为世界史学，树立了一座不朽的丰碑。司马迁是中国文化伟人，也是世界文化伟人，《史记》被译成英、法、日、俄等文字广泛传播。1955 年，苏联科学界推尊司马迁为“世界文化伟人”，隆重纪念他诞生二千一百周年。苏联历史学家将司马迁和被称为欧洲“历史之父”的希罗多德相提并论，足见司马迁和《史记》的地位和影响。

五言之冠冕——《古诗十九首》

观其结体散文，直而不野，婉转附物，怊怅切情，实五言之冠冕也。

——刘勰　《文心雕龙》

用笔之妙，翩若惊鸿，宛若游龙；如百尺游丝宛转；如落花回风，将飞更舞，终不遽落；如庆云在霄，舒展不定。此惟《十九首》、阮公、汉、魏诸贤最妙于此。

——方东树　《昭昧詹言》

在楚辞以后，经历了散文和辞赋兴旺的时代，然而文人诗却出现了断层。

在汉代的乐府中有大量五言诗出现，由于五言诗的表现力强，所以东汉以后有许多文人开始尝试写五言诗，比如班固的《咏史》、秦嘉的《赠妇诗》、蔡邕的《翠鸟诗》等，但是论成就之高却还要数《古诗十九首》。

《古诗十九首》作者不可考，都为无名氏，也非一人一时之作，大概产生于汉末桓灵之世。《玉台新咏》收录了其中八首，并且题为枚乘所作，后来南朝萧统将它们合为一组，收入《昭明文选》，题为《古诗十九首》。东汉桓帝、灵帝时，皇帝年幼，宦官和外戚常年纷争弄权，他们垄断仕路，胡作非为，而正直的官员和敢于议政的大臣却遭到禁锢和杀戮。由于汉朝实行的是举孝廉制，士子必须通过上层权贵的保举才能进入官僚系统，所以许多中下层士子为了谋求前程，只得奔走交游，拜见官僚权贵。但是在当时的形势下，他们出仕的门路被堵死了，往往求仕无门，一事无成，只得滞留京师或是周游彷徨，最后落得满腹牢骚和乡愁。《古诗十九首》主要就是抒写这样的游子失志无成和思妇离别相思，抒发了仕途失意的苦闷、人生无常的忧虑、相思离别的愁绪以致玩世不恭、颓唐享乐的思想情绪，从一个侧面真实地反映出东汉后期政治混乱、败坏、没落的时代面貌。

《古诗十九首》从思想内容上看，大致可分两类：游子诗和思妇诗。游子诗抒发仕途碰壁后的人生苦闷和失望情绪，以及由此产生的人生寄世如同行客，时光荏苒人生短促的感伤。如“昼短苦夜长，何不秉烛游”（《生年不满百》）、“四时更变化，岁暮一何速”（《东城高且长》）、“所遇无故物，焉得不速老”（《回车驾言迈》）、“人生天地间，忽如远行客”（《青青陵上柏》）、“人生忽如寄，岂能长寿考”（《回车驾言迈》）等等。社会的没落造成思想和文化上的一种颓势，当孔子说出“逝者如斯夫，不舍昼夜”时，人们更多想到的是如何抓紧时间立德立功，而同样对白驹过隙的感伤到游子这里却激发出他们对及时行乐

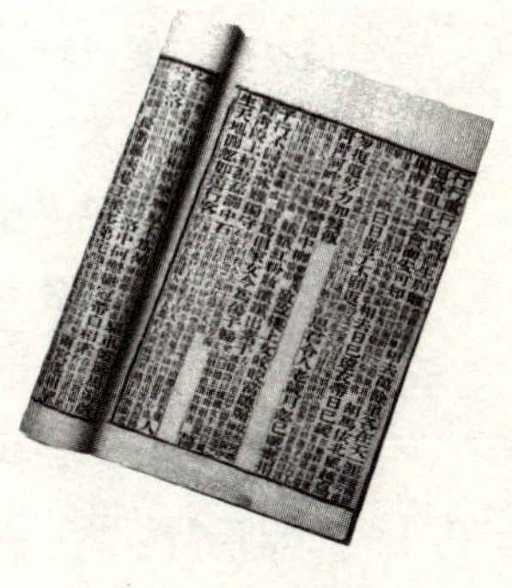

《古诗十九首》书影

的赤裸裸的向往。既然人生如此短暂，而道路又如此曲折，那又何必枉费心机去求功名富贵呢？还不如抓紧时间在美酒佳人间享受人生。

生年不满百，常怀千岁忧。
昼短苦夜长，何不秉烛游！
为乐当及时，何能待来兹？
愚者爱惜费，但为后世嗤。
仙人王子乔，难可与等期。

——《生年不满百》

诗中批判了那些总被琐事所困扰、忧虑重重的人，清醒地认识到长生虚妄、生命无常的现实，进而强调人们要抓紧时间，夜以继日地享受，也不白来人间走这一遭。

《古诗十九首》中的思妇诗所写的游子思妇的离愁别绪，是最为美丽动人的吟诵。《涉江采芙蓉》通过采芳草赠美人的习俗，写游子思念妻室；《明月何皎皎》以思妇在闺中望月的情景，表现她为丈夫忧愁不安；《行行重行行》写一个妻子因丈夫很久不归而思念、担忧——“相去日已远，衣带日已缓。浮云蔽白日，游子不顾返。思君令人老，岁月忽已晚”；《客从远方来》抒写思妇接到丈夫来信，心中充满的喜悦；《迢迢牵牛星》借牛郎、织女的美丽传说，将情、景、事巧妙地融合起来，抒发人间的离别愁苦——“迢迢牵牛星，皎皎河汉女。纤纤擢素手，札札弄机杼；终日不成章，泣涕零如雨。河汉清且浅，相去复几许？盈盈一水间，脉脉不得语”；比喻思妇盼望丈夫的愁苦心情。在《古诗十九首》中，最为艳丽直率的当推下面这首《青青河畔草》：

青青河畔草，郁郁园中柳。
盈盈楼上女，皎皎当户牖。
娥娥红粉妆，纤纤出素手。
昔为娼家女，今为荡子妇。
荡子行不归，空床难独守。

楼外旖旎的春光逗引得楼中美女春情荡漾，以至于极力怨恨丈夫的不归，

古诗之《相思》

还发出“难独守”的呼唤；女子本来是歌伎舞女，过惯了灯红酒绿的繁华热闹生活，却偏偏嫁给一个经常不回家的荡子，备感寂寞难奈，于是在守节与不守节之间进行着苦苦的挣扎。然而，这些古诗的作者们哪一个不似这“娼家女”？在社会急剧没落的年代里，他们在人生的歧路上徘徊、挣扎着，承受着内在人格分裂的痛苦，在堕落与非堕落、沉沦与非沉沦之间进行着苦苦选择。读这些诗常能给人以直叩心灵的震撼感觉。

《古诗十九首》标志着五言诗歌形式从叙事为主的乐府民歌发展到抒情为主的文人创作，已经趋向成熟，预示着在中华大地上一个诗歌盛世的到来。

《古诗十九首》标志着五言诗歌形式从叙事为主的乐府民歌发展到抒情为主的文人创作，已经趋向成熟，预示着在中华大地上一个诗歌盛世的到来。

巨笔绘兴衰——班固

临渊羡鱼，不如退而结网。

——《汉书·董仲舒传》

水至清则无鱼，人至察则无徒。

——《汉书·东方朔传》

“苏武留胡节不辱，雪地又冰天，苦忍十九年，渴饮雪，饥吞毡，牧羊北海边。心存汉社稷，旄落犹未还，历尽难中难，心似铁石坚。夜坐塞上时听笳声，入耳心痛酸。转眼北风吹，群雁汉关飞，白发娘望儿归，红妆守空帷，三更同入梦，两地谁梦睡。任海枯石烂，大节总不亏。宁教匈奴惊心破胆，拱服汉德威。”这首《胡笳十八拍》，多数人在小时候都曾经学唱过，它传颂了苏武威武不能屈、富贵不能淫、贫贱不能移的高贵品质。这个故事最早见于东汉大史学家班固的《汉书·苏武传》。

班固（32年~93年），字孟坚，扶风安陵（今陕西咸阳东北）人，东汉著名历史学家和文学家。班家是诗书继世的书香门第。班固的父亲班彪，博学多才，因见《史记》记事只到汉武帝太初年间，所以采集旧事，写成《史记后传》六十五篇。在家父的影响下，班固“年九岁，能属文，诵诗赋。及长，遂博载籍，九流百家之言，无不穷究。所学无常师，不为章句，举大义而已”。十六岁进入洛阳太学，系统学习儒家经典，并开始致力于汉史的研究。班彪去世后，班固回乡守丧，承继父志，在《史记后传》的基础上编撰《汉书》。后来有人上书朝廷，恶意中伤，告他私改国史，班固因此被明帝捕入京兆狱。其弟班超闻讯，急忙赶赴宫廷，替他辩白。这时地方官也将书稿送到，明帝看后，非常赞赏班固的才华，不但没有加罪，反而任命他为兰台令史。不久，又迁升郎官，典校秘书，奉诏修书。在景帝建初七年（82年），《汉书》的编写工作基本完成，但有些篇章还在继续补充和修订中。和帝永和四年（92年），班固因受窦宪一案的株连，先被免官，随后又遭仇家捕杀，死于洛阳狱中，时年61岁。

班固像

班固（32年~93年），字孟坚，扶风安陵（今陕西咸阳东北）人，东汉著名历史学家和文学家。

《汉书》在古代享有很高的声誉，是“四史”之一，但一般认为它在许多方面都难以同《史记》相提并论。班固修《汉书》实际上是奉旨进行，并且班固本人具有强烈的正统儒家思想，文风也较为“醇正”，他对《史记》的评价是："其论术学崇黄老而薄五经，序货殖则轻仁义而羞贫穷，道游侠则贱守节而贵俗功。"所以，在《汉书》中很难看到司马迁那种深刻的批判意识。但班固仍不失为一个严肃而有才华的历史学家，《汉书》中有不少出色的人物传记。如《李广苏建传》、《张禹传》、《霍光传》、《王莽传》、《外戚传》等，都是公认的名篇。《汉书》的语言风格有骈俪化的倾向，代表了汉代散文由散趋骈、由俗趋雅的趋势。范晔说："迁文直而事露，固文赡而事详。"(《后汉书·班固传》)详赡严密，工整凝炼，倾向于用排偶，喜欢用古字，重视藻饰，崇尚典雅。

《李广苏建传》感情色彩较浓，感人至深，堪与《史记》的名篇媲美。其中描写苏武被流放牧羊的一节，写得可歌可泣，饱含深情，苏武持节不辍、大义凛然的气节扑面而来。

苏武牧羊

> 乃幽武，置大窖中，绝不饮食。天雨雪，武卧啮雪与旃毛并咽之，数日不死，匈奴以为神。乃徙武北海上无人处，使牧羝（公羊），羝乳，乃得归。别其官属常惠等，各置他所。武既至海上，廪食不至，掘野鼠去（草）实而食之。杖汉节牧羊，卧起操持，节旄尽落。

其中还写了投降匈奴的李陵(李陵当初领兵五千敌匈奴八万骑兵，矢尽援绝的情况下不得已投降匈奴，而汉武帝却将其家满门抄斩，定其为叛国罪，这样，李陵再

《汉书》书影

也无法像苏武那样归汉了）以老友身份来看苏武，告诉苏武他的两个弟弟因为侍奉天子不周而相继自杀、其妻改嫁、其子女下落不明，想以此来说降苏武，但是苏武毫无所动，说："武夫子亡功德，皆为陛下所成就，……今得杀身自效，虽蒙斧钺汤镬，诚甘乐之。臣事君，犹子事父也，子为父死，亡所恨。"听来让人肃然起敬。当苏武"苦忍十九年"终可归汉时，李陵来为他送行，此节写得异常精彩。

于是李陵置酒贺武曰："今足下还归，扬名于匈奴，功显于汉室，虽古帛所载，丹青所画，何以过子卿？陵虽驽怯，令汉且贳陵罪，全其老母，使得奋大辱之积志，庶几乎曹柯之盟，此陵宿昔之所不忘也！收族陵家，为世大戮，陵尚复何顾乎？已矣！令子卿知吾心耳！异域之人，一别长绝！"陵起舞，歌曰："径万里兮度沙幕，为君将兮奋匈奴。路穷绝兮矢刃催，士众灭兮名已隤，老母已死，虽欲报恩将安归？"陵泣下数行，因与武绝。

这一节尽管是用对照的手法进一步突出了苏武崇高的品格精神，但是也揭示出降将李陵的悲惨命运和投降匈奴后的复杂心情，人物描写鲜活真实，读来让人嗟叹不已。

班固同时也是一个著名的赋作家，以《两都赋》最为有名，它通过西都宾和东都主人的论辩，展开了对西都景象和东都气象的描述，探讨了返都长安和定都洛阳的重大政治问题。

在体制和手法上，《两都赋》模仿司马相如的《子虚》和《上林》，但也有一定的开拓性，比如在赋作中引入了对政治问题的探讨，增宽了视野，不仅描写天子游猎，而且描写了两都的日常生活。

操行有常贤，仕宦无常遇——王充

汉得一人焉足以振耻，至今亦鲜有能逮者。

——章太炎评论王充

夫天道，自然也，无为；如谴告人，是有为，非自然也。

——王充

有人认为人死以后会化为鬼，鬼具有一定的魔力，对鬼有所冲撞，轻者会倒霉败运，重者导致家破人亡。我国东汉前期思想界就充满了类似的荒诞迷信，比西汉后期更为严重；当时不但有经术家专谈天人感应、阴阳灾异、鬼神吉凶，而且由于光武帝的倡导，专门伪造神秘预言的图谶之学也特别风行。

中国文化中原有的理性精神，几乎完全被淹没了。这时候一个叫做王充的思想家勇敢地站出来，反抗这种思潮主流。他很风趣地说，从古到今，死者亿万，大大超过了现在活着的人，如果人死为鬼，那么，道路之上岂不一步一鬼吗？王充认为：人是由阴阳之气构成的，“阴气主为骨肉，阳气主为精神”，“精神本以血气为主，血气常附形体”，二者不可分离。他精辟地指出：“天下无独燃之火，世间安得有无体独知之精！”也就是说，精神不能离开人的形体而存在，世间根本不存在死人的灵魂。至于说有人声称见到了鬼，其实是人的恐惧心理造成的，这样的声音在当时无疑振聋发聩。

王充像

王充，字仲任，会稽上虞（今属浙江）人。他虽然家境寒素，但是为人耿介，思想尖锐。他只短时期做过郡县的属吏，又与上司同侪不合，于是专心于著述。由于王充没有进入朝廷的机会，又生活于远离京师的南方，因而更能保持思想的独立。他的著作有好多种，最重要也是唯一流传至今的，是《论衡》八十五篇。

論衡卷第九

問孔篇　　王充

問孔篇

世儒學者好信師而是古以爲賢聖所言皆無非專精講習不知難問夫賢聖下筆造文用意詳審尚未可謂盡得實況倉卒吐言安能皆是不能皆是時人不知難或是而意沈難見時人不知問案賢聖之言上下多相違其文前後多相伐者世之學者不能知也論者皆云孔門之徒七十子之才勝今之儒此言妄也彼見孔子爲師聖人傳道必授異才故謂之殊夫古人之才今人之才也今謂之英傑古以爲聖神故謂七十子歷世希有使當今有孔子之師則斯世學者皆顔閔之徒也使無孔子則七十子之徒今之儒生也何以驗之以學於孔子不能極問也聖人之言不能盡解說道陳義不能輒形不能輒形宜問以發之不能盡解宜難以極之皋陶陳道帝舜之前淺略未極禹問難之淺言復深略指復分蓋起問難此說激而深切觸而著明也孔子笑子游之弦歌子游引前言以距孔子自今案論語之文孔子之言多若笑弦歌之辭弟子寡若子游之難故孔子之言遂結

☞《论衡》书影

精神不能离开人的形体而存在，世间根本不存在死人的灵魂。至于说有人声称见到了鬼，其实是人的恐惧心理造成的，这样的声音在当时无疑振聋发聩。

《论衡》写作于明帝永平末至章帝建初末的十余年间。当时正是章帝年间，皇帝亲临白虎观，大会经师，钦定经义，并命班固把会议的内容编纂成《白虎通义》，郑重其事地把一套谶纬迷信和天人感应的学说制定为“国宪”，也就是宗教化的国家意识形态。《论衡》恰恰是站在比较接近原始儒学的古文经学立场上，激烈地批判官方这种宗教化、庸俗化的今文经学。《论衡》中，《变虚》、《异虚》、《福虚》、《祸虚》、《寒温》、《变动》诸篇，批判了天象物候与人类社会相互感应的思想，这正是当时官方学说的核心；《死伪》、《纪妖》、《订鬼》、《难岁》诸篇，批判了世俗的迷信。他的论证方法，主要是罗列大量的生活常识进行层层推进的逻辑推理，以发扬理性，击破妖妄无据的迷信。举一个批判“人有所恨则死不瞑目”的例子：

> 凡人之死，皆有所恨：志士则恨义事未立，学士则恨问多不及，农夫则恨耕未蓄谷，商人则恨货财未殖，仕者则恨官位未极，勇者则恨材未优。天下各有所欲乎？然而各有所恨！必以目不瞑者为有所恨，夫天下之人死皆不瞑也！（《死伪》）

王充的论述，就是这样简朴而明快。他的文章风格，也是平易流畅，毫无修饰。

王充坚持反对儒者“好信师而是古”的风气。儒者“以为贤圣所言无非，专精讲习不知难问”，王充认为这是“奇怪之语”、“虚妄之文”得以流行的原因。因此，他在与错误思想的论战中，非常强调效验的力量，说：“凡天下之事，不可增损。考察前后，效验自列。自列，则是非之实有所定矣。”又说：“凡论事者，违实不引效验，则虽甘义繁说，众不见信。”他认为，凡事都要讲根据。不管说得多么动听，如果缺乏事实根据，就难以令人相信。

《论衡》中有许多地方谈到作者对文章的看法，在文学批评史上也有一定地位。王充评价文章的出发点，是传统儒学的经世致用思想；他提出的文章标准，主要是学术论文的标准。所以，他强调文章要有劝善惩恶的实用性，要有真实可信的内容，语言要同口语一致而明白易晓，否定夸张、虚构、想象，反对模拟。从学术论文来说，这样要求大致上不错；但当他拿这种标准来衡量文学作品时，有些地方还说得通，不少地方就显得很片面。他不但完全否定神话传说、民间“短书小说”的价值，对辞赋也多有苛责。如批评司马相如、扬雄“文丽而务巨，言眇而趋深，然而不能处定是非，辩然否之实。虽文如锦绣，深如河汉，民不觉知是非之分，无益于弥为崇实之化”（《定贤》）。然而辞赋本来不是用来“处定是非，辩然否之实”的东西，又岂能以此来否定它呢？

严格说来，《论衡》在中国思想史上，并不是一部深刻的论著，它的文章虽有平易流畅之长，却显然是缺乏文采的；它的文学批评，由于不能把学术论文和文学作品加以区别对待，也有不利于文学发展的地方。那么，在文学史上，它究竟有何意义呢？

首先应该说，东汉王朝那种妖妄荒诞的统治学说，并不需要深刻的哲学思辨来对付。打破它，需要的是勇气，是清楚明白、具有说服力的批判，是尖锐而坚决的抗争。《论衡》正是这样适时的著作。没有理性精神的复苏，没有对官方学说的怀疑和唾弃，正处于衰微的文学是很难找到出路的，《论衡》又正是起到了唤起理性的作用，所以它不仅预示了思想史上一个新时代的到来，同样也预示了文学史上一个新时代的到来。

建安风骨
正始玄风

——魏晋南北朝文学

文坛三父子——三曹

魏武以相王之尊，雅爱诗章；文帝以副君之重，妙善辞赋；陈思以公子之豪，下笔琳琅。并体貌英逸，故俊才云蒸。

——刘勰 《文心雕龙·时序》

196年，曹操将汉献帝刘协接到许昌，改元建安，开始了他“挟天子以令诸侯”的统一过程，同时也拉开了中国文学史新的篇章，在这个时代，“三曹”和“建安七子”并世而出，确立了“建安风骨”之诗歌范式。“曹操古直悲凉，曹丕便娟婉约，曹植文采气骨兼备。”（袁行霈《中国文学史》）三曹的诗赋创作，使从《古诗十九首》开始的由乐府民歌向文人诗的转化得以完成。不仅五言诗得到了较大的发展，七言诗和律诗也开始登上文学舞台。

建安文学的特点是从以前乐府的叙事诗转化为更多表达诗人个体性格、情感的抒情诗。这同建安时期的思想解放是分不开的。动乱的社会现实摧毁了儒家思想，尤其是僵化了汉代经学的一尊地位，代之而起的是各种思想的蓬

老骥伏枥，志在千里；
烈士暮年，壮心不已。

——曹操 《龟虽寿》

勃发展。在人人皆可困厄而死的社会环境中，儒家所宣扬的仁义忠孝廉耻等等观念失去了社会基础，战乱年代最易奉行实用主义的政策，所以有了曹操的“唯才是举”。一定程度上的思想解放和价值观上的改变，表现在文学中，就是文人敢于直接表达内心的思想感情，表达对社会、对人生的真实理解。

“三曹”即曹操、曹丕、曹植，三父子以其显赫的政治势力和杰出的文学创作，居于建安文学的领袖地位。

曹操一生戎马，“御军三十余年，手不舍卷，横槊赋诗。”（刘履《诗选补注》卷二）其诗作成就最高的是几篇直抒胸襟的四言诗，首推《短歌行》：

对酒当歌，人生几何？譬如朝露，去日苦多。慨当以慷，忧思难忘。何以解忧，唯有杜康。青青子衿，悠悠我心。但为君故，沉吟至今。呦呦鹿鸣，食野之苹。我有嘉宾，鼓瑟吹笙。明明如月，何时可掇？忧从中来，不可断绝。越陌度阡，枉用相存。契阔谈讌，心念旧恩。月明星稀，乌鹊南飞，绕树三匝，何枝可依？山不厌高，海不厌深，周公吐哺，天下归心。

这首诗是曹操在赤壁之战前在连环大船上大宴群臣时即兴而就的，全诗从感叹时光易逝、人生短暂写起，接着过渡到对宾客贤才的渴慕，希望能得到他们的帮助，最后归结为自己实现天下一统的雄心壮志，建功立业的渴望和信心。生命易逝才显弥足珍贵，为了使生命不逝就要追求不朽的功业，以使有限的生命获得崇高的价值。全诗从“人生几何”发唱，以“天下归心”收结，洋溢着奋发进取、积极向上的精神和悲凉慷慨、深沉雄壮的情调，这就是对建安风骨的最好诠释。

曹丕没有其父苍凉雄浑的霸气，但是在抒写相思之情时别有新意，以委婉细致见长，七言诗《燕歌行》最为著名：

秋风萧瑟天气凉，草木摇落露为霜。群燕辞归雁南翔。念君客游思断肠，慊慊思归恋故乡，君何淹留寄他方？贱妾茕茕守空房，忧来思君不敢忘，不觉泪下沾衣裳。援琴鸣弦发清商，短歌微吟不能长。明月皎皎照我床，星汉西流夜未央。牵牛织女遥相望，尔独何辜限河梁？

此诗成功地描写了一位妇女在不眠的秋夜思念淹留他乡的丈夫的情态，情思委曲，深婉感人。《燕歌行》是我国现存的第一首成熟的七言诗，对后世诗的发展影响很大。

曹植在政治上不成熟，在政治斗争中败给了兄长曹丕，但是他的文学成就在三人中是最大的，他的《七步诗》可谓是人都能吟诵："煮豆燃豆萁，豆在釜中泣。本是同根生，相煎何太急？"这是在曹操死后他遭到兄长百般刁难的情况下当场作出的。少年时曹植随父出征，也曾有纵横沙场的雄心壮志，《白马篇》可为证：

白马饰金羁，连翩西北驰。借问谁家子，幽并游侠儿。少小去乡邑，扬声沙漠垂。宿昔秉良弓，楛矢何参差。控弦破左的，右发摧月支。仰手接飞猱，俯身散马蹄。狡捷过猴猿，勇剽若豹螭。边城多警急，虏骑数迁移。羽檄从北来，厉马登高堤。长驱蹈匈奴，左顾凌鲜卑。弃身锋刃端，性命安可怀？父母且不顾，何言子与妻！名编壮士籍，不得中顾私。捐躯赴国难，视死忽如归。

曹植像

诗中刻画了一个武功高强、渴可望为国效力的少年勇士，"捐躯赴国难，视死忽如归"，一番报国激情和壮烈情怀溢于言表。但是，曹植空有一腔抱负，却无法施展，自武帝曹操死后，曹丕对其严加迫害，最终使他郁郁而终。所以，从曹丕即位一分为二是曹植诗作的两个阶段，前一阶段尽得建安风骨，后一阶段因鸿志受挫，诗作中多有怀才不遇的苦闷和无辜蒙冤的悲愤，如《赠白马王彪》，诗中描摹出一幅萧瑟凄凉的图画。在《美女赋》中已经没有了早期纯正宏大的气势，而是转而注重文字上的雕琢，引导了汉魏质朴文风向南北朝华艳文风的过渡。

曹丕像

瑶林琼树啸傲风尘——竹林七贤

言在耳目之内，情寄八荒之表……颇多感慨之辞，厥旨渊放，归趣难求。

——钟嵘《诗品》

古时山阳（在今河南省焦作）是一个风光秀美的地方，白鹿山中竹林掩映、溪流潺潺、鸟啼莺鸣、四季如画，令人流连忘返。在魏正始末年（249年）到嘉平四年（252年）年间，曾有七位名士会聚此地，他们在此饮酒作诗、谈玄论道，远离尘嚣，忘情于山水之间。这七位世称“竹林七贤”，即：阮籍、嵇康、山涛、向秀、王戎、阮咸、刘伶。

这七位何以会聚于此呢？这要从正始时代说起了。正始是魏废帝曹芳的年号，文学史上有“正始文学”之称，包括从正始元年（240年）到西晋立国（265年）的文学创作。这一时期，儒学经过沉闷的汉代经学之后，陷入了全面的危机中，玄学开始盛行。玄学以《周易》、《老子》、《庄子》为思想基础，重点讨论的是名教与自然的关系问题，其中以何晏、王弼为代表的“正始玄学”主张名教与自然的和谐统一，而以阮籍、嵇康为代表的“竹林玄学”则主张“越名教而任自然”的观点，就是要用“自然”来对抗“名教”。

在这一时期中，社会的政治生活是极为残酷的。正始十年，司马懿父子趁皇帝曹芳扫陵之机发动兵变，成功后大肆诛杀曹氏集团，使得“天下名士去其半”。后来司马师、司马昭相继执政，他们大量杀戮异己分子，在嘉平六年、正元二年、甘露三年又分别杀掉了夏侯玄、毋丘俭和诸葛诞，造成极为恐怖的政治气氛。同时司马父子为了掩饰自己的残酷，为了控制人们的行为，为了给篡权做准备，极力提倡儒家的礼法。在如此政治环境之下，人们的性命都悬于刀口之上，他们只能消极避世，再也不敢或不愿涉足时政了。

嵇康像

社会的激烈动荡和思想潮流的变化，改变了文学的走向。同处乱世，汉末的《古诗十九首》要人们及时行乐，享受稍纵即逝的人生；建安文学则慷慨雄

竹林七贤

壮，激励人们通过建立丰功伟绩来延续自己短暂的人生，在有限的时间里创造最大的价值。这两者都发出了对人生短暂的感伤，但是在现实的社会生活中都找到了不同的解决路径。但是正始文学却强调人生与社会之间不可调和的矛盾，社会的存在就是对人性的压迫，所以他们强烈地抨击儒学名教，但是他们也无法找到出路。由于社会政治环境危机四伏，所以正始文人们很少直接涉及现实生活，多是转向抒写个人忧愤或者对整个人类社会和历史的哲理性进行思考。

正始明道，诗杂仙心，何晏之徒，率多浮浅。惟嵇志清峻，阮旨遥深，故能标焉。
——刘勰《文心雕龙·明诗》

在“竹林七贤”中，文学成就最高的是阮籍和嵇康二人，此外向秀的《思旧赋》和《难养生论》，刘伶的《酒德颂》也比较有名。

阮籍，字嗣宗，陈留人，少时就博览群书，对《老子》和《庄子》尤为喜爱，所以崇尚自然。他对曹魏末年的政治腐败深感不满，对名教道德礼俗更为不屑，史载他会“青白眼”，对礼俗之士就以白眼视之，对同道之人才以青眼相看。他的代表作《大人先生传》是一篇赋作，表达了他对玄学的思考和对礼教的批判。作者塑造了一个超然物外、与天地同生、与道合一的偶像，表达了他超越名教追求自由的理想。文中以世俗的口吻赞美“君子”，实际上是描绘了“君子”的迂腐虚伪，又通过“大人”对“君子”的批驳，抨击了礼法的虚伪性。其中有一段：“且汝独不见夫虱之处于裈中，逃乎深缝，匿乎坏絮，自以为吉宅也。行不敢离缝际，动不能出裈裆，自以为得绳墨也。饥者吃人，自以为无穷食也。……汝君子之处宇内，亦何异夫虱之处裈中乎！”表现了作者精湛的讽刺技巧术。

阮籍为人豪放不羁，任情自适，整日以酒为友，昏昏沉沉，但在消极避世下面掩藏的是他在黑暗的社会政治中无法施展的才华和雄心，在乖张的行为背面藏着的是无法宣泄的对社会对人生不满的苦闷心情。他一生作八十二首《咏怀诗》，突出地表现了诗人心中的孤独和苦闷。

> 夜中不能寐，起坐弹鸣琴。薄帷鉴明月，清风吹我襟。
>
> 孤鸿号外野，翔鸟鸣北林。徘徊将何见，忧思独伤心。

稽康的诗歌中四言诗成就最高，代表作有《忧愤诗》和《赠兄秀才入军》。

诗人心生烦恼，夜不能寐，想起身弹琴排遣一下，看到的却是月色如水，寒风拂衣，孤鸿悲鸣，宿鸟惊飞，这一片萧索冷漠的气象，反而使人更加伤心。没有任何希望、没有任何慰藉，只能够无可奈何地独自伤神，这就是我们的忧郁诗人。

嵇康，字叔夜，谯郡人，是天生奇才，可以无师自通。由于他少年丧父，少有人对他进行管教，所以形成了他倨傲狂放的性格。他和阮籍一样对社会现实充满了不满，可是采取的方式却迥然不同：阮籍只是一味地消极避祸，同时言语非常谨慎；嵇康则公开对抗，直言不讳，出言不逊。后来阮籍为保全自己不得已入仕为官，而嵇康却毫不妥协，终究招来杀身之祸。《晋书》中记载了他行刑那一天的情形：嵇康看看日头，觉得时间还早，就和监斩官要了一张琴，神态自若地弹了一曲《广陵散》，并说道，“从前袁孝尼要向我学这曲《广陵散》，我没有教他，可叹《广陵散》就此绝传了！”以此嵇康豪迈的性格可见一斑。

嵇康的诗歌中四言诗成就最高，代表作有《忧愤诗》和《赠兄秀才入军》。前者是他在狱中写就的，回忆了他四十多年的人生经历和自己思想性格的形成过程，抒发了身在狱中的悲愤，最后表达出自己不改初衷，追求自由自在生活的本性。《赠兄秀才入军》是他送自己的兄长从军时写的组诗，共有十八首，其中写事抒情，或激越或深幽，第十四篇最受人们喜欢：

息徒兰圃，秣马华山。流磻平皋，垂纶长川。目送归鸿，手挥五弦。
俯仰自得，游心太玄。嘉彼钓叟，得鱼忘筌。郢人逝矣，谁与尽言？

嵇康散文的代表作是《与山巨源绝交书》。山巨源就是山涛，阮籍入仕后他也去做官了，并且在升迁之后还推荐嵇康来顶替自己原来的职位。所以嵇康就作此书，表达自己决不屈节妥协的态度，更多的是借此抒发自己愤世嫉俗的情怀以及自己的人生追求和政治见解。

阮籍、嵇康的遭遇展示的是整个时代的悲哀。经过两汉经学的禁锢后，历史唤起了个性的觉醒，人们以极大的热情去追求完美、自由、真实的人生，然而严酷的社会现实使这种追求化为泡影。人们发现了真实的人，但是却发现人在茫茫天地间竟备受奴役、毫无寄托，于是在文人心中产生了无法抚慰、无法排遣的孤独感。

古今隐逸诗人之宗——陶渊明

陶彭泽诗，颜、谢、潘、陆皆不及者，以其乎平昔所行之事赋之于诗，无一点愧词，所以能尔。

——《彦周诗话》

陶公高于老、庄，在不废人事人理，不离人情，只是志趣高远，能超然于境遇形骸之上耳。

——方宗诚《陶诗真诠》

魏晋时期是中国思想文化急剧变迁的时代，当时的文人竞尚浮诞，驰骋玄理，专事清淡。这种风气在文学上表现为文学内容空泛，形式主义倾向严重。然而，在这样一个文学的贫困时代里，有一位诗人如同奇葩独放，以其鲜明的色彩和新颖的风格，一洗往日积垢，为文坛注入了新的血液，这位诗人就是陶渊明。

陶渊明，名潜，字元亮，自幼生活在浔阳柴桑一个风景秀丽的山村。在大自然的奇山异水之间，陶渊明勤读诗书，为后来的文学创作打下了基础。陶渊明 30 岁开始步入仕途，但他对官场上的尔虞我诈、互相倾轧的现象深恶痛绝，曾几次仕而归、归而仕，最后在担任彭泽令的时候，因为不愿意为五斗米折腰而解绥去职。从此，他告别仕途，走入山水田野之间，开始了“不以躬耕为耻”的幽居生活。隐居生活使陶渊明的精神得到彻底的解放，他每日弹琴读书以消忧，著文赋诗以明志，时常与乡里邻居聚集一堂，相互切磋。这样的生活使陶渊明对山水田园、风土民情有了真切的体会，他吟诵出一首首清新隽秀的山水田园诗，开创了中国古典诗歌的一个重要流派。南朝钟嵘称陶渊明为“古今隐逸诗人之宗”。

陶渊明的诗歌从题材和内容上大体可以分为三类：田园诗、咏怀诗、哲理诗。田园诗约三十首左右，数量虽少，却是中国田园诗的奠基石。诗人把景、情、理三者巧妙结合起来，描绘了优美清新的田野风光和朴实单纯的人际关系。

陶渊明的诗歌从题材和内容上大体可以分为三类：田园诗、咏怀诗、哲理诗。田园诗约三十首，数量虽少，却是中国田园诗的奠基石。诗人把景、情、理三者巧妙结合起来，描绘了优美清新的田野风光和朴实单纯的人际关系。一般人认为枯燥平淡的耕读生活，在他的笔下显得充实美好、摇曳多姿。《桃花源诗》（并序）是陶渊明的代表作品。梁启超曾说：“陶渊明的《桃花源诗序》正是浪漫派小说的鼻祖，那首诗自然也是浪漫派的绝好韵文。”（《中国韵文里头所表现的情感》）《桃花源诗》描写的是一个没有君主、没有剥削、自耕自食、自由平等的理想世界，是陶渊明探索人类美好未来的结晶。诗序《桃花源记》的思想和艺术成就超过了正文《桃花源诗》，是中国古代散文中的珍品。

作为一个生逢乱世、怀才不遇的文人，陶渊明的出仕与归隐、希望和失望、痛苦和欢乐，都真实地反映在他的咏怀诗里。他的田园诗让人们看到一个平淡冲和的隐士风

《归去来兮辞》图

采，他的咏怀诗则让人看到陶渊明“金刚怒目”式的一面。陶渊明少时即有热情奔放的性格和“胸中吐万丈长虹”的壮志。“少时壮且厉，抚剑独行游。谁言行游近？张掖至幽州。”这样的诗句里跳跃着一个风华正茂的书生的身影。尽管经历了仕而归、归而仕的痛苦，晚年的陶渊明仍然无法熄灭心中对现实生活的热情之火，他写下了三十多首“火气”十足的诗篇，如《咏荆轲》、《读山海经》组诗（十三首）等，诗人俯仰宇宙，上下古今，表现出豪气凌云的气魄。朱熹称：“渊明诗，人皆说平淡，余看他自豪放，但豪放得来不觉耳。其露本相者，是《咏荆轲》一篇，平淡底人如何说得这样言语出来。”（《朱子语类》）

陶渊明还在哲理诗上作了大胆的尝试。魏晋时期“理过其辞，淡乎寡味”的玄言诗垄断诗坛，但流传下来的却寥寥无几。陶渊明的哲理诗却以浓郁的情趣与深刻的哲理而大放异彩。陶诗的哲理往往从现实中领悟出来，好像在与读者促膝谈心，沁人心脾，警策动人。

陶渊明的辞赋与散文在魏晋时期也是首屈一指的。流传至今的《归去来兮辞》和《桃花源记》都是掷地作金石声的千古绝唱。陶渊明继承了汉代辞赋结构恢弘、气势磅礴与魏晋辞赋短小精悍、纤丽严密的优点，走上清新自然、

《归去来兮辞》开篇从决计归田叙起，接着写启程舟行，抵家见闻，扶策涉园，农事西畴，结以永不复仕之旨。环环相扣，剪裁取舍，恰到好处。宋代散文大师欧阳修称“魏晋无文章，只此一篇”。

朴素平淡的道路。《归去来兮辞》开篇从决计归田叙起，接着写启程舟行，抵家见闻，扶策涉园，农事西畴，结以永不复仕之旨。环环相扣，剪裁取舍，恰到好处。宋代散文大师欧阳修称“魏晋无文章，只此一篇”。陶渊明的散文无论叙事抒情，都以意尽而后快，行文如行云流水，造语精到之至，如大匠运斤，不见斧凿之痕，对后代散文产生了深远的影响。除了千古不衰的《桃花源记》以外，寄托作者个人理想的抒情散文《五柳先生传》也是人们至今吟诵不绝的篇章。

魏晋两代的文学以华丽的骈文著称，陶渊明平淡自然的诗文在当时并不被视为佳品。直到南朝萧统搜集陶渊明的诗歌、辞赋、散文，为之编集作序，陶渊明的诗名才渐渐兴起。至唐宋时名声大震，推崇他的文人很多，李白、杜甫、白居易都非常欣赏陶渊明的才华。宋代文人对陶渊明的推崇更是无以复加。苏轼说：“吾于诗人，无所甚好，独好渊明之诗。”（《与苏辙诗》）爱国诗人陆游也曾夜读陶诗，乐以忘食。朱熹更是视陶渊明为古今第一流高士。可以说，陶渊明的诗歌，无论在思想上还是艺术上，都远远超过与他同时代的很多诗人，唯其如此，才影响了一代又一代的文学家，直至今天。

陶渊明的作品，在国外也有广泛的流传。朝鲜文学家许筠、朴厚享深受陶渊明田园诗的影响，写了许多与陶诗风格颇近的诗文（《中朝文学的传统友谊》，载《文艺报》）。公元八世纪左右，陶渊明的作品流传到日本，日本著名诗集《万叶集》里有些作品就深受陶诗的影响。正如大矢根文次郎所说：“长期以来，陶渊明的作品在日本一直有着重大的影响。日本各个时期的艺术家都极为推崇陶渊明清高、贞洁的人格，十分爱好他的作品，在艺术上接受过陶渊明的熏陶，从中汲取了丰富的养分。陶渊明作为一个典型的东方诗人，他的作品在日本有着强大的生命力。”

情感七始，化动八风——刘勰

鲁迅先生曾这样评价刘勰的《文心雕龙》，他说：“东则有刘彦和之《文心》，西则有亚里士多德之《诗学》，解析神质，包举洪纤，开源导流，为世楷式。”可见《文心》一书不仅在中华民族数千年文学发展史上占有十分重要的位置，即便在世界文学宝库里也堪称瑰宝，熠熠生辉。

刘勰，字彦和。原籍东莞莒县（今山东莒县），大约生于刘宋泰始元年（465年），卒于梁武帝普通二年（521年）前后，历经宋、齐、梁三朝。所著《文心雕龙》成书于齐。

刘勰生于一个没落的贵族家庭，20出头就到定林寺依“沙门僧佑”生活，一是家境贫寒，更重要的是由于当时佛儒思想的影响。当时的社会是一个佛儒盛行并且合炉共冶倾向很普遍的时代，这种社会风气和现象对刘勰的人生观和文学理论、文学思想的形成都有很大的影响，他的终生不婚娶也与信奉佛儒有很直接的关系。

刘勰像

尽管刘勰家道没落，但他还是从小受到了良好的文化教育，到定林寺后，一住就是十多年。当时，定林寺是很有名的大佛寺，僧佑是很有名的和尚，刘勰在他搜集整理和研究《三藏经》、《法苑记》、《世界记》、《释迦谱》等工作中起了很大的作用。刘勰自幼“笃志好学”，加上在寺中研读佛经，使他“博通经论”，还“长于佛理”。

魏晋时期，文学理论和文学批评得到了进一步的发展，产生了许多专著，文艺领域出现了空前繁荣的局面，为刘勰文学批评专著的写作，提供了必要的准备条件。30岁后，他动笔撰写《文心雕龙》，耗费五年多时间，到37岁时终于完成了这部巨著。当时沈约在文坛上声望很高，刘勰想请沈约给予鉴定，却无缘得见，他只好背上书稿，假扮成卖书郎，在沈约家的大门外等候。一天，沈约入朝议事，刘勰趁他上车时走上前去，把书稿呈上。沈约看罢全书，大加赞赏，认为“深得文理”，并将书稿放在案头，以便随时翻阅。从此，刘勰和《文心雕龙》才逐渐被世人所知。

一观位体，二观置辞，三观通变，四观奇正，五观事义，六观宫商。

——刘勰“六观说”

《文心雕龙》即是在总结前人创作和理论成果、概括历代各种文学现象的基础上写成的。刘勰认为，前人文学理论零星片面，极欠完整，未能建立一个完整的理论体系，他立志要写一部“弥纶群言”、博大精深的文学理论专著，以探讨为文之用心。

《文心雕龙》全书约37000余字，共50篇。各篇独立成文，内容上又紧密相连。分上、下两编，上编论述文学的基本原则和各种文体的源流演变，下编为创作论、批评论和统摄全书的序。就篇目的编排及其内容看，大致可分为如下六部分：

第一部分主要是《原道》、《征圣》、《宗经》三篇，开宗明义地阐述了刘勰的世界观及其文学理论的基本思想，乃总纲。

第二部分专论文体，从《明诗》到《书记》共二十篇，涉及三十几种文体，包括韵文、散文以及杂文等。对每种文体，刘勰都从源流演变、定义与实质、代表作家与作品、基本特征和写作要领四方面进行分析研究。

第三部分是关于文学的一些基本原理和创作理论，也是《文心雕龙》中最有价值的部分，包括从《神思》到《总术》共十九篇，研究文学创作的构思、风格、内容和形式的关系，以及创作过程和表现手法的各种问题。

第四部分为《时序》和《物色》两篇，阐明文学创作和现实生活的密切关系，提出了“情以物迁”、“辞以情发”和“文变染乎世情，兴废系乎时序”等著名论断。

第五部分是文学批评论，包括《才略》、《知音》、《程器》三篇，分别从作家、作品及文学批评理论等方面，作了较为集中的论述。

第六部分即最后一篇《序志》，是全书的序论，说明了写作动机与目的。

《文心雕龙》系统总结了我国历代文学理论研究的成果，建立了较完整的理论体系。它以儒家思想为出发点，确立了文学的基本原则：认为“道”是文学的本源，“圣人”是文人学习的楷模，“经书”是文章的典范。把作家创作个性的形成归结为“才”、“气”、“学”、“习”四个方面。《文心雕龙》还系统论述了文学的形式和内容、继承和革新的关系，又在探索研究文学创作构思的过程中，强调指出了艺术思维活动要具体形象这一基本特征，并初步提出了艺术创作中的形象思维问题；对文学的艺术本质及其特征有较自觉的认识，开研究文学的形象思维的先河。

《文心雕龙》作为中国五世纪末一部杰出的文学理论巨著，第一次建立了中国式的文学理论体系，全面分析了文学理论的基本问题，对齐代以前文学批评理论进行了一次大型总结，也对齐代以前文学思潮和文学创作实践经验进行了一次系统探讨。它不仅较全面地总结了前人的文学创作经验及文学理论的研究成果，而且广泛探讨了文章体裁、写作方法和艺术技巧等问题，严谨地评价了一些代表性作家和作品，提出了前人所未道及的许多新观点、新思想、新见解，大大丰富了中国古代文学理论的内容，并对中国古典现实主义文学的发展，起了积极的促进作用。

值得注意的是，《文心雕龙》论述的问题这么多，涉及面这么广，但彼此间却紧密相联，形成严密的理论体系。清人章学诚在《文史通义·诗话》中评价《文心雕龙》“体大而虑周”；鲁迅先生认为：“篇章既富，评骘遂生，东则有刘彦和之《文心》，西则有亚里士多德之《诗学》。解析神质，包举洪纤，开源发流，为世楷模。”将《文心雕龙》与《诗学》相提并论，极力推举，可见它对文学理论发展史影响之巨大和深远。

百年文苑知己——萧统

同一件东西司马迁当作死人的防腐溶液，钟嵘却认为是活人的止痛药和安神药。

——钱钟书

深乎文者，兼而善之：能使典而不野，远而不放，丽而不淫，约而不俭，独擅众美，斯文在斯。

——刘孝绰《昭明太子集序》

萧统，字德施，小字维摩，南兰陵（今江苏常州）人，是梁武帝的儿子。天监元年（502年）立为皇太子，未及即位便卒，死后谥昭明，故世称昭明太子。他聪明非凡，记忆超群，尤爱文学，喜欢接纳文人，一起“讨论篇籍”、“商榷古今”。他的东宫聚书三万卷，名重一时，成为江南文学中心，萧统著述甚丰，很多都已散佚。幸运的是，他负责组织编纂的《文选》三十卷，没有因为时代的推移而淹没，而以强大的生命力而流传下来，成为后代的范本和难得的研究资料。

《文选》选录先秦到梁800年间的诗文752篇，其中分为赋、诗、骚、诏、册等三十七类，大致可以概括为诗歌、辞赋、杂文三大类，计诗歌434首，辞赋99篇，杂文219篇。所选作家除无名氏外，共129人，前代的许多优秀作家的作品都被选入，这些作家的作品都是可以称为“先士茂制，讽高历赏”的，多数皆有定论且为当时文人所重。

任何《文选》都体现了编选者的选文标准和原则。萧统认为，衡量文学作

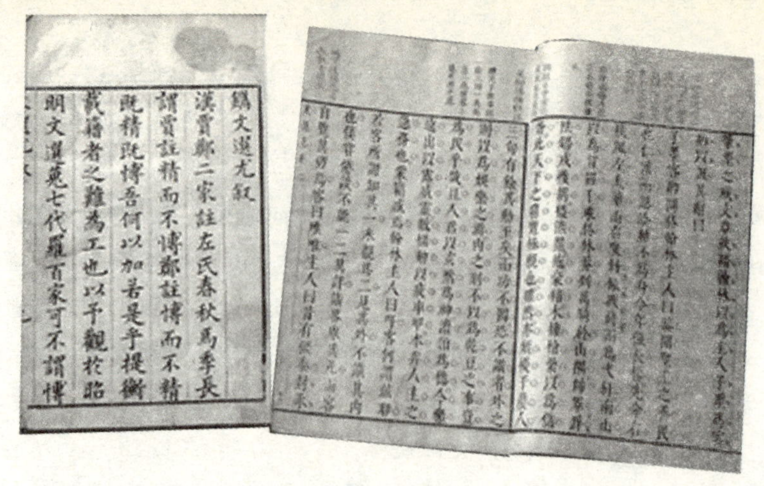
鐫文選尤敘
漢賈鄭二家註左氏春秋馬季長
謂賈註精而不博鄭註博而不精
旣精旣博吾何以加焉是乎提衡
載籍者之難為工也以予觀於昭
明文選蒐七代羅百家可不謂博

☞《文选》书影

《文选》是南朝梁昭明太子萧统负责组织编纂的一部诗文选集，故又称《昭明文选》。《文选》首尾可观，殊成佳作。辞典文艳，既温且稚。典而不野，丽而不淫，约而不俭，可谓卓尔不群。这是中国现存最早的一部诗文集，在文学史上地位重要、影响深远。

品的根本标准是“事出于沉思，义归乎翰藻”。“事”不仅指创作活动这件“事”，更主要的是指构成创作的题材和事物。在萧统看来，构成创作题材的事物是有意义的对象，必须经过作者的选择提炼并升华出意义。但是仅仅有这一点是不够的，文学作品之所以不同于其他文字，是因为它必须通过艺术的构思，以华美漂亮的文词来显示“事”的意义。《文选》的选录标准反映了当时文学潮流的一般趋向和文风的时尚，也让人看到艺术文学和应用文学各自走向独立的现实，泛“文学”的概念开始分化，文学自身的独立性自觉性开始显现出来。

依照这种标准，《文选》不收经、史、子三部类的文章；虽书中也收有少量文书的论赞，那是因为它们“综辑辞采”、“错比文华”、具有文采，而大量选入的是辞、赋、诗，其中楚辞、汉赋，尤其是六朝潘岳、陆机、谢灵运、颜延之等人的作品占的比例最大，十分鲜明地突出了《文选》主要作为艺术文学选集的特色。

无论在文学史还是文学古籍的校刊整理方面，《文选》都有极其重大的意义。首先，它影响着文学家在文学界的地位。虽然《文选》对所选文学家未加评价，但在对象的选择方面，就表明了编选者的态度，这对后世之褒贬具有导向作用。其次，它对文学观念的发展，对文学特性的认识，具有重要影响。魏晋以来，文史哲不分家的现象开始改变，文学的独立性为大家所重视。《文选》之所以重要，在于它以大量的实证例子，揭示出了艺术性文学的本质特征，从内容表达、形式表现等方面，提供了艺术文学的范本。自《文选》问世以来，人们在创作上不仅以它为模型加以效仿，而且还开辟了“文选学”这一研究的专门领域，影响之深远，由此可见一斑。

再次，《文选》成书于南朝梁代，当时编选者所见到的文本，与今日留存的文本，许多都有差异，而且不少文本至今已经亡佚了，所以《文选》所保存的古代作家的作品原始文本，对古籍整理有重要的参考价值。

此外，《文选》受到各个时代文人学者的重视，成为仕子的必读书，具有文章学教科书的作用。以现代观点来看，《文选》是把艺术标准放在第一位的，尤其重视形式美，不十分注重思想内容的意义。然而过去的文人学士，主要是借此学习做文章的方法，在辞藻、典故运用等基本功方面得到教益，即从艺术形式和艺术表现入手，找到进入文学殿堂的门径。

从今天的观点看，《文选》仍存在一些问题。第一，由于它强调典雅华丽、引古征事，过度看中形式的美文特征，一些清新素朴之作便不入法眼，那些思想内容丰富、极有生活情趣的作品也被忽视了，南朝自然清丽的民歌一首不见，这也显示了编选者的贵族偏见。第二，分类过于琐细繁杂，并有不当之处。琐碎的分类，固然可以使读者了解文章体裁在六朝时的发展状况，但过于琐细，反而不利于文体的发展，以及对于文体的整体把握。第三，由于编选者特定的审美标准，为了适合自己的口味，不惜删改割裂古诗文原貌，这样不仅有损原作的形式原貌，而且也增加了理解作者本意的难度，甚至会造成内容意义的误释。第四，有些收入的文章，由于考证不严，整理不精，误将其他人的文字当做作者之文的错误屡有发生。尽管如此，《文选》并不因为编选中的问题而失去灿烂的光辉。

《文选》的价值可从“文选学”的形成见出。所谓“文选学”，就是以《文选》的研究和注释为主体的一项专门学问。早在唐代，就有两个著名的《文选》注本，即李善的注本和五臣注本。前者将《文选》分为 60 卷，引用书籍达 1689 种，注释探幽发微，准确注出了词语典故的来源及意义，对于理解作品的内容、了解作品背景都有极大帮助。五臣注本是指吕延济、刘良、张铣、吕向、李周翰五人合作的《文选》注，成书于 718 年。五臣注本疏漏不少，整体水平不是很高，但是也有其价值，有些注释也表现出比李善注明白易懂的长处。

总之，《文选》作为第一部留存下来的文学作品选本，以其新颖的文学眼光和明确的艺术标准树规立范，在文学史上的影响不可低估，时至今日，它体现出的文学观念，尤其是对文学特征的认识，对我们仍有启迪作用。

古代文学的奇葩——《木兰诗》

南北朝是我国古代民歌兴盛的时期。由于地域和文化的差异，在内容和风格上南朝和北朝的民歌也呈现出很明显的不同之处：南朝民歌内容较狭窄，多侧重于爱情方面，比较活泼、缠绵；北朝民歌反映了更为广阔的现实生活，对游牧生活、战争、人民生活以及爱情婚姻等都有一定的描写，它体裁多样，自由且灵活，体制更丰富多变，总体风格古朴悲凉、粗犷豪迈。其中最为杰出的为《敕勒歌》和《木兰诗》两首。

> 敕勒川，阴山下。天似穹庐，笼盖四野。
> 天苍苍，野茫茫，风吹草低见牛羊。
>
> ——敕勒歌

这是一首只有 27 个字的北朝民歌，包含了极大的艺术感染力。静山、平川、苍天、茫野，加上清风掠过时所现之牛羊，动静结合，描述出北国草原的富饶和壮丽。同时也抒发出北国人民对养育他们的土地、对游牧生活的热爱之情。

另一首《木兰诗》同样出自于北朝，它是我国古代文学园地里的一支奇葩，是千百年来脍炙人口的杰作。它通过描述一女子替父从军的故事，塑造出一位千古传颂的巾帼英雄。它全篇可分为四个部分：

一、从开头至“但闻燕山胡骑鸣啾啾”。诗歌先用织机声引出木兰的叹息声，引起读者的好奇：木兰为何叹息？后引出可汗点兵，家中无男儿，父亲年迈的现实情况和决定替父从军。运用东、西、南、北排比，表现出战争的迫近和出征前的忙碌。最后用“旦辞……不闻……但闻”来写路程的遥远和木兰对家乡和父母的惜别之情。主要描写了木兰的焦虑、思考、准备和出征。其中对儿女情怀的述写表达木兰对父母之孝，军书之急迫，而替父从军表达对国家的热爱，塑造了木兰的善良形象。

二、“万里赴戎机，关山度若飞。朔气传金柝，寒光照铁衣。将军百战死，壮士十年归。”十分简洁的笔墨，描写了木兰十年的征战和凯旋归来的情景。用战争的可怕和残酷反衬出一个坚强而勇敢的花木兰。

三、“归来见天子……不知木兰是女郎”，写木兰辞官和与家人团聚的喜悦之情。木兰完成使命，并且立下战功，面对天子的赏赐而不为所动，只求回家与家人团聚。这进一步证明了木兰替父从军，为国效力，并不是为功名利禄。进一步刻画了木兰的正直和淳朴。木兰还家，“爷娘闻女来，出郭相扶将”，描绘了家人的快乐和兴奋。木兰恢复女儿面目，同伴的惊诧以及表达出的对这位女中豪杰的赞叹，一切都让人感觉喜悦和轻松。

四、即最后的“雄兔脚扑朔，雌兔眼迷离；双兔傍地走，安能辨我是雄雌”在文章的结尾之处，作者用了一个巧妙的比喻，写出了对木兰从军十二年，但未被发现女儿身的赞颂，表现出木兰的谨慎和机敏。

该诗用叙事的手法，描述了一个光彩照人的人物形象。首先木兰是一位纯真朴实的少女，另一方面又是一位跃马疆场而不为功名所动的英雄。在她身上体现了中华民族劳动者的勤劳、善良、深明大义的精神，而且她的形象不仅在于善良和勇敢，同时是智者和理性的体现，再现了中国传统文化儒道哲学中的高度的人生智慧，表现了中华民族刚柔相济、能屈能伸、出入有道，进退自如的人生观，从而对中国文化的精神作出了极好的诠释。

花木兰像

《木兰诗》不仅思想意义深刻，同时也取得了很高的艺术成就。一、它作为一首叙事诗，详略得当。为突出木兰的形象，作者选取了长达十年的背景，并对这丰富的材料，作了细致的剪裁。着重于描写木兰从军、离家、辞官、还家四部分，使全文具有浓郁的生活气息；但对军旅生活描写相当简略，叙事粗细恰到好处，从而把一个十分感人而鲜活的巾帼英雄形象塑造得完美得当。二、叙事与抒情相结合。作者没有刻意描述木兰怎么英勇，如何坚强，而是多了一些“不闻爷娘唤女声，但闻黄河流水鸣溅溅”，“爷娘闻女来，出郭相扶将”的思念之情，来表现爹娘与女儿间的深情。叙事与抒情交叉进行，真正做到了融情于事。三、《木兰诗》用词丰富多彩，极富韵律。诗中古朴自然的口语和精妙绝伦的律句相结合，既有五言，又包含杂句，并且使用了多种修辞手法和表达方式，有比喻，如“雄兔脚扑朔，雌兔眼迷离”；有夸张，如“万里赴戎机，关山度若飞”；有对偶，如“当窗理云鬓，对镜贴花黄”，“朔气传金柝，寒光照铁衣”；有排比等。这些手法的运用，增强了诗歌的表现力和生动性。另外，作品的韵律有民间歌谣的特点，以平声韵为主，不避重字，几句换一韵，使人读起来朗朗上口、流畅和谐，极富音乐之美。

木兰代父从军的故事流传久远，影响十分广泛。后被改为多种戏曲形式，久唱不衰。它不仅代表诗歌艺术的水平，更主要的是塑造了木兰这个人物形象，她已经不只单纯地代表一个代父从军的英雄，而是一个为了追求男女平等和寻求女性解放的人物的典型。《木兰诗》代表着古代诗歌艺术的最高水平，它无论在内容上还是艺术手法上，都对我国诗歌发展起了一定的作用，它对后世文学和后世民族精神都产生了极其深远的影响。

众人皆醉我独醒——范缜

中国古代南北朝时期，正值佛教盛行。佛教认为，人的富贵贫贱都是命中注定的，是前世积善行恶的因果报应；偏偏有一个叫范缜的提倡“无佛”。范缜，字子真，南乡舞阴（今河南泌阳西北）人，曾先后在齐、梁两朝做官，是当时著名的思想家、无神论者。有一次，竟陵王萧子良问范缜：“你不相信因果报应，可是人为什么会有富贵贫贱的不同呢？”范缜回答说：“人生好比树上开的花，遇到风花瓣便会随风飘落，自然就会有的越过窗户落在席垫之上，有的则翻过篱墙落入粪秽之中。落在席垫上的人，就如殿下您，落入粪秽之中的人就是我呀。人的贵贱际遇虽然各不相同，但哪里有什么因果。”范缜的回答使竟陵王在众多宾客面前无言以对。后来，竟陵王又特意召集了许多僧人与范缜辩论，仍不能使范缜屈服。

范缜平时穿着朴素，性格朴实直爽，勇敢而不畏权贵，常有不同于世俗的独立见解。他的主要思想保存在他的著作《神灭论》中。

《神灭论》的基本思想主要体现在“形神相即”、“形质神用”。

首先，在形神关系问题上，范缜抓住了“即”与“异”的对立。“异”是指“分离”，佛教徒讲“形神相异”、“形神非一”，称人的灵魂可以脱离形体而独立存在，人死以后形亡而“神游”，精神（魂魄）跑到佛国或依附于别的形体，灵魂、精神就成为三世轮回的主体、因果报应的对象。所以强调形神分离，是佛教徒论证“神不灭”的主要根据。对此，范缜提出“形神相即”，他说：“神即形也，形即神也。是以形存则神存，形谢则神灭也。”“即”，义为“接近”，哲学上则有“结合”、“蕴涵”、“渗透”等含意。“形神相即”，就强调了精神与形体不可分离，所谓“形神不二”，形神“名殊而体一”，把形神看成同一实体的两个方面，同时范缜又断言“形存则神存，形谢则神灭”，肯定了精神必依附于形体而存在，随形体灭亡而灭亡，较彻底地克服形神平行、形神二元的缺陷，坚持了唯物主义的形神一元论。

其次，范缜提出“形质神用”的命题，用统一的观点说明形神一元论，进一步深化了对形神关系的考察。范缜认为“形者神之质，神者形之用。是则形称其质，神言其用，形之与神，不得相异也”。肯定了形体是物质性的实体，神是由形体派生的作用，以为神之作用只有依存于物质性的形体才能发挥。他还用刀刃与锋利的关系阐发“形

《神灭论》的基本思想主要体现在“形神相即”、“形质神用”。

人生好比树上开的花，遇到风花瓣便会随风飘落，自然就会有的越过窗户落在席垫之上，有的则翻过篱墙落入粪秽之中。

——范缜

质神用”的命题。认为神用之对于形质，犹如锋利之对于刀刃。同样，神用离不开行质，精神只能依存于形体，而形亡必然神灭。

再次，范缜以“浮屠害政，桑门蠹俗”，揭露当朝宣扬神不灭的危害，阐明自己阐释神灭的目的和良苦用心。由于统治者对神不灭的提倡和宣传，导致“浮屠害政，桑门蠹俗，风雾惊起，驰荡不体，吾哀其弊、思拯其溺”。神不灭思想及其传播，不仅给当时封建伦理道德带来极大的危害——“舍逢掖，袭横衣，废俎豆，列瓶钵，家家弃其亲爱，人人绝其嗣续”，而且也给国家造成严重的政治危机——“兵挫于行间，吏空于官府，粟罄于惰游，货禅于土木”。范缜认为通过神灭论的宣传和对神不灭论的批判，可以使“小人甘其垄亩，君子保其恬素；耕而食食不可穷也，蚕而衣衣不可尽也。下有余以奉其上，上无为以待其下，可以全生，可以养亲，可以为己，可以为人，可以匡国，可以霸君”。这无疑是范镇站在世俗地主阶级的立场，巩固当朝的统治，医治当权的门阀士族的愚昧。

在这部闪光的著作里，范缜一针见血地击中了佛教的要害。他的论点一传出，举国哗然，驳斥范缜的人谁也驳不倒他。据记载，在齐武帝永明七年，范镇在当朝宰相肖子良的宾客宴会上，就信佛问题与肖子良本人及众宾客辩论，驳得众宾客及肖子良哑口无言。萧衍看到硬的压不住范缜，于是打算收买他。萧衍派王融悄悄地对范缜说：“凭你的美才，何愁当不上中书郎呢？可你偏偏发表这样怪僻的议论，太可惜了！应赶快放弃它。”范缜竟哈哈大笑说：“假使我范缜是卖论求官的人，早就做上尚书令、尚书仆射这样的大官了，何止一个小小的中书郎呢？”

千年前的一部《神灭论》，让我们看到了人类智慧的光辉和坚持真理不为名利所诱的伟大人格。

知道点 中国文学

流丽万有 东方意境

——唐朝文学

初唐四杰——王杨卢骆

卢、骆、王、杨，号称“四杰”。词旨华靡，固沿陈、隋之遗，骨气翩翩，意象老境，超然胜之，五言遂为律家正始。内子安稍近乐府，杨、卢尚宗汉魏，宾王长歌，虽极浮靡，亦有微瑕，而缀锦贯珠，滔滔洪远，故是千秋绝艺。

——明代王世贞《艺苑危言》

初唐四杰都是少年有为且才华横溢。骆宾王 7 岁即能咏鹅为诗，被称为“神童”。杨炯年 10 岁即应童子举，翌年待制弘文馆。王勃 16 岁时，被太常伯刘祥道称为神童而表荐于上，对策高第，拜为朝散郎。卢照邻 20 岁即为邓王府典签，“王府书记，一以委之。王有书十二车，照邻总披览，略能记忆”。但是在仕途上，他们又都是坎坷不遇的。由于官小而才大，名高而位卑，心中充满了博取功名的幻想和激情，郁积着不甘居人之下的雄杰之气，因此当官也只是卑微的小官，最终的结局都很悲惨。

王勃像

或者正是这种坎坷的经历和不幸的命运，使得他们在

☞滕王阁

唐初的文学创作上不为世俗所左右，能独树一帜。当时的大臣上官仪秉承陈、隋的遗风，其作风靡一时，士大夫们争相效法，世号“上官体”。当齐梁的形式主义诗风仍在诗坛占有统治地位的时候，“四杰”挺身而出，王勃首先起来反对初唐诗坛出现的这种不正之风，接着其余三人也都起来响应，一起投入了反对“上官体”的创作活动之中。他们力图冲破齐梁遗风和“上官体”的牢笼，把诗歌从狭隘的宫廷转到了广大的市井，从狭窄的台阁移向了广阔的江山和边塞，开拓了诗歌的题材，丰富了诗歌的内容，赋予了诗歌新的生命力，提高了当时诗歌的思想意义，展现了带有新气息诗风，推动初唐诗歌向着健康的道路发展。他们的创作洗涤六朝之锦丽，突破宫廷诗的束缚。闻一多说：“正如宫体诗在卢骆由宫廷移到市井，五律到王杨的时代由台阁移至江山塞漠。”

四杰当中，王勃居首位，他的诗感情细腻，风格清丽，似嫌柔弱，但又不缺雄豪旷达，如那首被人千古传诵的送别之诗《送杜少府之任蜀州》。王勃以真切情感歌颂深厚友谊的同时，又向世人展示了他宽阔的胸襟。首句即见出气象壮大：高耸嵯峨的城阙被雄壮开阔的三秦之地所拱卫。借助于“风烟”的渲染，更显示出离别的惆怅和伤感。次句“与君离别意”，形成彼此的亲近感，“同是宦游人”，则是为着形成对友人规劝的情感基础，是为着安慰其“离别意”。第三联，诗意突然出现升华，“海内存知己，天涯若比邻”，何等之襟怀和气派！这便为尾联规劝友人：“无为在歧路，儿女共沾巾”，打下了雄厚的思想和情感基础。全诗文字质朴、意境开阔，具有一种充实壮健之美。另外，王勃的文章以《滕王阁序》最为著名。《滕王阁序》一文，叙述洪都之人杰地灵，描绘登上滕王阁所见之壮景，自叙身世，抒写仕途失意之悲哀，其中对滕王阁周围景致的描绘，尤为人称道，作者将山景、水景、市景、乡景、远景、近景、动景、静景尽收笔下，互相配合，互相映衬，显示出优美开阔之意境。“落霞与孤鹜齐飞，秋水共长天一色”一联，成为千古绝唱。

卢照邻像

杨炯的诗风是刚健而又精辟凝炼的。在他的诗歌里，洋溢着昂扬慷慨之气，“壮而不虚，刚而能润”。其中《从军行》最为有名，字里行间洋溢着他从军报国的热情和渴望：“烽火照西京，心中自不平。牙璋辞凤阙，铁骑绕龙城。雪暗凋旗画，风多杂骨声。宁为百夫长，胜作一书生。”诗人心情振奋，表现出生逢盛世大展鸿图的豪情壮志，诗里充满了昂扬向上的时代精神。而在写法上，则直抒胸臆，有一股雄直劲遒之气，这已开盛唐雄浑诗风的先声。杨炯也有一些诗篇，极富俊逸抒情。它在悠然的情思中表现出一种天然的诗的情韵。如“相思明月夜，迢递白云天”，“行人断消息，春恨几徘徊?”，“美人今何在？灵芝徒有芳”，“山空夜猿啸，征客泪沾裳”，写得空灵飘洒，含不尽之意如在言外，韵致天然诗味无穷，绝似盛唐诗歌。因此，他在唐诗的继往开来中，其功之卓绝，实在足以彪炳千秋的。

骆宾王像

卢照邻擅长七言歌诗体，较为出名的是《长安古意》。此诗借古喻今，描绘了初唐时期长安上层社会的生活面貌。诗人把笔锋从宫廷引入市井，出现了万民狂欢的情景。长安人流如潮，以致“楼前相望不相知，陌上相逢讵相识”，然而在歌海舞潮之中，都有生死相恋的执著。双方剖明心迹：“得成比目何辞死，愿作鸳鸯不羡仙。”这种爱情形式和表述，热烈、真挚、大胆，如闻一多所说，比起“病态”的宫体诗来，“气魄”不可伦比。诗中还写了御史、廷尉等执法人员邀结一些纨绔子弟宿娼寻乐，违法犯禁的丑恶行径，也写了豪门将相相互倾轧，对统治阶级进行了深刻批判。行文对仗精巧，句法蝉联，以赋为诗。

骆宾王擅长五律和七言歌行体。诗风刚健雄浑，气魄非凡。他的《帝京篇》和卢照邻的《长安古意》被称为姊妹篇，两篇内容相似，共映生辉。另外骆宾王在参与反武的起义中写下了一篇《代李敬业传檄天下文》，使他名声大振。武则天读完这篇骂她的檄文，竟然感叹是宰相的失误，而使这样的贤才流落在外。这篇檄文开首便痛陈列数武则天的罪行劣迹，写得痛快淋漓，犹有义愤贯流其中。然后，极力赞美徐敬业起兵之声势和正义性，气势充畅，一泻千里。最后对朝中诸人晓以情理，以“请看今日之域中，竟是谁家之天下”结束，有雄睨一切的气概和横扫千军的力量。它的内容的真实性和可靠性程度容当商榷，但它创造了以气势、文采为载体去表现政治内容的范例。

孟浩然像

清音悠悠响非凡——孟浩然

孟诗胜人处，每无意求工，而清超越俗，正复出人意表。

——沈德潜《唐诗别裁集》

淡得看不见诗了，才是真正孟浩然的诗。

——闻一多《唐诗杂论》

孟浩然，襄阳人，他的一生可以说比较简单平淡，他生活的时代是开元盛世，他的大半生都在隐居和漫游中度

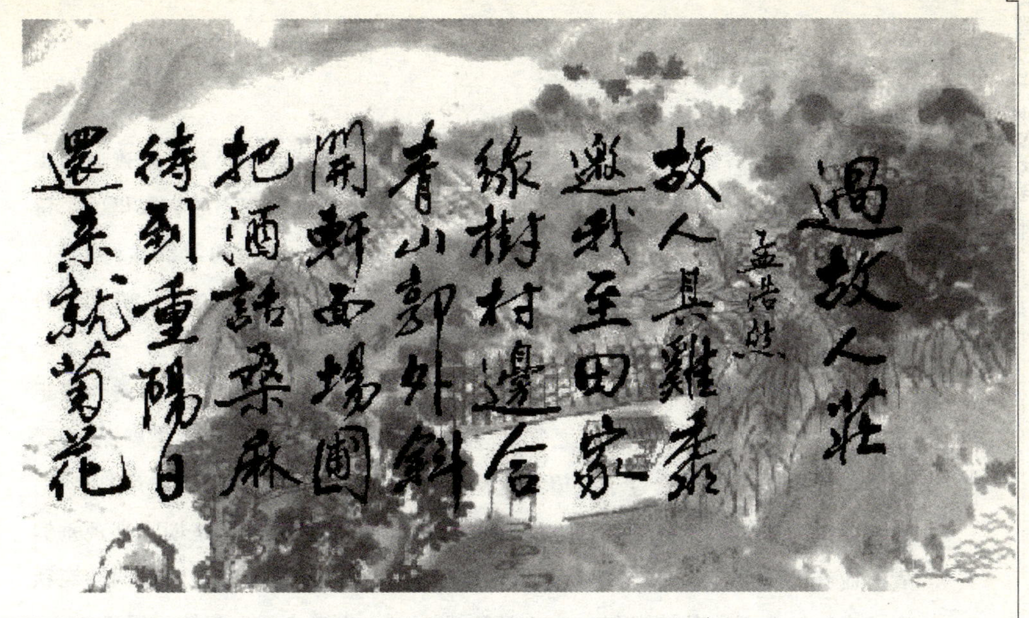

孟浩然之《过故人居》

过，和山水鸟虫结下了缘分。然而却不能说他的心境诗中冲淡平和只在山水，他的经历并不是一帆风顺的。孟浩然的隐逸有前期和后期之分：前期的隐逸可以说是为步人仕途做准备的，带有强烈功利目的的隐逸；后期则是追求人格理想、完善其道德追求的真心归隐。他前期三十多年是在努力为科举、为入仕做准备。唐代是以词章取士的。他自强不息，苦学了几十年，自认是“词赋颇亦工”了，然后才“中年废丘壑，上国旅风尘”以求明达，抱负很大。然而现实生活常常是出人意料的，他居然名落孙山。

然而这次考试对孟浩然的打击还不算太大，而令他入仕的梦想破灭的是因为惹怒了唐玄宗。一次王维邀请孟浩然来府上做客，两人高谈阔论时，忽然外传“皇上驾到”。孟浩然不及躲避，只好藏匿于床下。等皇上进来后，王维不愿隐瞒，禀报皇上说：“诗人孟浩然在此，因嫌身份卑贱，未敢拜见陛下！”唐玄宗是个爱才之人，听后，立即召见。孟浩然连忙出来见过玄宗。三人说了一会儿诗文，玄宗问孟浩然是否有新作。于是孟浩然就诵读了一首向皇上表明入仕心迹的诗。谁知其中“不才明主弃，多病故人疏”一联，竟惹怒了玄宗，玄宗责问道：“你不积极求仕，倒

孟浩然的田园诗把田园情趣作为他隐逸生活的调剂，借以展示其高雅情怀、隐居清寂、登临清兴和静夜相思。

反过来诬说我弃你!”

自此，孟浩然对入仕心灰意冷了。此后，孟浩然就四处漫游，足迹遍布山林江海，成为人们心目中的“隐士”、“高人”。连什么人都不放在眼里的“诗仙”李白，也对孟浩然青眼有加，佩服得五体投地，在《赠孟浩然》中说：“吾爱孟夫子，风流天下闻。红颜弃轩冕，白首卧松云。醉月频中圣，迷花不侍君。高山安可仰，徒此揖清芬。”

孟浩然的山水诗清雅中透露着豪放。《唐音癸鉴》中写道：“孟浩然诗祖建安，宗渊明，冲淡中有壮逸之气。”孟浩然的诗清幽雅淡而又不失雄浑开阔，最能体现这个特点的莫过于《望洞庭湖呈张垂相》这首诗了：“八月湖水平，涵虚混太清。气蒸云梦泽，波撼岳阳城。欲济无舟楫，端居耻圣明。坐观垂钓者，徒有美鱼情。”前四句“起得洋洋称题，而气概横绝”，极力渲染洞庭湖秋高气爽、寥廓无边的清远气氛：八月秋汛，湖水为满；天水相接，混而为一；水气蒸发，雾气笼罩；湖波汹涌，似乎摇动着岳阳城。气象万千，喻示着充满生机和活力的盛唐景象。紧接着孟浩然把这种气氛推向高潮，穷形云蒸霞蔚的荆楚大地，竞相巍然屹立于洞庭湖畔的天下名楼，从中见壮阔不平之气。孟诗的豪放与那些豪放派的诗不同，它寓豪放于平淡之中，或在雄阔壮丽中显出一派淡泊萧散的气韵。颈联和尾联借此壮阔之气抒己之磊落不平之情，委婉地向张丞相倾诉衷肠，抒发了自己因无官位而不阿内宫舒展抱负的淡淡幽怨，表露求仕之心。《瀛奎律髓》中记载到：“予登岳阳楼，此诗书左序门壁间，右书杜诗，后人自不敢复题也。”可见这首诗的功力是多么的深，这首诗的地位是如何的高，影响如何的大。

孟浩然的田园诗把田园情趣作为他隐逸生活的调剂，借以展示其高雅情怀、隐居清寂、登临清兴和静夜相思。如《过故人庄》，这是孟浩然田园诗的代表作，历代说孟诗者必提：“故人具鸡黍，邀我至田家。绿树村边合，青山郭外斜。开筵面场圃，把酒话桑麻。待到重阳日，还来就菊花。”在这首“淡得看不见诗了”的诗里，首联写作者前往赴约：老朋友炖好了鸡，蒸熟了黄米饭，邀请我去他家做客。这首小诗写的事情虽然平常，却成功地表现了农家朴素纯真的人情和美丽恬静的田园风光，表达了诗人对农家生活的由衷赞美与农民朋友的真挚友谊，给人以美好的艺术享受。

“诗佛”王维

味摩诘之诗，诗中有画；观摩诘之画，画中有诗。

——苏轼

词秀调雅，意新理惬。在林成珠，着壁成绘。一句一字，皆出常境。

——殷璠《河岳英灵集》

王维像

王维，字摩诘，诗画双绝。祖籍太原祁（今山西祁县），其父迁家蒲州（在今山西永济），遂为蒲人。才华横溢的王维，15岁便远离家乡，在长安和东都洛阳为仕途而奔走。

他不但擅长诗歌，而且音乐、绘画也十分精通，这使他能够很方便地登上仕途。相传，王维到长安昭国坊庾敬休家中做客时，看见墙上挂着一幅《按乐图》，上面画着众多伶人正在奏乐。王维细看一会儿，便笑着说：“这幅画上的乐工，正演奏到《霓裳羽衣曲》第三叠第一拍。”当下，有好奇的人真招来乐工演奏检验，结果与王维所说一致，乐工的手指起落，指法毫无差错。这样一来，王维受到当时上层社会达官贵人的欢迎。另外，据《丹青记》记载，王维为岐王李范画了一幅《巨石图》，犹如真的巨石一样。在一个风雨交加的夜晚，巨石不翼而飞。过了六七十年后，高丽使者把此图归还大唐。唐宪宗见王维的画如此神奇，于是将此图藏于宫中，并在地上洒乌鸡狗血以镇压，怕《巨石图》再次飞走。这个故事当然不会是真事，但王维绘画技巧之高却是实情。由于王维诗画并称，因此，王维在作诗时，不自觉地将构图、色彩、明暗等绘画技巧融入诗中，使诗具有画意。

王维得九公主的推荐，在府试中顺利通过，获得头名，进而一举中进士，步入仕途。然而官场中的种种糜烂腐败现象，使他感到非常沮丧。在王维中年以后，他一方面对当时的官场感到厌倦和担心，但另一方面却又恋栈怀禄，不能决然离去。于是随俗浮沉，长期过着半官半隐的生活。他原信奉佛教，此时随着思想日趋消极，其佛教信仰也日益发展。他青年时曾居住山林，中年以后一度居于终南山，后又得宋之问蓝田辋川别业，遂与好友裴迪优游其中，赋诗相酬为乐。

也许是由于他的生活经历与心境的变化，后人称道的往往是他的山水田园诗。他信奉禅理，后半生徘徊于仕隐之间。他以优雅闲逸的情致描写了闲静舒适的田园生活和美丽可爱的山水。他的田园诗描绘的是闲静的意境；山水诗描绘的是幽静的意境。并且王维的诗中有画法、画意、画风，他以画家的慧眼匠心来构建诗篇，达到了“诗中有画”的佳境。刘士麟在《文致》中说：“晁补之云右丞妙于诗，故画意有余。余谓右丞精于画，故诗态转工。”所说的就是王维的诗、画有相得益彰之妙。总览王维的诗可以看到他在继承陶渊明、谢灵运传统的基础上，最大特点是以画法入诗，创造出或凄丽清幽、或磅礴恢宏的意境，充满富于理趣的诗情画意之美。如《汉江临泛》就充分展示了王维的绘画技巧：“楚塞三湘接，荆门九派通。江流天地外，山色有无中。郡邑浮前浦，波澜动远空。襄阳好风日，留醉与山翁。”

开篇两句，诗人就描绘出汉江雄浑壮阔的幕景，泛舟江上，纵目远眺，浩瀚的汉江之水入荆江与长江九派汇聚合流，波澜壮阔，气势恢弘。任水一气流走，劈空飞去，直至宇宙尽处，时空之外。就人的视觉而言，水流愈远，则人的视角愈小，对象也就愈小，汉水的形貌也愈来愈消失，明暗的差别也愈来愈减弱，成为一片虚无的空白。水流天地外，扑入视野的，当是一片大气，一片空白，可谓于无极之中见流之渺远，于飞动之中现水之浩瀚，不着一字，尽得风流。诗人将目不可及的景色写入诗中，收茫茫平原于纸端，纳浩荡江水于画边，为整个画面渲染气氛。接着，诗人以山光水色作为画面的远景：汉江滔滔远去，好像一直流到天边，两岸重重青山，烟雾迷蒙，时隐时现，若隐若无。诗人又以极淡之墨，描绘了一幅意境优美的山水画。

就绘画艺术来看，国画山水，常于画笔难到之外，留下空白，促人想象。王维此诗，则于诗笔难尽之处，拓开空间，任人驰骋。它运用了中国古典绘画的散点透视法，并不关心汉水在空中的精确位置，采用的是展现宏观视野的模糊透视法则，使读者能以流动的目光驰骋于天地之间，既不受焦点的约束，也不受地平线的限制，从而构成了“象外之象”的更大心理空间。

王维的山水田园诗具有那种含蓄蕴藉，意在笔外的美学风范。诗人抒发的感情以“含蓄”、“曲意”见长，很多诗作都属于平淡而有点韵之列。刘熙载曾在《艺概》中说：“山之精神写不出，以烟霞写之；春之精神写不出，以草树写之。故无气象，则精神亦无所寓矣。”王维诗中写静也是如此，静之精神写不出，借动态写之。他颇善于把动与静巧妙结合起来，构成妙境，益增静穆之感。山川景物中的幽静意境，在王维疏朗淡泊的气氛营造中又是另外一番景象。如《鸟鸣涧》：“人闲桂花落，夜静春山空。月出惊山鸟，时鸣春涧中。”山月当头，春野空旷，亭亭桂树，徐徐落花，月惊山鸟，音回空谷，多么宁静而幽美的境界！诗人着意去捕捉“花落”、“月出”、“鸟鸣”等一些春夜中仅有的短暂而细微的动态，将春涧月夜静谧的实在感烘托出来，在安详而又生动的静与动的对立统一中，突出春山月夜的静美。

王维之《寒山积雪图》

斗酒诗百篇——李白

昔年有狂客，号尔谪仙人。笔落惊风雨，诗成泣鬼神。声名从此大，汩没一朝伸。文采承殊渥，流传必绝伦。

——杜甫

“五岁诵六甲，十岁观百家”，“常横经籍书，制作不倦”的李白是盛唐时期的一位天才诗人，在他年少时，随家从碎叶迁居蜀之绵州昌隆县（今四川江油县）。蜀中属于道教气氛浓郁的地方，青城、峨眉的好几位著名道士，在开元年间很受朝廷重视。少年李白的家附近的紫云山是道教胜地，紫云山是道教十大洞天之一。这样的环境对他的神仙道教信仰影响非常大。他说“家本紫云山，道风未沦落”（《题嵩山逸人元丹丘山居》）。他说他“十五游神仙，仙游未曾歇”（《感兴》八首其五），道教的影响，几乎伴随他一生。

另外，蜀中又是一个有着侠士风气的地方，对李白也有很深的影响。刘全白《唐故翰林学士李君碣记》说他“少任侠，不事产业，名闻京师”。魏颢《李翰林集序》甚至说他“少任侠，手刃数人”。他自己也说：“结发未识事，所交尽豪雄，……托身白刃里，杀人红尘中。”李白在其《叙旧赠陆调》诗中曾叙述了一件他年轻时与人打架的事。那大概是他第一次去长安时，在长安北门，被一群斗鸡的长安无赖给纠缠上了，李白与陆调二人同这群人大打出手，后终因寡不敌众，陆调先冲出重围，将官宪引来，才将李白救出。他的青少年时期，就是在隐居、仙游、任侠中度过的。

李白诗意图

25岁起“辞亲远游”，仗剑出蜀。开元十五年，他娶故相许圉师孙女为妻。三年后，即开元十八年（730年），李白由南阳启程入长安，这时他正好30岁。李白初入长安为期约3年。他隐居在终南山，广为交友，希望得到王公大人的荐引。那时唐玄宗之妹玉真公主别馆就设在终南山，常有文人雅士（其中包括王维、储光羲等名诗人）去做客。李白结识了这位公主，希望得到引荐，却未能如愿以偿，终于快快离去。开元二十年（732年）夏，李白沿黄河东下，先后漫游了江夏、洛阳、太原等地。唐玄宗二十四年，又举家东迁，“学剑来山东”（《五月东鲁行答汶上翁》)。他在寓居任城时，曾与孔巢父等人会于徂徕山酣饮纵酒，人称“竹溪六逸”。后又漫游河南、淮南及湘、鄂一带，北登泰山，南至杭州、会稽等地，所到之处，形诸吟咏，诗名远播，震动朝野，最后连天子也被惊动了。

天宝元年秋，在玉真公主的荐引下，唐玄宗下诏征李白入京，供奉翰林。这是他一生中最为得意的时期，但这位傲岸的诗人很快就遭到了宫廷权贵们的忌恨。一年后他就开始遭到谗毁，“白璧竟何辜？青蝇遂成冤”（《书情赠蔡舍人雄》），“君王虽爱蛾眉好，无奈宫中妒杀人”（《玉壶吟》)，这些诗句都是他当时险恶处境的写照。天宝三载春，李白被流放还乡。这一次他在朝中任职的时间只有一年多，但却使诗人对社会的认识发生了深刻变化。从此，“浪迹天下，以诗酒自适”。在洛阳，与杜甫相遇，结下了千古传颂的深厚友谊。两人同游梁、宋，在那里又遇高适，怀古登临，纵酒射猎。之后，他在齐州请北海高天师授道，再次举行入道仪式。这时他的思想是复杂的，既悲慨不平，“我本不弃世，世人自弃我”（《赠蔡山人》)，对朝廷充满不满与失望的情绪，但又关心国家命运、积极入世，希望建立功业的心情并没有消退。天宝十四载，安史之乱爆发，李白正在宣城（今属安徽)、庐山一带隐居。次年十二月他怀着消灭叛乱、恢复国家统一的志愿应邀入永王李幕府。后来永王谋篡独立，触怒了肃宗，李白也因此获罪，被系浔阳（今江西九江）狱，不久流放夜郎（今贵州桐梓一带)。途中遇赦得归，时已59岁。晚年流落在江南一带。61岁时，听到太尉李光弼率大军出镇临淮，讨伐安史叛军，还北上准备从军杀敌，半路因病折回，次年他在当涂县令李阳冰的寓所病逝。

李白像

李白的乐府有种种不同的风格，有些是很颓废的，很悲观的醉歌，如《将进酒》、《襄阳歌》；有些是很美的艳歌，如《长相思》；有些是飘逸奇特的游仙诗，如《怀仙歌》；有些是沉痛的议论诗，如《战城南》；有些是民歌，如《长干行》；有些却又是个人的离愁别恨，如《客中行》、《静夜思》、《赠汪伦》、《金陵酒肆留别》。乐府到了李白，可算是集大成了。乐府起于民间，而文人受了六朝浮华文体的余毒，往往不敢充分运用民间的语言与风趣。而李白认清了文学的趋势，有意用"清真"来救"绮丽"之弊，所以他大胆地运用民间的语言，容纳民歌的风格，很少雕饰，最接近自然。

李白的绝句随口而出，颇多神来之笔，风格壮美，大气磅礴，雄奇浪漫，而且充满自然明快的优美情韵。他爽朗的性格，自由自适的气质，反映到他的绝句里，就形成了清新飘逸的情思韵味。如《陪族叔刑部侍郎晔及中书贾舍人至游洞庭五首》其二："南湖秋水夜无烟，耐可乘流直一天。且就洞庭赊月色，将船买酒白云边。"把一个水、月、白云连成一体的纷繁琉璃世界，和在这个世界里产生的天马行空式的奇妙想象，写得如此明净秀美，如入神仙境界。他又有一种与自然融为一体的气质，以其天真纯朴的赤心，与山水冥合。无论写景言情，都具有一气流贯的俊逸风神和爽朗情韵。如：

日照香炉生紫烟，遥看瀑布挂前川。飞流直下三千尺，疑是银河落九天。（《望庐山瀑布》）

天门中断楚江开，碧水东流至此回。两岸青山相对出，孤帆一片日边来。（《望天门山》）

朝辞白帝彩云间，千里江陵一日还。两岸猿声啼不住，轻舟已过万重山。（《早发白帝城》）

故人西辞黄鹤楼，烟花三月下扬州。孤帆远影碧空尽，惟见长江天际流。（《黄鹤楼送孟浩然之广陵》）

总之，李白是那个时代的骄子、盛世的歌手、伟大的浪漫主义者。他的诗歌以蓬勃的浪漫气质表现出无限生机，出色地扭转了初唐以来的诗歌趋势。李白对后世有着巨大的影响，他那"天生我才必有用"的超凡自信，那"安能摧眉折腰事权贵"的强硬人格，那"戏万乘若僚友，视同列如草芥"的凛然风骨，那与自然合为冥一的飘逸情韵，吸引着无数士人。由于他以才力写诗，凭气质写歌，他的诗风事实上是无法学习的。在中国诗歌史上，李白有着不可替代的不朽的地位。

漂泊一生，忧民一世——杜甫

史家只载一时事迹，诗家只显一时气运。诗之妙正在史笔不到处。

——浦起龙《读杜心解》

铺陈始终，排比声韵，大或千言，次犹数百。

——元稹

杜甫像

浣花溪边，风景秀丽，林塘优美，细麦轻花，一派田园风光。这里就是中国文学史上的圣地，俗称“杜甫草堂”。

“背郭堂成阴白茅，缘江路熟俯青郊。桤林碍日吟风叶，笼竹和烟滴露梢。暂止飞乌将数子，品来语燕定新巢。旁人错比扬雄宅，懒惰无心作解嘲。”这就是杜甫结束了四年的颠簸生活后，对自己的安身之地所作的描述。草堂是杜甫一生中少有的安定寓所。

杜甫，字子美，原是河南巩县人，生长在一个传统的官僚家庭，杜甫十三世祖杜预是晋代明将名儒，祖父杜审言是初唐著名诗人。其父亲杜闲为衮州司马、奉天县令，母亲是当时著名学者崔融的女儿。在如此显赫的家庭里，杜甫接受了正统的儒家文化熏陶，和务必要在仕途上有所作为的雄心。所以杜甫也曾自豪地称为“奉儒守官，未坠素业”。

杜甫从小就下苦功读书，7岁学诗，15岁扬名。在35岁以前，他过着读书与漫游的生活。这既是为了增长阅历，也是为了交结名流、张扬声名，为日后的进仕做准备。20岁时他就结束书斋生活，开始他的漫游生活。他先后游历了吴、越、齐、赵、梁、宋等。天宝三年他与李白在洛阳相识，杜甫比李白小11岁。两个人性格不一样，但是，共同的志趣和爱好使他们成为亲密的好友。随后在宋地他们又遇到高适，三位高才谈诗论文，携手同游，结下深厚的友谊。这一时期的《望岳》和《画鹰》表现出诗人的乐观自信和青春朝气。

天宝五年，杜甫志豪气壮地来到长安，准备一展平生抱负，但是等待他的却是冷酷严峻的现实。那时候正是奸相李林甫掌权的时候；李林甫最忌恨读书人，怕这些来自下层的读书人当了官，议论起朝政来，对他不利，于是勾结考官，欺骗玄宗说这次应考的人考得很糟，没有一个够格的。唐玄宗正在奇怪，李林甫又上了一道祝贺的奏章，说这件事正说明皇帝圣明，有才能的人都已经得到任用，民间再没有遗留的贤才了。因此杜甫在原本象征读书人出路的科举之途上受到了巨大的挫折。后来几经周折他才得一管理军械库房的小官，所谓右卫率福州曹参军。在此期间，杜甫作诗百余首，其中《兵车行》、《丽人行》、《前出塞》、《后出塞》、《自京赴奉先县咏怀五百字》等杰作，反映了“安史之乱”前夕的各种社会矛盾，展示了危机四伏、盛世将逝的国家政治形势，因而也就奠定了杜甫的客观写实的创作方向和沉郁顿挫的艺术风格。

安史叛乱，时局剧变。杜甫携家逃难，先由奉先逃到白水，再由白水逃到鄜州。逃亡时期是杜甫生活经历最艰难、最危险的时期，也是他思想感受最丰富、最深刻的时期。随后，长安、洛阳虽然被官军收复了，但是安史叛军还没消灭，战争还很激烈。唐军到处拉壮丁补充兵力，把百姓折腾得没法过活。有一天，杜甫经过石壕村（在今河南陕县东南)，时间已经很晚了。他到一家穷苦人家去借宿，接待他的是老农夫妻俩。半夜里，他正翻来覆去睡不着觉的时候，忽然响起一阵急促的敲门声。杜甫在房里静静听着，只听到隔壁那个老人翻过后墙逃了，老婆婆则一面答应，一面去开门。进屋的是官府派来抓壮丁的差役，他们厉声吆喝着，问老婆婆说：“你家男人到哪里去了？”老婆婆带着哭声说：“我的三个孩子都上邺城打仗去了，前两天刚接着一个儿子来信，说两个兄弟都已经死在战场上。家里只有一个儿媳和吃奶的孙儿。你还要什么人？”老婆婆讲了许多哀求的话，差役还是不肯罢休。老婆婆没有法子，只好让差役将自己带走，到军营去给兵士做苦役。天亮了，杜甫离开那家的时候，送别的只有老农夫一个人了。

杜甫亲眼看到这种凄惨情景，心里很不平静，就把这件事写成诗歌，叫《石壕吏》。在这部作品中表现出鲜明生动的形象和炽热灼人的情感互为表里、和谐统一，他特别注重铺陈手法的运用。这首杰作正是铺陈到底，全无比兴，但是由于诗人善于将自己的褒贬与爱憎、震惊与感叹、怨愤与怜悯、悲痛与无奈，全都溶入“有吏夜捉人”这一事件中，老翁翻墙、府吏发怒、老妇哭诉等情节的具体描写，而未加任何主观议论，因而全诗显得形象逼真，情节感人，恰如一幕精典话剧，各个人物的举止和声情真切可闻、历历在目。

他在华州的时候，前后一共写过六首这样的诗，合起来叫做“三吏三别”：《石壕吏》、《潼关吏》、《新安吏》、《新婚别》、《垂老别》、《无家别》。在这卓绝千古的“三吏”“三别”中，杜甫以忧国忧民的复杂心情，以“诗史”特有的“实录”的笔墨，反映了当时特殊的社会状况：百姓在经历叛军的催残后，又经受着官府大肆征兵的苦难；人民不满官府的凶残，却又忍受着痛苦承担起杀敌卫国的责任。漂泊西南时，杜甫仍然心系国家的安危和人民的悲欢，根据自己的见闻与感受，以炽热的情怀继续描写当时的社会现实，从而以“安史之乱”为轴心展示出更广阔、更完整的历史面貌，完成了以“诗史”补充和修正史传的千秋重任。

他在华州的时候，前后一共写过六首这样的诗，合起来叫做“三吏三别”：《石壕吏》、《潼关吏》、《新安吏》、《新婚别》、《垂老别》、《无家别》。

杜甫是盛唐后期大乱年代造就的伟大诗人。他直面残酷的现实，客观真实地描绘了那个多灾多难的时代面貌，同时，在诗歌艺术方面，他转易多师，元稹说“至于子美，盖所谓上薄风雅，下该沈、宋，言夺苏、李，气吞曹、刘，掩颜、谢之孤高，杂徐、庾之流丽，尽得古今之体势，而兼人人之所独专矣。使仲尼锻其旨要，尚不知贵，其多乎哉。苟以其能所不能，无可无不可，则诗人以来，未有如子美者。”所以他兼有各家之所长，为后世诗歌树立起了不朽的典范，因而杜甫被尊为“诗圣”。

成都杜甫草堂

一篇"长恨"有风情——白居易

乐天少年知读佛书，习禅定，既涉世，履忧患，胸中了然，照诸幻之空也。

——苏辙

禁省、观寺、邮侯墙壁之上无不书，王公、妾妇、牛童、马夫之口无不道；至于缮写模勒卖于市井，或持之以交酒茗者处处皆是。

——元稹

白居易像

白居易"幼聪慧绝人，襟怀宏放"，"五六岁便能为诗，九岁谙识音韵；十五六……苦节读书，二十未已，昼课赋，夜读书，间又课时……以至口舌生疮，手肘成胝"。16 岁时，他来到了长安，怀一篇诗文去拜谒当时的名士顾况，受到迎门礼遇。

顾况闻他名居易，便开玩笑说："长安米贵，居恐不易。"及读到这首诗的"野火烧不尽，春风吹又生"时，大为赞赏，说有这样的文笔，居长安不难。这首诗，确实可见白居易才情非凡。

自 28 岁在宣城参加乡试之后，他步入自己的政治生涯。他在仕进上曾一帆风顺。29 岁时，以第四名及进士第，31 岁时，试书判拔萃科，与元稹等同时及第，与元稹相识，从此成为莫逆之交。35 岁复中"才识兼茂明于体用科"，次年冬季，授翰林学士。就在授翰林学士这一年前后，娶杨虞卿的妹妹为妻，元和三年（808 年）拜左拾遗。

在此期间，白居易关注国事得失，关心百姓疾苦，积极参与政治。特别在三年左拾遗任上，他表现出饱满的政治热情，不仅"有阙必规，有违必谏，朝廷得失无不察，天下利害无不言"，而且"启奏之外，有可以救济人病，裨补时阙而难于指言者，辄咏歌之"，写有以《秦中吟》、《新乐府》为代表的大量讽喻诗。

元和九年，白居易被授太子左赞善大夫，后因上疏请急捕“刺武元衡者”，为宰相所恶，被贬为州刺史，又为中书舍人王涯所谗，追诏再贬为江州司马。此次连续被贬，对白居易来说是一个重大的打击和教训，使他的思想发生了很大变化。为避祸远嫌，“不复愕愕直言”，“世事从今口不言”。在江州，他自称为“天涯沦落人”，以游历山水、作诗为事，仰慕起陶渊明来，希望做个隐逸诗人，并转而事佛，企图从佛教中求得解脱。虽然后来又被召回长安，但他很快请放外任，以官为隐。

白居易的名篇丽句不但在国内广为流传，而且远传国外，日本嵯峨天皇，曾大量抄写吟诵；鸡林（新罗国）贾人出重金搜求“白诗”。自从有诗以来，作品为外国人士所珍视，白居易可算是第一人。在白居易的诗歌中以其感伤诗《长恨歌》最为有名，它和此前产生的《古诗为焦仲卿妻作》共同代表着中国古代叙事诗的最高成就。相传长安的歌伎因为能吟咏《长恨歌》而增价。

《长恨歌》是一曲爱情毁灭的悲歌。白居易作《长恨歌》，其意“不但感其事，亦欲惩尤物，窒乱阶，垂于将来”。诗的主题是“长恨”。从“汉皇重色思倾国”起，第一部分叙述安史之乱前，玄宗如何好色、求色，终于得到了杨氏。而杨氏由于得宠，鸡犬升天。并反复渲染玄宗之纵欲，沉于酒色，不理朝政，因而酿成了“渔阳鼙鼓动地来”的安史之乱。这是悲剧的基础，也是“长恨”的内因。

白居易草堂

从“六军不发无奈何”起为第二部分，具体描述了安史之乱后，玄宗仓皇出逃西蜀，引起了“六军”驻马要求除去祸国殃民的杨贵妃。“宛转蛾眉马前死”是悲剧形成的关键

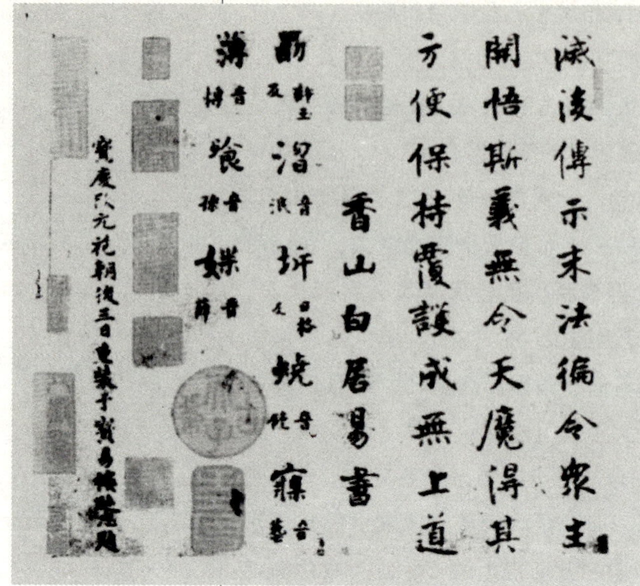

白居易墨迹

情节。杨氏归阴后，造成玄宗寂寞悲伤和缠绵悱恻的相思。诗以酸恻动人的语调，描绘了玄宗这一“长恨”的心情，揪人心痛，催人泪下。

从“临邛道士鸿都客”起为第三部分，写玄宗借道士帮助于虚无缥缈的蓬莱仙山中寻到了杨氏的踪影。在仙境中再现了杨氏“带雨梨花”的姿容，并且含情脉脉、托物寄词、重申前誓，表示愿作“比翼鸟”、“连理枝”，进一步渲染了“长恨”的主题。结局又以“天长地久有时尽，此恨绵绵无绝期”深化了主题，加重了“长恨”的无奈。

这部文学作品最精彩的地方是把称颂爱情与讽喻贪爱联系在一起，如前所述，诗歌的描述一面是“卿卿我我”的爱情，一面是贪爱怠政的恶果。我们很难截然分辨出哪是体现李、杨爱情的地方，哪是体现李、杨怠政的地方，甚至一句诗、一个词语也可作两方面的理解，例如：“缓歌慢舞凝丝竹，尽日君王看不足”，我们可以认为，此乃描写李、杨爱情浓烈，也可以认为，此乃铺叙李、杨荒淫无度。我们必须看到，正是李、杨的爱情荒败了朝政，招致了“渔阳鼙鼓动地来”和杨玉环的“宛转蛾眉马前死”。李隆基虽然舍不得自己昔日“爱如珍宝”的妃子死去，但面对护驾的“六军”，想救却“救不得”。如何“以天下之王，不能庇一弱女”，这是因为“蛾眉”与“六军”的力量对比悬殊，更是因为“六军’不是如安禄山一样的邪恶势力，它代表着正义，是不容对抗、不容否定的力量。李隆基正是在一方是所爱，一方是正义的对峙的两难境地，才感到痛切心腹的“无奈何”的。这里没有单纯的善与恶的冲突，有的只是两种同样有价值的东西的交锋。

可以说，《长恨歌》中饱含的那一份无可奈何的感伤至杨妃之死已传达出来了，但作品并未就此结束，紧接着是对玄宗对杨玉环的伤心蚀骨的无尽思恋和李、杨人间天上生死不渝的深情的生动描绘。正是李、杨对爱情坚贞执着的追求和“天长地久有时尽”而分离却永无终期的深沉悲哀，使无可奈何的感伤上升到一个新的境界。愈是饱含泪水不懈地追求与思恋，其分离就愈具有悲剧意义；其分离愈具有悲剧意义，使人冥冥之中感到的那一份无可奈何的心灵负荷愈沉重，感伤的心灵愈丰富。“南内凄凉”与“海上仙山”的描绘，其功能像一个放大器，把无可奈何的感伤加强了。

楚雨含情皆有托——李商隐

深情幽怨，意旨微茫，令人测之无端，玩之无尽。

——沈德潜《唐诗别裁集》

春天的洛阳，熏风醉人，百花盛开，到处是一派蓬勃的生机。意气风发、才华横溢的李商隐发现堂兄李让山的邻居家有一个非常清新纯洁的少女——柳枝。她活泼好动，多才多艺，“作天海风涛之曲，幽忆怨断之音”。这个年轻诗人的心被深深地打动了。李商隐请求和委托堂兄用一种极具诗意的方式去叩开少女渐渐觉醒的青春心扉。

在某一个春日，李让山在柳枝家南边柳树下下马，忘情地高声朗诵李商隐的《燕台诗》。《燕台诗》有《春》、《夏》、《秋》、《冬》四首。无论哪一首都是情深意切、旖旎动人的好诗，抒写着少年情怀。柳枝被如此生花妙笔打动了，她“手断长带，结让山为赠叔乞诗”。第二天，让山带商隐去和柳枝见面。为了避人耳目，以免产生不必要的麻烦，他们装作无意邂逅的样子，并且约好三日后相见。可是，他们并没有如约相见。一个和李商隐约好同赴京师的朋友，恶作剧地拿着他的行李先走了，致使李商隐无法按原定计划留下等待三天后和柳枝会面。柳枝的失望和悲伤可想而知。就在这一年的冬天，李商隐在长安得知了柳枝的不幸遭遇：柳枝已经被镇守东都的大官夺走了。在悲愤伤心之余，诗人提笔写下了五首小诗和序，即《柳枝词》，来纪念纯洁善良的情人。

李商隐政治上的失意潦倒，生活经历中爱而不得和得而复失的悲哀，使他常被一种感伤抑郁的情绪纠缠包裹。年轻的他虽负才名，深受天平军节度使令狐楚的赏识，又被泾原节度使王茂元招为女婿，可是，当时朝廷牛李党争十分激烈，令狐楚父子属于牛党，王茂元则倾向于李党，李商隐以令狐楚门人的身份结亲王氏，因而被谪为“背恩”、“无行”。所以在这朋党之争的夹缝中倍受压抑。死时年仅46岁。

李商隐像

李商隐一生写了六百多首诗。《无题》诗尤其受到人们的称赞，代表了他最高的艺术成就和风格。标为“无题”或用篇首二字标题的诗，如《锦瑟》、《碧城》等，也属无题诗一类。此类的诗有七十余首，这些大都为描写男女相爱的题材，语言精妙、意境深微、朦胧隐曲、形象优美。有的旨意难明，另有寄托。这些作品，吸引着千百万读者，为之细读玩味，并赞赏不已。

其中的《锦瑟》是一首传颂千古而又是历代注家争论不休的“朦胧”诗。一千多年来，人们对这首诗的理解，各抒己见，臆测纷纭。有人认为这首诗是为令狐家名叫锦瑟的侍婢而作；有人认为是歌咏瑟声的音乐意境；有人认为是悼念亡妻的；有人认为是伤感唐室残破的；更准确的解释，此篇乃是自伤寄托之词。

这首诗是李商隐罢官后退居郑州病逝之前所写的绝笔诗，作于大中十二年（858年），时年46岁，结合诗人的生平经历：回首一生遭遇，感伤身世，寄托情怀。诗人身世的悲怆，理想的幻灭，爱情的悲剧，人生路途的迷茫和无穷的遗恨，一并包括在诗的形象之中，拨动了每一位读者的心弦。

锦瑟无端五十弦，一弦一柱思华年。庄生晓梦迷蝴蝶，望帝春心托杜鹃。沧海月明珠有泪，蓝田日暖玉生烟。此情可待成追忆，只是当时已惘然！

开头两句，由锦瑟起兴，象征着自己悲凉的一生，引起对华年往事的追忆。古瑟花纹锦绣，声调凄凉。“无端”二字写出作者内心无限的愤懑，功名未就，岁月蹉跎。作者一生有两件大为伤心的事：一是卷入牛、李之争的政治旋涡不能自拔，因而导致仕途坎坷，终生潦倒；二是爱情的曲折，终生悲剧，心灰意冷。诗人自伤政治上的失败，爱情的忧思，双重苦痛，引起了他对自己一生的总结。

颔颈二联，共用了四个典故，写华年之思的具体内容。以虚幻的形象，创造出朦胧的境界，用象征隐喻的手法，写自己不同侧面的身世感慨。

第三句用《庄子·齐物论》中庄生梦蝶的故事，呈现了一种人生的恍惚，作者用这个典故所显示的意象，是说自己的一生因卷在牛、李两党的政治斗争的旋涡中，犹如梦幻，感到迷惘；第四句用《华阳国志》中蜀王望帝化为杜鹃，每到春天便悲啼不止、直至出血的故事，包含了一种苦苦追寻而又毫无结果的悲哀。

李商隐借此神话传说，写此二句，是说自己一生政治生活和恋爱失意，只能借诗歌抒写出来，把自己的满腔悲愤，通过望帝杜鹃之口悲啼泣血，宣泄自己难言的忧愤和痛苦。第五句用《博物志》里海中鲛人泣泪成珠的故事，此来抒写自己人才埋没、遭时不遇的悲哀。第六句虽不知出自何典，但中唐人戴叔伦曾以“蓝田日暖良玉生烟”，形容可望而不可即的诗景。

诗人用蓝田日暖，宝玉生烟的美好意境，比喻自己早年种种美好的愿望，在残酷的现实面前，使得一切终如云烟可望不可即，暗喻虽有才能，却被弃置，不得施展。这一联抒发作者对美好理想执着追求而又无法实现的悲哀。

尾联二句，情味婉曲，深挚哀痛，是说以上种种凄怆欲绝的情怀，痛苦执着的追求，终成泡影幻灭。面对现实，只能成为欢情含悲的回忆了，终不禁惘然若失。痛定思痛，不堪回首。

这是李商隐的一生总结，是离开人世之前的绝命之词。

情致豪迈，轻倩秀艳——杜牧

刻意伤春复伤别，人间唯有杜司勋。

——李商隐《杜司勋》

杜牧之与韩柳元白同时，而文不同韩柳，诗不同元白，复能于四家外诗文皆别成一家，可云特立独行之士矣。

——洪亮吉《北江诗话》

杜牧像

真正能代表杜牧诗文最高成就的是他的绝句，特别是咏史诗。

杜牧一生浪漫多情，留下许多风流佳话。他进士及第以后，听说湖州美女如云，就去那里游览。当时的刺史是他的老朋友，就将全城的妓女都找来，任他挑选，结果他一个也没有看上；刺史又专门为他举行了一次龙舟大赛，引出了全城姑娘都来观看。他沿岸观察，还是没有看到中意的。傍晚意兴阑珊时，忽然看到一位老太太领着一个十多岁的小姑娘，马上惊为天人，遂前去求亲，并约定10年后来娶。果然他于14年后来做刺史了，但一打听，那个姑娘早已嫁人了，并且已经有了孩子。为此，他不无遗憾地感叹“狂风落尽深红色，绿叶成荫子满枝”。

后来在扬州做节度史的牛僧儒请他去做书记，他白天办公，夜晚去风流。他自己很同情歌伎的命运，也是见不得与歌伎离别的。

在离开扬州时，他写下了三首诗，总结这段生活，即《遣怀》和《赠别》(两首)。

杜牧在后人心目中是以风流才子著称的，关于他的风流韵事更为后人所津津乐道。然而知人论世，首先就要了解他所处的时代和他的身世。

杜牧出生于唐德宗贞元十九年，皇帝昏庸、大臣倾轧、藩镇割据、宦官专横。朝廷内朋党相争，宫市为害。这样严峻的现实，杜牧生活其间，在他的政治生涯与文学活动中自不能不有所反映。另外，杜牧出身于名门望族，据考证杜牧是西晋杜预的第十六代孙。有意思的是，杜牧与杜甫同为杜预的后裔，只是支派相去很远。杜牧的祖父杜佑，也是一名著名人物，他官至宰相，杜牧家学深厚，他自己也是才华出众，少有才名，当时朝廷中不下二十人争相为他宣扬名声。早年的他关心国运民生，曾经注意探讨财赋、兵甲、治乱和兴亡问题。他在《郡斋独酌》诗中表达了自己的政治抱负："岂为妻子计，未去山林藏？平生五色线，愿补舜衣裳。弦歌教燕赵，兰芷浴河湟。腥膻一扫洒，凶狠皆披攘。生人但眠食，寿域富农桑。"在他的歌咏中，感时伤世、忧国忧民是重要的思想内容。

在杜牧26岁参加进士考试时，他就携带他的《阿房宫赋》去谒见太学博士吴侯陵，吴阅完当即赞道"真乃君王辅佐之才"。尔后这篇《阿房宫赋》成为他震古烁今的代表作。金圣叹评论道："穷奇极丽，至矣尽矣！却是一篇最清出文字。文章至此，心枯血竭矣。逐字细读之！"众所周知，杜牧所作《阿房宫赋》是因为"宝历（唐敬宗年号）大起宫室，广声色"，故"假借秦事以讽之"。作者在这篇文章里，怀着饱满的政治热情，无情地揭露了秦始皇骄奢淫逸的生活，他以丰富的想象，凌空的角度，泼墨如云地描写了宫廷之富、建筑之宏、宫女之多、歌舞之盛，以及宫女们装饰之艳、望幸之殷、禁锢之严、命运之惨，从而乘气蓄势迸发出一股义愤的激流，为成千上万的宫女发出了血泪的控诉。作者在这里描述的艺术形象虽然是豪华富丽的阿房宫，但其笔触情感仍处处落脚于宫女。在君主专制的封建杜会里，宫女问题是一个重大的社会问题，它反映了中国妇女悲惨命运的一个重要方面；著名的平民诗人白居易也是以"怨女三千放出宫"的诗歌创作为武器参加当时的政治斗争的。《阿房宫赋》里洋溢着的强烈的爱憎反映出作者鲜明的进步的政治立场。杜牧敢于把矛头对准皇帝，具有强烈的现实意义。全篇骈散相间，错落有致，读起来流畅自然而富有节奏。特别是末段熔叙事、议论、抒情于一炉。议论精辟、语言生动、气势充沛、感情强烈，克服了汉赋那种晦涩呆板的毛病，在晚唐仍然盛行四、六句式，堆砌辞藻的风气下，更显得难能可贵。

真正能代表杜牧诗文最高成就的是他的绝句，特别是咏史诗。杜牧的一些咏史绝句善于用翻案法。如《赤壁》、《题乌江亭》等七绝阐述了深含哲理的精辟见解，被誉为"二十八字史论"的咏史诗既是史又是诗。即是"用意隐然"，从对历史的唱叹中看到作者思想感情的折光。如《赤壁》："折戟沉沙铁未销，自将磨洗认前朝。东风不与周郎便，铜雀春深锁二乔。"杜牧借三国赤壁之酒杯，浇自己胸中之块垒！他之所以过分强调东风的作用，乃暗喻自己知兵，而

秦淮河风光

生不逢时，借史实以吐其胸中不平之气，即含有阮籍登广武战场时所发出的“时无英雄，遂使竖子成名”那样的感叹，自命不凡，风格俊爽，雄姿勃发。又如《题乌江亭》：“胜败兵家事不期，包羞忍耻是男儿。江东子弟多才俊，卷土重来未可知。”此诗讽刺当时统治者面对外族入侵、藩镇割据束手无策，而借题发挥，歌颂失败者那种百折不挠的精神而睥睨那些侥幸取胜的人；立论精辟，风格俊爽，振聋发聩。另一种咏史七绝是通过咏史来讽刺晚唐统治者的荒淫无度。如《过华清宫绝句》：“长安回望绣成堆，山顶千门次第开。一骑红尘妃子笑，无人知是荔枝来。”这首诗以含蓄的手法揭露了统治者荒淫误国的罪行，但诗不直言玄宗荒淫误国，而只用“一骑红尘”和“妃子笑”形成鲜明对比。用“无人知”其秘密而误以为是军国大事来突出其荒唐可笑，通过形象描绘，收到了更强烈的艺术效果。

“诗豪”——刘禹锡

梦得佳作多在朗、连、夔、和时。

——《围炉诗话》

元和以后，诗人之全集可观者数家，当以刘禹锡为第一。其诗入选及所脍炙不下百首矣。

——杨慎《升庵诗话》

刘禹锡（772年~842年），字梦得，洛阳人。他出生于世代奉儒守官的家庭，对此他在文章中屡屡谈及：“父讳绪，亦以儒学，天宝末应进士。”“臣家本儒素”，儒家思想要求人有进取精神，鼓励个体积极参与政治社会活动，有强烈的社会责任感。他“少年负志气，信道不从时”，与柳宗元同时登进士第。由于共同的理想、共同的命运，使他们结下了深厚的友谊。

34岁的刘禹锡参与了王叔文、王任的“永贞革新”。王叔文也非常欣赏刘禹锡的诗文和人格，“尝称其有宰相器”。于是他们二人与柳宗元等共同成为革新派的代表人物。这些有志之士共同商榷的改革方案，顺宗看完后总是言无不从。但是这些举动引起了守旧派的强烈不满。守旧的宦官们对革新派进行残酷的打击和无耻的诽谤，后来又勾结藩镇发动宫廷政变，顺宗被迫退位，致使革新运动以失败而告终。一些思想进步的政治家有的被害，有的被贬。刘禹锡幸免于杀身之祸，被贬至朗周达十余年。“巴山楚水凄凉地，二三十年弃置身”，正是他大半生坎坷命运的真实写照。

刘禹锡像

虽说刘禹锡多次被贬，但是他也未曾削弱其斗志，反而用其犀利的笔锋有力地回击了宦官权贵们的相互倾轧、勾心斗角。也正是他坎坷的命运与经历，以及官场的失意，为其创作提供了大量的素材。为了抒发内心的愤懑，而又远避祸端，他假借外物来揭示人的本质，揭露社会的灰暗现状，为此以寓言作品来表达强烈的爱憎成为他创作的一大特色。他对中唐政治、经济中的诸多弊端有着很深刻的认识，这些认识构成了他寓言诗内容上的政治特色。刘禹锡的大部分寓言诗是他被贬谪在朗州期间的作品，在这些诗中可以真实地感受到诗人特有的、昂扬的精神风貌和他的思想才华。

刘禹锡的寓言诗有的是对中唐弊政的揭露，如《养鸷词》、《调瑟词》；有的是反击政敌的，如《聚蚊谣》、《百舌吟》、《飞鸢操》；有的是表现其哲学思想的，如《有獭吟》。在永贞革新前的作品中，《养鸷词》比较著名。刘禹锡借这首诗来表达自己抑制藩镇的政治立场和主张。在首联，刘禹锡表达自己对军队建设的看法："养鸷非玩形，所资击鲜力。"也就是说组建军队的目的不是为了虚张声势，而是为了积蓄力量，在发生外敌入侵、奸人造反的时候，用以安邦定国。然而中央政府就像那个少年"昧其理"，"日月哺不息"，而藩镇呢，不仅拥有自己的土地和人民，有充足的经济来源，还有独立的兵权，正因为"旦暮有余食"，"饮啄既已盈，安能劳羽翼"，如此，那些自给有余的藩镇岂能再服从中央的调遣？诗中刻画的不服从少年遣令的鸷鸟，不正是那些拥兵自重、不服从中央的强藩军阀的形象吗？而那个"日月哺不息"的不懂养鸟之道的少年不正是软弱昏庸的中央政府的形象吗？诗人在诗中还提出了自己的主张"饥则为用"，即削弱这些强藩的实权和经济实力。

"二王八司马"事件使刘禹锡彻底看清了宦官权贵们的丑恶嘴脸，他愤怒、抑郁、震惊却不乞怜、消沉。他愤然起笔写就《聚蚊谣》，以群蚊形象生动地比喻了当时以宦官藩镇为代表的保守势力的丑恶嘴脸。他们相互勾结，聚集在一起，如群蚊般在昏暗中乱飞乱叫，"利嘴迎人看不得"，讽刺宦官权贵都善于在阴暗的角落里搞祸国殃民的鬼把戏。他们性性残暴凶狠，人格渺小卑琐，他们可以在历史舞台上喧嚣一时，可以对革新人士进行种种迫害，"我躯七尺尔如芒，我孤尔众能我伤"。但是"天生有时不可遏"，这些丑类最终逃不脱可悲可怜的命运；"清商一来秋日晓，看尔微形饲丹鸟"，写得十分辛辣尖刻，预示了趾高气扬、害人虐物的守旧派必然遭到灭亡的可悲下场。

刘禹锡不但善写政治讽喻诗，同时广泛汲取民歌的营养，他对巴蜀风情与风俗的描绘与展示，也是其他唐代诗人笔墨未至、锄犁罕及的。他在夔州贬地创作的《竹枝词》、《浪淘沙词》等民歌体乐府诗，不仅具有形式上的创新意义，而且其取材也是新鲜而又独到的。这些民歌体小诗抒写得清新自然，生动活泼，情调淳朴温馨，意蕴深远。如《竹枝词》（其一）："杨柳青青江水平，闻郎江上唱歌声。东边日出西边雨，道是无晴却有晴。"这首民歌最为世人称道，读起来郎郎上口。在杨柳青青的江畔，一对青年男女悄然邂逅，男子佯装不知，就在江边唱起了情浓意蜜的情歌，声声拨动着曼妙女子的心弦。在焦急中等待的女子渐渐听出了歌中饱含的深情，又有所怀疑。在这里"东边日出西边雨"就表达出女子的复杂心情，它采用六朝民歌谐音双关的表现手法，以"无晴"谐"无情"，以"有晴"谐"有情"，把两种不相关的事物统一成一种耐人寻味的美妙意境，使得男女青年表达爱情的方式委婉含蓄而富有情致。

刘禹锡的民歌小体对后人影响很大，后世文人竞相效仿，堪称诗史上一大创举。翁方刚说刘禹锡："以《竹枝》歌谣之掉，而造老杜诗史之地位。"

元和中兴，文章复古——古文运动

文之作，上所以发扬道德，正性命之纪；次所以财（裁）成典礼，厚人伦之义；又其次所以昭显义类，立天下之中。

——梁肃《补阙李君前集序》

何谓"古文"？所谓"古文"，就是指先秦两汉盛行的散文，它以质朴自然、散行单句为特点，是与魏晋以来盛行的骈文相对而言的。中国古代散文第一个创作高峰出现在春秋战国时期，涌现出了孟子、荀子、韩非子等一大批不朽的散文家，他们的创作为后世提供了典范。到了秦汉时期，出现了散文创作的第二个高峰。但是巅峰过后散文创作就进入低谷了。先秦两汉散文虽然有着极其辉煌的成就，但是自魏晋之后，散句单性、质朴古朴的散文逐渐式微，而句式工整、辞藻华美的骈文日益发展起来。骈文讲究声律、对偶和句式整齐，丰富了文学体裁和散文表现技巧，曾给散文发展产生一定的有益影响。可到后来，作家们却走向了另一个极端，变得只注重形式、不顾内容，骈文一味追求骈俪，并逐步凝固为"四六"文体，文坛上充斥着浮艳纤巧、空虚贫乏的作品。这一潮流沿袭到初、盛唐时期，成了散文继续发展的桎梏。

骈文兴起，古文中衰的同时，复古运动也开始酝酿。古文运动风云际会，与事者的文学追求颇有差异；但是在对抗六朝之文道分离，以及摒斥骈文之浮华靡丽这一点上，各家还是达成了共识。

在隋代，隋文帝倡导摒黜浮华，李愕上书请求革正文体，同时大儒王通提倡文章贯道，这一切作为显示了当时朝野间已有取六朝骈俪而代之的声音。尽管有人因文表华艳而被"付所司治罪"，"竞一韵之奇，争一字之巧"的风尚仍无改观。可以说是"积重难返"，几百年间形成的文学风气，非一朝一夕所能改变，即便朝廷严加奖惩也无济于事。更重要的是，革正文体的关键，不在破旧，而在立新。李愕《上隋高帝革文华书》力斥骈偶，本身却使用标准的骈文，不无反讽的意味；真正与六朝文风决裂的王通，其追模经传刻意仿古，又使得文章缺乏生气。这种尴尬的局面，正是唐人所必须直接面对的。也就是说，倘若无法创造一种既实用又具有美感的新文体，那么所谓“革五代之徐习”便只能是一句空话。

至唐初陈子昂大张“复古”旗帜，在力矫六朝诗风的同时，尝试文体革新。他针对晋以来“文章道弊”、“彩丽竞繁”的弊病，倡导“汉魏风骨”，打击浮艳文风。他的《谏政理书》、《谏雅州讨盛羌书》都是散体名篇。此后，萧颖士、独孤及、梁肃、柳冕等盛唐诸家，都在理论上强调文学应当“宗经”、“体道”，成为韩柳古文理论的先导。王维的《山中与裴秀才迪书》、元结的《右溪记》等，代表着文章由骈文入散的时代风尚。但是这一时期没有形成一支足以左右文坛的古文作家队伍，所以还不足以与骈文相抗衡。

直到中唐年间，韩愈、柳宗元才把古文运动推向高潮。韩愈鉴于儒家衰微、佛道盛行的现状，高举儒学复古的旗帜，树立了从尧、舜、禹、汤、温、武道、周公、孔子、孟子的“道统”，倡导恢复儒家正统地位，形成一股影响广泛的社会思潮。韩愈、柳宗元主张文与道合，道是内容，文是形式；道是目的，文是手段，文应当为道服务。韩愈曾说“愈之所志于古者，不惟其辞之好，好其道焉尔”；“思古人而不得见，学古道则欲兼通其辞”，他将“古道”与“古文”绑在一起，而且强调先“道”后“文”。不管是否出于真心，古代中国的读书人，都将兼济天下放在闭门著述之上。对于热心仕途经济的韩愈来说，著书立说乃不得已而求其次：“未得位，则思修其辞，以明其道。”韩柳别开生面的古文，远比其理论提倡重要得多，因为它“使一世之人新耳目而拓心胸，见异思迁而复见贤思齐”。

他们又主张文体革新。这其中有四个层次。其一是反对骈文“眩耀为文，琐碎排偶。抽黄对白，喰呀飞走。骈四俪六，锦心绣口”。其二是提倡先秦两汉的古文，韩愈“非三代秦、两汉之书不敢观”，“愈之志在古道，又甚好其言辞”。柳宗元认为“文之近古而尤壮丽，莫若汉之西京”。但他们学古却不泥古，韩愈提倡“含英咀华”，“师其意不师其辞”。柳宗元反对“荣古虐今”，“渔猎前作，戕贼文史”，因为他们提倡复古的目的在于创新。其三，他们都重视“文”的作用：“言而不文则泥，然则文者固不可少耶。”并对“文”提出具体要求，“唯陈言之务去”，“惟古于词必己出”，“文从字顺各识职”。语言独创，文从字顺，使韩柳所倡导的“古文”，既继承又区别于先秦两汉的古文。其四，对作家的创作要求。首先要有认真严肃的创作态度。韩愈为文，“惧其杂也，迎而距之，平心而察之，皆其醇也，然后肆焉”。柳宗元为避免文章“剽”、“弛”、“杂”、“骄”等弊病，慎防“轻心”、“怠心”、“昏气”、“矜气”。

古文运动不仅是一场文学运动，更是思想运动，提倡古文的目的之一也是要打破僵化的形式束缚，为宣传新思想服务。其实古文运动也是儒学复兴运动，为宋代的新儒学运动做了铺垫和准备。总之，古文运动是我国散文发展史上一个转折点，它的一整套理论与实践对后世散文创作产生了深远影响。

寂处观群动，独立自吟诗——柳宗元

夫古之善记山川，莫如柳子厚。

——茅坤

柳宗元青年时代就立下雄心壮志，仰慕“古之夫大有为者”，向往于“励材能，兴功力，致大康于民，垂不灭之声”。他25岁时已是“文章称首”的长安才子，刚考中了博学弘辞科，又与礼部郎中杨凭之女新婚，逐步成为文坛领袖、政坛新锐。在其后的几年里，柳宗元又成为了当时皇帝的老师王叔文革新派的中坚分子，以热情昂扬、凌厉风发的气概，准备施展自己“辅时及物”、“利安开元”的抱负。然而，由于顺宗皇帝李诵即位时就已经中风，说话也不清楚，虽然有心改革朝政，但已是心有余而力不足了，加上宦官与藩镇势力强大，所以革新只实行了几个月，就以失败而告终。元和四年八月，反对革新的太子李纯即位，九月，柳宗元立刻被贬为邵州刺吏，行未半路，朝议认为处置太轻，又改贬为永州司马。当时同时被贬的包括刘禹锡等八位，史称“八司马事件”。

“永贞革新”的失败对政治上踌躇满志的柳宗元来说是沉重的打击，但对于他的文学创作却未尝不是一件好事。当时的永州“草中狸鼠足为患，一夕十顿惊且伤”，相当于俄罗斯的西伯利亚，所谓的“永州司马外置同正员”，其实是个编制外的闲职，没有官舍也没有具体的职务。柳宗元一家人寄居在冷清的小寺庙，未及半载，母亲也逝世了。除了精神上抑郁悲愤，正当壮年的柳宗元身体也越来越差，诸病缠身，虚弱到了“行则膝颤，坐则髀痹”的程度。但永州清新的山水给了柳宗元很大的慰藉和寄托，他很快从悲观与失意中振作起来，踏遍了永州的山山水水并和田翁农夫相交，远离了政坛上的明争暗斗，回归到田园诗意般的生活，他认为永州的山水和自己一样的为世人所遗弃和漠视，写出了许多千古传诵推崇永州山水的散文。余秋雨先生在《柳侯祠》中如此评价柳宗元的永州十年，他说："炎难也给了他一份宁静，使他有了足够的时间与自然相晤，与自我对话！"确实，永州的十年，是柳宗元人生最晦暗最感伤的十年，却是他文学创作最丰富和哲学思想全面成熟的十年。

柳宗元

柳宗元的文章多抒写抑郁悲愤、思乡怀友之情，幽峭峻郁，自成一路。最为世人称道的，是那些情深意远、疏淡峻洁的山水闲适之作。《永州八记》是柳宗元山水游记的代表作，也是我国游记散文中的一朵奇葩，其艺术魅力历久弥新。

永州山水，在柳宗元之前，并不为世人所知。但这些偏居荒芜的山水景致，在柳宗元的笔下，却表现出别具洞天的审美特征，极富艺术生命力。正如清人刘熙载在《艺概·文概》中所说："柳州记山水，状人物，论文章，无不形容尽致；其自命为'牢笼百态'，固宜。"柳宗元时而大笔挥洒，描摹永州山水的高旷之美，使寂寥冷落的永州山水给人以气势磅礴之感。

柳氏贬永州"益自刻苦，务记览，为词章，泛滥停蓄，为深博无涯涘，而自肆于山水间"。

——韩愈《柳子厚墓志铭》

《永州八记》对自然美的描绘，贵在精雕细刻出一种幽深之美。"八记"描写的大都是眼前小景，如小丘、小石潭、小石涧、小石城山等，柳宗元总是以小见大，犹如沙里淘金，提炼出一件件价值连城的艺术精品。如《至小丘西小石潭记》对小石潭周围环境的描写，"四面竹树环合，寂寥无人，凄神寒骨，悄枪幽邃"，创造出一种空无人迹的山野清幽之美。又如《石渠记》对小石渠之水流经之处细腻的刻画，在长不过十许步的小水渠上，一处处幽丽的小景，美不胜收。"逾石而往是昌蒲掩映、鲜苔环周的石泓，又折而西行，旁陷岩石之下是幅员不足百尺、鱼儿穿梭的清深的小水潭，又北曲行，皆诡石、怪木、奇卉、美竹。"

笔笔眼前小景，幽深宜人，展示出永州山水的特有风姿。柳宗元曾经说：“余虽不合于俗，亦颇以文墨自慰，漱涤万物，牢笼百态，而无所避之。”他的意思就是说虽然因“永贞革新”遭挫，但作者未改本色，于是借山水之题，抒发胸中之气，洗涤天地间万物，囊括大自然的百态，在用笔赞赏山水美的同时，把自己和山水融合在一起，借以寻求人生真谛，聊以自慰。因而，柳宗元在《永州八记》中刻画永州山水的形象美、色彩美和动态美，不是纯客观地描摹自然，而是以山水自喻，赋予永州山水以血肉灵魂，把永州山水人格化了。可以说，永州山水之美就是柳公人格美的艺术写照，物我和谐，汇成一曲动人心弦的人与自然的交响华章。

《旧唐书·柳宗元传》说，柳宗元“下笔构思”，“精裁密致，璨若珠贝”。“精裁密致”可以概括《永州八记》结构之美。八篇游记，整体构思，一气贯通。文章以西山之奇特开始，以“然后知吾向之未始游，游于是乎始”发笔，通过对西山周围山水景致的描绘、袁家渴附近山水小景的刻画，最后，到《小石城山记》向苍天发出“吾疑造物者之有无久矣”的质问，对整个“八记”作结。八篇游记每篇多各以不同的方式与上篇相关联，前后呼应，成为一个不可分割的有机的艺术整体。如前四篇，首篇写了西山宴游之后，第二篇就以“钴鉧潭在西山西”起笔，自然衔接，毫无斧凿的痕迹；第三篇又以“潭西二十三步”发端，同上篇相连；第四篇则以“从小丘西行百二十步”开篇。这就以西山为起点，向西出游，接连出现了三处胜景，一处连一处，一景接一景，给人以目不暇接之感。更令人折服的是，“八记”前后四篇相隔三全夕久，而作者巧妙组合，犹如一气呵成，毫无间隔之弊。

《永州八记》图

李唐群英，惟韩文公之文、李太白之诗，务去陈言，多出新意。

——张表臣《珊瑚钩诗话》

韩愈像

文起八代之衰，道济天下之溺

民间曾流传着这样一个传说：韩愈上任潮州刺史时，正逢大雨成灾，洪水泛滥，田园一片水茫茫。一天，他到城外巡视，只见北面山洪汹涌而来，心想这山洪如果不堵住，百姓难免损失惨重。于是他骑着马，走到城北，先看了水势，又看了地形，便吩咐随从张千和李万紧随其的马后，凡马走过的地方都插上竹竿，作为堤线的标志。韩愈插好了堤线，就通知百姓，按着竿标筑堤。百姓听了十分高兴，纷纷赶来，岂料一到城北，就见那些插下竹竿的地方已拱出了一条山脉，堵住了北来的洪水。从此，这里不再发水灾了。百姓纷纷传说："韩文公过马牵山。"这座山，后来就叫做"竹竿山"。

韩愈不仅为官勤政，而且在文学上贡献卓绝，被后人评为"唐宋八大家"之首。北宋文学家苏轼说韩愈是"文起八代之衰，而道济天下之溺；忠犯人主之怒，而勇夺三军之帅。"这几句评语是韩愈一生的写照，前两句是赞扬韩愈领导的"古文运动"对文学的历史贡献；后两句是称颂韩愈的忠勇爱国精神。

韩愈，字退之，河阳人。他 3 岁而孤，由嫂郑氏抚育成人，25 岁进士及第，后任监察御史。韩愈是非观念极强，性格木讷刚直，昂然不肯受屈，这使他在步入官场后的一次次政治旋涡中屡受打击。所以不久他就因上书陈说关中灾情被贬为阳山（今属广东）县令。元和初任江陵府法曹参军，国子监博士，后随宰相裴度平淮西之乱，迁刑部侍郎，又因上表谏宪宗迎佛骨被贬潮州刺史。穆宗时，任国子监祭酒，兵部、吏部侍郎等。在韩愈的一生中，他为官勤政亲民，为师身亲躬行。另外，他作为文坛诗坛的领袖，广交文友，提携奖掖，不遗余力，在他周围聚集了不少志趣相投、文风相近的文人。他不仅力赞比他年长的孟郊，还奖拔比他年轻的贾岛，又鼓励李贺这位天才诗人，并为

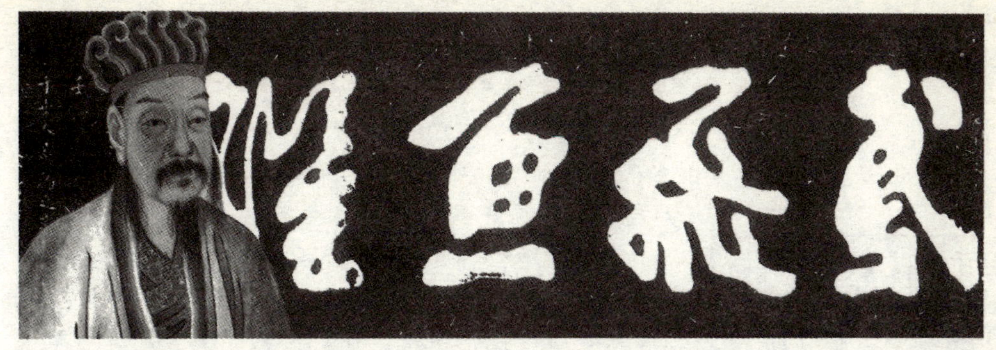

韩愈·鸢飞鱼跃

他因避父讳而不得参加科举大声疾呼；此外，他还与皇甫湜、卢仝、樊宗师、李翱等有密切交往。而且，韩愈针对唐朝时期骈体文占统治地位的状况，为了扭转文风，恢复秦汉时散文的优良传统，他与柳宗元发起了“古文运动”。

古文运动使当时的文坛犹如吹进一股清新的春风，立即鼓舞了作家们的士气。韩愈也率先垂范，带头写起了新式的散文，创作出了一大批震古烁今的散文名作。韩愈的散文内容丰富，形式多样，语言鲜明简练，新颖生动，为古文运动树立了典范。他的文章风格雄健奔放，曲折自如。韩文分论说、杂文、传记、抒情四类。他的论说文多以明儒道反佛教为主要内容，逻辑性强、观点鲜明、锋芒毕露。《师说》、《原毁》、《争臣记》是代表作。他的小品文笔锋犀利、形式活泼，《杂说四·马说》充分体现了他的这一特点。韩愈的传记文继承《史记》传统，叙事中刻画人物，议论、抒情妥帖巧妙。《张中丞传后叙》是公认的名篇。他的抒情文中的《祭十二郎文》又是祭文中的千年绝调，具有浓厚的抒情色彩。

韩文之美，在于浩然气势浑浩流转之中，又能呈现出一种宽裕从容之风姿，形成一种特别的美。像《张中丞传后序》记述安史之乱时，张巡、许远死守唯阳，屏障江淮，捍卫天下的事迹，驳斥造谣中伤张许的流言，全篇文章气势浩然。其中一段记张巡部将南霁云：

南霁云之乞救于贺兰也，贺兰嫉巡、远之声威功绩出己上，不肯

古文运动使当时的文坛犹如吹进一股清新的春风，立即鼓舞了作家们的士气。韩愈也率先垂范，带头写起了新式的散文，创作出了一大批震古烁今的散文名作。韩愈的散文内容丰富，形式多样，语言鲜明简炼，新颖生动，为古文运动树立了典范。

出师相救，爱霁云之勇且壮，不听其语，强留之，具食与乐，延霁云坐，霁云慷慨语曰："云来时，睢阳之人，不食月馀日矣！云虽欲独食，义不忍，虽食，且不下咽！"因拔所佩刀，断一指，血淋漓。以示贺兰，一座大惊，皆感激为云泣下。云知贺兰终无为云出师意，即驰去，将出城，抽矢射佛寺浮图，矢著其上砖半箭，曰："吾归破贼，必灭贺兰！此矢所以志也。"愈贞元中过泗州。船上人犹指以相语。城陷，贼以刃胁降巡，巡不屈，即牵去，将斩之，又降霁云，云未应，巡呼云曰："南八，男儿死耳，不可为不义屈！"云笑曰："欲将以有为也。公有言，云敢不死！"即不屈。

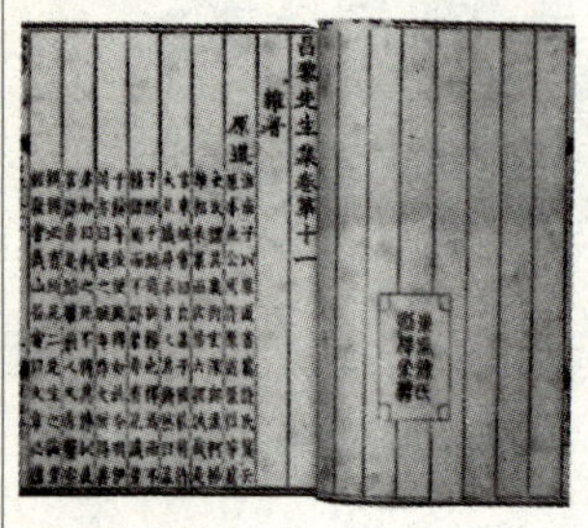

《昌黎先生集》书影

此篇文字，从乞师、就义二事，刻画南霁云义烈勇武的品格，栩栩如生。在此，南霁云、张巡两位历史人物的凛然正气，与作者景仰先烈的情感打成一片，形成文章的浩然气势，所以激动人心。其中插入"愈贞元中过泗州，船上人犹指以相语"二句，其时空内容，是从金戈铁马的战争，瞬时切入平和的生活。其艺术效果，是为读者留出低徊深思的余地。论审美感受，则是在浑浩流转的气势之中，呈现出从容宽裕的风姿。这就体现出大手笔的艺术涵养。

韩文之美，在于"以龙渊之利议于割断"。文学批评贵有判断，判断力取决于修养时，只有当判断主体具有同等甚至更高的修养，才能够精辟判断具有高度成就的对象。并且意味着，精辟的判断本身就具有一种美。《师说》一文就可以尽显韩愈的判断之美。

《师说》云:师者，所以传道、授业、解惑者也。又云:是故无贵无贱，无长无少，道之所存，师之所存也。又云:是故弟子不必不如师，师不必贤于弟子。闻道有先后，术业有专攻，如是而已。

这三条教育哲学命题，分别判断教师的作用、教师的本质、师生的关系，皆寥寥数语，而断制分明，含义完整、深刻，富于创新。如"无贵无贱"，"道之所存，师之所存"这一命题，即是以道德文化高于阶级的含义，对孔子所提出的“有教无类”这一命题，及其中所包含的教育面前人人平等的思想意义，作出了创造性。这些命题，在我国教育史上，是一言而为天下法。其简练精辟，所以美。

花间词祖——温庭筠

“画屏金鹧鸪”，飞卿语也，其词品似之。

——王国维《人间词话》

不要根据条规和原则进行，只画你所观察到和感觉到的……最好不要失掉你所感觉到的第一个印象。

——法国印象派画家毕沙罗

温庭筠才华横溢，每次参加考试的时候，总是押官韵作赋，能八叉手而成八韵，因此，当时人称“温八叉”。因为温庭筠作诗不打草稿，“拢袖凭几”，每赋一韵，一吟而已，所以科场中人又称他为“温八吟”。更有趣的是，考试的时候，温庭筠不仅自己八叉手成八韵，还为邻铺假手，据说每次都能“救”数人，即在考场帮助左右的考生。另外，温庭筠才思敏捷，擅长对对子。一次，李商隐得一上联“远比召公，三十六年宰辅”，正苦无下联的时候，温庭筠说，“怎么不对‘近同郭令，二十四考中书’”？唐宣宗曾经赋诗，上句有“金步摇”，没人能对上，温庭筠当下就用“玉条脱”给对上；诗中又

《菩萨蛮诗意图》

有药名“白头翁”，温庭筠以“苍耳子”为对，大获皇帝的褒扬。

然而温庭筠生活放荡不羁，好讽刺权贵，多触忌讳，屡试不第。他行为放浪，喜欢出入秦楼楚馆之地，与歌伎舞女为伴，这种行为被讲究德行的一般士大夫所不齿，从而权贵不愿与他交往。他又任性不驯服，不但不依附权贵，也不奉承权贵来换取功名富贵，而且一有机会就公然讽刺当朝权贵。也正因为如此，他失去很多发达的机会。在唐宣宗时，温庭筠曾代令狐衿作《菩萨蛮》二十首献给唐宣宗，本有通过令狐衿显赫的机会，因为当时宰相令狐衿地位显赫，众人攀附，但是温庭筠瞧不起令狐衿，屡有讽刺。他说令狐衿是“中书堂内坐将军”，讽刺令狐衿不读书，没有学问，根本与其位不相称。这些话得罪了令狐衿，于是他上奏宣宗说温庭筠有才无行，不宜取中进士。温庭筠前后三次参加进士考试，每次都名落孙山，这与他得罪权贵，没有人为他力荐有很大关系。

温庭筠的诗与李商隐齐名，并称“温李”，然而温庭筠实不如李。而温庭筠在文学史上的地位是通过他的词来奠定的。他以其香软密丽的词风、较高的艺术成就和对词体的开拓之功，被后人称为“花间派”鼻祖。像《菩萨蛮》这种浓艳香软、绮丽精美的作品代表了温词的主导风格，这种风格与当时镂金错彩之美的社会风气及温庭筠自身风流浪荡的个性气质紧密相联。他的词常常创造出一种带有梦幻、沉醉、颓废、感伤、神秘感的美，这种美既清远又艳丽，既清晰又朦胧，且不是传统意义上的端庄之美，而是一种带有勾魂摄魄的魔力之美。

《菩萨蛮》多写妇女的闺情绮怨，细致地描写她们的容貌、服饰和情态。比如：

水精帘里颇黎枕，暖香惹梦鸳鸯锦。江上柳如烟，雁飞残日天。藕丝秋色浅，人胜参差剪。双鬓隔香红，玉钗头上风。

整首词述说了一位楚楚动人的女子在的室内，似有所失，也似有所悟，推窗望去，“江上柳如烟，雁飞残月天”。又是一个凄清的晓风残月之景，可是，“此情可待成追忆”，昔日的景色，留下的只有美好的回忆。可今天，风景依旧，人却惘然。

词的上阕写居室女子的心情意趣，却纯用景物装成。或水精，或玻璃，或暖香，或鸳鸯锦，或柳如烟，或残月天。景亦浓亦淡，相辅相成，人物的情思也就孕育在其中。词的第一句是对居室环境与氛围的描写，描写水精帘里的清新洁净，水晶制帘，玻璃制枕，澄澈晶莹，一片清明。锦被上绣着鸳鸯，质地花纹都极为华丽，绣鸳鸯也昭示了主人公的一种理想、一种寄托。此句中“惹梦”之“惹”字用得很妙，很生动，唤起人们活泼的想像，也写出了女子的娇嗔与妩媚。暖香缭绕，惹梦之娇嗔，而梦之被惹又由于环境之香气馥郁而来，则其梦境可想而知。此二句分写居室内的情景，一淡一浓，淡者澄澈晶莹，浓者无限缠绵。环境的清新洁净，情思的旖旎缠绵，两相对照，相得益彰。

词在音律上也很有特色，一、二句用“枕”“锦”为上声“寝”韵，幽抑曲折，三、四句的“烟”“天”用上声“先”韵，轻松，惬意，似在幽抑中透出了光明。这光明乃由眼前景、当年情组成。音节由幽抑而至轻快，景物却由室内的华丽转为室外的凄清。华丽的现在不等于有了幸福，凄清的过去却因为有了爱而显得充实。这也是一组矛盾，却透出了艺术乃至人生的辩证法。

下阕过渡到对女子的正面描绘。“藕丝”写衣饰，用“秋色浅”匹配，仍以淡色为主，与水精帘、颇黎枕遥相呼应。“人胜”写女子头上的装饰，“参差剪”喻指高低不平的花形装饰，富有立体感。满头配饰，浓丽华艳，与暖香、鸳鸯锦相关联。香红，在这里指的是花，但红以香衬之，有颜色也有气味，两鬓插花，色彩鲜艳，香气袭人。“玉钗头上风”，头戴玉钗，两鬓插花，满头装饰，在风中摇曳，给人以袅袅翩翩之感，进一步唤起了人们的想象与美感。下阕虽写人，但人物始终没有正面出场，作者只是借服饰、装饰摹写出人物在其间的感受。

温庭筠的词题材狭窄，思想性不高，然而艺术成就斐然。清代的刘熙载曾在《艺概》中给予温词以极高的评价，他说：“温飞卿词，精妙绝人。”

他的词成为成功脱离开诗的一种独立的文学样式，并奠定了“词为艳科”的基本风貌。

海内声华并在身，箧中文字绝无伦——元稹

声声丽曲敲寒玉，句句妍辞缀色丝。

——白居易《酬微之》

微之以绝代之才华，抒写男女生死离别悲欢之感情，其哀艳缠绵，不仅在唐人诗中不多见，而影响及于后来之文学者尤巨。

——陈寅恪《元白诗笺证稿》

元稹，字微之，与白居易齐名，并称“元白”，同为新乐府运动倡导者。元稹25岁（贞元十九年，803年）时，与白居易同登书判拔萃科，俱授秘书省校书郎，从此订交。而在史书中最为人称道的是他们诗筒传韵的风雅趣事。其间，白居易在杭州任刺史，元稹任越州刺史兼浙东观察使。二人诗筒往来，唱和甚富，酬唱频繁。所谓“诗筒”就是将诗放在竹筒内，以诗代书，往返传递，互致问候，互通章讯。白居易《与微之唱和来去常以竹筒贮诗陈协律美而成篇因以此答》：“拣得琅琊截作筒，缄题章句写心胸。随风每喜飞如鸟，渡水常忧化作龙。粉节坚如太守信，霜筠冷称大夫容。烦君赞咏心知愧，鱼目骊珠同一封。”介绍了诗筒传韵的方式和内容，表达了他们欣喜、惺惺相惜的内心。

元稹像

元稹，字微之，与白居易齐名，并称“元白”，同为新乐府运动倡导者。

元稹为北魏鲜卑族拓跋部后裔，8岁丧父后，随母郑氏远赴凤翔，依倚舅族。当时家贫无师，由母亲教授，并从姨兄学诗诵经，15岁以明两经擢第。次年得陈子昂《感遇》诗及杜甫诗数百首读之，始作诗。元和元年（806年）元稹登才识兼茂明于体用科，对策第一，拜左拾遗。他的政治生涯也颇多坎坷，全因为他为官忠于职守，为民请命，政绩显著，敢于弹劾不法官吏，因而遭到很大的忌恨。最为著名的是他任剑南东川详覆使时因弹劾剑南东川节度使严砺，名震三川。在同州一年，他均定土地税籍，减轻了百姓负担。在浙东七年，他上疏奏罢岁贡海味，均定税籍，兴修水利，政绩显著。

元稹不但在政治上颇多作为，而且他多才多艺，擅长书法、音乐，尤长于诗，宫中嫔妃最爱唱他的诗，呼为“元才子”。他自己还开创了“元和诗体”，将唐代诗歌推向一个新的发展阶段。风致宕逸的艳丽小诗，是元诗的重要方面，这些诗虽然历来被指为轻靡，但也是最富有艺术色彩的。而其中悼亡诗则出于真情实感，深至真切，不应以艳情目之，情感细腻，意象明丽，哀感顽艳。诚所谓“情致曲尽，入人肝脾”。陈寅恪在《元白诗笺证稿》说：“微之以绝代之才华，抒写男女生死离别悲欢之感情，其哀艳缠绵，不仅在唐人诗中不多见，而影响及于后来之文学者尤巨。”长篇则如《梦游春》，短诗则如《离思》。

元稹不光在诗歌方面享有“海内声华并在身”的声誉，而且他还是传奇小说的倡导者。他的《莺莺传》文笔优美，刻画细致，在民间流传最广，而且后世戏曲作者也用它的故事人物创作出许多戏曲。据传：元稹于贞元十五年（799年）在子河中府任职，恰逢河中绛州节度使浑碱逝世，军人因丧而骚乱，其间元稹保护了“崔莺莺”一家，并与莺莺相爱。贞元十九年元稹以书判拔萃科登第后，与韦丛结婚，遗弃了莺莺。小说《莺莺传》又正好作于次年（804年）九月。

小说中张生性格温良、仪容端美，是满腹经纶的才子，而崔莺莺是出身没落士族之家的少女，内心充满了情与礼的矛盾。张生旅居蒲州普救寺时发生兵乱，而同样寄寓于寺中的远房姨母，郑氏生命财产遭受威胁，张生竭力救护。在郑氏谢恩的家宴上，张生对莺莺一见倾心，写情诗托侍婢红娘传递。莺莺回复诗文，约他幽会。张生欣然赴约，却因“非礼之动”遭莺莺斥责，然而数日后莺莺却主动投入张生怀抱。后张生赴京应试未中，滞留京中，与莺莺情书来往，并互赠纪念物以表深情。但遇到高门望族的太子少保韦夏卿的幼女韦丛时，张生终于变了心，诬蔑莺莺是天下之“尤物”，认为自己“德不足以胜妖孽”，只好忍情抛弃了她。一年多以后，张生另娶，莺莺也另嫁。一次，张生路过莺莺家门，要求以“外兄”见她，遭莺莺拒绝。当时人还称赞张生“始乱终弃”的行为是“善补过者”。小说作者显然是站在张生的立场，美化张生，为他负心薄幸的行为进行辩护。据前人考证，张生即作者的化身，元稹是以自己的亲身感知与体验来写这个人物的。当然小说与真人真事不能等同，但是了解这一点，就有助于深入理解作者的创作态度与张生这一艺术形象。在当时门阀制统治下，“擢进士第”以建立自己的功名，娶“高门女”以取得可靠的政治前途，是社会上盛行的最高理想。张生抛弃莺莺正是为了另攀高门，寻求个人的功名仕途。张生的朋友们虽然赞赏莺莺的才华人品，但囿于等级制的士族婚姻礼法，他们又表扬张生能忍情，认为他抛弃莺莺的行为是理所当然的。这种矛盾的根由就在于门阀制度。

《莺莺传》的思想意义远逊于同期《李娃传》、《霍小玉传》，但是，它宣扬“才子佳人式”的爱情模式，艺术成就突出，颇受历朝文人的赏识，对后代文学影响很大。

薄命君王绝代词——李煜

二主词，中主哀而不伤，后主则近于伤矣，然其用赋体不用比兴，后人亦无能学者也。

——吴梅《词学通论》

温飞卿之词，句秀也；韦端己之词，骨透也；李重光之词，神秀也。

词至后主而眼界始大，感慨遂深，遂变伶工之词而为士大夫之词。

——王国维《人间词话》

世人一提到李煜的为人和思想则概而论之为亡国之君“苟且偷安”、“纵情声色”、“侈陈游宴”、“迷恋宫廷豪华生活”，词作“只是追怀过去宫廷生活的享受，没什么可取”等等。如此评价是否公正呢？其实李煜虽失其为君，却未失其为人，作为一个人，他的人品和为人处世，还是应当给予肯定的。面对强敌与淫威之主，他虽无力也未能抗争到底，但却并非一味屈服；身为囚徒之后，终日以泪洗面，从未曲意逢迎，一直不忘故国，而不像臭名昭著的阿斗刘禅，蜀亡被俘时，司马昭邀宴，他竟喜笑自若曰：“此间乐，不思蜀！”最后李煜被宋太宗派人用牵机药毒死，据说这种毒药，人吃后状如机弩，前仰后合，就像被拉开又放手的弓，一会直一会弯，如此

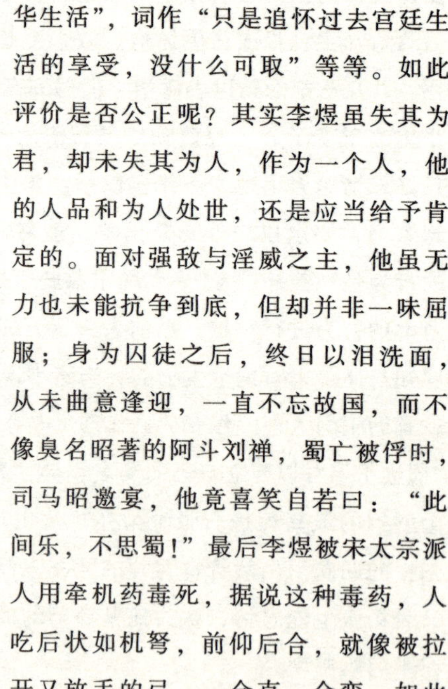

李煜像

数十回，便一命呜呼。可知李煜之死，实在惨不忍睹。

而关于李煜之所以被宋太宗毒死，相传是由于看了李煜作的《虞美人》一词。词中抒发了亡国之痛和幽囚之悲，物是人非，时过境迁的感受。宋太宗对此词极为不满，因为它使得已经归降大宋的南唐旧臣多有下泣者。他怕南唐会东山再起，所以就发生了“牵机药”之事。正是“一江春水诉怨愁，愁肠吐尽命也休”。

陈廷掉在《白雨斋词话》中评价李煜之词为“于富贵时能作富贵语，愁苦时能作愁苦语，无一字不真，无一字不俊”。可以说，后主词是他天才直感的产物，其先天不拘的才情加上后天习来的卓越的艺术描述力使他的词呈现出“粗服乱头不掩国色的天姿”。他的词处处体现着不着雕镂的本真之美。真挚之情贯穿了李煜一生的词作，其前期词多为帝王家的流连光景、浅斟低唱，论情感厚度无法与后期相比，但却均为发自内心的真切感受，“不失其赤子之心”。

李煜前期的词风婉转缠绵，被俘后，词风一转而成大开大阖，幽伤、怀念、哀叹、郁结，那种“烂嚼红茸，笑向檀郎唾”、“一向偎人颤”、“叫郎悠意怜”的情调没有了，“无奈夜长人不寐”的描写也没有了，从而迈进了他作品本身的最高境界。这一时期的作品，意境大、感慨深、力量充沛、具有较大的感染力。他的《破阵子》一首，是他被押北上辞别太庙时写的，描述了离开南唐时的情景：“四十年来家国，三千里地山河。凤阁龙楼连霄汉，玉树琼枝作烟萝。几曾识干戈？一旦归为臣虏，沈腰潘鬓销磨。最是仓惶辞庙日，教坊犹奏别离歌，垂泪对宫娥!”有人认为全词流露出作者对南唐帝王生活无限眷恋、怀念的情感，身瘦鬓白倒没有什么，最难忘却的是旧时的生活一去不复返了。然而这首词是在李煜被俘后所作以追述离别南唐之事。这首词的上半阙极写南唐强盛时的状况：南唐有过广袤的国土、富足的经济、豪华的宫苑。而后李煜笔锋陡然一转，十分沉痛地说出了一句：“几曾识干戈!”南唐国这美好的一切，都只因为自己不识“干戈”，即从来不注重也不懂得军事而一手断送了。词的下半阙写今日囚徒生活。但囚徒之苦，莫过于回首亡国受辱那一刻，因此，李煜极为典型地抓住了国破家亡、辞别祖庙、身成俘虏那最惨痛的一幕：“最是仓惶辞庙日，教坊犹奏别离歌，垂泪对宫娥!”这一幕，也许只有几分钟，但却使他终生难忘、刻骨铭心！牢记过错，为的是接受教训、以求进步；不忘耻辱，目的在发愤图强、以求雪恨。这是人之常理。假如李煜早识干戈，何至今日“仓惶辞庙”而身败国亡呢？他的这种实实在在的深刻反思检讨，并非“懊丧”，实为悔恨之后的觉醒。这就不难解释后来为什么李煜向宋称“儿”，宋太宗还要把李煜毒死。正因为惧怕他的觉醒而招旧臣以东山再起。

被视为“绝命词”的《虞美人》是各家选本推崇的李煜第一代表作：“春花秋月何时了，往事知多少。小楼昨夜又东风，故国不堪回首月明中。雕栏玉砌应犹在，只是朱颜改。问君能有几多愁，恰似一江春水向东流。”

这首词表达了对故国一切美好事物的眷恋，以及对往昔的追悔，眷恋与追悔不断在其心中激荡盘旋，词中弥漫着浓烈的忏悔意识，沉郁之至，令人凄然欲绝。因而，其词情空间充满着枯与荣、冷与暖、死寂与生机、梦境与现实的两极体验，从而迷离彷徨、愁思无限。词一开头便责问花月，追忆往事，把读者带入一个现实的特殊情境中：春花秋月、小楼东风、千里明月。一切看似那么美好，却已物是人非、江山易主，触动了词人内心深处的创痛，于是，转入想象。明月下的故国，料想雕栏玉砌应该犹在，却已朱颜尽改，此景此情更使人伤心，人愁不能已，潸然泪下。词人的想象空间从“小楼”——“故国”——“小楼”间飞了个来回，时间也跨越了今宵——往昔——今宵的回环变迁。就在这时空变化、虚实结合中，拓展了国破家亡的悲伤内涵。最后，以水喻愁，直抒胸臆。纵有千万种国仇家恨、身世之感，他也只能诉诸笔端，使其成为滔滔东去的江水，难以遏止。于是，在抚今追昔、忧伤感怀中，回荡着词人眷恋往昔、追悔莫及而又死不屈服的凄恻音响。其情感之沉郁深厚，力透纸背，令人心灵为之震颤。难怪王国维要说：“后主之词，真所谓以血书者也。”

知道点

中国文学

八音克谐 神人以和

——宋代文学

无可奈何花落去，似曾相识燕归来——晏殊

晏元献公长短句，风流蕴藉，一时莫及，而温润秀洁，亦无其比。

——王灼

晏同叔去五代未远，馨烈所扇，得之最先。故左宫右徵，和婉而明丽，为北宋倚声家初祖。

——冯煦

晏殊（991年~1055年），字同叔，抚州临川（今江西抚州市）人。自幼聪慧过人，7岁能文，14岁以神童召试，赐进士出身。后来官运亨通，宋仁宗朝，官至宰相，他喜欢吟诗作词，没有多大政绩，但对后学颇能提携，范仲淹、韩琦、欧阳修等名臣皆出其门下。他以词著于文坛，尤擅小令，他的词作很有成就，虽然内容上不过是歌儿侍女、

晏殊像

风花雪月，而且充满了富贵气息，但表现手法却很含蓄，用词造句工整，语言婉丽，意境优美高雅，风格蕴藉绮靡，颇受南唐冯延巳的影响。《宋史》本传说他："文章赡丽，应用不穷。尤工诗，闲雅有情思"。著有《珠玉词》。其代表作为《浣溪沙》、《蝶恋花》、《踏莎行》、《破阵子》、《鹊踏枝》等，其中《浣溪沙》中"无可奈何花落去，似曾相识燕归来"为千古传诵的名句。

词在宋初，风气未开，作者尚少，词坛还很寂寞。自晏殊崛起，喜作小词，流风所及，影响甚大。当时重要词人如欧阳修、晏几道都深受其影响。他的词上继南唐"花间"遗绪，下开北宋婉约词风，在词的发展史上，有继往开来之功，对宋代词坛贡献尤大。所以曾被人们称为北宋初期词家的"开山祖"。但是，晏殊作为一个太平宰相，大部分时间用在宴宾待客、饮酒赋诗之中，加之把填词仅当做资助谈笑的"呈艺"，因而其词的思想内容必然狭窄贫弱，多写些流连光景，歌咏闲适的作品。但在这些作品中晏殊仍有一些创新，如在词中融入了更多的主观情感和个性色彩，更注重描写心绪，更多地把自己的身世、学养、情感、襟怀写入这些传统题材中，因而士大夫气、文人气显得更浓了。但他的词更高的成就还在艺术性上。晏殊词在艺术风格上受冯延巳影响最大，深得冯词"俊"的特点，并将其发展得更为含蓄典雅、圆融温润。不少作品写得风流蕴藉，温润秀洁，闲雅平和，含蓄委婉，富有情韵和意境。同时语言清丽，声调和谐。他既摒弃了《花间》的浓艳纤佻，又吸取了《阳春》的清丽蕴藉，从而形成了自己的特色。

一曲新词酒一杯，去年天气旧亭台，夕阳西下几时回？无可奈何花落去，似曾相识燕归来，小园香径独徘徊。（《浣溪沙》）

本篇上片写"对酒当歌"，下片则近于"去日苦多"之感。持酒听新词，意兴无穷，但突然记起：去年亦是此时、此地、此情、此景，一样的柳柔花香、亭阁楼台，一样的"一曲新词酒一杯"，但"年年岁岁花相似，岁岁年年人不同"，西下的夕阳触动时日难追之感，酒酣之时亦未免慨叹。花落水流，美好事物的衰亡不可抗拒，但燕子去而复来，春天又到，燕子能回，青春小鸟却一去不归，酒阑人散后，未免带着莫名的闲愁在小园花径上独自徘徊。通过对自然景物变与不变的描写，表达了自己由此而产生的对宇宙人生无可奈何、难以名状的愁怅之情与若即若离的理性感悟。

本篇以“无可奈何花落去，似曾相识燕归来”二句著名，作者自爱其工，又另组织在一首七律中。这二句蕴着充分的美感联想，有广泛的象征性。“落花”的衰亡、无情，“燕归”的新生、有情，充满辩证法，思想意蕴远远超过字面形象。且又充满回环起伏、抑扬跌宕的艺术美感，用了许多虚词，意味深长。因而，虽是“触着”之句，却是人生哲理品味中“妙手偶得”的感悟。

晏殊由于在文学上、政治上资望都很高，因而深受时人的尊敬。范仲淹功业彪炳，地位与之相似，而对晏殊终身以师礼敬之，书题门状，必称“门生”；晚年过访，仍授以崇敬的诗句：“曾人黄扉陪国论，却来绛受师资。”（见《范文正公集言行拾遗事录》）宋庠、宋祁稍晚出，并以文名：“兄弟虽甚贵显，为文必手抄寄公，恳求周润。”（《渔隐丛话》引《西清话》）“公之佳句，宋莒公(即宋庠）皆题于斋壁。”（《青箱杂记》）韩维官至太子少师，年六十余，对晏殊劝子晏几道，犹自称“门下老吏”（《邵氏闻见后录》）。于此俱见时人对晏殊是极其尊崇的。

白衣卿相——柳永

柳词曲折委婉，而中具浑沦之气，虽多俚语，而高处足冠群流，倚声家当尸而祝之。

——宋翔凤

耆卿词，细密而妥溜，明白而家常，善于叙事，有过前人。惟绮罗香泽之态，所在多有，故觉风期未上耳。

——刘熙载

想起柳永就会想起夏雨秋荷云淡风清，想起江水烟波断桥幽径；就会想起一个唇红齿白的青年玉树临风，翩然吟哦在江南水乡楼阁、桨声灯影之中。对于大多数读者而言，柳永已经作为一种风流文人形象的经典而存在，“才子词人，自是白衣卿相”，有红颜知己依约丹青屏障，有狂朋怪侣遇途当歌对酒，有春江秋水细听莺声燕语，有脆管繁弦歌吹梦幻五湖烟浪一船风月，“蝇头微利，蜗角虚名，毕竟成何事”。但，也或许，这只是我们美好的想象和寄托，无论如何，对于读者而言，柳永的确是个美好而必需的存在。下面，让我们暂且抛开这些感性的思悟，对柳永的人、柳永的词作个客观而真实的了解。

柳永（987年~1055年），字耆卿，初号三变。因排行七，又称柳七。祖籍河东（今属山西），后移居崇安（今属福建）。宋仁宗时进士，官至屯田员外郎，故世称柳屯田。由于仕途坎坷、生活潦倒，他由追求功名转而厌倦官场，耽溺于旖旎繁华的都市生活，在"倚红偎翠"、"浅斟低唱"中寻找寄托。他自称"奉旨填词柳三变"，以毕生精力作词，并以"白衣卿相"自诩。柳永是北宋一大词家，在词史上有重要地位，有《乐章集》。

柳永的《乐章集》传词将近200首，主要内容有三个方面。

其一，抒发他怀才不遇的情怀和宦途失意羁旅飘泊的感受。这类词通常上片写景，铺叙具体入微，融情于景，在萧条冷落之中寄托着游子天涯沦落的失意和哀伤。下片抒情，怀乡和怀人融为一体。如其名作《雨霖铃》：

寒蝉凄切，对长亭晚，骤雨初歇。都门帐饮无绪，留恋处，兰舟催发。执手相看泪眼，竟无语凝咽。念去去千里烟波，暮霭沉沉楚天阔。多情自古伤离别，更那堪，冷落清秋节。今宵酒醒何处？杨柳岸，晓风残月。此去经年，应是良辰好景虚设。便纵有千种风情，更与何人说？

这首词是柳永的代表作。词中以种种凄凉、冷落的秋天景象衬托和渲染离情别绪，活画出一幅秋江别离图。作者仕途失意，不得不离开京都远行，不得不与心爱的人分手，这双重的痛苦交织在一起，使他感到格外难以忍受。他真实地描述了离别时的情景，"执手"两句，以白描手法表现情人相别的情状，语简情深，极其感人。作者又用想象的笔画，以景物点染，绘出别后及未来岁月一幅幅凄凉的生活图画，使人如临其境，如感其情。既写出了离别的背景、过程、场面，又写出离别时与离别后的凄切、怀念、苦闷，层次繁复而分明；又时而由景生情，时而化情为景，达到了情景的高度结合；还能刻画出"执手相看泪眼"等一系列细节，点染烘托。整首词情景兼融，结构如行云流水般舒卷自如，时间的层次和感情的层次交叠着循序渐进，一步步将读者带入作者内心深处，艺术手法十分高明。"杨柳岸，晓风残月"是千古名句，宋代以来人们就以此概括柳词的风格特点。

其二，从一个失意文人的角度描写了城市妓女的生活，往往对她们表示一定的同情，也因此受到她们的喜爱。如其代表作《迷仙引》：

才过笄年，初绾云鬟，便学歌舞。席上尊前，王孙随分相许。算等闲，酬一笑，便千金慵

柳永之《蝶恋花》

觑。常只恐，容易竽华偷换，光阴虚度。已受君恩顾，好与花为主。万里丹霄，何妨携手同归去。永弃却，烟花伴侣。免教人见妾，朝云暮雨。

全词通过一位民间歌妓对自己所信任的男子的表述，表现了她对自由生活的向往和追求。

“初绾云鬟，便学歌舞”，小小年纪便成为娼家牟利的工具，在封建社会后期的市民生活普遍盛行着拜金主义，但这位歌妓却意不在此，对王孙公子为博一笑的千金之酬懒于一顾。

她在风尘中保持着清醒的头脑，她“常只恐——光阴虚度”美妙青春将会很快度过，希望“永弃却，烟花伴侣。免教人见妾，朝云暮雨”。

作者在此表现了女主人公较为高尚的品格，轻视千金而要求人们的尊重和理解，深切地反映了歌妓痛苦的精神生活和迫切的从良愿望。

其三，还有一部分词描写了北宋汴京、开封、苏州、杭州等城市的繁荣情况，柳永扩大词的内容的主要表现之一，就是他的词反映了都市的繁华与山川的壮丽，为宋代都市繁荣留下了形象的画面。如其代表作《望海潮》：

东南形胜，三吴都会，钱塘自古繁华。烟柳画桥，风帘翠幕，参差十万人家。云树绕堤沙。怒涛卷霜雪，天堑无涯。市列珠玑，户盈罗绮，竞豪奢。重湖叠山献清佳。有三秋桂子，十里荷花。羌管弄晴，菱歌泛夜，嬉嬉钓叟莲娃。千骑拥高牙，乘醉听箫鼓，吟赏烟霞。异日图将好景，归去凤池夸。

这首词也是柳永词中广泛传诵的名篇。在这首词里，他以生动的笔墨，把杭州描绘得富丽非凡。

西湖的美景，钱江潮的壮观，杭州市区的繁华富庶，当地上层人物的享乐，下层人民的劳动生活，都一一注于词人的笔下，涂写出一幅幅优美壮丽、生动活泼的画面。这画面的价值，不仅在于它描画出杭州的锦山秀水，而且更重要的是它画出了当时当地的风土人情。

由此可见，作为北宋第一个专力作词的词人，柳永开拓了词的题材内容，所写内容不限于男女风月，尤工羁旅行役，佳作极多，许多篇章用凄切的曲调唱出盛世中部分文人的痛苦，真实感人；他还有相当多的词篇抒写了与歌妓舞女的诚挚恋情，部分作品反映了她们悲酸的生活和她们要求合理生活的愿望；柳词还描绘了都市的繁华景象及四时节物风光，另有游仙、咏史、咏物等题材。

当然，除了对词的题材内容的开拓，柳永对于宋词更大的贡献和影响还在于发展了词体，在他留存的二百多首词中，所用词调竟有150个之多，并大部分为前所未见的、以旧腔改造或自制的新调，又十之七八为长调慢词，在词史上产生了较大的影响，对词的解放与进步作出了巨大贡献。

柳永还丰富了词的表现手法，他的词讲究章法结构，词风率真明朗，语言自然流畅，有鲜明的个性特色。

他发展了铺叙手法，促进了词的通俗化、口语化，用民间口语写作大量“俚词”。同时，在音律上，柳词又多用新腔、美腔，旖旎近情，富于音乐美。他的词不仅在当时流传极广，对后世影响也十分深远，之后的词家几乎无不受其影响，他不愧是北宋前期最有成就的词家。

先天下之忧而忧，后天下之乐而乐——范仲淹

说到范仲淹，人们就会想起他的千古名句“先天下之忧而忧，后天下之乐而乐”。这两句话，概括了范仲淹一生所追求的为人准则，是他忧国忧民思想的高度概括。范仲淹，字希文，生于太宗端拱二年（989年），卒于皇祐四年（1052年），祖籍陕西彬州，后到苏州定居。是我国北宋时期著名的政治家、思想家、军事家和文学家，也是中国历史上最负盛名的杰出人物之一。

范仲淹像

他领导的庆历革新运动，成为后来王安石熙丰变法的前奏；他对某些军事制度和战略措施的改善，使西线边防稳固了相当长的时期；经他荐拔的一大批学者，为宋代学术鼎盛奠定了基础；他倡导的先忧后乐思想和仁人志士节操，是中华文明史上闪灼异彩的精神财富；他的文学成就也斐然可观，有《范文正公集》。

范仲淹在文学上颇有造诣，尽管作品不多，但多为精品。他的诗词多即景抒情，意境开阔深沉；他的散文多披露时弊，发表政见。

是前贤听政之堂，尚有风流余韵；为后学会文之地，定多益友良师。

——范仲淹丞署门前对联

传颂千古的《岳阳楼记》是他的代表作。文中多用四言，杂以排偶，善铺陈而富于变化，气势磅礴，抒发了“先天下之忧而忧，后天下之乐而乐”的高尚情怀。这两句话概括了范仲淹一生追求的为人准则，表达了他宽大的胸怀和强烈的责任感，成为无数仁人志士用以自勉的著名格言，至今仍是激励人们奋发向上的精神力量。

因为《岳阳楼记》广为传诵，在这里，我们就不多加介绍了，文章主要带领读者领略一下范仲淹的诗词的艺术魅力。

范仲淹的词现存仅有5首，但均为上乘之作。与同时代的其他词人相比，他的词最明显的特征就是能够突破唐末五代词的绮靡风气。这五首词，有的写边塞生活，有的

写羁旅情怀，或苍凉悲壮，或缠绵深婉，对后来的苏轼、王安石都有一定的影响。下面让我们来赏析两首他的代表词作。

塞下秋来风景异，衡阳雁去无留意。四面边声连角起。千嶂里，长烟落日孤城闭。浊酒一杯家万里，燕然未勒归无计。羌管悠悠霜满地。人不寐，将军白发征夫泪。（《渔家傲》）

这是一幅十分沉郁而苍凉的图景，在边声号角、长烟落日的壮阔雄伟的背景下，戍边战士立功报国的壮志和离家后难以名状的忧思，如同洪水击石一样冲击着人们的心灵，让人在感知那一份无尽苍凉的同时也肃然起敬。

这是范仲淹带兵在边防作战时期写下的一首词，作为主帅，范仲淹深深体验到了边防生活的艰苦和战士们矛盾复杂的情绪，他为此感动着，于是挥笔写下了上面那首《渔家傲》。但是，范仲淹不仅仅是一位面目严峻、神态凛然的带兵将帅，不仅仅有一颗豪情万丈、正气凌云的心，他也是一位文人，很多时候他也有文人多情善愁的一面。例如在《苏幕遮·怀旧》里，他柔肠宛转，缠绵悱恻地写道：

碧云天，黄叶地。秋色连波，波上寒烟翠。山映斜阳天接水。芳草无情，更在斜阳外。黯乡魂，追旅思。夜夜除非，好梦留人睡。明月楼高休独倚。酒入愁肠，化作相思泪。

这是首抒写浓浓乡愁的词作。上阕写了令人愁肠百生的凄清秋景。前两句的“碧云天，黄叶地”是一副工整的小对，色彩绚丽，妙语天成。这两句既是写景，又点明了节令：碧空高远、黄叶满地的秋季。接下来几句承顺前两句，描绘了秋月夕阳西斜之景：夕阳残照的苍茫暮色中，碧波无际，水面寒雾如烟，隐隐泛着翠色。斜阳落在山边，天水相接，凄凄芳草铺向远方，仿佛到了目之尽头的天边。“芳草”在古典诗词中有特定的意义，常被用来引发离愁，这首词中，它被赋予了强烈的主观色彩。作者写“芳草”“更在斜阳外”，实际上象征着乡愁的无边无际，也象征着心中牵挂的家乡遥望不见。

下阕由写景转入直抒乡愁。“黯乡魂，追旅思”两句也是一个小对，表达作者因思乡而魂销，身居客乡愁绪缠绕不去的情怀。紧接下来更抒写乡愁的困扰，“夜夜除非，好梦留人睡”，只有在梦回故乡时才能安然入眠，否则“月明楼高休独倚”，作者担心登楼观月只会更添离愁别恨。最后写作者想借酒消乡

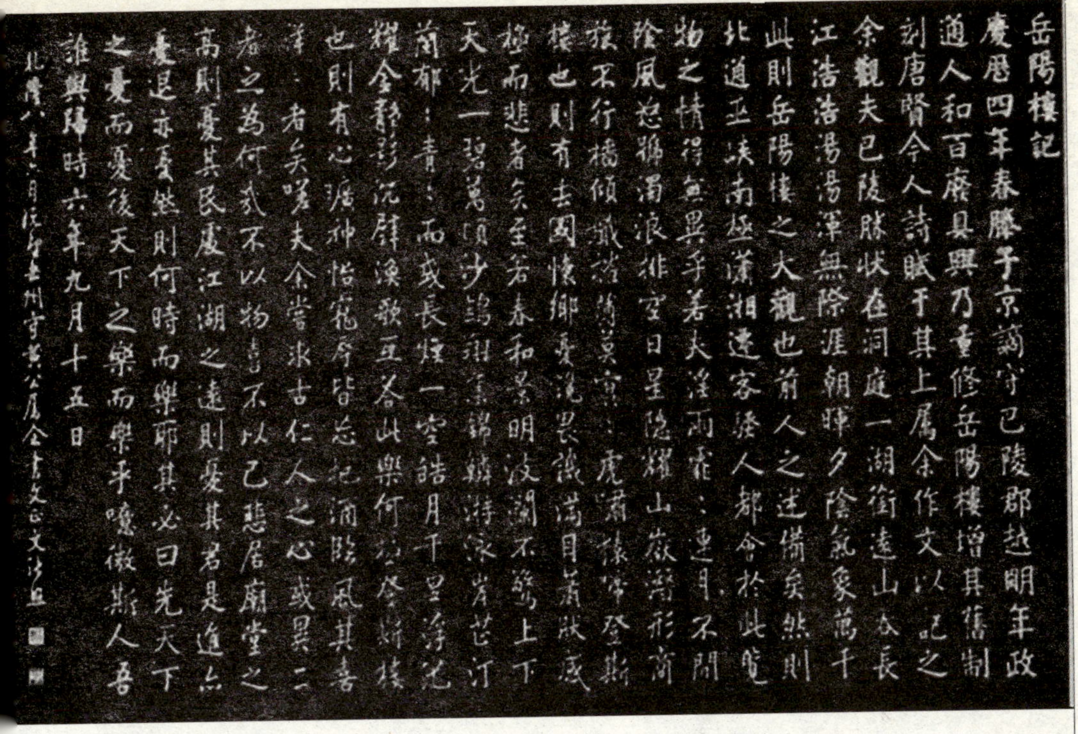

范仲淹《岳阳楼记》

愁，反而倍增感伤：“酒入愁肠，化作相思泪。”这一句奇特而贴切的假想，真实地传达了作者思乡致潸然泪下的悲愁感伤之情。整首词写景抒情，一气呵成，不留痕迹，历来为人们所称道。其中“碧云天、黄叶地”被明代戏曲家王实甫化入《西厢记》的“秋幕离怀”一折中，成为脍炙人口的佳句。

范仲淹一生作词很少，但仅凭他这两首风格迥异、却同样感人的词，就奠定了他在词坛上的一席地位。怪不得前人称赞他的词为“字字珠玉，掷地有声”呢。

关西大汉尽唱苏学士——苏东坡

苏、辛词中之狂。

——王国维《人间词话》

相传苏轼官翰林学士时，曾问幕下士：“我词何如柳七?”幕下士答曰：“柳郎中词只合十七八岁女郎，执红牙板，歌‘杨柳岸晓风残月’。学士词须关西大汉，铜琵琶、铁绰板，唱‘大江东去’。”

——俞文豹《吹剑录》

苏轼的崇拜大军从其在世之时就庞大无比，时至今日，并不见得少些许。20世纪30年代，当林语堂尚在海外飘零之时，身边却时时携带笨重的苏轼文集，后来写下文词优美、脍炙人口的《苏东坡传》。当他在《苏东坡传》中提到为其作传的理由时，说：“像苏东坡这样富有创造力，这样刚正不阿，这样放任不羁，这样令人万分倾倒而又望尘莫及的高士，有他的作品摆在书架上，就令人觉得有了丰富的精神食粮。现在我能专心致志为他写这本传记，自然是一大乐事，此外还需要什么别的理由吗？”（《苏东坡传·原序》，林语堂著，张振王译）这正中林语堂自己的赞叹：“苏东坡自有其迷人魔力。”

苏东坡之《赤壁怀古》

苏东坡（1037年~1101年），名苏轼，字子瞻，号东坡居士，眉州眉山（今四川眉山县）人。苏东坡生长在号称“百年无事”的北宋中叶，是仁宗嘉佑二年的进士，曾任福昌县主簿等官。他在神宗时因反对王安石变法，被贬为杭州通判。后又因写诗被指“谤讪”朝政，被捕入狱。到了哲宗时，命运稍稍回转，被任命为翰林学士兼侍读。而后却受谗谄被贬惠州等地。徽宗即位后，遇赦，复朝奉郎，提举成都玉局观。可见苏轼官运坎坷，人生一波三折。若论及苏东坡坎坷多变的政治生涯，不可避免地需将王安石这个“囚首丧面”的改革者扯进话题中来，毕竟其升迁降谪与王安石及其善变的党人不无关系。林语堂在《苏东坡传》中对王安石痛心疾首的贬斥与嘲讽让人抿嘴而笑，倒真有了某些东坡风范。王安石变法之功过是非，自难轻易藏丕，而文人之间的恩怨是非却往往引来我们这些后来人武断的好恶喜厌。然而庆幸的是，处境的艰辛并不曾改变苏轼对生活的乐观态度和旺盛的创作力。苏轼是北宋中期的文坛领袖，也是唐宋八大家之一。难得的是苏东坡还属于全才之人，诗、文、书、画俱佳，均为当时之绝家。他为后人留下了大量优秀作品，对后代的文学发展产生了巨大的影响。

苏东坡词《水调歌头》古版画

爱苏轼的人，尤爱其词。《人间词话》中，静安先生认为东坡之词旷，雅量高致，有伯夷、柳下惠之风；并称苏轼的词在于有胸襟，若没有苏轼的胸襟而学他的词，不过是东施效颦。词如其人，人高词也高，确实如此。最脍炙人口的莫过于以下两首：

明月几时有？把酒问青天。不知天上宫阙，今夕是何年。我欲乘风归去，又恐琼楼玉宇，高处不胜寒。起舞弄清影，何似在人间。转朱阁，低绮户，照无眠。不应有恨，何事偏向别时圆。人有悲欢离合，月有阴晴圆缺，此事古难全。但愿人长久，千里共婵娟。

——《水调歌头·丙辰春秋，欢饮达旦，大醉作此篇，兼怀子由》

大江东去，浪淘尽、千古风流人物。故垒西边，人道是三国周郎赤壁。乱石穿空，惊涛拍岸，卷起千堆雪。江山如画，一时多少豪杰。

遥想公瑾当年，小乔初嫁了，雄姿英发，羽扇纶巾。谈笑间，樯橹灰飞烟灭。故国神游，多情应笑我，早生华发。人生如梦，一樽还酹江月。

——《念奴娇·赤壁怀古》

晚年的苏轼

苏轼以其丰富、多方面的创作实践，继承欧阳修、梅尧臣等人的事业和成就，完成了诗文革新运动，并把这个运动的精神扩展到词的领域，创立了豪放词派。

身为唐宋八大家之一的苏轼，一生所作长短散文，见于《苏轼文集》的，凡3800余篇，但他一生交游甚广，所作题跋、杂记因无意于传世，随作随佚的很多。收在集子中的这些佚文均为笔记体的短札，一般每篇只有十几字、几十字，至多也不过百字左右，但他品藻山水、人物、诗画，信手拈来，毫无羁碍，每有真知灼见、妙思隽语，亲切而洒脱，为不可多得的艺文妙品。譬如，《后赤壁赋》中梦鹤化道的情节神奇，冷月下翅如车轮的孤鹤戛然长鸣还有点惊心动魄。细读之中发现苏轼不仅是一个多情多才、亲切旷达的高人，他简直还是一个异常尖锐的刀笔吏，他的一系列人物论毫不留情地揭发人情虚伪，使古人遍体鳞伤。他的《韩非论》、《荀卿论》论人有法家的狠毒，而《孙武论》上下篇则挟带几分兵家的杀气了，哪里还有写《黠鼠赋》的天真，写《洞庭春色赋》的温柔。

想像的丰富，观察、体悟的缜密，使苏轼佚文小品无论状物还是写意皆既能曲尽其妙，又能达意深远。佚文汇编卷之六《题大江东去后》云："久不作草书，适剧醉走笔，觉酒气勃勃，纷然指出也。"醉后草书，意兴遄飞，词成掷笔，是何等的气概！在此情境下，觉得酒气俱从指尖"蒸发"殆尽。这从医理上大抵讲不通，然论感觉，则相当细微逼真。他将一种难以言传的感受用特有的想像和笔法予以定位，使我们千年之后仍可想见他乘兴挥毫的风采。

苏轼以其丰富、多方面的创作实践，继承欧阳修、梅尧臣等人的事业和成就，完成了诗文革新运动，并把这个运动的精神扩展到词的领域，创立了豪放词派。他又吸引了许多重要作家在他的名下，被称为苏门四学士的黄庭坚、秦观、张耒、晁补之，都是他热情鼓舞和栽培的人物。苏轼的文采风流一直为后来的学者文人们所企羡。

醉翁亭中醉翁醉——欧阳修

疏隽开子瞻，深婉开少游。

——冯煦《宋六十一家词选例言》

永叔“人生自是有情痴，此恨不关风与月”、“直须看尽洛阳花，始共春风容易别”，于豪放之中有沉著之致，所以尤高。

——王国维《人间词话》

走进琅琊山，便走进了欧阳修的《醉翁亭记》。著名的醉翁亭位于安徽滁州县琅琊山麓，庆历一年（1045 年），有一人被贬至滁州做太守，结识琅琊寺住持僧智仙和尚，并成为知音。为了便于朋友游玩休憩，智仙在琅琊山麓特为他建造了一座小亭。

从此，此太守常呼朋唤友到亭中，游乐饮酒，“太守与客来饮于此，饮少辄醉，而年又最高，遂自号曰醉翁也”。太守不仅在此饮酒，也常在此办公。

有诗赞曰：“为政风流乐岁丰，每将公事了亭中。”这既有闲情逸致，又勤于政治的太守，这“苍颜白发”的醉翁，即是欧阳修了。

欧阳修公元（1007 年~1072 年），是北宋前期的政治家、文学家，属唐宋八大家之一。欧阳修，字永叔，号醉翁，晚号六一居士，吉州永丰（今属江西）人。欧阳修自称庐陵人，因为吉州原属庐陵郡。欧阳修幼年丧父，在母亲抚育下读书。仁宗天圣八年（1030 年）考中进士，第二年任西京（今洛阳）留守推官，与梅尧臣、尹洙成为至交，互相切磋诗文。景佑元年（1034 年），召试学士院，授任宣德郎，充当馆阁校勘。景佑三年，因为替范仲淹辩护，批评朝政，被贬为夷陵（今湖北宜昌）县令。康定元年（1040 年），欧阳修被召回京，再次担任馆阁校勘，后任知谏院。庆历三年（1043 年），范仲淹、韩琦、富弼等人推行“庆历新政”，欧阳修参与并提出了改革吏治、军事、贡举

欧阳修像

法等主张。庆历五年，范、韩、富等相继被贬，欧阳修也被贬为滁州（今安徽滁州）太守，《醉翁亭记》就是此间产生的。以后，又知任扬州、颍州（今安徽阜阳）、应天府（今河南商丘）。至和元年（1054 年）八月，奉诏入京，与宋祁同修《新唐书》，为中国的史学立下汗马功劳。嘉佑二年（1057 年）二月，欧阳修以翰林学士身份主持进士考试，提倡平实的文风，录取了苏轼、苏辙、曾巩等人，对他们的散文创作产生很大影响，并带动北宋文风的转变。嘉佑五年（1060 年），欧阳修拜枢密副使。次年任参知政事。以后，又相继任刑部尚书、兵部尚书等职。他曾多次请求外任或辞官，均不被应允，熙宁四年（1071 年）六月，他以太子少师的身份辞职，居颍州，死后谥号文忠。

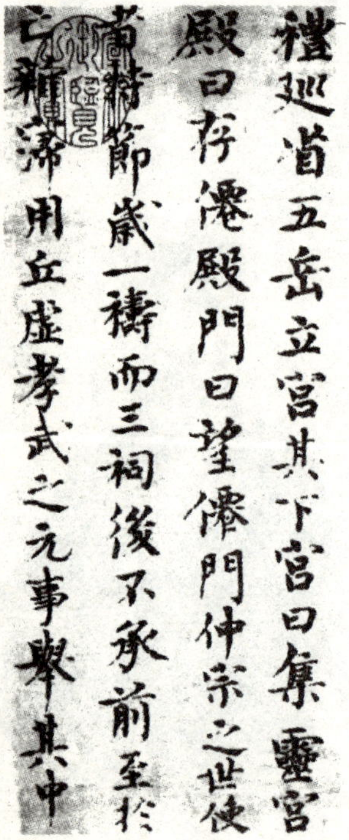

欧阳修·书法

欧阳修的政论散文，如《与高司谏书》、《朋党论》、《五代史伶官传序》不仅富于现实意义，而且语言婉转流畅，是“古文”中的名篇。《醉翁亭记》连同他的《鸣蝉赋》、《秋声赋》，都保持了骈文注重声律辞采的特点，散文句法的加入，又使得文章节奏变化协调、舒卷自如。简约有法的叙事、迂徐有致的议论、曲折变化的章法、圆融轻快而无窘迫滞涩之感的语句，构成了欧阳修散文含蓄委婉的总体风格。

欧阳修的词较早地开创宋词的新意境。他的词意境清丽而芊绵，洗刷了晚唐、五代十国浓厚的脂粉气味。虽然他的词多的仍是描写爱情之作，也多以怨妇托怀，却更倾向于清疏峻洁。王国维曾在《人间词话》中评述道：“词之雅致，在神不在貌。永叔、少游虽作艳语，终有品格。”著名的是《蝶恋花》与《踏莎行》：

庭院深深深几许，杨柳堆烟，帘幕无重数。玉勒雕鞍游冶处，楼高不见章台路。

雨横风狂三月暮，门掩黄昏，无计留春住，泪眼问花花不语，乱红飞过秋千去。

（《蝶恋花》）

候馆梅残，溪桥柳细，草薰风暖摇征辔。离愁渐远渐无穷，迢迢不断如春水。

寸寸柔肠，盈盈粉泪，楼高莫近危栏倚。平芜尽处是春山，行人更在春山外。

（《踏莎行》）

这两首都是即景抒怀之作。《踏莎行》抒发游子思家之情，并联想闺中人的幽怀情思，颇有意境。《蝶恋花》色彩鲜明，情思深远，结句“泪眼问花花不语，乱红飞过秋千去”尤其恳切，叫人心痛如绞。

欧阳修的词风与其散文相似，语言流畅自然，容易读懂。譬如“不见去年人，泪满春衫袖”这样的句子，通俗易懂，却不失感人。并且，欧阳修对中国的诗论和思想史的影响也异常深远。他的《六一诗话》是中国文学史上第一部诗话，以随便亲切的漫谈方式来评叙诗歌，成就了一种论诗的新文体。对于孔孟等经典著作，欧阳修都有自己的独特见地，对后来人的理学、心学都有开创性影响。他的平易文风，还一直影响到元、明、清各代。欧阳修的著述，今存《欧阳文忠公全集》。

相传欧阳修庆历八年（1048 年）知任扬州，常到蜀冈游玩。因爱此地可极目千里，便于此筑平山堂，以作游宴之所。据《避暑录话》记述：“公每暑时，辄凌晨携客往游，遣人去邵伯湖取荷花千余朵，以花盆分插百许盆，与客相间。酒行，即遣妓取一花传客，以次摘其叶，尽处则饮酒。往往浸夜，载月而归。”欧阳修去世后十余年，苏轼来做扬州太守，一次登临平山堂，作《西江月》一首，吊怀欧阳修：“三过平山堂下，半生弹指声中，十年不见老仙翁。壁上龙蛇飞动。欲吊文章太守，仍歌杨柳春风，休言万事转头空，未转头时皆梦。”欧阳修个人兴味的浓厚，对后世浸染之深远，由此可见一斑。

务为有补，适用为本——王安石

春风又绿江南岸，明月何时照我还。

——王安石《泊船瓜州》

爆竹声中一岁除，春风送暖入屠苏，千门万户曈曈日，总把新桃换旧符。

——王安石《元日》

天禧五年（1021年）十一月，北宋临江军（今江西清江等地）判官王益府中，诞生了一个男婴。王家贺客盈门，人们沉浸在主人喜添贵子的欢乐氛围中，谁也料不到这个小孩在数十年后，会成为咤叱风云、改革朝政的显赫人物，他就是王安石。

王安石，宋代改革家、思想家和文学家。字介甫，号半山。江西临川（今江西抚州）人，世称临川先生。“博文强记，为文动笔如飞”，庆历二年（1042年）进士第四名及第。任地方官多年，任浙江鄞县知县时政绩显著。由于深得神宗赏识，熙宁二年（1069年），王安石出任参知政事，次年又升任宰相，开始大力推行改革，进行变法。王安石认为，“天变不足畏，祖宗不足法，人言不足恤”，这是他变法的精神支撑。1069年设立“制置三司条例司”作为变法的领导机关。变法以理财为中心，目的是实现富国强兵。内容大致为理财、强兵、育才三个方面。变法触犯了大地主、大官僚的利益，两宫太后、皇亲国戚和保守派士大夫结合起来，共同反对变法。王安石在熙宁七年第一次罢相，次年复拜相。王安石复相后得不到更多支持，不能把改革继续推行下去，于熙宁九年第二次辞去宰相职务，从此闲居江宁府。1085年神宗一死，新法全部废除。第二年，王安石也死去。后来他被封为荆国公，也称荆公。王安石变法虽然不能从根本上解决当时的社会矛盾，但在一定程度上扭转了北宋“积贫积弱”的局面，缓和了阶级矛盾。

王安石像

王安石，宋代改革家、思想家和文学家。字介甫，号半山。江西临川（今江西抚州）人，世称临川先生。

但是我们通常接触到的是《泊船瓜州》中以一“绿”字取胜境的王安石，或者游褒禅山而在景物中求哲思的王安石。即使没有显著政绩，单凭他在文学上的成就，也足以让他在中国历史上留名千载。《游褒禅山记》显示出他议论说理见长的文章特色，不愧名属唐宋八大家之列。王安石有《王文公文集》、《临川先生文集》、《周官新义》、《诗义钩沉》辑本等传世，余佚。

王安石的文学活动与他的政治活动密切联系，他反对过于注重词藻文采的西昆派文人，认为“文者，务为有补，适用为本”，强调文章的实用性。他的散文以政论性为多，大多针对时弊，提出明确主张，有强烈倾向性。

他的诗也与散文一样风格鲜明。他的不少诗篇表现出对人民的同情，对国家前途的忧虑。比如《河北民》一首：

河北民，生近二边长苦辛。家家养子学耕织，输与官家事夷狄。今年大旱千里赤，州县仍催给河役。老小相携来就南，南人丰年自无食。悲愁白日天地昏，路旁过者无颜色。汝生不及贞观中，斗粟数钱无兵戎。

写统治者搜刮人民的血汗，都用于兵事，以致无论南北，无论丰欠，人民一样陷入“流离转徙”和“无食”的绝境。《兼并》、《收盐》、《感事》、《发廪》、《省兵》等也都表现出他关切民生疾苦、主张改革弊政的理想。王安石还对北宋统治者在辽和西夏的威胁面前麻痹苟安深感忧虑，不少诗篇表达了这种思想。如《阴山画虎图》：

阴山健儿鞭空急，走势能追北风及。逶迤一虎出马前，白羽横穿更人立。回旗倒戟四边动，抽矢当前放蹄入。爪牙蹭蹬不得施，责上流丹看来湿。胡天朔漠杀气高，烟云万里埋弓刀。穹庐无工可貌此，汉使自解丹青色。堂上绢素开欲裂，一见犹能动毛发。低徊使我思古人，此地抟兵走戎羯。禽逃兽遁亦萧然，岂若封疆今晏眠？契丹弋猎汉耕作，飞将自老南山边，还能射虎随少年？

从一幅阴山健儿射虎的画中，联想到古代将士们曾在这里击败过入侵的敌人，使边疆平静无事，又对比如今“胡天朔漠杀气高”的状态，表现他对国家不事边防的深忧。

但是王安石在诗词创作上，反而是到了晚年政治热情退潮之后，显示出艺术上的成熟和高超水平。王安石晚年罢相隐居以后，生活和心情的变化，引起了诗风的变化，心境多有恬淡之意，成就了一批佳作。他的《即事》中写山村景色，“纵横一川水，高下数家村。静憩鸡鸣午，荒寻犬吠昏”。疏朗几笔，村味尽出。“纵横”、“高下”正反对照即现出水形村势，简练形象。“静憩”、“荒寻”，一个暖洋洋来又懒洋洋；另一个清落落来又冷落落。而鸡却是对着中午鸣叫，犬恰是向着黄昏吠。将时日也活化成有知觉有形体的东西了。《书湖阴先生壁》中“一水护田将绿绕，两山排闼送青来”，确实绝了。“护田”“排闼”二词从汉书中来，蕴了典故，却又如此生动。水自有性将田护来将绿绕；山亦有意，一层叠一层如送青入目。绕的可以说是绿油油的植物，也可以说是绿的意趣；送的可以说是青山，也可以说是青色扑目的气势。《葛溪驿》中行人意，病身愁，凄凉意。“病身最觉风露早，归梦不知山水长”一句，梦里咫尺，醒来天涯，心由思牵，身被病困，怎不叫人霎如跌入谷底。《初夏即事》中“晴日暖风生麦气，绿荫幽草胜花时”，石梁茅屋旁，一弯长水，水声溅溅；天气晴朗，熏暖的风带来麦的气息，树荫绿幽草香，虽无花却比有花时更有味道。王安石一向喜欢改诗，苛求到位，他的一部分诗还喜造硬语，压险韵，引用生僻的典故。后人虽诟王安石始造形式主义之根芽，却也可说他：人无及他博学精才。

山抹微云——秦观

秦观再试苏小妹

近来作者，皆不及少游。如“斜阳外，寒鸦数点，流水绕孤村”，虽不识字人，亦知是天生好言语也。

——晁无咎

秦少游词，体制淡雅，气骨不衰。清丽中不断意脉，咀嚼无滓，久而知味。

——张叔夏

秦观（1049年~1100年），字太虚，后改字少游，别号邗沟居士，学者称淮海先生，扬州高邮（今属江苏）人。他少年豪俊，胸怀壮志，攻读兵书，准备驰骋边疆，建立不朽的奇功伟业，并以为“功誉可立致，而天下无难事”（陈师道《秦少游字叙》）。不料，世事艰难，他37岁时才中进士，到43岁才在朝廷谋得秘书省正字一职。不久即被卷入党争的政治漩涡，随着苏轼等屡受迫害，先后被流放到郴州（今属湖南）、横州（今广西横县）和雷州（今广东海康）。由于他的人生期望值过高，对于人生的挫折和失败又缺乏足够的心理准备，故一旦希望破灭，就异常失望和痛苦。秦观心理承受能力较弱，被贬到雷州时，曾自作挽词，丧失了生命的信念，故此后不久即逝世，年仅52岁。

秦观像

秦观（1049年~1100年），字太虚，后改字少游，别号邗沟居士，学者称淮海先生，扬州高邮（今属江苏）人。

秦观是“苏门四学士”之一，在四学士中他最受苏轼看重。诗、词、文皆工，而以词著称。他的词艺术成就很高，当时极负盛名，如陈师道《后山诗话》誉之为“当代词手”，叶梦得《避暑录话》则说秦观“善为乐府，语工而入律，知乐者谓之作家歌，元丰间盛行于淮楚”。他是北宋以后几百年被视为词坛第一流的正宗婉约作家。其词远绍西蜀南唐，近受柳永影响，词风俊逸精妙，情味深永，情韵兼胜，语言淡雅，音律谐美，饶有余味，艺术成就很高，是“出色当行”的婉约派词的代表人物。秦观和晏几道一样，都是“古之伤心人”（冯煦《蒿庵论词》），词中浸透着伤心的泪水，充满着揪心的愁恨：“恨悠悠，几时休。飞絮落花时候一登楼。便做春江都是泪，流不尽，许多愁。”（《江城子》）“日边清梦断，镜里朱颜改。春去也，飞红万点愁如海。”（《千秋岁》）这些江海般深重的愁恨，都是词人历尽人生坎坷后从心底流出，即冯煦所说的“他人之词，词才也；少游之词，词心也”（《蒿庵论词》）。他的词又被人称为“女郎诗”（元好问《论诗绝句三十首》之二四），这与他的经历和个性气质都有关系。

秦观是“苏门四学士”之一，在四学士中他最受苏轼爱重。诗、词、文皆工，而以词著称。他的词艺术成就很高，当时即负盛名。

秦词以描写男女恋情和哀叹本人不幸身世为主，感伤色彩较为浓重。他极善于把男女的思恋怀想、悲欢离合之情，同个人的坎坷际遇自然地结合在一起，运用含蓄的手法、淡雅的语言，通过柔婉的乐律、幽冷的场景、鲜明新颖的形象，抒发出来，达到情韵兼胜，回味无穷的境地。清人周济说秦词“将身世之感并入艳情，又是一法”（《宋四家词选》），就是针对这种情况而言的。

秦观词在艺术风格上可被视为婉约之正宗，只不过在婉约之中带有更多忧伤的调子，和其词的内容极为和谐，达到了情辞相称、意韵兼胜的效果。秦词善于将外在幽迷之景与内在感伤之情作微妙的结合，如：“雾失楼台，月迷津渡，桃源望断无寻处。可堪孤馆闭春寒，杜鹃声里斜阳暮。驿寄梅花，鱼传尺素，砌成此恨无重数。郴江幸自绕郴山，为谁流下潇湘去？”（《踏莎行》）全词用一系列凄迷的景色传达出被贬郴州后的哀怨心情，特别是最后两句痴语更深得含蓄之妙。词人悲苦的心境，投射到他所见所闻的景色音声之中，使之染上凄婉的色调；他又用清丽的语言把这些景色音声编织成词中的意象，以主体的情绪与视角为脉络串连成流动的意境，虚实相间，身边事与心中情相互回环缠绕，构成浓厚的感伤气氛，极细致地表现了身处逆境的文人对不能自主的命运的哀怨。

秦词还善于捕捉细节，对心绪物象作微妙而细腻的刻画，并借此来抒发深悠的哀伤。如《画堂春·落红铺径水平池》有这样的细节刻画：“柳外画楼独上，凭阑手捻花枝。放花无语对斜晖，此恨谁知？”秦词还善于运用精美而平易的语言及各种修辞手法来表达敏锐细腻的感受和丰富生动的联想。如《满庭芳·山抹微云》上阕：“山抹微云，天连衰草，画角声断谯门。暂停征棹，聊共引离尊。多少蓬莱旧事，空回首，烟霭纷纷。斜阳外，寒鸦万点，流水绕孤村。”“寒鸦”二句虽是点化隋炀帝诗，但精美而本色；“抹”、“连”字虽平易但很传神，难怪苏轼要戏称他为“山抹微云秦学士”了。

在伤怀人生命运之外，秦观又写了不少描写男女恋情的词。这虽是一个传统题材，但秦观往往写得比前人更为真挚动人，像著名的《鹊桥仙》：“纤云弄巧，飞星传恨，银汉迢迢暗度。金风玉露一相逢，便胜却人间无数。柔情似水，佳期如梦，忍顾鹊桥归路？两情若是久长时，又岂在朝朝暮暮！”借着七夕牛郎织女相会的古老传说，写出人间一种执着而深沉的爱情。作者对于爱情的严肃态度，与许多诗词中把女性的外貌和情感作为赏玩对象的做法有极大不同，因此增添了“情”的感染力。另外，由于秦观一生中情感基调的低沉，他的爱情词也多偏向于写情中的愁怨。

秦观词的不足之处，除题材较窄外，风格也较柔弱，情调时时显得过于凄凉。这与他的坎坷遭遇和意志消沉有关。但总的来说，秦观词的感伤情调既容易引起封建社会一些怀才不遇的文士的共鸣，词的艺术成就又较高，因此他向来被认为是婉约派的代表作家，对后来词家，从周邦彦、李清照直到清代的纳兰容若等，都有显著的影响。

富艳精工——周邦彦

美成自号清真，二百年来，以乐府独步。贵人、学士、市儇、妓女，皆知美成词为可爱。

——陈郁《藏一话腴》

美成词如十三女子，玉艳珠鲜，政未可以其软媚而少之也。

——彭孙《金粟词话》

周邦彦像

周邦彦（1056年~1121年），字美成，号清真居士，钱塘（今浙江杭州）人。出生于一个诗礼簪缨之家。自幼受到家庭的文化熏陶，加之聪明勤奋，“博涉百家之书”，很快成长为才富学赡的青年士子。

美丽富饶、文化发达的浙江省，曾经是宋词赖以繁荣的重要人才基地。宋代词人有籍贯可考者约730多人，其中浙江籍的竟有200人之多。周邦彦，就是这个庞大的浙江作家群中高标独秀的人物。

周邦彦（1056年~1121年），字美成，号清真居士，钱塘（今浙江杭州）人。出生于一个诗礼簪缨之家。自幼受到家庭的文化熏陶，加之聪明勤奋，“博涉百家之书”，很快成长为才富学赡的青年士子。不过对奠定他在词坛的重要地位具有特殊作用的，还是他那从小培养起来的音乐专长。他妙解音律，善自度曲，是北宋文人中继柳永之后最杰出的音乐家。“博文多能”的主观条件，使他具备了争雄于文坛的深厚实力。作品多写闺情、羁旅，也有咏物之作。格律谨严，言典丽精雅，调尤善铺叙。为后来格律派词人所宗，时词论称他为“词家之冠”。有《清真居士集》，已经遗佚。

周邦彦的词雅俗共赏，在当时颇有影响，“贵人、学士、市侩、妓女，皆知其词为可爱”（陈郁《藏一话腴》），他能广泛地吸取温庭筠的浓艳，韦庄的清丽，冯延巳的缠绵，李后主的深婉，晏殊的蕴藉，欧阳修的秀逸，特别是柳永的绵密和冶艳，最终形成了“富艳精工”（《艺概·词曲概》）的一家之风，堪称婉约词之集大成者。他不但善于继承，而且善于创新，这主要体现在他更注重人工的布置与思力的安排上，因而他的词较之上述那些人显得更为凝重厚实，书卷气更浓。

周邦彦善于铺叙而结构深曲，经常用逆笔、侧笔、甚或以心理时空为线索来结构篇章，使词更加曲折变化。用笔极尽人力，刻意描摹，使言情体物更穷极工巧。在抒情时注重凝炼含蓄，从而产生一种顿挫沉郁的厚味。同时，追求句法的奇警，讲究征辞引类，字有来历，善于点化前人诗句诗意，使语言显得更高华精美。如《玉楼春》：

桃溪不作从容住，秋藕绝来无续处。当时相候赤栏桥，今日独寻黄叶路。烟中列岫青无数，雁背夕阳红欲暮。人如风后入江云，情似雨馀粘地絮。

全词八句全用对偶，且多处点化《幽明录》典故及钱起、温庭筠、参寥等人的诗意，又能“别饶姿态，不病其板”（《白雨斋词话》），深得含蓄典雅之美。

他后期的词更加圆熟老成，大都写得典丽缜密、浑厚和雅，风格沉郁顿挫，章法回环曲折，是词史上的典范作品。如《兰陵王·柳》：

柳阴直，烟里丝丝弄碧。隋堤上，曾见几番，拂水飘绵送行色。登临望故国，谁识京华倦客？长亭路，年去岁来，应折柔条过千尺。闲寻旧踪迹，又酒趁哀弦，灯照离席。梨花榆火催寒食。愁一箭风快，半篙波暖，回头迢递便数驿，望人在天北。凄恻，恨堆积，渐别浦萦回，津堠岑寂，斜阳冉冉春无极。念月榭携手，露桥闻笛。沉思前事，似梦里，泪暗滴。

该词写身在异地送客，一曲折；闲寻旧迹，感慨离别时，又逢送别，又一曲折；“愁”字以下代离人设想，再一曲折；“渐”字下又回写孤帆远去后送者的心情，又一曲折；“念”字下追忆彼此间昔日的欢乐，再一曲折。时空交错，主客变换，层层曲折，语语吞吐，但又十分注重遣词用语的上下联系及回环照应，注重锤炼修饰语及领字，深得人工安排的特点。

除了个人创作外，他还校订古音、审定古调，总结一代词乐，实现了词律的严整与规范化；并创制新声，使词调更趋丰富繁复。这些对词乐和词律的重大贡献，使他成了词坛的权威。他不但“创调之才多”，而且“创意之才”也高出侪辈，在词的文学技巧和意境上，他集《花间》以来婉约词之大成，并有不少创新。

周邦彦是一个多才多艺的作家。他于诗文无所不工，但以词的成就最高。他的词，为时代风气和个人气质所囿，题材内容多数未出《花间》以来男女私情和羁旅行役的老范围，局限性是明显的。但它们有鲜明的创作个性和思想特质，更有技巧和格律方面的独特创造。联系整个词史来看，此人远绍“花间”，近承柳秦，下启南宋婉约诸家的关键地位是确定无疑的。清真词由于善于描写如王国维所说的“常人之境界”，因而赢得了广大的读者。元代初期还有妓女能唱他的词。直至近代，清真词的影响经久不衰。周邦彦以自己的惊人才华和辛酸经历铸成的这些艺术珍品，将因给人们以美的享受而不会泯灭。

别是一家——李清照

李清照像

男中李后主，女中李易安，极是当行本色。

——沈谦《填词杂说》

张南湖论词派有二：一曰婉约，一曰豪放。仆谓婉约以易安为宗，豪放惟幼安称首，皆吾济南人，难乎为继矣！

——王士祯《花草蒙拾》

“昨夜雨疏风骤，浓睡不消残酒。试问卷帘人，却道海棠依旧。

知否、知否，应是绿肥红瘦。”这是一首和唐诗三百首一样作为3岁娃娃文学普及读物的词，虽然娃娃们并不能体味其中的谈淡的闲愁，深切的叹惋，但是能够从此知道雨后的“绿肥红瘦”，也能体会到其琅琅上口的韵律美感，这首词的作者就是我们大家并不陌生的女词人李清照。李清照，作为女词人的代表，给森然的中国历史带来了几多灵气，几多温馨。

李清照，自号易安居士，山东济南章丘明水人。生于元丰七年（1084年），卒于绍兴二十年（1155年）左右。李清照生长在文学气氛很浓的士大夫家庭，父亲李格非为当时著名学者兼散文家，母亲出身于官宦人家，也有文学才能。李清照多才多艺，能诗词，善书画，很早就受人注意。王灼《碧鸡漫志》说她“自少年即有诗名，才力华赡，逼近前辈”。朱弁《风月堂诗话》也记载晁补之常向人称赞她的诗句。李清照18岁时嫁给太学生赵明诚，赵爱好金石之学，也有很高的文化修养。婚后，他们过着美满而和谐的生活。李清照的一生以南宋高宗建炎元年为界，可分为前后两个时期，她的词作也随着她生活的变化而变化着。南渡前，生活优裕，所作词，多写其悠闲生活，主要是对大自然的描绘，对真挚爱情的抒发，清新明丽，意境优美，委婉动人。南渡后，明诚病死，境遇孤苦，既悲伤于自己身世和失去的幸福，又面临着民族的灾难，故而其作伤时感世，悼亡思乡，沉郁感伤，词风趋于凄咽悲楚。然不论是清丽明快亦或沉重忧虑，她的词总是以朴实自然的语言、抑扬顿挫的音律、至情感性的感情代代流传着，带给人美的感染、至高的艺术氛围，以及难以忘怀的共鸣。所谓“以寻常语度入音律”者也。

李清照前期的词大多数是写自己对爱情尤其是离别相思之情的感受，属于词的传统题材。但过去大多是男性作者以女性口吻来写这一类词，即使不带有狎玩欣赏的心理，也未免隔着一层。而李清照写的是自己亲身感受与内心体验，因此，她的词就格外真挚细腻、委婉动人。她从女性的心理出发，挑选女性怅惘悲愁时所容易联想到的事物，以女性细腻的笔法加以组织，因而别有风致，如：

红藕香残玉簟秋，轻解罗裳，独上兰舟。云中谁寄锦书来，雁字回时，月满西楼。花自飘零水自流，一种相思，两处闲愁。此情无计可消除，才下眉头，却上心头。（《一剪梅》）

薄雾浓云愁永昼，瑞脑消金兽。佳节又重阳，玉枕纱厨，半夜凉初透。东篱把酒黄昏后，有暗香盈袖。莫道不消魂，帘卷西风，人比黄花瘦。（《醉花阴》）

“轻解罗裳，独上兰舟”，那一种轻盈；“才下眉头，却上心头”，那一种缠绵；“帘卷西风，人比黄花瘦”，那一种相思之苦和对青春易逝的尖锐感受，并不是男性作者容易体验到的。

她善于将个性化的抒情和完美的意境结合起来。其不但善于言情，且尤善于塑造多愁善感、缠绵凄婉的自我形象，于“短幅中藏无数曲折”（《蓼园词选》），含蓄深曲、生动细腻地来抒情；既善于直接写闺阁之愁，又善于借助写景咏物来抒情，因而其词极具个性化的意境。如文章开头提到过的《如梦令》。

李清照还善于将清新朴素与精美雅洁的风格及手法结合在一起。她善于运用朴素的、甚至是口语化的，但又不失精美的语言；善于调用各种修辞手法，但又运用得非常自然，达到了“极炼而不炼，出色而本色”（《艺概·词曲概》）的最佳效果。因而能将白描化的外在形式与精美化的内在特质完美地结合起来。如《声声慢》一开头即连用“寻寻觅觅，冷冷清清，凄凄惨惨戚戚”14个叠字，结尾又呼应以“点点滴滴”四个叠字，真如“大珠小珠落玉盘”，且能把主人公的心绪表达得深刻而富有层次。词中的“乍”、“黑”、“了得”、“怎”等字都是口语，但用得极巧妙；“守着窗儿”虽是细节，但很本色地反映了李清照的内心世界。又如《永遇乐》：

落日镕金，暮云合璧，人在何处？染柳烟浓，吹梅笛怨，春意知几许？元宵佳节，融和天气，次第岂无风雨？来相召，香车宝马，谢他酒朋诗侣。中州盛日，闺门多暇，记得偏重三五。如今憔悴，风鬟霜鬓，怕见夜间出去。不如向帘儿底下，听人笑语。

这首词写作者晚年在临安的一段生活，反映了在历尽沧桑之后晚年的悲凉心境。上片开始连用三个设问。第一个设问自己在何处？是明知故问，问的前提却是元宵夜夕阳西下玉兔东升之际，是“人约黄昏后”的良辰美景，一对比，便知作者有化不开的漂泊异乡凄凉愁怀。第二个问也是在“染柳烟浓”的大好春光之后，先以听笛“怨”转，再问自己还有多少春意可享受，正反映出晚年生活动荡不安祸福莫测的忧患。最后三句写自己自甘寂寞的心灰意懒，可以感知作者几乎万念俱灰的心境。下片承“酒朋诗侣”而下，这些朋友是南渡前的旧知，于是引发“中州盛日”那时元宵的汴京城，和名门淑媛“争济楚”的繁华与欢乐。与“如今”三句形成今昔强烈对比。最后两句看似淡泊自守、不慕繁华，实则是满腹辛酸、一腔凄怨的总爆发。在咏叹个人不幸际遇和悲苦内心的同时，流露出乡关之思和家国之恨，既含蓄，又悠长。上阕四层，每三句一层，每层都用乐景抒哀情，极具沉郁顿挫之美；下阕两大层的对比更以盛景反衬衰景，寄寓了无限的感慨。全词语言明白如洗又精美无瑕，“帘儿底下”的细节又包含了无限辛酸。在平淡中见浓烈，于细微处见精神，正是李清照词的独特风格。

在词的艺术方面，李清照有自己比较完整的看法。她写过一篇《词论》，对唐代特别是北宋以来的主要词人分别提出了批评，从中能够看出她自己的追求。譬如她认为柳永的词“虽协音律，而词语尘下”，表明她反对那种过于俚俗化和带有市民情趣的倾向；认为晏殊、欧阳修、苏轼等人的词“皆句读不葺之诗尔，又往往不协音律”，表明她反对词的风格与诗相接近，和音律上的不严格；认为晏几道的词“苦无铺叙”，贺铸的词“苦少典重”，秦观的词“专主情致而少故实”，表明她主张词既要有铺叙，有情致，也要有比较深厚的文化内涵。概括而言，李清照的词学观点，特别强调了词在艺术上的独特性，即词“别是一家”，与诗歌相区别；特别重视词的声律形式；在语言上要求典雅而又浑成。

正因为此，李清照词在艺术上能自成一家，被后人誉为“易安体”，她被推为“当行本色”的婉约正宗和最高代表，在文学史上有着深远的影响。

一世豪杰——辛弃疾

稼轩雄深雅健，自是本色，俱从南华、冲虚得来。然作词之多，亦无如稼轩者。中调、短令亦间作妩媚语。观其得意处，真有压倒古人之意。

——邹祗谟《远志斋词衷》

稼轩之词，胸有万卷，笔无点尘，激昂排宕，不可一世。

——彭孙《金粟词话》

和范仲淹一样，辛弃疾具有一般作家所不具备的戎马生涯，他首先是一个爱国斗士，然后才是一个词人，因而他的词“悲歌慷慨，抑郁无聊之气，一寄之于其词”，与同时代的大多词人风格迥异。下面简述一下他所异为何，所异何在。

辛弃疾（1140年~1207年），南宋词人，字幼安，号稼轩，历城（今山东济南）人。出生时，山东已为金兵所占。他在青少年时代就立下了恢复中原、报国雪耻的志向。21岁时参加抗金义军，不久归南宋，历任湖北、江西、湖南、福建、浙东安抚使等职。任职期间，采取积极措施，招集流亡，训练军队，奖励耕战，打击贪污豪强，注意安定民生。一生坚决主张抗金。然而现实对辛弃疾是严酷的；他虽有出色的才干，更有豪迈倔强的性格和执着北伐的热情，但却难以在畏缩而圆滑、又嫉贤妒能的官场上立足。他所提出的抗金建议，均未被采纳，并遭到主和派的打击，从而使他长期落职闲居江西上饶、铅山一带。1203年~1207年北伐时期，韩侂胄主持北伐事宜，他任命辛弃疾为镇江知府。辛弃疾虽然积极备战，但并未得到韩的真正重用，不久又被罢职，北伐亦失败。辛弃疾赍志以殁，以至临终前“大呼杀贼数声”（《济南府志》）。

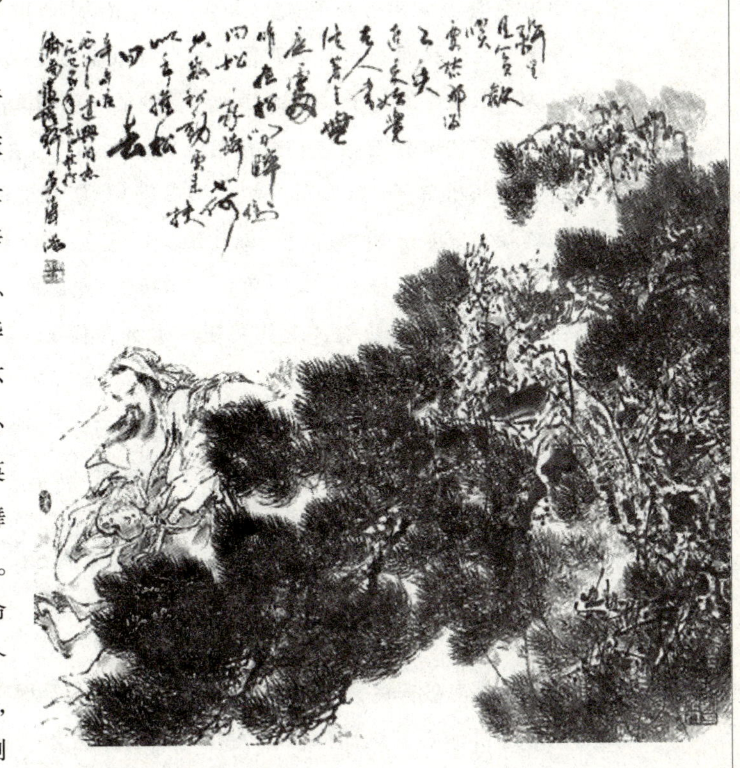

辛弃疾之《西江月》

因为辛弃疾生长于被异族蹂躏的北方，恢复故土的愿望比一般士大夫更为强烈，并且辛弃疾始终把洗雪国耻、收复失地作为自己的毕生事业。他的理想，不仅反映了民族的共同心愿，而且反映了一个英雄之士渴望在历史大舞台上展现自我的志向。他在主动承担民族使命的同时，积极地寻求个人生命的辉煌。因此，他的词表现出不可抑制的英雄主义精神，有一种卓尔不群的光彩。他在自己的文学创作中写出了时代的期望和失望、民族的热情与愤慨。其词艺术风格多样，而以豪放为主。热情洋溢，慷慨悲壮，笔力雄厚，与苏轼并称为“苏辛”。他的词集《稼轩长短句》，保存了词作六百多首。

主观情感的浓烈、主观理念的执着，成了辛词的一大特色。因为辛弃疾总是以炽热的感情与崇高的理想来拥抱人生，更多地表现出英雄的豪情与英雄的悲愤。在他的词中，如“将军百战身名裂。向河梁、回头万里，故人长绝。易水萧萧西风冷，满座衣冠似雪。正壮士、悲歌未彻”（《贺新郎》），“夜半狂歌悲风起，听铮铮、阵马檐间铁。南共北，正分裂”（《贺新郎》），乃至“恨之极，恨极销磨不得。苌弘事、人道后来，其血三年化为碧”（《兰陵王》），都是激愤不能自已的悲怨心声，以极强烈的力度震撼着读者的心灵。辛弃疾也在词中作旷达语，但他并不能把冲动的感情由此化为平静，而是从低沉甚至绝望的方向宣泄内心的悲愤，如“元龙老矣，不妨高卧，冰壶凉簟。千古兴亡，百年悲笑，一时登览”（《水龙吟》），“甚矣吾衰矣。怅平生、交游零落，只今余几。白发空垂三千丈，一笑人间万事”（《贺新郎》），“身世酒杯中，万事皆空。古来三五个英雄，雨打风吹何处是，汉殿秦宫”（《浪淘沙》），这些表面看来似旷达又似颓废的句子，却更使人感受到他绝望时无法消磨的痛苦。

他的英雄的豪壮与绝望交织扭结，大起大落，反差强烈，形成瀑布般的冲击力量。如《破阵子·为陈同甫赋壮词以寄》，从开头起，一路写想像中练兵、杀敌的场景与气氛，痛快淋漓，雄壮无比。但在“了却君王天下事，赢得生前身后名”之后，突然接上末句“可怜白发生”，点出那一切都是徒然的梦想，事实是白发无情，壮志成空，犹如一瓢冰水泼在猛火上，令人不由地惊栗震动。再《水龙吟·登建康赏心亭》：

> 楚天千里清秋，水随天去秋无际。遥岑远目，献愁供恨，玉簪螺髻。落日楼头，断鸿声里，江南游子。把吴钩看了，栏杆拍遍，无人会，登临意。休说鲈鱼堪脍，尽西风、季鹰归未？求田问舍，怕应羞见，刘郎才气。可惜流年，忧愁风雨，树犹如此！倩何人，唤取红巾翠袖，揾英雄泪。

这是对山河破碎的悲哀，对壮志成空的悲哀；岁月无情地流去，而这种悲哀更显得触目惊心。然而即使词人在写他的孤独和悲哀，写他的痛苦和眼泪，我们仍然看到他以英雄自许、绝不甘沉没的心灵。而直到他晚年出任镇江知府时，所作《永遇乐·京口北固亭怀古》，仍是一面浩叹“千古江山，英雄无觅，孙仲谋处”，一面追忆自己青年时代的战斗生涯，表示出不甘衰老、犹有可为的壮烈情怀：

四十三年，望中犹记，烽火扬州路。可堪回首，佛狸祠下，一片神鸦社鼓。凭谁问：廉颇老矣，尚能饭否？

这种永远不能在平庸中度过人生的英雄本色，伴随了辛弃疾的一生，也始终闪耀在他的词中。它奏响了宋词的最强音。

不过，以上只是指辛弃疾词中主流部分的艺术风格而已。

辛弃疾在词史上的一个重大贡献，就在于内容的扩大，题材的拓宽。他现存的六百多首词作，写政治，写哲理，写朋友之情、恋人之情，写田园风光、民俗人情，写日常生活、读书感受，可以说，凡当时能写入其他任何文学样式的东西，他都写入词中。而随着内容、题材的变化和感情基调的变化，辛词的艺术风格也有各种变化。虽说他的词主要以雄伟奔放、富有力度为长，但写起传统的婉约风格的词，却也十分得心应手。如著名的《摸鱼儿》，上阕写惜春，下阕写宫怨，借一个女子的口吻，把一种落寞怅惘的心情一层层地写得十分曲折委婉、回肠荡气，用笔极为细腻。他的许多描述乡村风光和农家生活的作品，又是那样朴素清丽、生机盎然。如《西江月》的下阕：“七八个星天外，两三点雨山前。旧时茅店社林边，路转溪桥忽见。”于简朴中见爽利老到，是一般人很难达到的境界。所以刘克庄《辛稼轩集序》说：“公所作，

辛弃疾醉里挑灯看剑

大声鞺鞳，小声铿鍧，横绝六合，扫空万古，自有苍生以来所无。其秾纤绵密者，亦不在小晏、秦郎之下。”这是比较全面也比较公允的评价。

僵卧孤村不自哀——陆游

放翁、稼轩，一扫纤艳，不事斧凿，但时时掉书袋，要是一癖。

——刘克庄《词林纪事》

无此绝等伤心之事，亦无此绝等伤心之诗。就百年论，谁愿有此事？就千秋论，不可无此诗。

——《宋诗精华录》

“红酥手，黄藤酒，满城春色宫墙柳。东风恶，欢情薄，一怀愁绪，几年离索。错、错、错。春如旧，人空瘦，泪痕红浥鲛绡透。桃花落，闲池阁，山盟虽在，锦书难托。莫、莫、莫。”

很多人知道陆游，是从知道这首关于他和唐琬凄婉感人的爱情故事的《钗头凤》开始的，他们的爱情故事曾被拍成电影，这首《钗头凤》也被谱成曲作为主题曲，在一段时间里广为传唱。但通常，爱情对于男性来说，绝无可能成为生命的全部，同样地，对于陆游来说，这段爱情也只是生命的插曲，他生命的重心是他忠君爱国的思想，以及由此而引发的爱国事业和文学创作，这也是最终他能名留青史的原因所在。下面，就让我们来看看他在中国古代文学史上占有怎样的一席之地。

陆游画像

陆游（1125 年~1210 年）字务观，号放翁，越州山阴（今浙江省绍兴市）人。他的祖父陆佃是王安石的学生，当过尚书右丞；父亲陆宰，当过京西路转运副使。在靖康元年（1126年）金兵南侵前后，陆宰被免职，带着家眷南归故乡，侥幸地逃过了那一场大劫难。但北宋王朝覆灭的耻辱，却深深地铭刻在当时每一个怀有民族自尊感的士大夫心中。据陆游《跋傅给事帖》说，绍兴初年他刚懂事时，经常看到长辈们“相与言及国事，或裂眦嚼齿，或流涕痛哭，人人自期以杀身翊戴王室，虽丑裔方张，视之蔑如也”。这样一个时代、社会与家庭氛围，使陆游从小就受到了一种民族意识的熏陶。陆游一生创作甚多，其《剑南诗稿》85卷，收诗九千余首，另有《渭南文集》50卷，其中包括词2卷（单独刻行的名为《放翁词》）。

他的文学成就首先在诗歌方面。陆游诗最有价值、最有特色的部分是那些表现爱国思想的诗。这些诗内容博大，思想精深，感情真挚。这类作品同时由两个侧面组成：一方面是他渴望万里从戎、以身报国的豪壮理想，另一方面则是他壮志难酬、无路请缨的悲愤心情。无论是早年的“战死士所有，耻复守妻孥”（《夜读兵书》），或是中年的“逆胡未灭心未平，孤剑床头铿有声”（《三月十七日夜醉中作》），还是晚年的“一闻战鼓意气生，犹能为国平燕赵”（《老马行》），都始终纠结着上述两方面的情绪。而且，这两者相互激扬：愈是悲愤，他对理想愈是执着；对理想愈是执着，他的悲愤也愈是强烈。这使他的诗歌既热情奔放，又深沉悲怆，如下面这两首名作：

黄金错刀白玉装，夜穿窗扉出光芒。丈夫五十功未立，提刀独立顾八荒。京华结交尽奇士，意气相期共生死。千年史册耻无名，一片丹心报天子。尔来从军天汉滨，南山晓雪玉嶙峋。呜呼！楚虽三户能亡秦，岂有堂堂中国空无人。（《金错刀行》）

早岁那知世事艰，中原北望气如山。楼船夜雪瓜洲渡，铁马秋风大散关。塞上长城空自许，镜中衰鬓已先斑。《出师》一表真名世，千载谁堪伯仲间！（《书愤》）

在陆游的爱国诗作中，固然有传统的忠君意识，但主要的，它是与那个特定历史阶段中的民族情绪融为一体的，是当时人们的共同心声。建立在理智上的清醒的政治见解和感情上的爱憎好恶融合在一起，形成了陆游这一类诗歌的宏亮的声调和庞大的气势。

除爱国诗外，他的农村诗也有很高的思想性。他把村林茅舍、农田渔耕一一摄入笔端，“山居景况，一一写尽”（染清远《雕丘杂录》）。有些诗还能深

陆游之《钗头凤》

刻地反映当时的阶级状况，表现出对劳动人民的同情。如云："有司或苛取，兼并亦豪夺。正如横江网，一举孰能脱？"（《书叹》）"身为野老已无责，路有流民终动心。"（《春日杂兴》有些诗还能生动地描写农民简朴勤劳的劳动生活，表现了对田园生活的热爱。如"老农爱犊行泥缓，幼妇忧蚕采叶忙"（《春晚即事》）。有些诗还广泛地记录了当时的乡土节物，民风民俗，具有强烈的乡土气息和一定的民俗学价值。如《社日》之写社戏，《赛神曲》之写祭神，《秋日郊居》之写教冬学的先生，《阿姥》之写赶集的老妪等等。还有些诗生动地描绘了农村的优美风光，如《游山西村》：莫笑农家腊酒浑，丰年留客足鸡豚。山重水复疑无路，柳暗花明又一村。萧鼓追随春社近，衣冠简朴古风存。从今若许闲乘月，拄杖无时夜叩门。

陆游的诗，除爱国题材及农材题材外，"其闲适之诗尤多"（《瀛奎律髓》卷 23）。诸如游赏、读书、作诗、课儿、饮酒、赋闲、咏物、记行、赏吟光景、歌咏节序等。在这些诗中他深深体味日常生活的情趣，抒发出日常生活的细腻感受，"亦足见其安贫守分，不慕乎外，有昔人衡门泌水之风"（《瓯北诗话》）。如"小楼一夜听春雨，深巷明朝卖杏花"（《临安春雨初霁》），就是这类作品中出现的名句。

爱情诗也是陆游诗作中很有价值的一部分。陆游与唐婉本伉俪相得，但因唐婉不得陆母喜欢而被迫离异，唐婉不久抑郁而死。为此，陆游先后写下《钗头凤》及多首怀念唐婉的诗词，如 75 岁时所写的《沈园二首》之一："城上斜阳画角哀，沈园非复旧亭台。伤心桥下春波绿，曾是惊鸿照影来。”正如《宋诗精华录》所评：“无此绝等伤心之事，亦无此绝等伤心之诗。就百年论，谁愿有此事？就千秋论，不可无此诗。”

陆游作为整个宋代留存作品最多的一位诗人，他的诗以更为广泛的题材、更为多样化的风格和更为老练的技巧，取得了更为显著的成就。尤其是他的诗中始终表现出一种激烈而深沉的民族情感，反映着在那山河破碎、民族危亡的年代人们的普遍心愿，在当时以及后世，都赢得了广泛的好评。

瘦石孤花，清笙幽磬——姜夔

姜白石词如野云孤飞，去留无迹。

——张炎《词源》

白石道人，中兴诗家名流，词极精妙，不减清真乐府，其间高处，有美成所不能及。

——黄升《中兴以来绝妙词选》

姜夔的词当以感时、抒怀、咏物、恋情等题材成就较高。有些词抒发了自己虽落魄江湖，但仍不忘国事的感情，有一定的爱国意义，但情调低沉伤感，隐约含蓄。

姜夔（约1155年~约1221年），字尧章，号白石道人。饶州鄱阳（今属江西）人。一生未做官，除卖字以外，大多依靠他人的周济过活。姜夔精音律，多才艺，怀抱用世之志而困踬场屋，不能展其才。他的一生是怀才不遇、飘泊四方的一生，但他啸傲湖山，自标清高，绝不同于庸俗的清客文人。陈郁赞其“襟怀洒落，如晋、宋间人”（《藏一话腴》）。存词八十余首，内容有感慨时事，有抒写身世、山水记游、咏物、爱情等。词集中今存十七首自注工尺旁谱的词，是流传下来的惟一的宋代词乐文献，在音乐史上有重大价值。姜词风格清幽峭拔，用江西诗派瘦硬之笔作词，以清刚救周柳一派的软媚；又以委婉富有情致救苏辛派末流的粗豪，在词坛独树一帜，享誉很高，影响深远。

有《白石道人歌曲》。

姜夔的词当以感时、抒怀、咏物、恋情等题材成就较高。有些词抒发了自己虽落魄江湖，但仍不忘国事的感情，有一定的爱国意义，但情调低沉伤感，隐约含蓄，如《扬州慢》：

淮左名都，竹西佳处，解鞍少驻初程。过春风十里，尽荠麦青青。自胡马窥江去后，废池乔木，犹厌言兵。渐黄昏，清角吹寒，都在空城。杜郎俊赏，算而今重到须惊。纵豆寇词工，青楼梦好，难赋深情。二十四桥仍在，波心荡、冷月无声。念桥边红药，年年知为谁生？

这首词抒发了诗人《黍离》之悲，作者即事写景，触景生情，情景交融，抒发了内心的郁愤，表达出一片爱国的深情。《扬州慢》艺术表现上的一个显著特点就是写景物时带有浓烈的感情色彩，景中含情，化景物为情思。它的写景，不俗不滥，紧紧围绕着一个统一的主题，即为抒发“《黍离》之悲”而写。词人“解鞍少驻”扬州之时，是在金主完颜亮南犯后的十五年。战争的残痕到处可见，但词人却仅仅摄取了两个镜头：“尽荠麦青青”和满城的“废池乔木”。这些景物所引起的意绪，就是“犹厌言兵”。这是一种拟人的手法，赋予了无生命的事物以人所特有的思想感情。物犹如此，何况于人！人民对战争的痛恨与诅骂由此可知。“犹厌言兵”四字，“包括无限伤乱语。他人累千万言，亦无此韵味”（清·陈廷焯《白雨斋词话》卷二）。上片结句中，“清角吹寒”四字的“寒”字下得很好。寒意本来是天气给人的触觉感受，但词人不言天寒，而说“吹寒”，好像是凄清的角号之声把寒意“吹”出来似的。这就突出了人为的感情色彩。这里，词人听到的是清角悲吟，感受到的是寒气逼人，再联系到前面所看到的“荠麦青青”与“废池乔木”，完全是一幅有声有色、惨淡寥廓的图画。所见所闻，所思所感，都交织在一起，统一在这座“空城”里。“都在”二字使一切景物联系在一起，同时化景物为情思，将景中情与情中景融为一体，来突出”《黍离》之悲”。下片第三句：“二十四桥仍在，波心荡，冷月无声”，月亮原本就“无声”，也无冷暖之别，但姜夔却借助“通感”手法，“使本色之外，笔补造化”，让触觉感受“冷”与听觉感受“无声”互相挪移沟通，这就强化了读者对冷寂凋敝景象的感受性。这里的“冷月。”“无声”与上片“废池乔木，犹厌言兵”中的“厌”字，都是词人主观感受的联想、迁移，是移人情于物象的结果。这就增强了词的艺术感染力。上阕于叙事写景之中自带一片抒怀深情，下阕之抒情又多从侧面、虚处入笔，很具骚雅派特色。

姜夔词的艺术风格可以张炎所评的“清空”二字来概括。他说：“词要清空，不要质实。清空则古雅峭拔，质实则凝涩晦昧。姜白石词如野云孤飞，去留无迹。吴梦窗词如七宝楼台，眩人眼目，碎拆下来，不成片段。此清空质实之说。……白石词如《疏影》、《暗香》、《扬州慢》……曲，不惟清空，又且骚雅，读之使人神观飞越。”

姜夔的词在南宋自成一家，历来备受推崇。张炎《词

姜夔之《杏花天》

源》评为“古雅峭拔”，“读之使人神观飞越”；范成大说白石词“有裁云缝月之妙手，敲金戛玉之奇声”；张炎说“如野云孤飞，去留无迹”（《词源》）；陈郁《藏一话腴》也说白石“意到语工，不期高远而自高远”；戈载《宋七家词选》更称赞姜夔“前无古人，后无来者，真词中之圣也”；王国维虽觉姜夔词如“雾里看花，终隔一层”，但也说，“古今词人格调之高，无如白石”（《人间词话》）。姜夔词风神潇洒，意度高远，仿佛有一种冷香逸气，令人挹之无尽；色泽素淡幽远，简洁醇雅，能给人以隐秀清虚之

感；笔力疏峻跌宕，言情体物，善用健笔隽句，形成刚劲峭拔之风；讲究律度，多自制曲，格高韵响，谐婉动听。《灵芬馆词话》说他“一洗华靡，独标清绮，如瘦石孤花，清笙幽磬”，颇能道出白石词的独特个性。姜夔写作态度严谨，注重艺术琢练，精通乐理，作词刻意求工，反复雕琢，推敲字句，追求格律。其词风很受南宋晚期的骚雅派和清代浙派词人推崇。影响所及，当时就有史达祖、张炎、王沂孙、周密等，号为“姜派”词人。到了清代，朱彝尊倡导“浙派”词，更推姜夔为其宗师，姜夔在词史上的地位，由此可见。

姜夔也工于诗，写诗初学江西诗派，后又承受唐诗的影响而自出机杼，杨万里把他比为晚唐陆龟蒙，称其诗“有裁云缝月之妙思，敲金戛玉之奇声”(《直斋书录解题》引)。白石诗或写跋涉川陆的奇险经历，如古体《昔游》；或写边疆民族的风俗习尚，如《契丹歌》，笔墨浑朴，章法开阖顿宕，写景状物较有气魄。七言绝句如《除夜自石湖归苕溪》、《湖上寓居杂咏》等，吟咏漂泊生活，描摹湖山胜景，琢句精妙，意境幽隽，韵格浏亮婉转，很有诗情画意。但其诗名为词名所掩。

生逢乱世佳作出——元好问

大较遗山诗祖李、杜，律切精深，而有豪放迈往之气；文宗韩、欧，正大明达，而无奇纤晦涩之语；乐府则清新顿挫，闲宛浏亮，体制最备。又能用俗为雅，变故作新，得前辈不传之妙，东坡、稼轩而下不论也。

——徐世隆

好问才雄学赡，金元之际屹然为文章大宗，所撰《中州集》，意在以诗存史，去取尚不尽精。至所自作，则兴象深邃，风格遒上，无宋南渡宋江湖诸人之习，亦无江西派生拗粗犷之失，至古文，绳尺严密，众体悉备，而碑版志铭诸作尤为具有法度。

——《四库全书总目·遗山集》

元好问，字裕之，号遗山，世称遗山先生。生于金章宗明昌元年（1190 年）七月初八，卒于元宪宗蒙哥七年（1257 年）九月初四。太原秀容（今山西省忻州市）韩岩村人。元好问生活的时代，正是金元兴替之际，金朝由盛而衰被蒙古灭亡，蒙古本是金的臣属，崛起后征伐四方而灭掉金国。在这样大战乱大动荡的社会环境里，元好问也经历着国破家亡，流离逃难的痛苦煎熬。元好问是七百多年前我国金朝最有成就的作家和历史学家，是宋金对峙时期北方文学的主要代表，又是金元之际在文学上承前启后的桥梁。

元好问是一位才华横溢、多才多艺的文学家，在诗、词、文、曲、小说和文学批评方面均有造诣，诗歌成就尤高。今存诗 1361 首，内容丰富。部分诗篇生动反映了当时的社会动乱和百姓苦难。诗人善于用典型的场景、简洁的语言勾勒出国破家亡的惨状和时代的劫难，沉郁悲凉，追随老杜，堪称一代史诗。其写景诗，意境清新，音韵浏亮，耐人玩味。好问诗体裁多样，七言是其所长。《金史》本传称："其诗奇崛而绝雕刿，巧缛而谢绮丽。五言高古沉郁，七言乐府不用古题，特出新意，歌谣慷慨挟幽并之气。"好问词今传 377 首，感慨兴亡、言情咏物、登临怀古、送别赠答，题材广泛。其词艺术上以苏、辛为典范，博采众长，兼有豪放、婉约诸种风格，当为金代词坛第一人。好问散曲，用俗为雅，变故作新，具有开创性，存 9 首。《续夷坚志》为其笔记小说集，不乏优秀篇章。好问为金代文学批评之巨子，仿杜甫《戏为六绝句》体例所写《论诗绝句三十首》在文学批评史上影响颇大。好问所编金诗总集《中州集》（附金词总集《中州乐府》），为金代保存了可贵的文化资料。元好问还著有《遗山集》（40 卷）。

元好问像

元好问在文学上的最高成就还在于他的诗，其诗体裁多样，有五言古诗、七言古诗、五言绝、七言绝、五言律、七言律。诗的风格质朴沉郁，因他出仕时正是中原涂炭、铁马干戈的战乱年代，所以，他的诗多慷慨悲凉，有强烈的时代感，"奇崛而少雕刻，巧绮而谢绮丽"，以其独特的风格在金朝文学史上占有突出地位，被誉为一代宗师。他的诗描绘战争带给人民的痛苦、抒发了诗人的忧国之情。其中"离乱"是元好问

诗的重要题材，留下了不少名篇佳作。元好问的诗歌创作与其诗歌理论相符，“上薄风雅，中规李杜，粹然一出于正，直配苏黄氏”（郝经《遗山先生墓志铭》）。特别是那些表现金亡前后的丧乱诗，内容充实，现实性强，感情饱满，风格沉郁，颇具老杜之风，其诗如：

百二关河草不横，十年戎马暗秦京。岐阳西望无来信，陇水东流闻哭声。野蔓有情萦战骨，残阳何意照空城？从谁细向苍生问，争遣蚩尤作五兵？（《岐阳三首》之二）

万里荆襄入战尘，汴州门外即荆榛。蛟龙岂是池中物，虮虱空悲地上臣。乔木他年怀故国，野烟何处望行人。秋风不用吹华发，沧海横流要此身。（《壬辰十二月车驾东狩后即事五首》之四）

元好问在文学上的最高成就还在于他的诗，其诗体裁多样，有五言古诗、七言古诗、五言绝、七言绝、五言律、七言律。

这两首诗都悲愤虬结而深具力度，战争的巨大灾难给诗人带来的焦虑、痛苦以十分凝炼、集中的形式表现出来。前一首所写的战事虽发生在岐阳（今陕西凤翔一带），诗人则处于今河南省境内，但金王朝已一蹶不振，这样的祸难也随时可能降临到诗人头上。所以，他对此实有切肤之痛，篇末的“从谁细向苍苍问，争遣蚩尤作五兵”，已经不仅是基于对战区民众的同情，更是从自己命运出发的悲嘶。后一首虽有“乔木他年怀故国”之句，流露出对金王朝的情愫，但其重点仍在显示战祸的残酷。意谓汴梁（今河南开封）即将毁灭，只剩下乔木、野烟，再也没有行人了，与前一首中残阳空城的境界相仿。只是后一首还突出了对不能卫护国家的群臣的蔑视和对自己有能力挽狂澜于即倒的信心，较前一首的内容复杂；但无论哪一首都含有巨大的感情分量。这种浑厚、强烈的感情和由此导致的自然、丰富的想像，再配以高度的表现能力，就是元好问诗歌艺术成就的所在。

元好问文学成就的获得，与辽文学以来的、在中国北部文学中的任情率真的传统具有不可分割的联系。在元好问的诗歌创作中，已把辽文学以来的任情率真的特点与汉族在诗歌的艺术表现方面的积累有机地结合了起来，并取得了显著的成就。也正因此，以元好问为代表的金代文学具有与宋代文学的不同特色，和元代文学（尤其是元杂剧）的联系也比宋代文学来得密切。这种特色使元好问自己的诗词受到了后人相当高的评价。赵翼说："(遗山古体诗)构思窠渺，十步九折，愈折而意愈深，味愈隽，虽苏(轼)、陆（游）亦不及也。七言诗则更沉挚悲凉，自成声调，唐以来律诗之可歌可泣者，少陵十数联外，绝无嗣响，遗山则往往有之。"（《瓯北诗话》）况周颐评其词，则谓为"亦浑雅，亦博大，有骨干，有气象"（《蕙风词话》）。这些评价虽不精确，但也足以说明他在文学史上曾有过不小的影响。

集诸儒之大成，授百代之精深——朱熹

他的渊博的学识，使他成为著名的学者；他的精深的思想，使他成为第一流哲学家。尔后数百年中，他在中国思想界占统治地位，决不是偶然的。

——冯友兰

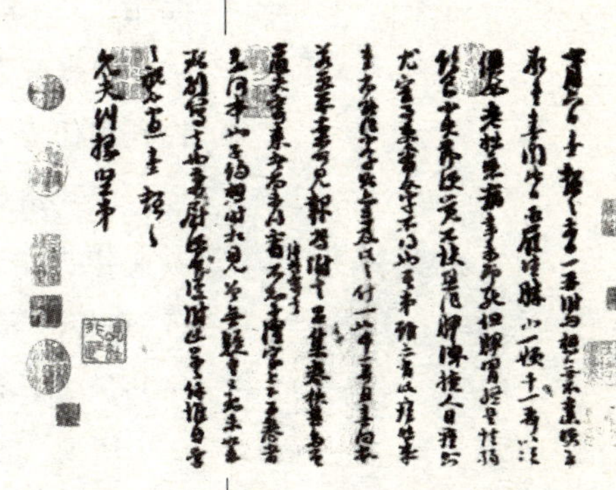

朱熹信札

宋代是中国儒学的复兴时代。宋儒吸取了玄学、佛学、道教的思想成果，根据新的时代要求，对儒家经典进行了再阐释、再创造，形成了被称为"道学"的新儒学，分化为"理学"与"心学"两大派别。在宋儒的众多著述中，影响最深广、最持久者，莫过于南宋理学家朱熹所撰的《四书集注》了。

朱熹，字元晦，改字仲晦，号晦庵，祖籍为徽州婺源

所谓《四书》，指《论语》、《孟子》、《大学》、《中庸》。经过朱熹著《四书集注》，《论语》、《孟子》、《大学》、《中庸》终于形成与“五经”同等重要的“四书”概念，“四书五经”成为儒家经典的总概括。

朱熹像

（今属江西），出生地是福建尤溪。其父名朱松，曾做过南宋朝廷的秘书官。他对汉高祖刘邦把儒生的帽子摘下来撒尿一事感到有点寒心，就不再戴儒生的帽子了，对朱熹，反而期望他长大以后能去打仗、守边关。但朱家长期受孔孟之道的熏陶，以儒学作为家教。朱熹10岁读《孟子》中的“圣人与我同类”一句时，非常高兴地决心学做圣人。最后，他父亲还是送他到书院读书。

绍兴十七年秋中举人，次年春登进士。淳熙八年十二月，任直秘阁受命巡视台州时，上书弹劾前太守唐仲友“违法扰民，贪污淫虐，蓄养亡命，偷盗官钱”，宰相王淮包庇，朱熹不畏权奸，连上书10次，皇帝终于罢免了唐仲友新任的江西提刑官一职。并上奏朝廷，指出当时南宋天下“如人有重病，内自心腹，外达四肢，无一毛一发不受病者”，提出“辅翼太子，选任大臣，振举纲纪，变化风俗，爱养民力，修明军政”六大政策。然而南宋皇帝昏庸无能，并未能采纳朱熹的良谏。

朱熹一生仕途坎坷，他以主要的精力从事著述和讲学。他利用任地方官的机会，先后复建白鹿书院，建立武夷精舍，重开岳麓书院，修设沧州精舍，对发展古代高等教育事业作出了重要贡献。朱熹的著述甚丰，有《近思录》、《诗集传》等，又有《朱文公文集》100卷、《朱子语类》140卷，而影响最大者则是《四书集注》。

所谓《四书》，指《论语》、《孟子》、《大学》、《中庸》。经过朱熹著《四书集注》，《论语》、《孟子》、《大学》、《中庸》终于形成与“五经”同等重要的“四书”概念，“四书五经”成为儒家经典的总概括。

《四书集注》全称《四书章句集注》，是朱熹在不同时间完成的。在《四书集注》中，朱熹对这四部不同时代的儒学著作进行了精心编排，把它们解释成一个有机的整体。朱熹认为，人们读《四书》，必须“先读《大学》，以定其规模；次读《论语》，以立其根本；次读《孟子》，以观其发越；次读《中庸》，以求古人之微妙处”（《朱子语类》）。这就是说，《四书》实际上是一个严密的思想体系，各书之间有其内在的、不可逾越的逻辑联系。《大学》是进入这个体系的大门，《论语》奠定了这个体系的基本思想，《孟子》是对这个体系的展开和发挥，而《中庸》则蕴含着这个体系的精髓。人们只有按照这个顺序读《四书》，才能步步深入，登堂入室，领会儒家义理，获得孔门真传。但实际上，朱熹在《四书集注》中精心设计的这个思想体系，并不是真正要恢复先秦儒学的本色与传统，而是依据他的理学思想重新解释儒学经典，由此来阐发自己的理学体系。可以说，《四书集注》的主旨就在于以理学注《四书》，以《四书》论理学。

朱熹著书图

朱熹著《四书集注》，在哲学史和文化史上的意义是双重的：一方面，他强调了“理”的意义，强调了人的精神境界和伦理道德的作用，强调了教化对人的改造和塑造的作用。在这里，他确实抓住并突出了人之所以为人、社会之所以为社会的根本。另一方面，他在人的个体价值与类价值、物质利益与精神境界之间，又过分强调了类价值、精神境界，而忽视了个体价值、物质利益。

他通过对儒家原典的解释，阐发了自己的思想，是对古代解释学的一大发展；他又把儒学原典视为不可超越的教条，把人们的思想局限在这些本本之中。

1313年，元仁宗皇帝下令科举考试以《四书》为主要内容，以《四书集注》为官方解释和立论根据。这种做法一直沿用到1905年废科举、兴学校。《四书集注》作为官方教科书和科举考试的标准，长达600年之久。

《四书集注》版本很多，现在容易找到的有《四书五经》（宋元人注，中国书店1984年影印）、《四书章句集注》（《新编诸子集成》第一辑，中华书局1983年版）。

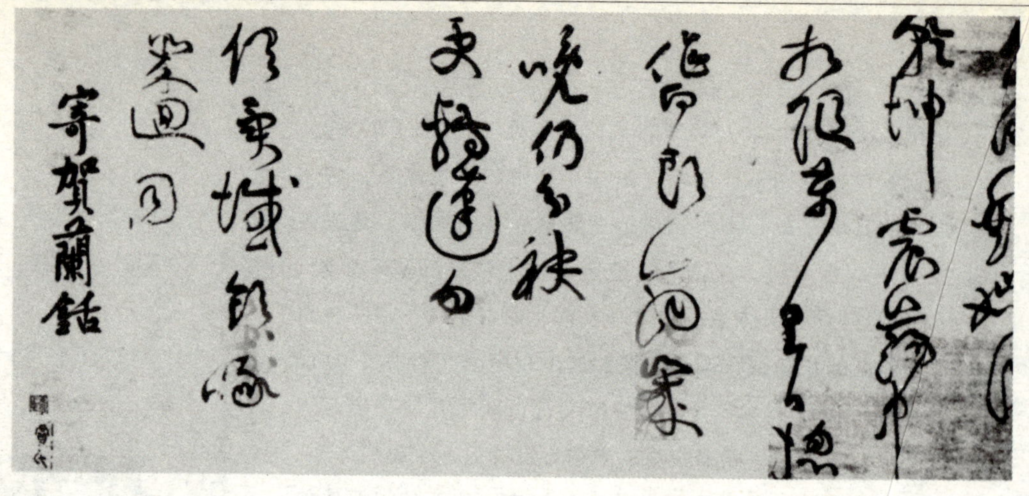

黄庭坚·杜甫寄贺兰铦诗

江西诗宗——黄庭坚

今代词手，惟秦七、黄九耳，唐诸人不逮也。

——陈师道《后山诗话》

黄山谷词，用意深至，自非小才所能办。惟故以生字、俚语侮弄世俗，若为金、元曲家滥觞。

——刘熙载《艺概》

黄庭坚像

黄庭坚自幼聪颖好学，5岁能背诵五经，7岁写了一首《牧童诗》：“骑牛远远过前村，吹笛风斜隔岸闻。多少长安名利客，机关用尽不如君。”因此他的父亲黄庶非常喜爱他。他的舅父李常时常来黄家，随便从书架上取书一本查问黄庭坚，他都能对答如流。李常为之惊奇，称他有“一日千里之功”。长大后，黄庭坚果然在文学上成就非凡，与张耒、秦观、晁补之并称为“苏门四学士”，后来又与苏轼齐名，世称“苏黄”。黄庭坚最重要的成就是诗。他在宋代影响颇大，开创了江西诗派，被江西诗派推为一祖（杜甫）三宗中的三宗之首。有《豫章黄先生文集》、自选诗集《严华疏》、《松风阁诗》、《幽兰赋》等。他又能作词，遗作有《山谷集》。

文学史上一般是这么来记载黄庭坚生平的：

黄庭坚（1045年~1105年），字鲁直，自号山谷道人，晚号涪翁，洪州分宁（今江西修水）人。其父黄庶是专学杜甫诗的诗人，舅父李常是藏书家。黄庭坚生长在文学氛围浓厚的家庭，自幼好学，博览经史百家。英宗治平四年（1067）登进士第。曾入京编修《神宗实录》，《实录》修成，黄庭坚迁起居舍人。后遭诬枉，被贬涪州（今四川涪陵）、黔州（今四川彭水）等地，死于贬所。

虽然只是寥寥几笔，也可以让我们窥豹一斑，了解诗人的生平对我们理解诗人的文学主张和创作实践会有所助益。尤其是这里提到的曾“遭诬枉”的经历，使得黄庭坚在文学观上主张“温柔敦厚”的，在诗歌创作中多写个人生活，且谓诗歌不当有“散谤侵陵”的内容，这在很大程度上带有为了避祸而自我抑制的因素。

黄庭坚的文学主张呈矛盾状态。他有时过于强调继承，尤其强调读书查据，以故为新，“无一字无来处”，从前人现成的学问和诗句中“点铁成金”、“换骨夺胎”，强调“诗词高胜要从学问中来”（《苕溪渔隐丛话》前集卷47）。有时他又很强调创新和自成一家，说“文章最忌随人后”（《赠谢敞王博喻》），“随人作计终后人，自成一家始逼真”（《以右军书数种赠丘十四》）。但不管继承还是创新，黄庭坚多把注意力放在外在的表现形式上，忽视了社会生活这个创作的根本源泉，造成了“重流轻源”的根本缺欠。加之他明确反对以诗干政，反对以诗“强谏诤于庭，怨愤诟于道”，认为这样做是“怒邻骂座之为也”（《书王知载朐山杂咏后》），从而使他的诗忽视了社会生活减少了感情色彩，流入表现“不怨之怨”的温柔敦厚的诗风

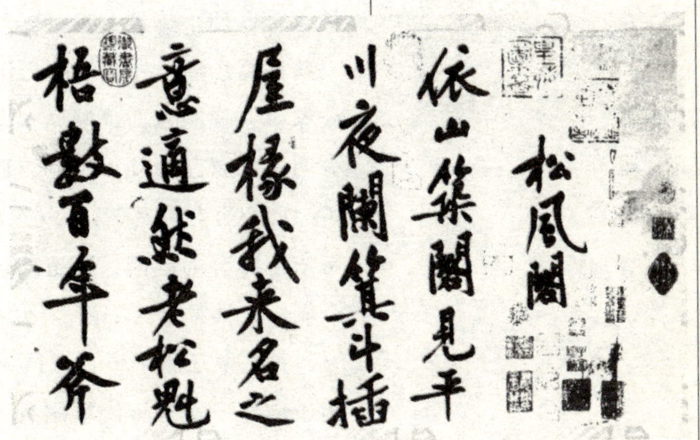

黄庭坚·松风阁诗卷(部分)

黄庭坚·廉颇蔺相如传卷(部分)

黄庭坚还善于将“点铁成金”、“换骨夺胎”等理论运用于创作中，善于使事用典，广征博引，堪称以学问为诗的典型，其佳者也确实能“以故为新”，化腐朽为神奇。

之中。

但由于黄庭坚胸襟旷达，学识渊博，功力深厚，创作态度谨严，因而在诗歌创作上确能独树一帜，有鲜明的个性。黄庭坚的诗在艺术成就上虽称不上“本朝诗家宗祖”(《后村大全集》卷95)，但他确实是一个极富“宋调”的作家。他存诗1600首，内容丰富。其中写得最多最好的当是那些表现自我形象的作品，其次是品评艺术及咏物之作。也有少数作品接触到了北宋中晚期的社会生活。他的诗求深务奇，追求一种戛戛独造、生新瘦硬的意境和情韵。尚奇，成了后人对他的一致评价。他的尚奇虽也多表现在布局谋篇、使事炼调、修辞选韵等文学形式上，但终产生了一些格高意远、神兀气傲之作。如《登快阁》：“痴儿了却公家事，快阁东西倚晚晴。落木千山天远大，澄江一道月分明。朱弦已为佳人绝，青眼聊因美酒横。万里归船弄长笛，此心吾与白鸥盟。”既有杜甫的骨力，李白的豪劲，又有宋人特有的健朗，而造句炼意，尤其是第二、三联瘦硬奇崛，独具黄诗的本色。

黄庭坚还善于将“点铁成金”、“换骨夺胎”等理论运用于创作中，善于使事用典，广征博引，堪称以学问为诗的典型，其佳者也确实能“以故为新”，化腐朽为神奇，如

《寄黄几复》：“我居北海君南海，寄雁传书谢不能。桃李春风一杯酒，江湖夜雨十年灯。持家但有四立壁，治病不蕲三折肱。想得读书头已白，隔溪猿哭瘴烟藤。”全诗多处使用了《左传》及《史记》中的典故，但安排得非常自然，再加上“桃李”一联造用语工新奇巧，确属佳作。但黄诗也有弄巧成拙，点金成铁者。

总的说来，黄庭坚生活视野不广，又过多地从技巧上下功夫，讲究用字有来处，力求以故为新，“宁律不谐，而不使句弱，用字不工，不使语俗”（《题意可诗后》），这就不免有晦涩生硬之弊，而一些学者“未得其所长，而先得其所短”（《岁寒堂诗话》），变本加厉地发展了他的弱点。这就使江西诗风引起了人们的不满和讥评。王若虚说：“山谷之诗有奇而无妙，有斩绝而无横放，铺张学问以为富，点化陈腐以为新，而浑然天成、如肺肝中流出者不足也。此所以力追东坡而不及欤！”（《滹南诗话》）这段话评议黄庭坚诗歌中的不是，是比较中肯的。

知道点

中国文学

牢笼万态杂剧兴

——元代文学

响当当的铜豌豆——关汉卿

有日月朝暮悬，有鬼神掌着生死权。天地也只合把清浊分辨，可怎生糊突了盗跖颜渊：为善的受贫穷更命短，造恶的享富贵又寿延。天地也，做得个怕硬欺软，却原来也这般顺水推船。地也，你不分好歹何为地。天也，你错勘贤愚枉做天！

——《窦娥冤》

不是我窦娥发下这等无头愿，委实的冤情不浅。若没些儿灵圣与世人传，也不见得湛湛青天。我不要半星热血红尘洒，都只在八尺旗枪素练悬。等他四下里皆瞧见，这就是咱苌弘化碧，望帝啼鹃。

——《窦娥冤》

在元代戏曲史上，有一粒蒸不烂、煮不熟、捶不扁、炒不爆、响当当的铜豌豆，那就是关汉卿。关汉卿的生平事迹后人所记不甚详，但单从本文题引中来自他的《窦娥冤》的两段话，即可见出他耿直、坚毅的性格与文风。关汉卿和他笔下的窦娥，都是有着蒸不烂、煮不熟、捶不扁、炒不爆、响当当的铜豌豆精神的人物，他们成为中国人精

关汉卿像

关汉卿，元代杂剧作家，号已斋（一作一斋），大都（今北京市）人，《窦娥冤》、《救风尘》、《望江亭》、《拜月亭》、《鲁斋郎》、《单刀会》、《调风月》等，是他的代表作。

神文化史上无法绕过的丰碑。

关汉卿，元代杂剧作家，号已斋（一作一斋），大都（今北京市）人，又说祁州（在今河北）、解州（在今山西）人。约生于金末或元太宗时，贾仲明《录鬼簿》吊词称他为“驱梨园领袖，总编修师首，捻杂剧班头”，可见他在元代剧坛上的地位。据各种文献资料记载，关汉卿编有杂剧67部，现存18部。个别作品是否是关汉卿手笔，学术界尚有分歧。其中《窦娥冤》、《救风尘》、《望江亭》、《拜月亭》、《鲁斋郎》、《单刀会》、《调风月》等，是他的代表作。我们着重介绍、评析他的《窦娥冤》。

《窦娥冤》插图

《窦娥冤》写窦娥被无赖诬陷，又被官府错判斩刑的冤屈故事。全剧四折一楔子。剧情是：楚州贫儒窦天章因无钱进京赶考，无奈之下将幼女窦娥卖给蔡婆家为童养媳。窦娥婚后丈夫去世，婆媳相依为命。蔡婆外出讨债时遇到流氓张驴儿父子，被其胁迫。张驴儿企图霸占窦娥，见她不从便想毒死蔡婆以要挟窦娥，不料误毙其父。张驴儿诬告窦娥杀人，官府严刑逼讯婆媳二人，窦娥为救蔡婆自认杀人，被判斩刑。窦娥在临刑之时指天为誓，死后将血溅白练、六月降雪、大旱三年，以明己冤，后来果然都应验。三年后窦天章任廉访使至楚州，见窦娥鬼魂出现，于是重审此案，为窦娥申冤。

在《窦娥冤》中，县官是个小丑角色，好笑得很，糊涂得很，让人发噱。关汉卿在有关窦娥生死攸关的地方出现这样一个小丑人物，让他来决定窦娥的命运。县官一上场就自言贪爱钱财：“告状来的要金银。”当张驴儿等人跪时，他也跪，从衙役的话中得知，县官是向着来告状的张驴儿跪的，还说来告状的人是他的衣食父母。而后来窦娥申诉冤情，说得详详细细合情合理却不被理睬，而张驴儿言词张狂无甚道理却言听计从。然而所谓“无巧不成书”，给窦娥平反昭雪的清官是她的父亲，窦娥的亲生父亲能否做最公正的评判者？窦天章的出现，到底是以一个主持公道者的身份，还是冤屈连及者的身份？作为窦娥的嫡亲亲人，谁能说他为窦娥说的好话是最能说服人的？他替窦娥平反，倒像是有替女儿复仇的嫌疑了。若设置一个局外人以清官的身份出现，来重新审理这个案件，更能以冤案的揭露所造成的旁人心灵的震撼来烘托窦娥的冤情，能让人对窦娥更加肃然起敬。但若转念一想，似乎作者有另一种考虑。作者让窦娥的案子放到她父亲的手中，来展示窦天章这一理想知识分子的形象。窦天章一听女儿端云就是药死公公的窦娥，就大声斥责窦娥，重申三从四德，并声称要将她更加严厉地处置，丝毫不顾及亲子之情。但当得知窦娥原是因遵守三从四德而受冤，于是为她平反昭雪，且为她超度升天。这样就有了史书里时常标榜的“赏罚不避亲”的意味：即使是自己的亲人，若犯罪当然责罚，若应受奖也该公正地给予奖励。从而看出第四折不是纯为替窦娥平反昭雪而设，却也是为了展示理想官吏的品格而设。

虽然窦娥发表过怨天骂地的过激言辞，但她骂归骂，骂了依旧遵扬封建社会的道德观念，变成了鬼也要维护自己不辱身份遵循道德的事实。作者写窦娥对道德的恪守之余，再用窦天章写遵循道德，他们俩的形象相叠，来加重一个主题：对遵奉封建道德的高洁志士的颂扬。由此可以推断出关汉卿有很强的道德观，他是一个将封建道德内化成自己骨骼的人，却也叫人肃然起敬。

愿天下姻眷皆完聚——王实甫

风月营，密匝匝列旌旗。莺花寨，明飐飐排剑戟。翠红乡，雄赳赳施谋智。作词章，风韵美，士林中等辈伏低。新杂剧，旧传奇，《西厢记》天下夺魁。

——贾仲明《凌波仙》

在中国古代剧坛上，王实甫是元代杂剧作家的杰出代表。他的杂剧《西厢记》自问世以来，便使无数青年男女为之倾倒、痴迷，就以爱情为题材的杂剧而言，《西厢记》可以说是一座巍巍丰碑。

在中国古代剧坛上，王实甫是元代杂剧作家的杰出代表。他的杂剧《西厢记》自问世以来，便使无数青年男女为之倾倒、痴迷，就以爱情为题材的杂剧而言，《西厢记》可以说是一座巍巍丰碑。

王实甫，名德信，大都（今北京）人。生卒年月和经历因资料太少，难以确定。

根据《录鬼簿》和《太和正音谱》等的记载，王实甫所作杂剧共14种，其中多数皆佚，全存的仅有《西厢记》、《丽春堂》、《破窑记》3种，各存曲一折的有《贩茶船》、《芙蓉亭》2种。此外，王实甫还创作过不少散曲，但流传极少。

《西厢记》的故事源于中唐诗人元稹的传奇《莺莺传》，许多文人骚客以这个故事为蓝本，创作了各种戏曲形式的作品。到元统一中国后，各种流行的戏曲、讲唱，在大都、杭州等地会聚，南北戏曲得到交流，为王实甫写《西厢记》提供了可借鉴、创新的基础。他集中了前人的成果，经重新改造加工，创造了一部五本多折的连续演出的杂剧，使《西厢记》的内容形式臻于完美，成为一出千古绝唱。

张生与崔莺莺

《西厢记》通过张生和崔莺莺自由恋爱，在丫鬟红娘的帮助下，以执着的精神，战胜相国夫人阻挠破坏的故事，反映了中国封建社会中期青年男女反对封建婚姻制度、勇敢地同门阀观

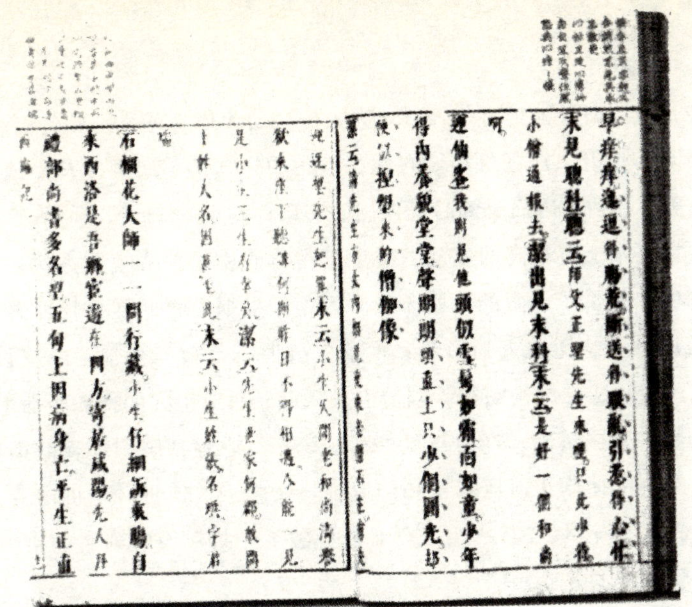
早痒痒迤逗得腸荒斷送得眼亂引惹得心忙
末見聰科聰云師父正望先生來哩只此少待
小僧通報去潔出見末科末云是好一個和尚
呵
迎仙客我則見他頭似雪鬢如霜面如童少年
得內養貌堂堂聲朗朗頭直上只少個圓光却
便似捏塑來的僧伽像
潔云請先生方丈內相見夜來老僧不在有失迎
迓望先生恕罪末云小生久聞老和尚清譽
欲來座下聽講何期昨日不得相遇今能一見
是小生三生有幸矣潔云先生世家何郡敢問
上姓大名因甚至此末云小生姓張名珙字君
瑞
石榴花大師一一問行藏小生仔細訴衷腸自
來西洛是吾鄉宦遊在四方寄居咸陽先人拜
禮部尚書多名望五旬上因病身亡平生正直
西廂記

《西厢记》书影

念决裂，要求自由择配偶的强烈愿望，揭露了以崔夫人为代表的封建卫道者的虚伪，提出了“愿普天下有情人都成眷属”这一美好的婚姻理想。

作品着力塑造了莺莺、张生、红娘这几个典型形象。莺莺是一位温柔沉静的贵族少女，她貌若天仙，既有大家闺秀的贤淑，又有贵族少女的文才。然而礼教的约束，尤其是包办婚姻的无奈，使她内心痛苦难言。在与张生自由恋爱，并与老夫人明争暗斗的过程中，她显示出了一个大家闺秀的矜持和稳重，以及可贵的反抗精神和对爱情的执着。

张生的形象也极富个性。他出生于没落的官宦家庭，在对莺莺的追求过程中，显示出了多方面的个性，时而单纯得至于轻信，时而机敏，时而刚强……总之，忠诚、正直、正义是他性格的核心，可笑痴呆而又可爱，鲁莽直率又可亲，从他身上，同样可以看到那个时代青年的爱情理想。

红娘是中国文学史上第一个成功的奴婢形象。她聪明伶俐、富有正义感，她大胆支持崔、张的爱情活动，敢于对抗相国夫人，在“拷红”戏中，她性格的闪光点全部迸发出来。在老夫人的拷问下，一方面迫于威势，将崔、张

《西厢记》在艺术上有很高的成就，是中国古典戏剧的现实主义杰作，为明清以来的戏剧创作提供了宝贵的经验。

的隐情如实相告，一方面又强辩力争，以老夫人的言而无信为理由，反戈相击，显示出聪明的特点和侠肝义胆的性格。在她身上集中体现了下层人民自发地冲击礼教的精神及美好品质，因而受到后世人们的交口称赞。

《西厢记》在艺术上有很高的成就，是中国古典戏剧的现实主义杰作，为明清以来的戏剧创作提供了宝贵的经验。王实甫善于根据人物的性格特征来展开错综复杂的戏剧冲突，塑造人物形象；情节安排曲折复杂，全剧一波三折，波澜壮阔，而又一气呵成，结构完整，剧情引人入胜，具有很强的舞台生命力；作者善于描绘景物，营造氛围，抒情与写景和谐统一，心理刻画与环境渲染融为一体；作者对杂剧的体制也有所革新和创造，将杂剧一本四折、每折由一人唱到底的通例，改造为五本二十一折，且部分打破了一折一人唱到底的束缚，为杂剧艺术的发展作出了贡献。

《西厢记》具有广泛持久的影响。自它问世以来，就得到戏剧家、评论家的高度赞赏。明人都穆说“北词以《西厢记》为首”（《南濠诗话》），王世贞称《西厢记》为北曲的压卷之作，王骥德认为杂剧南戏之中，“法与词两善其极，唯实甫《西厢记》可当之”，称之为“千古绝技”（《曲律》）。

明代著名思想家李贽在《焚书》中，对《西厢记》出神入化的艺术技巧发出由衷赞叹；清代戏曲家李渔更下了这样一个结论：“自《西厢记》而迄于今，四百余载，推《西厢记》为填词第一者，不知几千万。”（《闲情偶寄》）

对戏剧创作，《西厢记》也显示出超凡的影响。他开创的青年男女密约幽期，反抗家长专制，最后走向喜剧大团圆结局的模式，形成后世的一个基本套路。明清以来，以爱情为题材的戏剧受其影响，几乎是普遍的现象，即使爱情小说，如《红楼梦》也都不同程度地留有《西厢记》的某些印记，至于其他遍及天下的言情小说，受其才子佳人恋爱格局的影响，更是不胜枚举。

《西厢记》不仅受到中国人民的喜爱，而且得到世界人民的欢迎。自19世纪末以来，《西厢记》就被翻译成拉丁文和英文，虽然是零折翻译，但毕竟开始走出国门走向世界。

迄今为止，已经有多种文字的译本在各国出现。可见，《西厢记》已经成为世界文学宝库中的一颗明珠，用一位日本汉学家的话说，它已“成为世界戏剧史上的伟大文学作品了”。

曲状元——马致远

万花丛中马神仙，百世集中说致远，四方海内皆谈美。

——贯仲明《凌波仙》

马致远 (1250 年~1323 年)，其名不详，致远为字，号东篱。生卒年不详，只知其晚于关汉卿、白朴，而早于散曲家张可久。大都人，曾任江浙行省务官，生平事迹不详。从他的散曲作品中，约略可以知道，他年轻时热衷功名，有“佐国心，拿云手”的政治抱负，但一直没能实现，经过了“二十年漂泊生涯”之后，他看透了人生的宠辱，遂有退隐林泉的念头，晚年过着“林间友”、“世外客”的闲适生活。马致远早年即参加了杂剧创作，加入过“书会”，与文士王伯成、李时中，艺人花李郎、红字李二都有交往，也是当时最著名的“四大家”之一。

吹笛·击节板陶俑

马致远从事杂剧创作的时间很长，名气也很大，有“曲状元”之誉。他的作品见于着录的有 15 种，今存《汉宫秋》、《荐福碑》、《岳阳楼》、《青衫泪》、《陈抟高卧》、《任风子》6 种，另有《黄粱梦》，是他和几位艺人合作的。

《汉宫秋》是马致远早期的作品，也是马致远杂剧中最著名的一种，敷演王昭君出塞和亲故事。马致远的《汉宫秋》在传说的基础上再加以虚构，突出昭君出塞是在匈奴武力胁迫下进行的构想，把王昭君与汉元帝之间的关系写成了爱情关系。

在故事的结局处理上，他写王昭君未入匈奴境内而投江自杀，从而表现出昭君对祖国和故土的情感和眷恋。剧中把王昭君出塞的目的描述成为了汉室江山而和蕃，并借王昭君之口表现了她勇于承担大任的无私品质，赋予王昭君以新的形象，歌颂了那种在民族矛盾中保持崇高气节的精神。

《汉宫秋》一改史书中昭君和亲的史实，将和亲故事放在了民族矛盾十分突出的历史背景下，使故事笼罩在浓重的悲剧气氛中。这种改变，反映了作为失意的汉族知识分子的作者，对蒙古统治的怨愤，借昭君故事来抒发誓不与元统治者合作的民族情绪。从这个思想内容来看，《汉宫秋》杂剧的产生和流传，是元灭金、灭宋的历史转折时期统治集团内部矛盾与民族矛盾在戏曲舞台上的集中反映，表现了爱国主义的思想倾向。第四折写了汉元帝在秋夜雁声中对昭君的思念，也渗入了作者对民族矛盾中许多人家破人亡的感慨。由于作者的历史和阶级局限，他不可能理解历史上王昭君出塞和亲的积极意义，对汉元帝过于同情和美化，感伤情调也比较浓。

《汉宫秋》曲词清丽潇洒，音律和谐华美，剧情婉转复杂，具有强烈的抒情性，文学艺术成就很高，取得了动人心弦的艺术效果。第三折通过深秋的萧瑟和深宫的冷落衬托离情别绪。第四折借长空孤雁的悲鸣，抒发元帝对王嫱（昭君）的怀念。都写得很动人。大段大段凄婉哀怨的唱词，表现出汉元帝对情人的无限思恋，把剧本的悲剧气氛渲染得愈加浓郁。这里在塑造戏剧人物的同时，也直接抒发了作者对历史变迁、人生无常的感叹。

《荐福碑》也是马致远的早期剧作，写落魄书生张镐时运不济，一再倒霉，甚至到荐福寺长老让他拓印庙中碑文，卖钱作进京赶考的盘缠的时候，半夜里都会有雷电把碑文击毁。后时来运转，在范仲淹的资助下考取状元，飞黄腾达。剧本通过主人公的不幸遭遇，抨击了当时的社会现实中贤愚不分、是非颠倒的丑恶现象，间接地表白了作者怀才不遇的思想感情。他在剧本中借主人公之口，讽刺和诅咒当时社会："这壁拦住贤路，那壁又挡住仕途。如今这越聪明越受聪明苦，越痴呆越享了痴呆福，越糊涂越有了糊涂富。"

《青衫泪》是由白居易《琵琶行》敷演而成的爱情剧，虚构了白居易与妓女裴兴奴的悲欢离合故事。

马致远写得最多的是"神仙道化"剧。这些剧作宣扬人生如梦，要求人们真心诚意，修心养性，归隐山林，弃绝欲念，学仙修道。《岳阳楼》、《陈抟高卧》、《任风子》以及《黄粱梦》，都是演述全真教事迹，宣扬全真教教义的。这些道教神仙故事，主要倾向都是宣扬浮生若梦、富贵功名不足凭，要人们一空"人""我"是非，摆脱家庭妻小在内的一切羁绊，在山林隐逸和寻仙访道中获得解脱与自由。剧中主张回避现实矛盾，反对人们为争取自身的现实利益而斗争，这是一种懦弱的悲观厌世的态度。但另一方面，剧中也对社会现状提出了批判，对以功名事业为核心的传统价值观提出了否定，把人生的“自适”放在更重要的位置，这也包含着重视个体存在价值的意义，虽然作者未能找到实现个体价值的合理途径。

在众多的元杂剧作家中，马致远的创作最集中地表现了当时文人的内心矛盾和思想苦闷，并由此反映了一个时代的文化特征。与此相关联，马致远的剧作，写实的能力并不强，人物形象的塑造也不怎么突出，戏剧冲突通常缺乏紧张性，而自我表现的成分却很多。马致远大多数杂剧的戏剧效果并不是很强。前人对他的杂剧评价很高，主要有两个原因：一是剧中所抒发的人生情绪容易引起旧时代文人的共鸣，再就是语言艺术高超。

马致远同时也是撰写散曲的高手，是元代散曲大家，今存散曲约130多首，他的写景作如《秋思》，如诗如画，余韵无穷。他的叹世之作也能挥洒淋漓地表达情性，他在元代散曲作家中，被看做是“豪放”派的主将，他虽也有清婉的作品，但以疏宕豪放为主，他的语言熔诗词与口语为一炉，创造了曲的独特意境。

马致远的艺术才能得到后人很高的评价，元代后期的周德清尊马致远为四大家之一，明代的朱权更将马致远列于元曲家之首。总的来说，马致远擅长悲剧性的抒情，情调凄凉、悲愤，曲词老健、宏丽，是一位独具艺术特色的杂剧作家。

墙头马上道白朴

元人咏马嵬事无虑数十家，白仁甫《梧桐雨》剧为最。

——李调元

白朴（公元1226年~1306年），原名恒，字仁甫，后改名朴，字太素，号兰谷。祖籍澳州（今山西曲沃），后迁居真定（今河北正定），晚岁寓居金陵（今南京市）。其父白华，曾任金朝枢密院判官，又是著名文士。白朴出生时，金王朝已经在南宋和蒙古的两面夹击下处于岌岌可危的状态，八九年后，为蒙古所灭。白朴幼年经历颠沛流离的生活，母亲也死于战乱中，心灵饱受创伤，长大后又曾漂流于大江南北，看到了社会凋残山河破碎的情况，心情十分沉重。蒙古统治者的残暴掠夺，使白朴心灵上的伤痕难以平复，他对蒙古统治者充满了厌恶的情绪，兵荒马乱中母子相失，使他常有疮痍满目之叹，更感到为统治者效劳的可悲。因此，他放弃了官场名利的争逐，而以亡国遗民，以词赋为专门之业，用歌声宣泄自己胸中的郁积。

白朴出身于具有浓厚文学氛围的家庭，少年时又随著名诗人元好问学诗词古文，在传统的文人文学方面有相当好的素养。在元代，他是最早以文学世家的名士身份投身于戏剧创作的作家。历来评论元代杂剧，都称他与关汉卿、马致远、郑光祖为元杂剧四大家。他的剧作见于着录的有 16 种，完整留存的有《墙头马上》与《梧桐雨》2 种。

《墙头马上》全名《裴少俊墙头马上》，是白朴最出色的剧作，是一部充满斗争精神的喜剧，有着浓重的市民色彩。《墙头马上》与关汉卿的《拜月亭》、王实甫的《西厢记》、郑光祖的《倩女离魂》合称为元人四大爱情剧。作品受白居易《新乐府·井底引银瓶》一诗的启发，剧中写裴少俊奉父命由长安去洛阳选买奇花异卉，骑马过李世杰花园，和李世杰女李千金隔墙以诗赠答。当晚私约后园，为李家乳妪撞见，二人遂私奔到长安，居裴家后花园 7 年，生一子一女。后被少俊父裴行俭发现，强令少俊休妻而留下子女。千金回到洛阳，父母亡故，在家守节。少俊中进士后，与李千金正式完婚。全剧结构严谨而情节变化合情合理。有些曲词本色通俗，真实生动，而且性格化。作品正面歌颂了青年男女对自由婚姻的合理要求和对封建婚姻制度的斗争，塑造了李千金的光辉形象。

李千金是剧中最重要和最具有个性的人物。她不但一开始就主动约裴少俊幽会，声称“既待要暗偷期，咱先有意，爱别人可舍了自己”，而且自始至终，都是理直气壮地为自己的私奔行为辩护，用泼辣的语言回击裴尚书等人对于自己的指责。在“大团圆”的庆宴上，她还这样唱道：“只一个卓王孙气量卷江湖，卓文君美貌无如。他一时窃听求凰曲，异日同乘驷马车，也是他前生福。怎将我墙头马上，偏输却沽酒当垆。”她还一再地大胆表述对于满足情欲的要求，如刚出场的唱词：“我若还招得个风流女婿，怎肯教费工夫学画远山眉。宁可教银釭高照，锦帐低垂，菡萏花深鸳并宿，梧桐枝隐凤双栖。这千金良夜，一刻春宵，谁管我衾单枕独数更长，则这半床锦褥枉呼做鸳鸯被。”总之，通过李千金这一人物的行动和语言，剧本对自由的爱情、非礼的私奔、男女的情欲都作出率直坦露、毫无畏怯的肯定和赞美，比之《西厢记》更有一种勇敢的气派。这一人物形象与她的剧中身份实际是不相符的，在她身上，更多地表现出市井女子的性格和市民社会的市俗化趣味。与这样的人物形象及思想情趣相适应，《墙头马上》的语言，以本色通俗、朴素生动为主要特点。

与《墙头马上》的世俗化倾向和本色的语言不同，白朴的另一剧作《梧桐雨》更多地表现出文人化的趣味，尤其以典雅优美、富于抒情诗特征的曲词著名。《梧桐雨》，全名《唐明皇秋夜梧桐雨》，取材于唐人陈鸿《长恨歌传》，标目取自白居易《长恨歌》“秋雨梧桐叶落时”诗句。剧中描写李隆基和杨贵妃的爱情故事。杂剧前三折写李隆基自以为太平无事，宠幸杨贵妃，朝歌暮宴，无有虚日，导致“渔阳鼙鼓动地来，惊破霓裳羽衣曲”的安史之乱和“六军不发无奈何，宛转蛾眉马前死”的马嵬兵变，通过舞台艺术形象表现封建王朝盛极而衰的历史过程。第四折根据《长恨歌》“春风桃李花开日，秋雨梧桐叶落时”的诗意，写安史叛乱平定后，李隆基从西蜀回京，退居西宫，梦见杨贵妃在长生殿设宴，请他赴席，梨园子弟正准备演出，他却被窗外一阵阵梧桐上的雨声惊醒。全剧以李、杨爱情为主线反映了安史之乱这一重大历史事件及唐王朝由盛至衰的过程。

《梧桐雨》的抒情气氛特别浓郁，并通过大量化用古典诗词的意境、意象，把语言写得非常华美。尤其是第四折，全部23支曲子几乎都是唐明皇的内心独白，写他的忆旧、伤逝、相思、愧悔、孤独、哀愁等种种心情，是全剧最精彩的部分。其中后13支曲子，通过对秋雨梧桐的描写，反复地把凄凉萧瑟的环境与人物的心境相互映照，彼此交融，获得强烈的抒情效果。这里仅取最后一曲《黄钟煞》的末节为例：

斟量来这一宵，雨和人紧厮熬。伴铜壶点点敲，雨更多泪不少。雨湿寒梢，泪染龙袍，不肯相饶，共隔着一树梧桐直滴到晓。

在《梧桐雨》里，白朴把梧桐与杨、李的悲欢离合联系起来。李隆基对着梧桐回忆：“当初妃子舞翠盘时，在此树下；寡人与妃子盟誓时，亦对此树；今日梦境相寻，又被它惊觉了。”这点明了梧桐在整个剧本艺术构思中的作用。在我国的诗文中，梧桐的形象，本身即包含着伤悼、孤独、寂寞的意蕴。白朴让梧桐作为世事变幻的见证，让雨湿寒梢、高敲愁助恨的景象，搅动了沉淀在人们意识中的凄怨感受，从而使剧本获得了独特的艺术效果。加上作者以10多支曲子，细致地描绘李隆基哀伤的心境；沉痛伤悲的语言，也使人荡气回肠，更能透过人物的遭遇感受到江山满眼、物是人非的怆痛。可以说，《梧桐雨》的戏剧冲突生动跌宕，笔墨酣畅优美，而构筑的意境则深沉含蓄。浓重的抒情性以及醇厚的诗味，使这部历史剧成为元代文坛的一朵奇葩。

另外，白朴的词流传至今一百余首，内容大抵是叹世、咏景和闺怨之作，艺术上以清丽见长。他的“叹世”、“写景”之作，如〔沉醉东风〕《渔夫》〔寄生草〕《劝饮》〔天净沙〕《春、夏、秋、冬》等曲，俊爽高远，以情写景，情景交融。闺情作品以〔仙吕·点绛唇〕散套为其代表作，文词秀丽工整。还有一些小令汲取民间情歌特点，显得清新活泼。白朴的词作，在他生前就已编订成集，名曰《天籁集》。他的词作，承袭元好问长短句的格调，跌宕沉详，天然古朴。

曲词最甚的杂剧家——郑光祖

其词出语不凡，若咳唾落乎九天，临风生珠玉，诚杰作也。

——朱权《太和正音谱》

郑德辉清丽芊绵，自成馨逸，不失为第一流。

——王国维《宋元戏曲史》

《倩女离魂》的电影曾一拍再拍，一播再播，前些日子，《倩女离魂》的电视连续剧也播得如火如荼，再加上最近卡通版《小倩》的出现，相信不知道《倩女离魂》这个故事的人是少之又少，可是，也许大多数的人却并不知道这个故事来自何处。这个故事最早出现在唐人陈玄佑的传奇《离魂记》中，最终成形于郑光祖的杂剧《倩女离魂》，我们现在所拍的电影、电视剧都是在郑光祖的杂剧剧本的基础上改编的。除了《倩女离魂》以外，郑光祖还有很多有趣的杂剧流传下来，接下来我们就对郑光祖其人及作品进行详细的了解。

郑光祖，字德辉，平阳襄陵（今山西襄汾县）人，生卒年不详。他是元代后期一位著名的剧作家，与关汉卿、马致远、白朴并称为“元曲四大家”。在元代后期的杂剧作家中，他的活动时期较长，作品流传甚广。有关郑光祖的生平事迹没有留下多少记载，从钟嗣成《录鬼簿》中，我们知道他早年以习儒为业，后来补授杭州路为吏，因而南居。他“为人方直”，不善与官场人物相交往，因此，官场诸公很瞧不起他。可以想见，他的官场生活是很艰难的。杭州的美丽风景，和那里的伶人歌女，不断地触发着他的感情，使本来颇具文学才情的他开始了杂剧创作。

据文学戏剧界的学者考证，郑光祖一生写过18种杂剧剧本，流传于世者8种，仅留残曲者1种。从流传下来的8个剧目看，《辅成王周公摄政》、《立成汤伊尹耕莘》、《钟离春智勇定齐》、《虎牢关三战吕布》、《程咬金斧劈老君堂》等5个剧目，写的是历史故事；《迷青琐倩女离魂》、《梅香翰林风月》写的是爱情故事；《醉思乡王粲登楼》则写的是封建时代知识分子穷困潦倒、怀才不遇的故事。作品题材范围之广，数量之多，质量之高，与同期作家相比，他居首位。他的作品大都具有深刻的思想内容，闪烁着璀璨的艺术光彩。

《迷青琐倩女离魂》简称《倩女离魂》，是郑光祖的代表作，也是元后期杂剧中最优秀的作品。剧情大略是这样：王文举和张倩女原是“指腹为亲”的未婚夫妻。倩女的母亲嫌文举功名未就，不许他与倩女成婚。文举上京应试后，倩女相思成疾，致灵魂离开躯体，追赶文举赴京。文举得官后和倩女回到家中，她的灵魂和那卧病在床的躯体又合而为一，一家遂欢宴成亲。这一剧作不仅情节离奇，而且在离奇的情节中表现了较为深刻的内涵。在根本上，它指出了人的天然情感的不可抑制，正如倩女所唱的“你不拘箝我可倒不想，你把我越间阻越思量”，伸张了人们追求自由幸福的思想。

在艺术描写方面，《倩女离魂》具有浓厚的抒情气息，笔墨细腻但并不感纤巧，文词精美却不显雕琢。第三折写倩女卧病相思，自怜自叹的曲子《普天乐》，把诗词的意境同剧中人物的心情结合起来，用语活脱而自然，清丽而流动，柔情婉转，哀怨动人：

绕晴雪杨花陌上，趁东风燕子楼西。抛闪杀我年少人，辜负了这韶华日。早是离愁添萦系，更那堪景物狼藉。愁心惊一声鸟啼，薄命趁一春事已，香魂逐一片花飞。

《倩女离魂》的情节和人物形象，受到《西厢记》的启发。这些曲词受婉约派词家的影响较多，它写出了封建社会青年女子内心的幽怨，使《倩女离魂》成为具有独特成就的爱情剧，对后来汤显祖的《牡丹亭》有相当大的影响。

和《倩女离魂》同一类型的《㑇梅香》，写诗人白乐天的弟弟白敏中和晋国公裴度的女儿裴少蛮的恋爱故事，情节全属虚构。作品是模拟《西厢记》写成的。全剧所表现的思想倾向远不如《西厢记》的鲜明。主角婢女樊素的唱词和说白多用之乎者也，引经据典，带有更多封建文人的气味。剧中某些曲词虽然比较优美，但缺点是过于典雅、工整，缺少生活气息。

郑光祖的《王粲登楼》是根据王粲《登楼赋》虚构而成的，在王粲落魄荆州，登楼作赋的场面中，抒发了游子飘零，怀才不遇的感情。

雕檐外红日低，画栋畔彩云飞。十二栏杆、栏杆在天外倚。(许达云) 这里望中原，可也远。(正末唱) 我这里望中原，思故里，不由我感叹酸嘶。(带云) 看了这秋江呵，(唱) 越搅得我这一片乡心碎。

——第三折《迎仙客》

泪眼盼秋水长天远际，归心似落霞孤鹜齐飞。则我这襄阳倦客苦思归。我这里凭栏望，母亲那里倚门悲。(许达云) 仲宣，既然如此感怀，何不早归故里。(正末云) 吾兄，怕不说的是哩。(唱) 乍奈我身贫归未得。

——第三折《红绣鞋》

这些曲文中所流露的流落他乡的感慨，特别容易引起封建时代失意文士的共鸣。明清以来，许多写文人轶事的杂剧，有不少是受到它的影响的。

此外，他还有5个取材历史故事的杂剧，《智勇定齐》较有特色。它写无盐的采桑女钟离春，貌奇丑，但有超人的智慧和胆识。齐公子以其贤，纳为后。在她的辅助下，齐国大治，战胜了秦燕，被尊为上国。作品歌颂了封建社会中一个抵御外敌侵略的巾帼英雄，这在当时是难能可贵的。

郑光祖杂剧在曲词方面显示了不凡的功力。后人论元曲，因此将他置于关、白、马之上，这虽然不合理，但说明他在元曲中的地位确实是很重要的。

知道点
中国文学

万仞崛起

——明代文学

情乎？欲乎？

情不知所起，一往而深，生者可以死，死可以生。生而不可与死，死而不可复生，皆非情之至也。……人生之事，非人世所可尽。自非通人，恒以理格耳！

——汤显祖《牡丹亭题词》

其款置数人，笑者真笑，笑即有声；啼者真啼，啼即有泪；叹者真叹，叹即有气。杜丽娘之妖也，柳梦梅之痴也，老夫人之软也，杜安抚之古执也，陈最良之雾也，春香之贼牢也，无不从筋节窍髓，以叹其七情生动之微也。

——王思任《评点玉茗堂牡丹亭词叙》

“情不知所起，一往而深，生者可以死，死可以生。”题引所道的这种能够生死、死生的至情，读来就叫人叹绝。而这个美丽、绝叹的情爱故事就是在汤显祖的《牡丹亭》中清晰展现了，怎不叫人对之心驰神往？

汤显祖像

汤显祖，明代戏曲家，生于1550年，卒于1616年，字义仍，号若士，祖籍江西临川。万历十一年（1583年）进士，历任南京太常博士、詹事府主簿、礼部祠祭司主事。十九年因抨击朝政，被贬为广东徐闻县典史；二十一年被任命为浙江遂昌知县，任职五载；二十六年眼见横行不法的税监到来，他在京述职后径直返回故里。晚年以茧翁为

☞明版《牡丹亭》插图

号。汤显祖的思想比较复杂矛盾，他视科举为唯一出路，又对科举、八股文字表示厌弃；30岁时潜心佛学，企图在宗教中寻求人生的意义，又讥笑服食丹药的迷信者，并嘲讽佛学的轮回说教。

汤显祖少年时受学于泰州学派的罗汝芳，受到了反正统宋学思想的熏陶；在南京为官时，又受到李贽、达观等人反程朱理学思想的影响。他思想中不同的侧面，都在他的戏曲创作中得到反映。

汤显祖作有《牡丹亭》、《邯郸记》、《南柯记》、《紫钗记》，合称《玉茗堂四梦》。《牡丹亭》是他的代表作。汤显祖同时还是一位杰出的诗人。其诗作有《玉茗堂全集》四卷、《红泉逸草》一卷、《问棘邮草》二卷。

《牡丹亭》全剧共55场，杜丽娘游园伤春、梦书生折柳伤情，竟至一病不起，死后魂魄不散，寻觅梦中情郎不

止。3年后，真等到书生柳梦梅来掘棺复生，共结情缘。情节跌宕起伏，情思缜密。

《牡丹亭》开篇即写情，情在汤显祖的笔下竟能生而死，死而复生。他说："情不知所起，一往而深。生者可以死，死可以生。生而不可以死，死而不可复生者，皆非情之至也。"而《牡丹亭》中的"情"的内涵究竟是什么？很少有人深究过。其实，与其说她表现的是纯洁的爱情，不如说是火一般的青春欲望。杜丽娘与柳梦梅的故事始终与性相连，他们俩的感情一直是在性关系的牵引下愈往愈深，以至成为汤显祖所认为的至情。杜与柳的接触是性爱的接触。因此，他们彼此虽没有太多的了解或理解，但一切言语似乎都是多余的。杜丽娘的闺中幽情，是独处深闺的春愁而不是对某一个具体的情人的思恋。杜丽娘一梦而死生以之，这个梦，是她青春欲望骚动的折射；丽娘在梦中与柳梦梅一见钟情，达到如痴如醉的状态。这个梦，多少是她欲望被唤起的象征，欲望虽被唤起却未能得到继续满足以致意欲阑珊，已而致病。使丽娘死而复生、生而复死的正是这种欲望的力量。柳梦梅拾美人像，后与画中美人共会云雨情。虽可以说杜丽娘的美貌让柳梦梅动情，这画像却也似明清时盛行的春画一幅。杜丽娘的魂魄夜夜来与柳梦梅相会，夜间相会俩人交流的方式大抵就是床上之事了。在《牡丹亭》中对性场面的描写似乎也无太多忌讳，却因情渗于其中而更显得充满了融融的暖意与暧昧。而情与欲在中国的传统性文化中基本上是合一的。我们从《三言》、《二拍》等大部分明清小说中可以得到佐证。汤显祖的至情说恰是情欲相和的至情了。

在《牡丹亭》的第23出的《冥判》中，以十分轻松活泼的调侃笔调，写了酷好男风的李猴儿在阴间受到了喜剧性的发落。"你是个好男风的李猴，着你做蜜蜂儿去，屁窟儿里拖着一个针。"将断袖之癖写得轻松自然，丝毫没有故意加重笔墨与特意对待的痕迹，似乎不过是与其他事儿同样合情合理的。这个屁窟儿带针的蜜蜂恰是对断袖者云雨方式的形象比喻，作者却要遂了其心愿让其下辈子能带着那枚针在花丛中飞来飞去无拘碍，显示了作者对同性恋者极其宽容的态度，也折射出晚明男风盛行的状况，当时很多人认为狎玩娈童是名士风流倜傥，洒脱不羁的表现。

兴亡梦，儿女情——孔尚任《桃花扇》

至叙事的文学（谓叙事传、史书、戏曲等，非谓散文也），则我国尚在幼稚之时代。元人杂剧，辞则美矣，然不知描写人格为何事。至国朝之《桃花扇》，则有人格矣，则他戏曲则殊不称是。要之，不过稍有系统之词，并不失词之性质者也。

——《王国维文化学术随笔·文学小言》

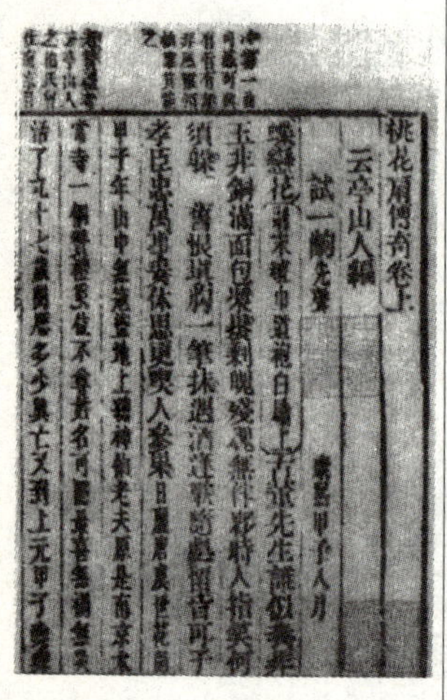
桃花扇傳奇卷上
云亭山人編
試一齣 先聲
康熙甲子八月

康熙刻本《桃花扇》书影

中国古代的各种传奇中，写臆想写得最好的，莫过于《牡丹亭》；写历史写得最优秀的，莫过于《桃花扇》了。《桃花扇》所用事实，在明代野史里都可见。卷首有考据数十条，东塘自己把所参考的书目都明晰列出。记中所有纤小科浑，都有所本。比如香君浑名香扇坠，可见于《板桥杂记》。

阮大铖之路毙仙霞岭，蓝田权之寄居媚香楼，也可见于《冥报录》、《南都杂事纪》。但戏曲毕竟是戏曲，孔尚任也自言有所隐，有所发挥。让我们一起从历史来看看文学距离历史有多远。

《桃花扇》以复社名士侯方域与秦淮歌伎李香君的悲欢离合为主要线索，以复社文人与魏阉余孽的斗争为主要冲突，展现了南明一朝兴亡的广阔历史画面。正如孔尚任自己所说："借离合之情，写兴亡之感。"

如今，南京夫子庙前的秦淮河南沿钞库街 38 号，有一座青瓦红檐、古色古香的花园小楼，据说是李香君的寓所"媚香楼"的旧址。栖霞山半山腰有一座"桃花扇亭"，据说是李香君和侯方域久别重逢之地。时光已流逝了三百多年，人们还纪念着明末清初这位著名的秦淮艺伎。

孔尚任（1648 年~1718 年），号东塘，山东曲阜人，孔子的第六十四代孙。他出生在清顺治五年（1648 年），即清人关建都北京第五年。孔尚任的父亲在清兵入关以后"以养亲不仕”。

东塘很早就“博采遗闻”，开始了《桃花扇》传奇的创作。孔尚任的族兄孔尚则（方训），曾任南明弘光朝的刑部主事，亲眼目睹南明王朝的兴亡始末，入清后隐居曲阜家中，他逝世时孔尚任还未成年。孔尚任从舅翁秦光仪那里得知南明弘光遗事，不禁怦然心动。正如他在《桃花扇本末》中所说：“族兄方训公，崇祯末为南部曹。予舅翁秦光仪先生，其姻娅也；避乱依之，羁栖三载，得弘光遗事甚悉。旋里后，数数为予言之。证以诸家稗记，无弗同者，盖实录也。独香姬洒血溅扇，杨龙友以画笔点之，此则龙友小史言于方训公者。虽不见诸别籍，其事则新奇可传，《桃花扇》一剧感此而作也。”《桃花扇》剧本的第一稿，是孔尚任隐居石门山时“一字一句，抉心呕成”。他“恐闻见未广，有乖信史，寤歌之余，仅画其轮廓，实未饰其藻采也”。

孔尚任在江淮期间，尤其是在南京，“所交者大抵风人野老，抱膝吟啸之客”，即一些入清不仕的遗民故老，如冒辟疆、黄仙裳、许漱雪、邓孝威、何蜀山、倪永清、张潮、杜浚、宗定九等文人雅士。孔尚任在与他们的频繁接触中，了解到许多南明遗事。遗老们的谈论中不时流露出亡国的哀痛，引起他的共鸣。在孔尚任的交游中，最值得注意的是复社成员冒辟疆。冒辟疆与《桃花扇》剧中人柳敬亭、苏昆生、杨龙友、李香君的关系颇为密切。他与侯方域、陈贞慧、方密之并称为“四公子”。明亡后，冒辟疆归隐于如皋水绘庵，矢志不出。他不仅是南明小朝廷兴亡始末的目睹者，而且是与阉党余孽阮大铖斗争的直接参加者。《桃花扇》能作为南都信史观，与东塘的这些经

孔尚任故居

历不无关系。

《桃花扇》戏剧的主要情节是：崇祯皇帝即位，处死了作恶多端的宦官魏忠贤，曾依附魏忠贤的阮大铖也被免职闲居南京。但他贼心不死，“蓄养声伎，结纳朝绅”，企图东山再起。复社名士吴应箕、陈定生等人作《留都防乱揭》，揭发他过去的罪恶，阮大铖一时成为众矢之的。这时，复社文人侯方域应试落第，游寓南京，结识了秦淮歌伎李香君。李香君“妙龄绝色”，善习歌度曲，才气横溢。俩人又有共同的政治见解，情投意合。侯方域寓居异乡，一时无法筹措结亲的费用。阮大铖知道此事后，指使马士英的妹夫杨龙友暗中送给侯方域三百金，想以此请侯方域帮他解围。定情之夕，侯方域以题诗的宫扇一把赠予李香君。李香君发觉妆奁是廉耻丧尽的阮大铖所送，当即大义凛然地却奁，并严词劝告侯方域加以拒绝，阮大铖的阴谋破产，从此怀恨在心。李自成的农民起义军攻入北京，崇祯皇帝缢死煤山，马士英、阮大铖在南京迎立福王为弘光帝。俩人把持朝政，倒行逆施，对复社文人滥加报复。阮大铖下令逮捕侯方域，又派兵来抢李香君。李香君誓死不从，以头撞地，额血溅于侯方域送她的宫扇上。杨龙友在扇上依着李香君的血迹画出几枝桃花，添些枝叶，这就是桃花扇的由来。李香君以此扇为信物，托曾教她唱曲的苏良生寻找被迫外逃的侯方域，盼望早日团聚，但后来又被阮大铖强拉入宫内充当歌伎。侯方域刚回南京，也被捕入狱。不久，清兵长驱南下，扬州失守，南京被占，弘光被俘。侯方域乘机出狱，李香君也从宫中逃出。俩人在栖霞山白云庵中相遇，面对桃花扇共叙旧情。在场的张薇道士撕扇掷地，指点他们“不因重做兴亡梦，儿女浓情何处消”。李香君和侯方域面对国亡家破，终于割断“花月情根”，分头“修真学道”去了。

《桃花扇》以复社名士侯方域与秦淮歌伎李香君的悲欢离合为主要线索，以复社文人与魏阉余孽的斗争为主要冲突，展现了南明一朝兴亡的广阔历史画面。

可怜一曲长生殿，断送功名到白头——洪昇

一时朱门绮席，酒社歌楼，非此曲不奏，缠头为之增价。

——徐麟《长生殿序》

爱文者喜其词，知音者赏其律。

——吴舒凫《长生殿序》

戏曲经历元、明、清三代，由成立而发展完成，在体制、内容、音乐和表现方式上都不断地变化改进，到清代形成“唱念做打”兼备的文艺形式，达到很高的成就，以传奇最为盛行。清初沿用明代以“昆曲”演唱，清高祖时“乱弹”代之而起，主要以皮黄（西皮调、二黄腔混合而成）为重心，包括多种腔调，最后成为近代“京戏”的一种重要乐曲。洪昇的《长生殿》和孔尚任的《桃花扇》在清代的传奇中都颇有名。洪昇的《长生殿》颇邀时誉，相传康熙年间京城流传“家家收拾起，户户不提防”之谚，后者所指即是《长生殿》中“一枝花”。

洪昇（1645年~1704年），字昉思，号稗畦，又号南屏樵者，钱塘（今杭州）人。康熙七年（1668年）入国子监肄业，终身未入仕。康熙十二年（1673年）作《沉香亭》传奇，后改写为《霓裳舞》。至二十七年，又重取更订之，易名《长生殿》。康熙二十八年（1689年），因在清圣祖孝懿温诚仁皇后佟佳氏大丧期间于寓所演出，被言者所劾，革去国子监学生籍，一时株连达50人左右。时人诗云：“可怜一曲长生殿，断送功名到白头。”康熙三十年（1691年）被迫离京，返回杭州。但这期间，《长生殿》的影响却愈来愈大。康熙四十三年，江宁织造曹寅在南京集南北名流胜会，长筵三昼夜，由名优扮演《长生殿》，洪昇应邀赴会，一时传为盛事。但是自南京返回途中在乌镇失足落水而亡。洪昇一生坎坷，对于社会现实颇多不满。他是和

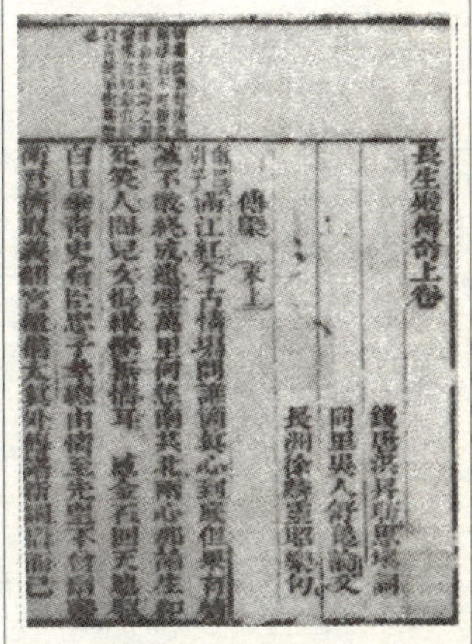
長生殿傳奇上卷

傳概

《长生殿》书影

故宫大戏台

孔尚任齐名的剧作家，作品有传奇《长生殿》，杂剧《四婵娟》传世，另有《锦绣图》待考。其余作品均佚。今人章培恒著有《洪昇年谱》。

《长生殿》是一部描写爱情悲剧的巨著，叙述唐明皇在开元以后，纵情声色，委政权奸，国政日非。杨贵妃恃宠善妒，杨国忠招权纳贿，激起拥有重兵之番将安禄山拥兵造反。哥舒翰潼关不守，兵败降贼。明皇束手无策，仓皇幸蜀，逃至马嵬驿，随行将士杀死杨国忠，陈元礼纵兵逼哄，贵妃佛堂自缢，摇摇欲坠的大唐江山到此才获得一线转机。作者通过民间传说中唐明皇和杨贵妃的真挚爱情故事，把他们的爱情在现实中所发生的坏的政治影响写出。此后便摭拾白居易的长恨歌，唐人小说玉妃归蓬莱，元人杂剧等故事，写出唐明皇对杨贵妃的怀念以及二人原系天仙，谪居人世，终于回到天宫，永为夫妇作结。

从元代的杂剧到清代的传奇，到底有着怎样的一种转变？

元曲有两种，一为杂剧，一为散套。到清代，传奇盛行，而"传奇"一名，原本不是到清朝才有的。吴梅说："传奇之名，虽昉于金源，顾宋赵德麟《蝶恋花》词，以七言韵语，加入微之原文，而按节弹唱，则已启传奇串演之法，惟其名乃成于元耳。自是以后，有院本，有多至数十折者，于是以篇幅长者为传奇，以篇幅短者为杂剧。或又以南词为传奇，北曲为杂剧。相沿至今，其名未改，虽违本意，顾亦可以也。”可见传奇原本无确实定义，但我们却仍能从时间变迁和南北特色不同上见出杂剧和传奇之间的继承和变化。

我们都知道杂剧最主要是生旦独唱，这就像一个词人在舞台上在戏剧的背景中朗诵心声，其主要基调是抒情。西方戏曲的结构格外重视情节的冲突与转折，冲突最强烈的爆发点便是戏剧的高潮。但是中国戏曲构成的基础原本不在情节的曲折，而是歌舞乐的展演，戏曲中最动人的场面往往没有强烈的故事性，甚至情节上没有任何推进，而是刻画人物情感心理的抒情歌舞。故中国戏曲一直可以称作“词余”。而到了清初传奇，作品《桃花扇》第一次将叙事而不是抒情放在第一位，摆脱了诗文的里子，让传奇可以独立地站在诗文旁边。正如《王国维文化学术随笔·文学小言》中说：“至叙事的文学（谓叙事传、史书、戏曲等，非谓散文也），则我国尚在幼稚之时代。元人杂剧，辞则美矣，然不知描写人格为何事。至国朝之《桃花扇》，则有人格矣，其他戏曲则殊不称是。要之，不过稍有系统之词，并不失词之性质者也。”

杂剧中，一人司唱，而到了传奇，却是数人分唱的。而这又是与两剧种的唱腔特色相关联的。元剧多用弦索，字多腔简，一人司唱，即使曲文颇长，也能一泄而尽。而传奇多采用昆腔，昆调悠扬，一字可以数转，即使数人分唱，大概也不免其苦。而在传奇中，也保留一些杂剧的品味，如在《长生殿》中有北曲，间有佳者，却也不多。

南词重板眼，北词重弦索。北词调促而辞繁，填词很难稳惬，又杂剧多用衬字，而衬字无定法，板式无定律。元曲不尚词藻，专重白描，所以写杂剧，元方言特别需要熟悉。元剧中的散曲也是重文雅的，而杂剧却是重本色的。作杂剧，每句每语不可夹入词赋话头，要以俚语为文雅，即使是词章才子，对此都无所措手。对本色的注重却是为传奇作家所继承的。当初洪昉思与吴舒凫论填词之法，舒凫云“须令人无从浓圈密点”，昉思之女之则在座曰：“如此，则天下能有几人可造此诣？”所谓无浓圈密点，即所谓要用本色语也。而由此观之，本色之难可知。如果不能化俗为雅，而仅以涂泽为工，不过要些文人的造作词工罢了，这是杂剧与高明的传奇作者所共同唾弃的。

生不逢时——罗贯中

罗氏生不逢时，才郁而不得展，始作《水浒传》，以抒其不平之鸣。

——尺蠖斋《西晋志传通俗演义》序文

罗贯中是中国文学史上一位有特殊贡献的作家，他在我国的文学发展史上，建立了不可磨灭的伟大功绩，同时，为世界文学的宝库，也增添了灿烂的光彩。

所写的小说很多，都是以乱世为题材，中国历史上只有七个分裂的时代，罗贯中就写了其中三个，除《三国演义》外，相传还有《隋唐志传》、《隋唐五代史演义传》和《三遂平妖传》等著作，也曾参与过《水浒传》的编纂、创作。

罗贯中的作品，尤其是《三国演义》的出现，标志着我国古代小说从“话本”阶段向长篇章回体过渡的完成，揭开了我国小说发展史上崭新的一页。

《三国演义》全名《三国志通俗演义》，是我国一部优秀长篇历史小说。大约创作于元代末年，原书 24 卷，240则，有弘治本传世，经清初毛纶、毛宗岗父子加以增删润色，才成为现在通行的 120 回本。

《三国演义》全名《三国志通俗演义》，是我国一部优秀的长篇历史小说。大约创作于元代末年，原书 24 卷，240 则，有弘治本传世，经清初毛纶、毛宗岗父子加以增删润色，才成为现在通行的 120 回本。罗贯中依据陈寿《三国志》提供的历史线索和历史人物，博采裴松之对《三国志》补缺、备异、惩妄、论辩所保存的大量宝贵史料，吸取了西晋至元 1 千多年来民间传说的丰富营养，并在此基础上结合自己参加元末农民起义军的生活经历，发挥个人的卓绝艺术才能，纵横捭阖，巧妙驾驭，形象生动地描述了近 100 年中浩瀚繁富的历史事件，完成了这部 75 万字的古典名著。

《三国志演义》从东汉灵帝建宁二年（169 年）起，到晋武帝太康元年(280 年）止，描写了百年左右发生的事件，中间着重写了历时约半个世纪的魏、蜀、吴三国的兴衰过程。第 1 回到第 33 回，从东汉末年黄巾起义写到曹操平定北方；第34回到第50回，集中写赤壁之战以及战后天下三分；第51回到第115回，重点写刘备集团活动，以及刘备死后诸葛亮治理蜀国、南征北伐；第116回到第120回，写三国统一于晋。书中的故事起于刘、关、张桃园结义，终于王浚平吴，包括了整个三国时代。在"拥刘反曹"的传统思想支配下，作品把蜀汉当做全书矛盾的主导方面，把诸葛亮和刘、关、张当做中心人物，以魏、蜀、吴的兴亡为线索，生动地描述了封建统治集团之间尖锐复杂的矛盾和斗争，揭露了当时社会的黑暗和腐朽，谴责了封建统治阶级的残暴和丑恶，反映了他们的爱憎与背向，以及反对战争分裂、要求和平统一的愿望。

在这部名著中，罗贯中寄托了自己个人的爱憎情感，客观地揭露了封建统治集团之间政治的、军事的、公开的、隐蔽的、合法的和非法的矛盾斗争；淋漓尽致地刻画了封建统治阶级争名夺利、勾心斗角、尔虞我诈、明火暗刀的策略伎俩和阴谋诡计；有意或无意地揭示了农民无法生活、铤而走险、纷纷起义的真实历史背景和原因。

以上说的是《三国演义》的思想内容，至于《三国演义》的艺术成就，则是多方面的。

首先，它充分地显示了罗贯中在人物刻画方面惊人的技巧。全书四百多个人物形象中，不管是曹操、刘备、孙权这些群雄之首，还是诸葛亮、关羽、张飞、赵子龙、黄忠、鲁肃、周瑜、黄盖、郭嘉、许攸、张辽、陆逊以及王允、董卓、吕布这些巨谋勇将，忠奸之臣，都具有鲜明的生动的个人特性。尤其是对张飞、诸葛亮和曹操的形象塑造，真可谓出神入化，呼之欲出。

其次，《三国演义》还提供了不少战争经验和各种军事科学知识，对战争的描写是很出色的。写官渡之战，先介绍两军力量的对

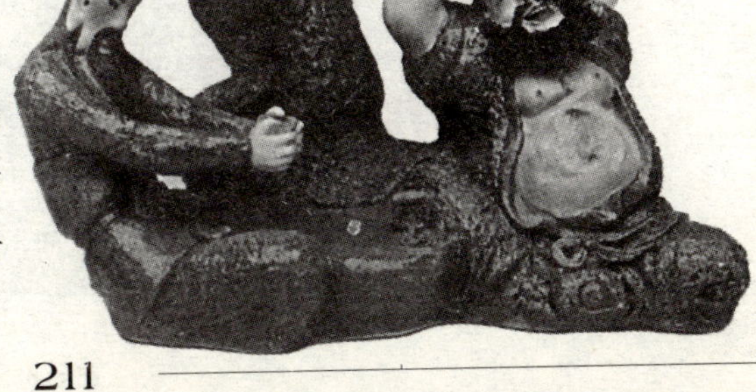

桃园三结义

比。袁绍兵多粮足，拥兵70万。而曹操兵少粮缺，只有7万人。但是战争胜败不仅决定于客观军事力量的强弱，而且还决定于主观指挥是否正确。继而再攻，各个击破。相反，袁绍自恃强大，没有利用兵多粮足的优势，结果大败而归，实在是指挥不当。这是一次以少胜多的典型战例。其他如赤壁鏖兵、秣陵之战等，都写得有声有色，雄伟壮阔，引人入胜。同时，也为后人提供了丰富的战略战术经验和教训。后来，农民起义的将领们把《三国演义》当做军事教科书来学习、运用。《三国演义》中，有关政治、外交、思想、道德等方面的内容，也是极为丰富的，读者从中也将获益不浅。

最后，《三国演义》开创了历史小说的先河。自罗贯中把三国历史写成小说以来，文人纷纷效法。《三国演义》为如何写作历史小说，提供了“七分事实，三分虚构”的基本经验。《三国演义》中的历史事件和人物，大都是真实的。黄巾起义，董卓之乱，官渡、赤壁之战等等，在历史上真有其事。汉末天下大乱，群雄并起，董卓、曹操、袁绍、刘表、刘备、孙权以及关羽、张飞、诸葛亮等等，在历史上也确有其人。这就是“七分事实”。但另一方面，

明·关羽擒将图

其中不少内容和情节是虚构的、夸张的。不但历史上不存在"吴国太佛寺看新郎"、"献密计黄盖受刑"和"七星坛诸葛亮祭风"等事件，而且就是对历史人物如刘备、曹操、诸葛亮、关羽和张飞等，也不是从《三国志》里照搬到《三国演义》中来，而是作者依据尊刘贬曹的思想给予了加工改造，有的加以美化、神化，有的加以丑化。《三国演义》中的这些人物已是艺术的典型。这就是"三分虚构"。

总之，《三国演义》是一部艺术性很高的作品。虽然，它也有种种不足，如否定农民起义，宣扬封建迷信等等。然而，它毕竟是一部伟大的文学名著，罗贯中也因此获得了中国文学史上的重要地位。

孤客走梁山，书生续旧梦——施耐庵

一百八个人，便有一百八样出身，一百八样面孔，一百八样性格。

——金圣叹

《水浒传》是中国小说史无前例的杰作，……对赤手空拳、孤立无援的老百姓，产生了强烈的共鸣。

——（日）仓石武四郎

黑旋风李连

许多人在少年时，每一次合上《水浒》，就会闭上眼睛，梦想在某一个雪夜，屋檐上突然悄无声息地跳下几条身披斗篷的好汉，之后一只快船把自己接走，直往那烟水弥漫的芦苇泊而去。忠义堂前，完成了简单而又隆重的结拜程序，与众兄弟们一道吃酒吃肉。许多成年人依然为他们童年时神魂颠倒的水泊世界所迷恋，宋江、武松、李逵……身世如数家珍。金圣叹曾经批道，一百八个人，便有一百八样出身，一百八样面孔，一百八样性格。在中国绚丽多姿的文学百花园里，《水浒传》无疑是一朵芬芳的奇葩。它既是第一部描写农民起义从发生到发展壮大再走向完全失败全过程的长篇小说，更是第一部用白话创作的英雄传奇。

关于《水浒传》这部不朽之作的作者，历来说法不一，有人认为是罗贯中所作，有人则认为是施耐庵的手笔，也有人认为是罗贯中和施耐庵联袂完成，还有人说是施惠的作品，根据学术界的多年考证，一般认为《水浒》的作者是施耐庵。

据考证，施耐庵是元末明初人，生活于动乱时代，居住活动在农民起义最为活跃的江浙地区。他生性耿介，一生遭际坎坷，郁郁不得志。历史掩埋了施耐庵的个人史迹，却遮不住优秀作品《水浒传》的时间穿透力。

《水浒传》描写的是北宋末年以宋江为首的农民起义的故事。对于宋江和他所领导的农民起义，史料记载：宋江领导的起义声势浩大，纵横数省，而主要骨干有36人；宋江最终或被招降，或被擒而降，史料说法各异；宋江投降后，参与了镇压方腊的军事行动。这些片断史料，是《水浒传》的故事依据，正是因为史实有限，为后人的创作，留下了自由想象的天地，人们可以根据自身的理想来

清代据水浒故事所作版画《三打祝家庄》图

塑造心中的英雄。施耐庵正是在大量文艺作品、史料和传说的基础上，进行艺术加工和创作从而完成了青史永存的《水浒传》。

《水浒传》的版本相当复杂。现存最早的120回本，是明末杨定见本。杨定见等人的120回本出现不久，又出现了金圣叹的70回本，此本，又称贯华堂本。此本出来后，流传很广，代替了其他的一切本子，成为读者中惟一流行的本子。

《水浒传》的思想内容很复杂，从总体上说，小说反映了农民起义的全过程，深刻地挖掘了起义的社会根源，塑造了起义英雄群像，并通过他们不同的反抗道路展现了起义从星星之火发展到燎原之火的斗争过程，客观上揭示了起义失败的内在原因。

呼保义宋江像

小说塑造了诸如李逵、武松、鲁智深等许多起义英雄的形象，展现了他们疾恶如仇、侠肝义胆的优秀品质，在他们身上寄托了人民对正义的追求，表达了渴望除暴安良的强烈愿望。这些形象具有深厚的民族内容，是中华民族性格的艺术发展，他们的品格、精神，正是民族赖以生存发展的基本条件。

小说还细致地描写了起义军由小到大的发展历程，先是个人反抗，然后走上梁山，形成小规模的联合体进行斗争，最后各豪杰纷纷上山，四方民众群起响应，以“替天行道”为旗帜，建立起武装割据政权的根据地，从而上演出同统治者进行大规模军事对抗的雄壮活剧，表现出了“八方共域，异姓一家”的社会理想。

宋江等人的结局是悲剧性的，他们的悲剧恰好提示出起义失败的内在原因，这在小说中亦是重要的内容。小说中确实贯穿了“只反贪官，不反皇帝”的思想，三阮、鲁达、李逵，尤其是宋江，都有这样“正统”的观念。宋江是集忠义于一身的形象，而“忠”却是他的思想的核心，这就决定了他受招安的必然性。但是，小说没有给受招安的水浒英雄一个美满的结局，虽然他们为朝廷出生入死效过力，宋江最后被毒死，李逵等也惨遭不测，整个梁山义军彻底被分解而毁灭。小说深刻地反映了封建社会一切起义者的悲剧性结局，还揭示出统治者的阴险毒辣；同时宣传了忠君的思想，又在客观上宣告愚忠的可悲下场。

《水浒传》对后来文学创作的影响同样巨大，它首开长篇英雄传奇之先河，后出的《皇明英烈传》、《说唐》、《杨家将》、《说岳》、《水浒后传》、《女仙外史》无不见它影响的印记。

《水浒传》的影响巨大而又广泛。武松、李逵、鲁智深、宋江、吴用等人，以不同的性格和形象内涵，影响着人们的心灵、性格与智慧，他们已成为家喻户晓的英雄、义士或智慧的代表。有的甚至已化成一种经验、一种口头语、一种人格的代表，广泛流行在人民之间，融入民族精神之中。《水浒传》对后来文学创作的影响同样巨大，它首开长篇英雄传奇之先河，后出的《皇明英烈传》、《说唐》、《杨家将》、《说岳》、《水浒后传》、《女仙外史》无不见它影响的印记；《水浒传》还为戏曲提供了直接的题材，明清时代，剧作甚多；至于各种民间文艺、说唱、评书，更是不计其数。这些充分说明了《水浒传》的价值和它生命力的强大。

中国第一部现实主义小说——《金瓶梅》

读此书而以为淫者、秽者，无目者也。

——崇祯本评语

《金瓶梅》是中国第一部伟大的现实主义小说。

——美国大百科全书

中国文学一向以含蓄为美。尽管在《周易》中有“男女媾精，万物化生”之说，荀子也认为“欲不可去，性之具也”。明清时代的艳情小说，却对此进行了彻底的反叛。《金瓶梅》是其中首“淫”之书，开创了性文学之风气。在这之后，《肉蒲团》、《金屋梦》、《隔帘花影》、《续金瓶梅》之类的“淫”书随即应运而生。

金瓶梅所有版本均将作者杜撰为“兰陵笑笑生”，据说这根本是捏造的。欣欣子《金瓶梅词话序》开头指出：“窃谓兰陵笑笑生作《金瓶梅传》，寄意于时俗，盖有谓也。”据说，其真正的作者应是明朝嘉靖二十六年进士，大名士王凤洲（世贞），因他写这部长篇小说时，牵涉当代的人太多，动笔时更不想让人知道，因此，不愿用自己的真名。至今尚无一个版本能明确表明作者，唯三叟堂版本，400年来首次标明作者的真实姓名。但是事实是否如此，仍有争议。

《金瓶梅》插图

《金瓶梅》的版本同样很多，主要有三种：《金瓶梅词话》，这个是万历年间刊本，最早；《新刻绣像金瓶梅》，这个是崇祯本，回目整齐，文字多了些修饰，减少了一些山东方言；《张竹坡评金瓶梅》，根据崇祯本，加上了张竹坡的评点。

《金瓶梅》描写了官、商、霸三位一体的典型人物西门庆罪恶的一生及其家庭从发迹到败落的兴衰史。西门庆原是清河县一个落破户财主，开着个生药铺，他惯于行贿钻营，结交官吏，倚财仗势，巧取豪夺，逐渐成为地方一霸。作者以更多的笔墨描写了西门庆的家庭故事。西门庆有一妻（吴月娘，续妻）、五妾（李娇儿、孟玉楼、孙雪娥、潘金莲、李瓶儿）、一婿（陈经济）和众多奴婢（庞春梅为其一）。书名《金瓶梅》，即从潘金莲、李瓶儿、庞春梅三个重要女性名中各取一字而成，似亦含有金瓶中插梅花的具有性象征的特殊意蕴。

在这部被长久视为淫书禁书的作品中，李瓶儿是其中最优美的艺术形象，也是小说中写得最为动人而又合情合理、耐人寻味的角色。她对自己丈夫表现得十分绝情，花子虚破产了，她并无丝毫怜悯，而是终日痛骂，终至花子虚因气丧身。因为西门庆长期未登门竟至于得病。让人注意的是这种因性而起似真似幻并差点致她于死地的梦似乎与《牡丹亭》中杜丽娘的梦虽异实同。她的冷酷无情且带着些势利的性格同样表现在对第二任丈夫蒋竹山的态度上。她忍受不了西门庆的冷落，鬼使神差急不可耐地嫁给了行医的蒋竹山，她也曾经打算好好过日子，拿出钱来给他开药铺，但不久她就反悔了。从书中看出，蒋竹山让她不称心的就是因为在性上蒋无法让她如意。蒋竹山被西门庆毒打后，李瓶儿不但没有同情，反而“啐在脸上骂”，将他赶出了门。然而让人惊奇的是她在嫁到西门家后发生了奇妙的转变。在她终于成为西门庆的宠妾之后，她的心境变得异常安宁，天性中的美好方面也随之发挥出来了。她变得十分随和、善良、真诚并且关心别人，似乎情欲的满足使这个女人感受到了一种深深的、别无所求的幸福，而这种幸福感也慢慢地使她变得温顺谦让，从不争风吃醋。性的满足使她从精神到肉体都得到了升华。李瓶儿在性的洗礼下发生了脱胎换骨的变化。小说情节令人信服地写出了当她在情欲没有得到重视与满足时可能是个魔鬼，而一旦得到重视与满足她会成为天使的奇妙状况。

鲁迅曾指出，《红楼梦》的可贵之处在于它突破了我国小说人物塑造中“叙好人完全是好，坏人完全是坏”的传统格局。其实，最早突破这一格局的应该是《金瓶梅》。《金瓶梅》已经摆脱了传统小说那种简单化的平面描写，开始展现真实的人所具有的复杂矛盾的性格。如潘金莲这一人物形象的性格特征，就比《水浒传》中所写的丰富多了。

值得我们注意的是，很多国家的大百科全书几乎都设专条介绍《金瓶梅》这部小说。法国大百科全书说：“《金瓶梅》为中国16世纪的长篇通俗小说，它塑造人物成功，在描写妇女的特点方面可谓独树一帜……它在中国通俗小说的发展史上是一次伟大的创新。”

美国大百科全书则称：“《金瓶梅》是中国第一部伟大的现实主义小说。”这一切都说明，《金瓶梅》这部不朽名著不仅是中国人民的精神财富，也是世界人民的精神财富。

“三言”诫天下——冯梦龙

此《醒世恒言》四十种所以继《明言》（指《喻世明言》、初名《古今小说》）《通言》（指《警世通言》）而刻也。“明”者，取其可以导愚也。“通”者，取其可以适俗也。“恒”

则习之而不厌，传之而可久。三刻殊名，其义一耳。

——《醒世恒言序》

“三言”流传之广、影响之大堪称我国许多文学作品、电影和电视、戏曲的源泉，如感人的《白蛇传》源自《白娘子永镇雷峰塔》，幽默的《三笑》源自《唐解元一笑姻缘》等。特别是京剧和昆剧的很多传统节目均改编自“三言”，如《十五贯》源自《十五贯戏言成巧祸》，如《杜十娘》源自《杜十娘怒沉百宝箱》，《玉堂春》源自《玉堂春落难逢夫》，《棒打薄情郎》源自《金玉奴棒打薄情郎》等等。20世纪50年代，上海电影制片厂将《灌园叟晚逢仙女》搬上银幕。

明天启本《警世通言》

“三言”即《喻世明言》、《警世通言》、《醒世恒言》，由冯梦龙编选。“三言”代表了明代拟话本的成就，是中国古代白话短篇小说的宝库。这三部小说集相继辑成并刊刻于明代天启年间。“三言”各40篇，共120篇，约三分之一是宋元话本，三分之二是明代拟话本，里面也有冯梦龙本人的作品。

冯梦龙（1574年~1646年），字犹龙，一字耳犹、子犹，别号有苏词奴、顾曲散人、墨戆斋主人、茂苑野史民等，明长洲人。才情跌宕，博览群书，尤通经史。他生活于明代末年，受市民阶层思想影响很大，善于诗文，才华横溢，和他的哥哥冯梦桂、弟弟冯梦熊并称“吴下三冯”。但是科举不得志，晚年才补为贡生，任过丹阳县训导和福建寿宁知县。在任期间，他为官清廉，勤于施政。清兵入关，参与抗清活动，后忧愤而死。

冯梦龙终身致力于通俗文艺的改编、整理和创作。他是明朝继罗贯中、熊大木之后的著名通俗小说家。他曾鼓励书坊重价购刻《金瓶梅》，增补改编长篇小说《平妖传》、《新列国志》，还创作过戏曲《双雄记》、《万事足》，并改编过别人的多种剧本，合而称为《墨憨斋定本传奇》。此

冯梦龙雕像

冯梦龙终身致力于通俗文艺的改编、整理和创作。他是明朝继罗贯中、熊大木之后的著名通俗小说家。

外，他还编辑刊印过民间歌谣集《童痴一弄》（《挂枝儿》）和《童痴二弄》（《山歌》），编纂《太平广记钞》、《古今谭概》、《智囊》、《情史》等。冯梦龙在文学史上最大的贡献则是编辑了“三言”。

“三言”的很多作品，对封建社会政治制度的黑暗采取了大胆的揭露和批判。《喻世明言》（《古今小说》）第40卷《沈小霞相会出师表》就是一篇有代表性的作品。这篇小说，以明代嘉靖年间发生的真实事件为基础，写了沈炼一家和严嵩父子斗争的动人故事。《明史·沈炼传》和江盈科所撰《沈小霞妾》，对此历史事件和人物都有记载。这篇小说通过这个历史故事歌颂了忠臣贤士的崇高品格，鞭挞了权奸佞臣的卑劣行径，从而反映了明代的社会现实。沈炼以诸葛亮为楷模，高风亮节，敢于与严嵩父子斗争到底，是一个忠臣的典型；闻淑女，作为一个地位低下的妾而勇于牺牲，机智勇敢，也是一个难得的贤者；贾石，本与此案无涉，但他明辨是非，为朋友两肋插刀，正气凛然，是一个令人敬佩的义士。作品正是通过这些人物形象而歌颂了正义。作品中对社会地位卑贱者的歌颂尤为可贵。与此同时，从严世蕃到杨顺、路楷，乃至张千、李万，又构成了专权骄横、趋炎附势者的形象系列，作品又通过这一系列人物而鞭挞了邪恶。这篇小说情节曲折，线索明晰、层次分明，充分体现着话本小说的特点。

“三言”中描写爱情的作品，也取得了新的成就。《卖油郎独占花魁》（《醒世恒言》）和《杜十娘怒沉百宝箱》（《警世通言》）是两篇最有代表性的作品。两个故事中的女主角都是名妓，但她们在经历了王孙公子的追欢取乐之后，都真诚地追求真实的爱情，并为此不惜牺牲一切。但是，由于两个故事中的两个男主人公，秦重和李甲的观念和性格不同，故事的结局也相异：一个是喜剧，一个是悲剧。秦重是地位低下的卖油郎，但他诚实善良，对美娘一往情深，因此赢得了花魁娘子的敬重与信任，结成美满姻缘。对此，作品是予以赞美的。李甲是富家子弟，他虽然对杜十娘也曾真诚爱恋，但他屈服于社会、家庭的礼教观念，再加上孙富的破坏，最后终于背叛了爱情，造成了杜十娘投江的悲剧。作品对杜十娘寄予极大的同情与赞美，对李甲、孙富给予无情的揭露。这两篇作品的结局不同，但其中所表现的爱情观念都是应予充分肯定的。

“三言”作为话本和拟话本，在艺术上都明显地保留了话本的特点，如情节曲折，故事性强；语言口语化，朴实自然；塑造人物主要是在情节发展中完成，而且善恶十分分明，性格特点十分突出，但它的篇幅加长了，主题思想更集中，人情世态的描绘更丰富，内心刻画上也更细腻。冯梦龙编辑“三言”，有明确的警世劝戒的目的。这一方面充分表明冯梦龙对通俗小说的社会作用有深刻的认识，当然另一方面也应指出，作为一个封建文人，他所要发挥的“警世”作用，还是以封建道德观念为基础的。因此，“三言”的很多篇章，不同程度地存在着封建的世俗说教和低级趣味。但是，无论如何，作为中国古代白话短篇小说的宝库，“三言”的思想意义和艺术价值都是不可低估的。

“二拍”天下惊——凌濛初

凌濛初（1580年~1644年）字玄房，号初成，别号即空观主人，乌程（今浙江湖州）人，祖先世代为官，祖父凌约言是嘉靖十九年进士，官至大名府通判，后来辞官回家，与兄弟凌稚隆一起从事编纂工作。乌程凌氏是当时颇有盛名的书刻家，又与创造著名“闵版”的出版世家乌程闵氏世代姻亲。因此凌濛初是在浸染着商业气息的浓厚文化氛围中成长的，18岁补廪膳生，和冯梦龙一样科场不利，不得已而转向著述，55岁方任上海县丞，后因功擢徐州判官。凌濛初著述宏富，除“二拍”外，据《湖州府志》记载，有学术著作《圣门传诗嫡冢》、《诗经人物考》，诗文集《鸡讲斋诗文》、《国门集》，散曲集《南音三籁》等，但他最主要的成就还在小说和戏曲方面。戏曲方面他先后编写了《北红拂》、《颠倒姻缘》、《虬髯翁》、《乔合衫襟记》、《莽择配》、《宋公明闹元宵》等六部戏剧，曾得到汤显祖等人的高度评价。此外，还有戏曲《虬髯翁》、《红拂》以及其他类型的著作多种。

《拍案惊奇》、《二刻拍案惊奇》合称“二拍”，是中国文学史上第一部文人独立创作的拟话本小说集，与冯梦龙的“三言”齐名。《二拍》创作的直接原因之一是“三言”的编纂和畅销，另一原因是凌濛初科场的失意。《拍案惊奇》成书于天启七年（1627年），第二年由尚友堂书坊刊行问世。《二刻拍案惊奇》刊于崇祯五年（1632年）。“二拍”各40卷40篇，而其中《二刻拍案惊奇》第23卷与《拍案惊奇》重复，第40卷已亡佚，补杂剧《宋公明闹元宵》权以充数，因而“二拍”实存小说78卷78篇。

“二拍”基本上是凌濛初个人独立创作的拟话本小说集，作者“取古今来杂碎事可新听睹、佐谈谐者，演而畅之”，其思想内容广泛反映了各阶层人们的现实生活，但所有的生活图景都是透过凌濛初的视角，浓重地染上了他个人的观念和性格的底色。凌濛初没有志得意满的平和，也没有与世无争的闲逸，他是带着强烈的愤世嫉俗的不平之气，尖锐地审视当时世界的。因此，“二拍”反映的世界与人心几乎处处疮痍，故事叙述间充满着深刻的忧愤与尖刻的讽喻。“二拍”的主要内容表现在三个方面。

其一，“二拍”对商人、商业给予了相当的肯定和关注。商人的地位提高了，不仅认为官宦人家与商人通婚是门当户对，而且商人甚至高于读书人。《叠居奇程客得助，三救厄海神显灵》说到这样的情况：“……徽州风俗，以商贾为第一等生业，科举反在次着。……得利多的，尽皆爱敬趋奉；得利少的，尽皆轻薄鄙笑，犹如读书求名的中与不中归来的光景一般。”“二拍”对商人的活动不以“义”来评价，只是单纯地叙写和赞颂商人追求暴富的商业活动。

“二拍”以肯定的态度描写了商人无限膨胀的发财欲望。《拍案惊奇》的首卷是《转运汉遇巧洞庭红，波斯胡指破鼍龙壳》，描写命里“有巨万之富”的文若虚，偶然间拣着个好玩的破龟壳，竟然使他眨眼之间云里雾里成了巨富，无本万利的奇妙好运正反映了商人牟取暴利的梦想。商人不仅在物质上成为社

《拍案惊奇》书影

会的主人，而且，在精神上也代替了原来的文人，商人的主角地位成为小说的主人公。

其二，“二拍”还描写了官吏的昏庸无能、暴虐残酷与贪财受贿。在《恶船家智赚假尸银，狠仆人误报真命状》中，恶船家设计使王生蒙受不白之冤，而知县明时佐不加勘访，就把王生痛打一顿，投入大牢。官府的昏庸，反助了恶人奸计的实现。《伪汉裔夺妾山中，假将军还姝江上》写江湖大盗柯陈“专在江湖中做私商勾当”，与官府勾结，“上司处也私有进奉，盘结深固，四处响应，不比其他盗贼，可以官兵缉拿得的”。官府不但不为民除害，还与强盗结伙害民。“二拍”尤为深刻的是揭露了当时官府径直为盗的罪恶，《进香客莽看金刚经，出狱僧巧完法会分》中常州柳太守听说洞庭山某寺藏白香山手书《金刚经》，价值千金，索取不成，便吩咐强盗告此寺住持窝赃，监了住持，诈取了《金刚经》。

《贾廉访行府牒，商功父阴摄江巡》写诸路廉访使贾谋贪财无行，探知商知县富厚，与商家结成儿女亲家，商知县亡后，贾谋欺孤儿寡妇没有主意，假拟公府关文，把商家财物骗归己有，凌濛初在小说中愤慨地说：“官人与贼不争多……却又施在至亲面上，欺孤骗寡，尤为可狠!”

其三，爱情与婚姻也是“二拍”中最重要的主题。“二拍”中同样肯定“情”对于人生的至高价值，但更多把“情”与“欲”即性爱联系在一起，并且对女性的情欲多作肯定的描述，这对传统道德观的冲击更为直接。如《闻人生野战翠浮庵》写女尼静观偷偷地爱上闻人生，后与闻人生同宿一船，就主动去招惹他，最终得成完美婚姻。

作者对此评述道：“这些情欲滋味，就是强制得来，原非他本心所愿。”《通闺闼坚心灯火》一篇更具代表性，罗惜惜与张幼谦自幼相爱，私订终身之盟，后惜惜被父母

《拍案惊奇》、《二刻拍案惊奇》合称“二拍”，是中国文学史上第一部文人独立创作的拟话本小说集，与冯梦龙的“三言”齐名。

许嫁他人，她誓死反抗，每日与幼谦相会。小说中写道：

> 如是半月，幼谦有些胆怯了，对惜惜道："我此番无夜不来，你又早睡晚起，觉得忒胆大了些，万一有些风声，被人知觉，怎么了？"惜惜道："我此身早晚是死的，且尽着快活，就败露了，也只是一死，怕他甚么？"

青年女子为追求个人幸福而对封建礼教所作的大胆抗争，在这里被描述得具有悲壮的意味，体现出作者对自由婚恋的积极主张。

"二拍"中的故事，大多写得情节生动而语言流畅，大量运用活泼的口语、注意人物心理活动的刻画，更应格外值得注意的是，凌濛初对小说反对偏重传奇性的看法及其在创作中的表现，如《韩秀才趁乱聘娇妻》、《恶船家计赚假尸银》、《懵教官爱女不受报》等篇，非但没有神奇鬼怪或大奸大恶之类，而且也没有过于巧合的事件。情节的生动，主要靠巧妙的叙述手法，这就更向"无奇"的方向发展了。

小说摆脱传奇性，这是艺术上的重要进步。因为这样它就更贴近人们的日常生活，而更有利于对人性内涵的深入开掘。后世《儒林外史》、《红楼梦》等优秀作品，就是朝着这一方向发展而获得更大成功的。

知道点 中国文学

雄瞻浩博

——清代文学

闲情偶寄——李渔

即使三万六千日，尽是追欢取乐时，亦非无限光阴，终有报罢之日……

——(《闲情偶寄·颐养部·行乐第一》)

幻设一事，即有一事之偶同；乔设一名，即有一名之巧合。

——(《闲情偶寄·戏曲部·审虚实》)

李渔雕像

不知有多少人看过林兆华导演的话剧《风月无边》，这部优秀的现代话剧就是讲述明清之际的戏曲大师——李渔的生平故事。

李渔（1610 年~1680 年），号笠翁，浙江兰溪人，别号“湖上笠翁”。他的前半生，正遇明清易代，战乱频仍。原来家境优裕，亭台楼阁，因屡遭烽火，荡然无存。年轻时期的享乐生活，成为昨日幻梦：“樽前有酒年方好，眉上无愁昼始长，最喜此堂人照旧，簪花老鬓未成霜。”其乐可知。这种生活养成他豪放舒展的性格。但生活的巨变，使他备尝忧患穷愁。为了生活，必须改变“学而优则仕”的道路，在南京别业芥子园，开“芥子园”书铺卖书，卖诗文。组织家庭戏班，几十口人流动演戏，走了大半个中国，李渔当班主，自编自导，流动于达官贵人中，觅钱口。这使他在一定范围内跳出了文人的圈子，戏剧成了谋生的手段，专心一意地搞编导。生活的不幸却成就了他，让他为戏剧理论作出了杰出的贡献。用他自己的话说：“作文之事，贵在专一，专则生巧，散乃入愚。”一切生路全绝，便专在戏剧上了，全部精力集中于此。“专”是李渔成功的一个重要因素，晚年64岁（1678年）时，全家定居杭州西子湖畔，5年后贫困而死。

康熙十一年（1672年），他编辑了杂著集子《一家言》，死后50年（1730年），雍正八年，有人编其诗文、杂著全集名《笠翁一家言全集》，其中包括《闲情偶寄》。《偶寄》又包括词曲、演习、居室、器物、饮馔、种植、颐养等部分。他还著有《窥词管见》，是论词的，22则，见解精彩。还写过传奇18种，或曰16或15种，流行的是《笠翁十种曲》。其中只有《蜃中楼》、《比目鱼》较好；其中的《风筝误》即京剧《凤还巢》的底本。写过平话小说《十二楼》、《无声戏》，另名《连城璧》或曰《肉蒲团》。《闲情偶寄》内容博杂，其中的“词曲部”是中国戏曲理论批评史中的里程碑。《词曲部》分为“结构”、“词采”、“音律”、“宾白”、“科诨”、“格局”六章，最精彩的是前面两章。《闲情偶寄》提供了中国古代较早较有系统的戏剧理论格局，标志着中国古代对戏剧特性的新的、甚至是归结性的认识。

在戏剧语言方面，李渔反对用书面文学的标准来衡量，认为必须首先从适合舞台演出来考虑，所以剧作家应“既以口代优人，复以耳当听者”，使之顺口而动听。具体的要求有“贵显浅”、“重机趣”、“戒浮泛”、“忌填塞”等，大体是既要明言直说，不故作姿态，炫耀博雅，又要生动有趣，见出机锋和性灵，并切合剧中人物各各不同的心理和口吻。他针对以前剧作普遍存在的弊病所提出的批评，是很切中要害的。包括《牡丹亭·惊梦》中一些著名的曲词，也确实如李渔所说，虽是“妙语”，却经营太过，过分偏向于书面文学。另外，戏剧中的宾白一向不大为作家所重视，而李渔从演出的效果考虑，提出宾白“当与曲文等视”，使之互相映发，这也是中肯的意见。

李渔的戏剧虽有情趣较为低俗、缺乏理想光彩的缺陷，却也善于描绘常人的生活欲望，在离奇的情节中表现出真实的生活气氛，剧本的写作，更富于才情和机智。以前对此评价过低，是包含偏见的。这些剧作有良好的演出效果，过去流传甚广，并在各种地方戏曲中被改编演出。日本青木正儿《中国近世戏曲史》中说："《十种曲》之书，遍行坊间，即流入日本者亦多，德川时代之人，苟言及中国戏曲，无有不立举'湖上笠翁'者。"在西方，也较早就有翻译和介绍，可见其影响之广泛。

在《笠翁十种曲》中，《比目鱼》写得最为感人。剧中写贫寒书生谭楚玉因爱上一个戏班中的女旦刘藐姑，遂入班学戏，二人暗中通情。后藐姑被贪财的母亲逼嫁钱万贯，她誓死不从，借演《荆钗记》之机，自撰新词以剧中人物钱玉莲的口吻谴责母亲贪恋豪富，并痛骂在场观戏的钱万贯，然后从戏台上投入江水，谭亦随之投江。二人死后化为一对比目鱼，被人网起，又转还人形，得以结为夫妇。一种生死不渝的儿女痴情，表现得淋漓尽致。戏中套戏的情节，也十分新奇。另外，据元人杂剧《柳毅传书》、《张生煮海》改编、合二龙女事的《蜃中楼》，写男女痴情，也较符合一般欣赏习惯。

《闲情偶寄》内容博杂，其中的"词曲部"是中国戏曲理论批评史中的里程碑。《闲情偶寄》提供了中国古代较早较有系统的戏剧理论格局，标志着中国古代对戏剧特性的新的、甚至是归结性的认识。

孤标傲世偕谁隐——曹雪芹

见人家案头必有一本《红楼梦》。

——郝懿行《晒书堂笔录》

和从前的小说叙好人完全是好人，坏人完全是坏人，大不相同。

——鲁迅《中国小说的历史变迁》

曹雪芹像

两个世纪以前，曹雪芹经历了由"锦衣纨绔誉，饫甘餍肥"到"茅椽蓬牖，瓦灶绳床"的生活，在贫病交加的境况下寂寞地死去。死时，琴剑在壁，"新妇飘零"，留给后人的是一笔丰富的精神遗产，这就是他用血泪凝成的伟大作品——《红楼梦》。

☞《红楼梦》书影

《红楼梦》是中华民族灿烂文化的集大成者和象征，它既是中国古典文学的总结，又是中国新文学的发端。

人们对曹雪芹的身世知之甚少，现在所能见到的零星材料记载：曹雪芹，名霑，字梦阮，号雪芹、芹圃、芹溪。他嗜酒狷傲，多才多艺，从曾祖到父亲，都是世袭江宁织造，与皇帝的关系十分密切。在他 13 岁以前，曹家是“鲜花着锦，烈火烹油”，后来他父亲因事被削职、抄家，曹家急剧衰落，全家由南京迁居北京西郊，过着“举家食粥酒常赊”的日子。这种大起大落的经历，为他的创作提供了坚实的生活基础。在凄凉困苦的晚年，曹雪芹创作了《红楼梦》，“披阅十载，增删五次”，真是“字字看来皆是血，十年辛苦不寻常”，可惜没有完稿，就“泪尽而逝”。学术界一般认为，后四十回为高鄂所续(高鄂，字兰墅，另号“红楼外史”，乾隆时进士，做过内阁侍读，刑科给事中等官)。高鄂的续作，虽然有诸多不足，但他根据原书的线索，把宝黛爱情写成悲剧结局，从而使小说成为一部结构完整的文学巨著，其功不可没。

《红楼梦》是中华民族灿烂文化的集大成者和象征，它既是中国古典文学的总结，又是中国新文学的发端。正如鲁迅所说：“自《红楼梦》出来以后，传统的思想和写法都打破了。”在《红楼梦》产生时代，充斥文坛的是千部一腔的才子佳人书，而《红楼梦》的主要内容虽然是写贾

大观园图

宝玉、林黛玉、薛宝钗的恋爱、婚姻故事，但完全打破了才子佳人之作的固定模式。贾林二人是一对要求个性解放、为世俗所不容的封建叛逆者。薛宝钗虽是符合“德言工貌”标准的淑女，但她也是个悲剧角色。贾林的爱情基础是他们有着背叛封建主义的共同思想，他们一致蔑视功名利禄，反对封建正统思想，反抗礼教观念和封建道德观念，最后为封建家长所扼杀。人生有价值的东西遭到毁灭，《红楼梦》正是写出了这种悲剧。

《红楼梦》宏伟完整的结构、细腻逼真的日常生活的描写，优美成熟的语言，深入细致的心理刻画，都说明曹雪芹运用艺术技巧到了炉火纯青的境界。

《红楼梦》同时也是一部社会大悲剧。曹雪芹勇敢地面对现实，写出了他心爱的贵族的命运，客观地预感了封建社会必然灭亡的历史趋势。作者通过贾府，广泛地触及了当时社会的政治、经济、法律、道德、文化、教育、宗教、婚姻、妇女等方面的问题，让读者看到了一幅封建社会的缩影，反映了18世纪中国社会的黑暗现象和种种矛盾。举凡封建制度所造成的罪恶，无论是地租榨取、高利盘剥、包揽词讼、强取豪夺、蹂躏妇女、贪污行贿，还是统治阶级的鲜廉寡耻、穷奢极欲，无不揭露殆尽。因此，可以说，《红楼梦》是一部封建社会末世的形象历史，它的巨大社会意义不仅在于它写出了宝黛爱情悲剧，更在于它以爱情悲剧为中心，写出了当时具有代表性的四大家族的兴衰，向腐朽的封建制度敲响了沉沉的暮鼓。同时，小说通过对封建判逆者的歌颂，表达了新的朦胧思想，也敲

大观园图

响了新世纪到来的晨钟。在中国文学史上，还没有一部作品能像《红楼梦》这样把爱情悲剧写得既富有激动人心的力量，又能深刻全面地提示出它的社会根源，从而对封建社会作出最深刻有力的批判。

《红楼梦》宏伟完整的结构、细腻逼真的日常生活的描写，优美成熟的语言，深入细致的心理刻画，都说明曹雪芹运用艺术技巧到了炉火纯青的境界。尤其是他塑造的贾宝玉、林黛玉、薛宝钗、王熙凤等一系列个性鲜明的人物，在他们身上不仅表露出特有的阶级特征，又超越了他们所处的阶级和时代，这一点，“和从前的小说叙好人完全是好人，坏人完全是坏人，大不相同”（鲁迅《中国小说的历史变迁》），理所当然地成为中国古代现实主义文学的高峰之作。

曹雪芹的未完稿题名《石头记》，基本定稿的只有前 80 回，1791 年，程伟元、高鹗第一次以活字版排印出版，成为 120 回，书名也改为《红楼梦》。《红楼梦》刊行之后，立刻以它博大精深的思想内容和娴熟精湛的艺术技巧征服了无数读者，乾隆、嘉庆年间，就有人在北京“见人家案头必有一本《红楼梦》”（郝懿行《晒书堂笔录》）。不少人对之“爱玩鼓掌”，“读而艳之”，有的甚至为了品评书中人物，“一言不合，遂相龃龉，几挥老拳”（邹韬《三借庐笔谈》），形成了“开谈不说《红楼梦》，读尽诗书是枉然”（《京都竹枝词》）的社会风气。《红楼梦》的爱情悲剧更是震撼了众多少男少女的心，引起他们强烈的共鸣，很多人读《红楼梦》到了如痴如醉的地步，这些都体现了《红楼梦》的艺术感染力。

二百多年来，研究《红楼梦》的著作汗牛充栋，《红楼梦》研究成为一种专门的学问——“红学”。随着时代的发展，“红学”研究也不断地发展，这从另一个侧面显示了《红楼梦》不朽的生命力。

中国四大古典名著之一——《西游记》

人心生一念，天地今皆知。善恶若无报，乾坤并有私。

——《西游记》

述变幻恍惚之事，亦每杂解颐之言。使神魔皆有人情，精魅亦通世故，而玩世不恭之意寓焉。

——鲁迅《中国小说史略·明之神魔小说》

一个生在中国、长在中国的人很少会不知道《西游记》，会不羡慕孙悟空一根毫毛就变出一只猕猴的神奇戏法。孙悟空几乎家喻户晓。他会72般变化，炼就火眼金睛，有一个筋斗十万八千里的本事，他不愿受冥府、天界管束，大闹“三界”，自封“齐天大圣”，敢于去天庭与玉皇大帝分庭抗礼，大闹天宫，后来又一路保护唐僧历尽千山万水，到“西天”取经。这样一个神通广大、敢于反抗、见恶必除、除恶务尽的英雄，还是一只举止可爱的猴子，怎会不叫人喜爱呢。

玄奘像

《西游记》全书100回，大致分成三个部分。第一部分是前七回，孙悟空大闹天宫的故事。孙悟空原是破石而生的猴子，占领花果山水帘洞自称美猴王，又渡海访师学得72般变化。他大闹“三界”，搅得从天界到冥界天昏地暗。第二部分8至13回，交代取经的缘由，描写魏征崭龙、唐太宗入冥、观音访求高僧和唐僧出世的故事，为下文取经作了铺垫。第三部分14至100回，由41个小故事组成。全书描写了孙悟空在猪八戒、沙僧的协助下保护唐僧往“西天”取经，一路克服了81难，历经艰险，斩

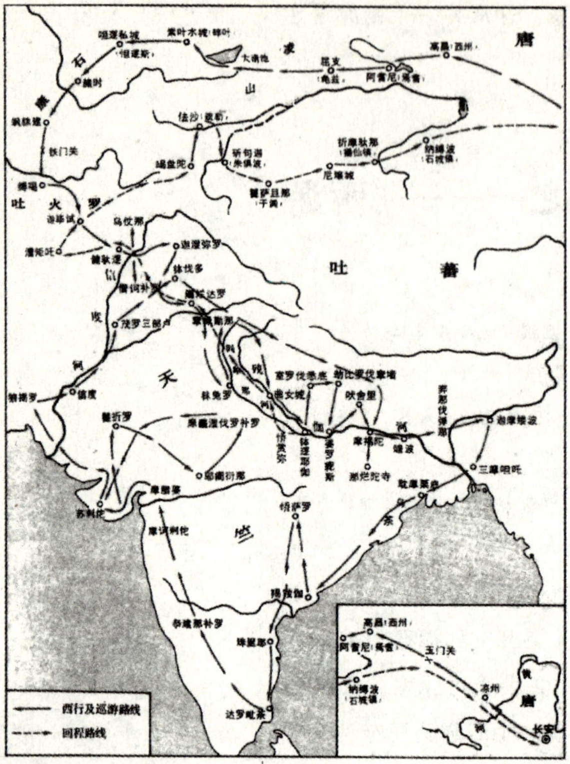

妖除怪。

《西游记》与《水浒传》、《三国演义》相似，是在民间经过长期的积累和演变才形成的。我们现在所知道的吴承恩的《西游记》，是在民间流传的唐僧取经故事和有关话本、杂剧的基础上写成。《西游记》的故事来自唐僧玄奘只身赴天竺（今印度）取经的史实。现存《西游记》的刊本，以明万历二十年金陵唐氏世德堂本为最早，20卷100回，不署作者。后来，清人考证出了它的作者是吴承恩。上世纪20年代初，鲁迅写了一本《中国小说史略》，在书中他根据《淮安府志》等史料，精辟地论述了《西游记》为明代淮安人吴承恩所作，此后，学术界基本就没有异说。

玄奘西游图

吴承恩（约1500年~约1582年），字汝忠，号“射阳山人“，淮安山阳（今江苏淮安）人。年轻时以文名著于乡里，却屡试不中，不久辞归。所著诗文大都亡佚，后人编订成《射阳先生存稿》四卷。吴承恩出生在一个由下层官吏沦为小商人的家庭，他小时候就聪明过人，在《淮安府志》里是这样描述吴承恩的：“性敏而多慧，博极群书，为诗文下笔立成。”吴承恩在科举场上很不得志，直到45岁依然是一个老秀才。中年以后迫于生活贫困，为了维持生计，吴承恩终于在好友的帮助下补为岁贡生，在长兴县谋了一个县丞小官职，但由于看不惯官场的黑暗，不愿同流合污，不久就辞了职，返回淮安。这一年，吴承恩已是61岁。回到淮安后，甚至一度有当隐士的想法，在养养花

吴承恩（约1500年~约1582年）字汝忠，号射阳山人，淮安山阳人。

草、作作诗之余，吴承恩继续他的神话小说的创作，《西游记》就是在这个时期写成的。

《西游记》是一部充满幻想、情节离奇的小说，容易作出附会的解释，清人所论，“或云劝学，或去谈禅，或云讲道，皆阐明理法，文词甚繁”（鲁迅《中国小说史略》）。近时研究者，又有从“反映农民起义”或“反映市民阶层的斗争”立论的。胡适在《西游记》考证中说：“《西游记》不过是一部很有趣味的滑稽小说、神话小说，它并没有什么微妙的意思，它至多不过有一点爱骂人的‘玩世主义’。这点‘玩世主义’也是很明白的，它并不隐藏，我们也不用深求。”鲁迅先生也在他的《中国小说的历史变迁》中说《西游记》：“实不过出于作者之游戏。”一般不怀偏见、不刻意穿凿的读者，也只是从其中得到一种娱乐此书视野广阔，想象丰富，情节曲折，语言生动性的、驰骋幻想与诙谐嘲谑的快感。

这部小说直接的创作目的，还是为了提供娱乐，给读者以阅读的快感，而作者的思想又是相当自由活泼，所以小说中一本正经的教训甚少，戏谑嘲弄的成分却十分浓厚。在中国文学史上，以神话为素材的文学创作一向不够发达。《西游记》立足于民族文化，又吸取外来文化的营养，以丰富的艺术想象力，描绘出一个光怪陆离的神话世界，创造出许多离奇的神话故事，塑造了孙悟空、猪八戒等鲜明生动的神话艺术形象，不仅填补了中国文学的一种缺陷，而且体现了中国文学在摆脱思想拘禁以后所产生的活力，这在文学史上具有相当重要的意义。

《西游记》中的艺术形象，既以现实的人性为基础，又加上作为其原形的各种动物的特征，再加上浪漫的想象，写得生动活泼，令人喜爱。孙悟空的神通广大、变化无穷，是人们自由幻想的产物；他的机灵好动、淘气捣蛋，又是猴类特征和人性的混合。孙悟空的艺术形象，在两个故事结构中都占据着核心地位，通过这个神话英雄，寄托了人

《西游记》中的艺术形象，既以现实的人性为基础，又加上作为其原形的各种动物的特征，再加上浪漫的想象，写得生动活泼，令人喜爱。

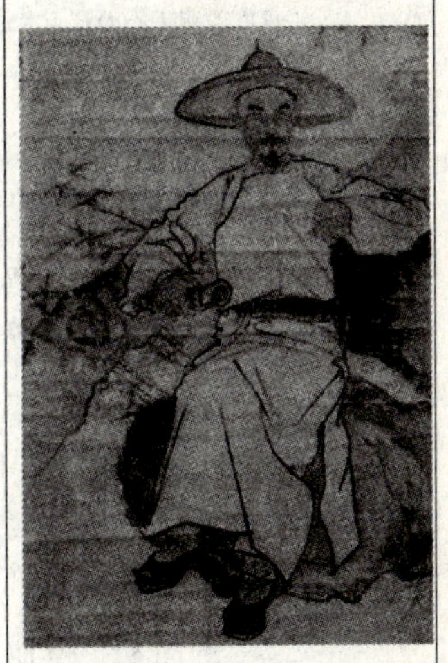

吴承恩像

们的生活理想。他的智慧、力量、勇气、胆略和他性格的魅力，激发着人们去征服自然、征服困难。猪八戒行动莽撞、贪吃好睡、懒惰笨拙，这既与他错投猪胎有关，又是人性的表现。他在勇敢中带着怯懦，憨厚中带着奸滑。但猪八戒的形象在作者笔下，不仅不可恶，而且很有几分可爱之处。其实，就是《西游记》中诸多妖魔鬼怪，也并不尽然是丑恶恐怖的。神佛时有可笑，妖魔也时有可爱。好些妖魔原本是从天界逃脱出来的，到人间逍遥上一阵，做些恶事，或完成其风流宿缘。像黄袍怪爱百花羞公主，罗刹女因母子分离而痛恨孙悟空，都很合乎人情。所以这些妖魔鬼怪的故事，也让人读得饶有趣味。

《西游记》以它生动的人物形象、幽默和风趣的故事以及辛辣的讽刺，从19世纪开始，就被翻译成十几种文字流行于世界。《西游记》也被多次搬上银幕。

口无所臧否，心有所褒贬——《儒林外史》

提倡一种新的社会心理，叫人知道举业的丑态，知道官的丑态；叫人觉得“人”比“官”格外可贵，人格比富贵格外可贵。社会上养成这种心理，就不怕皇帝“不给你官做”的毒手段了。

——胡适《吴敬梓评传》

在浩若星海的中国古典小说中，被鲁迅许以“伟大”二字的，只有两部书，其中之一便是吴敬梓的《儒林外史》。《儒林外史》是写士林阶层的。在中国的古代，所谓的士林，既是知识分子的世界，也是官场。这是部批判知识分子的书，也可以说是一部揭露官场昏晦的书。这样说来，在当代的中国，确实很有重读《儒林外史》的需要了。

作者吴敬梓（1701年~1754年），生长在长江北岸安徽省全椒县一个“名门望族”的大家庭。曾祖和祖父两辈官运亨通，在明清之际，有50年“家门鼎盛”的时期。但他自己的祖父在同辈中功名很小，而且早逝；他从小被出嗣给长房吴霖起，即是他的养父，吴霖起只做了几年县教谕，后来因为得罪上司而丢官，郁郁而终。吴敬梓13岁丧母，23岁丧父，本身既不热心功名，又轻视钱财，随意挥霍，慷慨仗义，上代留下的家产在几年之内被他挥霍得所剩无几，以致“田庐尽卖”、“奴逃仆散”，一时“乡里传为子弟戒”（《减字木兰花·庚戌除夕客中》）。加上考场失利，刺激甚重，“那得双眉时暂开？”回乡之后，由于不堪冷遇，于雍正十一年移家南京。从此时直到54岁在扬州逝世，主要靠卖文和朋友周济过活，也是在此期间完成了《儒林外史》这部鸿篇巨制。

吴敬梓自幼处在名门望族的社会环境中，而成长的家庭却是一直在走下坡路，中年后又骤然陷入贫困不堪的境地。在他一生所经的这种由“渐”而“骤”的家庭破落过程中，他在家乡全椒县、在苏北赣榆县（其父任职之地）、在南京都曾久住，到过扬州、安庆、芜湖等城市；从宗族几代关系以及自己的人际关系看，他接触的士大夫阶层很广泛，认识与熟知的人物也非常多。他看的嘴脸，受的冷暖，经历的人事，体验的世情，都极其丰富深刻。这就培养了他富有正义的敏锐感觉和体察现实的清醒头脑，使他能够看透清朝黑暗统治下士大夫阶层的堕落与无耻，看透政治的罪恶与社会的腐败。正是这种身世经历，成为吴敬梓严肃的现实主义精神的直接渊源。

《儒林外史》对于士林阶级进行了无情的鞭挞、含泪的批判。鲁迅先生曾经说过《儒林外史》“秉持公心，指擿时弊。机锋所向，尤在士林；其文又戚而能谐，婉而多讽”。通过对种种不和谐、悖于人情、逆于常理的荒谬现象的揭露，注入所描写人物的自吹自擂、大言不惭、自作聪明、弄巧成拙、欺世盗名、自命清高、自相矛盾等等。正像果戈里所说：“我们的骗子们，我们的怪物们！……让大家笑个痛快！笑真伟大，它不夺去生命、田产，可是在它面前，你会低头服罪，像个被绑住的兔子。”《儒林外史》的讽刺艺术有鲜明的目的，那便是“作者之意为醒世计，非为骂世也”。作者虽然极尽讽刺之能事，却是要挽救被讽刺的这一群，正所谓“善者，感发人之善心；恶者，惩创人之逸志”。作者以悲天悯人的手笔描写了八股制度下众多儒林人士的悲剧性命运，进而展开了一幅封建科举时代的社会风情画，抨击了制度的腐朽和社会的黑暗，使《儒林外史》成为中国古典讽刺小说中的圣品。

《儒林外史》历来被评价为古典现实主义巨著，即现实主义作品，其中很多故事与人物直接来源于生活。鲁迅先生在《中国小说史略》中就曾说过：“《儒林外史》所传人物，大多实有其人，而以象形谐声和庾词隐语寓其姓名。”《儒林外史》擅长运用“皮里阳秋”的笔法，也就是“口无所臧否，而心有所褒贬”。作者的看法并不是直接拿出来硬塞给读者，而是在具体形象的塑造中微言大义。周进和范进的中举，匡超人的转变，杜少卿的豪举，马二先生的迂腐，这一切都是通过具体的情节来表现深刻丰富的思想。作者并没有直接向我们褒贬什么，但每个形象都饱含着巨大力量的褒贬，传达着作者明确的正义观，我们必须从不同时期、不同场合的各种形象的关联、发展上体会和了解。这是一种富有现实主义色彩的叙事方式。

该书另一个艺术特色是速写式和剪影式的人物形象。《儒林外史》是一部主角不断变换的长篇小说，或者说是一部由无数短篇交替而成的长篇小说，基本上不可能通过详细描写其一生经历，以及在曲折的故事情节中表现人物的性格特点和精神世界。所以，吴敬梓把重点集中在人的性格中最刺目的特征上，从而深入细致地表现一个相对静止的人生相。这就如同从人物漫长的性格发展史中截取一个片断，再让它在人们面前转上一圈，把此时此地的“这一个”，放大给人看。这是勾画讽刺人物的一个很出色的手法，它使人物形象色彩明净，情节流动迅速，好像人物脸谱勾勒一成，这段故事便告结束，而给读者留下深刻印象的也正是这些精工提炼的精彩情节。

胡适在《吴敬梓评传》中所说：“不给你官做，便是专制君主困死人才的唯一的妙法。要想抵制这种恶毒的牢笼，只有一个法子：就是提倡一种新的社会心理，叫人知道举业的丑态，知道官的丑态；叫人觉得‘人’比‘官’格外可贵，人格比富贵格外可贵。社会上养成这种心理，就不怕皇帝‘不给你官做’的毒手段了。而一部《儒林外史》的用意只是要想养成这种社会心理罢了。”

才非干宝，雅爱搜神——蒲松龄《聊斋志异》

良久，闻户外隐有笑声。媪又唤曰：“婴宁，汝姨兄在此。”户外嗤嗤笑不已。婢推之以入，犹掩其口，笑不可遏。媪嗔目曰：“有客在，咤咤叱叱，是何景象？”女忍笑而立。……生无语，目注婴宁，不遑他瞬。婢向女小语云：“目灼灼，贼腔未改！”女又大笑，顾婢曰：“视碧桃开未？”遽起，以袖掩口，细碎连步而出。至门外，笑声始纵。

——《聊斋志异·婴宁》

现在开始讲一个故事，话说在一个集市上，一个农夫打扮的老人向卖梨人讨一个梨而不得，旁观者买一个赠之。老人吃罢，用锄头在地上挖个坑，把吃剩的梨核中的种子放进坑里，浇上讨来的一壶水。眨眼间，地上冒出一片小绿芽，长成一棵小梨树。不一会儿梨树开花，结果，梨子成熟。老者将梨分赠大家。吃完以后，老者举起锄头将树挖倒，把它持作拐杖离去。卖梨者只顾看热闹，这时发现自己手推车上的两筐梨子全没了，方才明白老者是个农夫打扮的术士，他树上的梨原是自己车上的梨。急忙追赶，术士不见，只找到了他扔掉的树干拐杖，这才发现它是自己接在遮阳伞上的那根棍子。

这个有趣的故事就来自蒲松龄家喻户晓的志怪小说——《聊斋志异》。《聊斋志异》是一部文言短篇小说集，共有短篇小说431篇。其内容大致有四部分：一、怀着对现实社会的愤懑情绪，揭露、嘲讽贪官污吏、恶霸豪绅贪婪狠毒的嘴脸，譬如《促织》、《席方平》、《商三官》、《向杲》。二、讽刺科举，勾画出考官们昏庸贪婪的面目与考场中营私舞弊，如《司文郎》、《考弊司》、《书痴》等篇。三、歌颂、描绘坚贞、纯洁的爱情及底层妇女、穷书生，有《鸦头》、《细侯》等。《聊斋志异》中相当多狐鬼精灵与人的恋爱故事，颇具浪漫情调，塑造了很多容貌美丽、心灵纯洁的女狐形象，如红玉、婴宁、香玉、青凤、娇娜、莲香等。四、有些短篇是阐释伦理道德的寓意故事，如《画皮》、《劳山道士》等。

蒲松龄像

蒲松龄（1640年~1715年），字留仙，号柳泉，山东淄川人。

蒲松龄（1640年~1715年），字留仙，号柳泉，山东淄川人。蒲松龄从小有文才，可惜年长后在科举场中很不得意，满腹实学，屡不中举，在家中教书为业，到了71岁，才考得了贡生。他牢骚满腹，便在聊斋写他的志异，自言“才非干宝，雅爱搜神，情同黄州，喜人谈鬼，闲则命笔，因以成编。久之，四方同人又以邮筒相寄，因而物以好聚，所积益夥”。76岁过世，所著有《文集》4卷，《诗集》6卷，《聊斋志异》8卷等。

《聊斋志异》是一部现实主义和浪漫主义结合的作品。它一方面把花妖狐魅和幽冥世界等非现实事物组织到现实社会生活中来，它的花妖狐魅大多秉具人情，和霭可亲；但又行动鹘突，擅长形变，并非常人。这种因素促使作品想像丰富奇特，故事变幻莫测，境界神异迷人。

《聊斋志异》的艺术成就首先表现在塑造了一系列令

聊斋

人难忘的人物形象上。以婴宁为例，真个是她到那里，笑声就跟到那里。作者在描写花妖狐魅所幻化的人物时，常能掌握妖魅原型的特点，也有助于人物的个性化。如《绿衣女》中写绿衣女是“绿衣长裙”、“腰细殆不盈掬”，其声娇细，活画出一个绿蜂幻化的女子形象。

故事情节倏忽变化、离奇曲折，也是《聊斋志异》的突出成就。《聊斋志异》虽基本上是传记体，但并不是平铺直叙地讲述人物的经历，而是注意故事构造的曲折有味，以紧紧吸引读者。如《西湖主》中陈弼教在洞庭湖中遇风翻船，逃到岸上，误走入湖君妃子的园亭。当他在花丛中偷窥到公主之后，不觉着迷，正巧拾到公主遗落的红巾，便在上面题诗。公主派来寻找红巾的女子发现后大惊曰：“汝死无所矣！此公主所常御，涂鸦若此，何能为地为。”生失色，哀求脱免。女曰：“窃窥宫仪，罪已不赦。念汝儒冠蕴藉，欲以私意相全；今孽乃自作，将何为计！”遂皇皇持巾去。

读到这里，人们为陈生捏了一把汗。但当这女子第二次来时却传来“公主看巾三四遍，辗然无怒容”的消息，心情也随之一松。过一会儿，这女子又来送酒食，但是“公主不言杀，亦不言放”。正当悬念之际，却又传来噩耗：王妃见巾大怒，祸不可测。跟着是“数人持索，汹汹入户”。人们不禁又担忧。可是却出现了意想不到的场面：

内一婢熟视曰：“将谓何人，陈郎耶？”遂止持索者，曰：“且勿且勿，待白王妃来。”返身急去。少间来，曰：“王妃请陈郎入。”

结果王妃见了陈郎，当面把公主许配给他。原来陈生曾在洞庭湖中释放一只被捕的猪婆龙，龙即王妃，婢即衔龙尾同时遇难的小鱼。作者在这个简短过程中安排了曲折的情节，一收一纵，步步扣人心弦。

《聊斋志异》还善于描写景色，不只画面鲜明，而且常常造成一种气氛、境界，更好地烘托出人物的性格。《聊斋志异》语言精炼，词汇丰富，句法更多变化。作者既创造性地运用古代文学语言，又适当吸收和提炼当代口语方言。在单行奇句中，间用骈词俪语，典雅工丽而又生动活泼，极富于形象性和表现力。《聊斋志异》刻画人物注意个性和细节的描述；安排情节注意故事的曲折有味，文章波澜起伏，语言摇曳多姿。

避席畏闻——清朝的文字狱

避席畏闻文字狱，著书都为稻粱谋。

——龚自珍《咏史》

清风不识字，何故乱翻书。

——徐骏

诗人龚自珍《咏史》一诗中说：“避席畏闻文字狱，著书都为稻粱谋。”此诗反映的是那时文人做文章只为谋生存，提及文字狱，就面有异色，真是谈虎色变。其实文字狱古已有之,只是在清朝前期康熙、雍正、乾隆年间，文字狱案件为数之多，规模之大，在历史上是空前的。那时，封建统治者动辄指斥人们“语含怨望”、“狂悖讥刺”，大兴文字之狱。揭发检举此类案件者有功，隐瞒不报或办理不力者有罪。一时告密诬陷之风大盛。有些人断章取义，牵强附会，告密邀功；有些人挟嫌诬陷，以报私怨。罗网密布，冤狱频起，文人士子人人自危，惟恐一不小心，陷于罗网，或是受到株连，祸从天降。

清代的文字狱在康熙、雍正、乾隆三朝，愈演愈烈，前后一百多年，有案可查的大小案件不下一百起。在这些案件中，被判处死刑的二百多人，受到株连而被判处各种刑罚的更不可胜数。文字狱的“罪犯”，既有政府的官员，也有各阶层知识分子和平民，上至朝廷大员（包括个别的满洲贵族），下至一般生员、乡愚迂儒，以及江湖术士、轿夫、船工等等。在清朝前期，大体上说来，随着政治形势的演变，满汉之间的民族矛盾逐步下降，文字狱打击的对象也随着发生变化。在康熙、雍正年间，主要打击汉族上层分子和政府官员。目的是镇压反清力量，排除政府内部的异己势力。而到了乾隆年间，主要为了打击下层知识分子和平民百姓，同时也株连各级官员。乾隆帝为了进一步压制反动力量，强化中央专制统治，变本加厉大兴文字狱。正是在编纂《四库全书》，大肆宣扬文治之际，趁机搜集各处书籍，也焚烧、毁掉了许多稍有反动眉目的典籍、著作。文字狱因此达到了高潮。乾隆三十九年至四十八年的十年间，因文字狱而产生的案件就近五十起。

早期最大的文字狱案件，是庄氏明史案和戴名世南山集案，都是由于编写前朝、当朝的历史而招祸的。可看做是一次有意识的小题大作，其目的是给具有反清思想的汉族知识分子一个暴力的威胁。而雍正年间的吕留良、曾静之狱，算是清代文字狱中唯一的谋反案件，但是其实并未有真正的行动。这个反抗的力量是十分微弱的。

密告庄氏

清代最著名的文字狱首先发生在康熙一朝，共有两起：一起是“明史狱”。浙江乌程（今吴兴）富商庄廷拢买得邻居明大学士朱国桢的明史遗稿《列朝诸臣传》，邀集许多名士加以编辑，并增补了明末天启、崇祯两代史事，其中多有指斥满洲的文句，定名为《明书》，作为自己的著作。书中直书清朝先人的名字，指斥明将降清者为叛逆；不使用清朝年号，而用南明永历等朝的年号。书编成后，庄廷拢已经去世，其父庄允城将之刊行。不料有人向朝廷告发，庄允城被逮入京，死于狱中，庄廷拢被掘墓开棺焚骨，所有作序者、校阅者及刻书、卖书、藏书者都被处死。先后因此狱牵连被杀者达七十余人，被充军边疆者达几百人。

另一起是《南山集》狱。方孝标曾经到云南在吴三桂部下做官，后来及早投降清朝而免除一死，著有《滇黔纪闻》等书。戴名世见其书，在所著《南山集》中加以引用，被认为有“大逆”语。其实二人著作并无什么诋毁清朝的“大逆”之语，只是方孝标的书中说到南明永历政权不算为伪朝，戴名世的书中提到南明弘光帝及其年号，又揭露了康熙帝杀掉明太子的真相；以略微倾向明朝的口气叙述了明末清初的抗清事件，对南明诸王寄以同情。结果此狱也波及数百人，戴名世被斩首，方孝标已死被戮尸，两家男子 16 岁以上者均被杀，女眷等则被没收为奴婢，方氏同族人都被充军到黑龙江。

清代文字狱中惟一的谋反案件，吕留良、曾静之狱，发生在雍正皇朝。吕留良是一个学者，明朝灭亡以后，他参加反清斗争失败，就在家里收子弟教书。有人推荐他博学鸿词，他坚决拒绝了，后来他索性到寺院里，剃头当和尚，躲在寺院里著书立说。书里有反对清朝统治的内容，幸好书写成了，没有流传开去，吕留良死后，更没被人注意。湖南曾静偶然见到吕留良的文章，对吕留良的学问十分敬佩，就派学生张熙，从湖南跑到吕留良的老家浙江去打听他遗留的文稿。张熙一到浙江，不但打听到文稿的下落，还找到吕留良的两个学生。张熙跟他们一谈，很合得来。他向曾静汇报后，曾静也约两人见了面，4 个人议论起清朝统治，并商量怎样推翻清王朝。曾静打听到担任陕甘总督的汉族大臣岳钟琪，掌握很大兵权，颇受重用。要是能劝说岳钟琪反清，成功就大有希望。曾静写了一封信，派张熙去找岳钟琪。岳钟琪收到信后，大吃一惊，在威逼张熙交待同谋不成之下，假装答应，张熙于是将他们的计划、主谋人员一一交待。岳钟琪马上上奏雍正，报告这起谋反事件。雍正帝将他们严加查办。吕留良已经死了，雍正把吕留良的坟刨了，棺材劈了，又把吕留良的后代和他的两个学生满门抄斩。还有不少相信吕留良的读书人也受到株连，被罚到边远地区充军。

直到乾隆五十三年（1788 年），文字狱高潮已经过去，还发生了所谓《笃国策》案。由于乾隆时代社会趋向稳定，文字狱引起挟嫌诬陷，株连亲故，造成人人自危、上下猜疑，这对于巩固满清统治秩序并不有利。在这种情况下，清朝统治者调整了以往的政策，延续一百多年的文字狱，在乾隆后期终于告一段落。

无人能夺其席
——纪昀与《阅微草堂笔记》

> 纪昀本长文笔，多见秘书，又襟怀夷旷，故凡测鬼神之情状，发人间之幽微，托狐鬼以抒己见者，隽思妙语，时足解颐；间杂考辨，亦有灼见。叙述复雍容淡雅，天趣盎然，故后来无人能夺其席，固非仅借位高望重以传者矣。
>
> ——鲁迅《中国小说史略》

纪晓岚像

电视连续剧《铁齿铜牙纪晓岚》播出后，人们对剧中那个才思敏捷、应对机智、诙谐善谑的纪晓岚十分喜爱。那么，历史上的纪晓岚究竟是怎样一个人呢？

纪晓岚，名昀，字晓岚，一字春帆。河北省献县人。生于清雍正二年六月，乾隆进士，官至礼部尚书、协办大学士。卒于嘉庆十年二月，享年82岁，死后谥文达。纪昀出生在一个世代书香之家，父亲纪客舒是一位著名的考据学家，做过京官，外放姚安知府。纪晓岚4岁开始读书，12岁随父入京。24岁应顺天府乡试，为解元。因服母丧，闭门在家，专攻考据之学，颇有造诣。31岁中进士，入翰林院为庶吉士，继授编修。乾隆三十三年，授贵州都匀知府。但皇帝认为纪昀学问优胜，到外省做官不能尽其所长，将其留在身边。同年四月，提升为侍学士。六月，因亲家做官亏空库银，要被抄家，他秘密通风报信，事发后，被发配到新疆，佐助军务。3年后召还，授编修，侍读学士等职，受命为《四库全书》总纂官。惨淡经营13年，所编《四库全书》告竣。在此期间，纪晓岚由侍读学士升任内阁学士，一度授兵部尚书。《四库全书》告竣当年，迁礼部尚书。60岁后，曾五次掌都察院，三任礼部尚书。嘉庆八年，纪晓岚八十大寿，皇帝派员祝贺，并给予厚赠。旋拜协办大学士，加太子少保衔，兼理国子监事，官居一品。

纪昀之所以成为历史名人，并非因为像电视剧里描写的那样“铜嘴铁牙”，善于斗狠，而在于他对中国文化的贡献。他最重要的贡献，除了上文提到过的编纂《四库全书》，还包括他自己的文学创作。

纪昀的诗文创作中，多应制奉和、歌功颂德之作，属于典型的“廊庙文学”。少数述怀、纪行诗歌尚清新可诵。《乌鲁木齐杂诗》160首，是纪昀谪戍乌鲁木齐两年后被召还时于归途所作，记述当地风土人物，比较广泛地反映了新疆的社会情况，声调流美，富歌谣风味，在内容和艺术上都有一些特色。

纪昀在创作上的主要成就，表现于笔记小说集《阅微草堂笔记》。这是纪昀最重要的文学著作，与蒲松龄的《聊斋志异》是异曲同工的两大绝调。但较之《聊斋》更有较深的思想内涵，并有反封建礼教的内容，流传很广，百姓皆为认可。

纪昀在创作上的主要成就，表现于笔记小说集《阅微草堂笔记》。这部书包括《滦阳消夏录》6卷，《如是我闻》、《槐西杂志》、《姑妄听之》各4卷，《滦阳续录》6卷，共24卷（笔记一千余则），是他晚年自乾隆五十四年（1789年）至嘉庆三年（1798年）陆续写成，嘉庆五年他的门人盛时彦合刊印行，总名《阅微草堂笔记五种》，后通称《阅微草堂笔记》。

《阅微草堂笔记》是纪昀追寻旧闻之作，近40万字，含故事一千二百余则，自乾隆五十四年至嘉庆三年陆续写成。这是纪昀最重要的文学著作，与蒲松龄的《聊斋志异》是异曲同工的两大绝调。但较之《聊斋》更有较深的思想内涵，并有反封建礼教的内容，流传很广，百姓皆为认可。

阅微草堂

《阅微草堂笔记》取法六朝笔记小说而有所发展变化：内容杂博，较多涉及世态，而不局限于志怪，叙述故事简明质朴而又富于理趣。就思想内容看，虽从“有益于劝惩”出发，盛谈因果报应，宣扬封建伦理道德，有大量糟粕，但也不乏可取之处。作者反对宋儒空谈性理、苛察不情，对道学家的泥古不化、伪言卑行多持讽刺揶揄，对世态人情的浅薄诈伪也时有揭露。如：卷2记游僧戏塾师，卷3记老儒贿盗闹宅和刘羽冲事，卷四记武邑某公事，卷二十一记两曾伯祖事。写鬼狐情事多具寓言意味，几则不怕鬼的故事颇令人称道，如：卷1“曹司农竹虚言”，卷6记许南金事，卷23“戴东原言”。作者反对为富不仁，反对凌虐奴仆，对下层人民的反抗、复仇行动表现出一定的容忍和同情，如：卷16记童养媳逃亡、卷17“周景垣前辈言”、卷18记妓女戏富室枭谷。而沧州“老河兵”（卷16），徽州“唐打猎”（卷11）等故事，则又反映了劳动人民的正直、纯朴和智慧，尤属佳品。

《阅微草堂笔记》内容丰富，知识性强，语言质朴淡雅，风格亦庄亦谐，读来令人饶有兴味，同时可以从中学到天文地理人伦等无所不包的知识。在艺术上，文笔简约精粹，不冗不滞，叙事委曲周至，说理明畅透辟，有些故事称得上是意味隽永的小品；缺点是议论较多，有时也不尽恰当。此外，评诗文，谈考证，记掌故，叙风习，也有不少较为通达的见解和可供参考的材料。

《阅微草堂笔记》内容丰富，知识性强，语言质朴淡雅，风格亦庄亦谐，读来令人饶有兴味，同时可以从中学到天文地理人伦等无所不包的知识。

《阅微草堂笔记》，在中国古代笔记小说中，不失为具有特色的作品。鲁迅评论说：“纪昀本长文笔，多见秘书，又襟怀夷旷，故凡测鬼神之情状，发人间之幽微，托狐鬼以抒己见者，隽思妙语，时足解颐；间杂考辨，亦有灼见。叙述复雍容淡雅，天趣盎然，故后来无人能夺其席，固非仅借位高望重以传者矣。”（《中国小说史略》）这种评价是准确的。

通天地人者曰儒——黄宗羲

读了这部书，可以知道过去历史上所有帝王制度的弊端。

——顾炎武

梨洲是中国过去民主思想的一个伟大的代表。

——张岱年

明末清初，中国有位大思想家宣布皇帝是“天下之大害者”，主张“无君”。他就是近代民主主义思想的启蒙者、爱国者黄宗羲。他的代表作《明夷待访录》，比卢梭的《民约论》还要早100年光景，有人称它为“人权宣言”。黄宗羲同时代的思想家顾炎武说：“读了这部书，可以知道过去历史上所有帝王制度的弊端。”《明夷待访录》反对君主专则，主张民权，对清末的维新变法运动影响很大。梁启超在《清代学术概论》一文中说过：“梁启超、谭嗣同辈倡民权共和之说，则将其书节抄，印数万本，秘密散布，于晚清思想之骤变，极有力焉。”黄氏的民权思想，一直影响到辛亥革命时期的孙中山、邹容和陈天华等爱国志士。

黄宗羲（1610年~1695年），字太冲，号南雷，又号梨洲，浙江余姚人。他生逢明末清初那“天崩地解”的时代，在明末作为东林党子弟和复社名士，同阉党做过坚决的斗争。明朝灭亡后，他积极投入抗清斗争，曾与钱肃乐在家乡组织“世忠营”，失败后又与张惶言在舟山进行抗清活动。后看到清廷统治已经稳固，复明无望，遂归乡以遗民自居，从事著述和讲学活动。《明夷待访录》是黄宗羲的政论和史论专著。该书通过对历史的深刻反思，提出了独到的政治见解，具有鲜明的启蒙性质和民主色彩，被梁启超称为“人类文化之一高贵产品”（梁启超：《中国近三百年学术史》）。《明夷待访录》是他在经历了一系列政治斗争后于康熙二年（1663年）潜心完成的力作。此前一年，南明永历帝被杀于云南，南明亡。此时清王朝已建立近20年，其统治业已巩固。黄宗羲复明灭清的希望可谓到了“潮息烟沉”的绝境。痛定思痛，在对历史和现实的冷静反思之后，黄宗羲以其犀利的笔锋将批判的锋芒刺向了封建君主专制制度。《明夷待访录》这个书名是有所寄托的。

黄宗羲像

"明夷"，乃六十四卦之一，离下坤上，用晦而明，寓意希望与光明。黄宗羲引《易经?雪?雪"夷之初旦，明而未融"，以寓其意。一个旧的时代终止了，但黑暗的尽头，终将是光明的。对于人类的未来，思想家是充满信心的。黄宗羲认为自己的学说能把国家由黑暗引向光明，但学说的实现却有待"明主"的求访采纳。

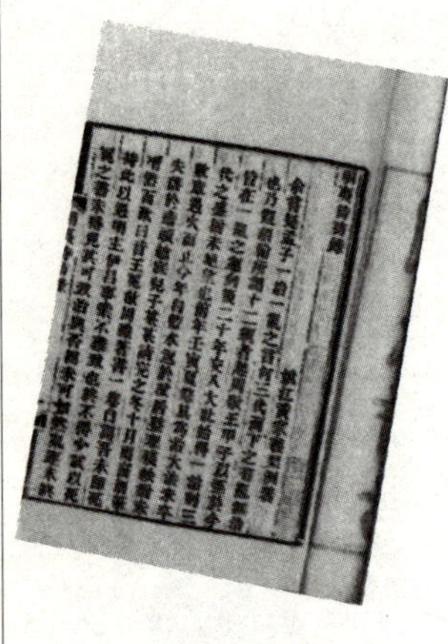

《明夷待访录》书影

黄宗羲认为，上古时代"以天为主，君为客"。国君不仅从属于天下百姓，而且也直接为他们服务。所以"凡君之所毕世经营者，为天下也"。后来，情况就颠倒过来了。"今也以君为主，天下为客"。君王"以为天下利害之权皆出于我，我以天下之利尽归于己，以天下之害尽归于人"，把天下看做是"一人之产业"。他大胆地指出"天下之大害者，君而已矣"，把锋芒直指封建纲常礼教的最核心问题。黄宗羲又提出"君""臣"关系这个封建统治的实质问题。他认为："臣"之"出仕""为天下"，非为君也；"为万民，非为一姓也"。君臣的合理关系，应如"曳大木"时前唱后和的协力合作关系。臣应当是君的"师友"，而不应作君之"仆妾"。直截了当地批判了"君为臣纲"。黄宗羲激烈地抨击了君主专制下的封建法制，认为封建法制是"非法之法"，是"一家之法"，是祸乱之根源。他提出应该建立"天下之法"来取代"一家之法"，并强调"有治法而后有治人"，有了好的法制不怕没有好的治理者，否则"非法之治"只能"桎梏天下人之手足，即有能治之人，经不胜其福挽嫌疑之顾盼"。黄宗羲这些论述已包含有法治思想的萌芽。

在思想文化领域，黄宗羲强调突出个性解放和思想自由的原则，他以满腔的愤怒谴责了长期以来禁锢人民思想的封建文化专制主义。他明确指出："盖道非一家之私。圣贤之血，散殊于百家。求之愈艰，则得之愈真。"向封建文化专制主义表示了公开的抗争。黄宗羲这种鄙弃日趋僵化的"一定之说"而诉诸"殊途百虑之学"的思想见解，反映着明清之际知识分子渴望思想学术自由、个性解放、探索真理的一种理性追求，具有积极的思想启蒙意义。

当然，由于时代的局限，黄宗羲有的思想不免有些虚幻，如他为实现“天下安富”，意欲恢复上古的井田制，这显然是不切实际的。也有些思想并不可取，如在提倡“工商皆本”的同时，却将“机坊”这种带有资本主义萌芽性质的新事物，视为“奇技淫巧”，列为禁止的对象。但这些并不足以掩盖《明夷待访录》作为一部启蒙主义文献的光辉。黄宗羲之杰出就在于他思想的深刻和敏锐。他超出了当时一般明遗民因为眷怀故国而研究明亡清兴之故的治学目的，也超出了传统儒家对无道君主的批判范畴。他的思想已突破传统的政治框架，开启了中国近代民主思想的先河。

最后应该指出的是，今天所见到的《明夷待访录》已非全本，当初刻印时，因封建专制的严酷，已有删削。书出之后，在清代长期被列为禁书，直至清末梁启超等人倡导变法改良，才将其作为宣传民主思想的重要文献广泛传播，使之焕发了光彩。

《古文观止》观不止——吴楚材、吴调侯

真是好书不厌百回读，随着岁月的消逝，由当日的不能甚解到若有所得，由强记死背到豁然而悟……直到今天，这些前人集智慧的大成的好书，始终引导我，鼓励我！是良师，更是益友！……让我一生都将受用不尽！我常常想：中国人拥有这样巨大的智慧宝库，实在应该引起全民共识，去珍惜研究！

——台湾著名画家、作家梁丹丰评《古文观止》

清代康熙年间文人吴楚材、吴调侯联手选评的12卷《古文观止》，自其行世以后，翕然风靡，为人乐道，其影响深远。

20世纪80年代末，北京学者陈文良先生系统地考察了《古文观止》长盛不衰的技术因素。他提出，是编者为该书所选的文章，全部是经受了时间检验和文人衡定的“名篇”。所谓“名篇”，起码是经过宋、元、明、清，特别是明代至清初数百年间许多知识分子、读者、编选者、书坊出版者所共同筛选认可的作品，而不是受某些人主观认识支配的产物。第二，编辑选本必须在容量方

面照顾到多数读者能够通读，中型选本最容易流行的原因就在于此。第三，作为普及性选本，入选的每一篇分量不能太重，以便读者一次起码能读一篇。《古文观止》所采用的就是这种编选方针，对有些篇目采用了“节选”的办法，这也是它成功之处。第四，从内容和艺术风格上说，必须带有较广泛的实用性。《古文观止》的入选篇目大多条理明晰，辞藻华丽，可以供科举士子揣摩、仿作，特别是用到对策和日常应酬性文章中去。

“康熙二吴”的《古文观止》约编成于清康熙三十四年（1695 年）以前。此书没有叙述其成书渊源和选评例则，只有其族先辈吴兴祚写的序，据吴兴祚说，楚材“天性孝友，潜心力学，工举业”。调侯为人“奇伟倜傥，敦尚气谊”。序中交代了成书的因由：“今年（康熙三十四年）春，……二子寄余《古文观止》一编。阅其选，简而赅，评注详而不繁，其审音辨字，无不精切而确当。批阅数过，觉向时之所阙如者，今则躨然喜矣。以此正蒙养而裨后学，厥功岂浅鲜哉！亟命付诸梨枣，而为数语，以弁其首。”因为有了这样的因缘，我们今天才得以获读该编，否则恐怕早已湮没绝灭于乡野之间了。

《古文观止》全编 12 卷，选材上起东周，以《左传·郑伯克段于鄢》一篇首领全书；下迄明末，以张溥写于明天启七年（1627 年）的《五人墓碑记》押卷。先后以“周文”（卷 1 至卷 3)、“秦文”（卷 4)、“汉文”（卷 5 至卷 6)、“六朝、唐文”（卷 7 至卷 8)、“唐、宋文”（卷 9 至卷 11)、“明文”(卷 12) 为序次，凡选入 220 篇，各体各派略备，繁简选辑颇当，评点注释适中，长期被人们作为浏览中国传统散文的规范读本。流播所及，脍炙人口，鞠育了近 300 年间一代又一代的文人学子。

《古文观止》中的选文和评点共同体现了二吴的思想倾向和审美观念，形成二吴选、评古文的几条原则。首先以儒学的“修身齐家治国平天下”为准则，首篇《郑伯克段于鄢》以孝悌为中心对郑庄公和共叔段兄弟倾轧进行批讽；次篇《周郑交质》以信与礼为旨，讥讽周平王与郑庄公互相交换人质以取信于对方，却不以信礼为本，反致关系恶化。首先，《古文观止》如是开场，鲜明地表现了二吴的道德好尚是儒家的道德。其次是以人的真情真性为原则，二吴多选体现作者真性情的散文，自己常常为之感动，使其评点也能感人至深。他们说司马迁的《报任安书》“其感慨啸歌，大有燕赵烈士之风。忧愁幽思，则又直与《离骚》对垒”。二吴以自我的性情感受所选的文章，也是希望以所选的文章去打动别人的。再次是以文章的婉转奇妙、意韵深厚为准则。二吴好文章的奇妙，如韩愈的《祭鳄鱼文》、苏轼的《方山子传》、刘基的《卖柑者言》都是做意出奇之文，令人读来顿生诧异。而且二吴所选文章不在乎篇幅的长短，如王安石的《读孟尝君传》，他们评说“文不满百字，而抑扬吞吐，曲尽其妙”。真所谓能文者善品文啊。

《古文观止》在选目上到明清之交嘎然而止的缺憾，给人们意犹未尽之感。要阅读明清之交以至后来的散文，就只得另外披沙沥金了。20世纪20年代初，王文濡从“数百名家、数千佳文”之中淘选一百七十余篇，编为《续古文观止》，1924年印行于世。此书在选目上扩大到了为吴本所不重视的论、说、序、跋、记、赞和墓志、碑祭文等普通文体，以便于读者举一反三；对于人选文章的作者，一一简介其生平于卷首，以帮助读者知人论文；此外，王氏还大胆地将当时在世的大家名构一并采入。王文濡自己在《凡例》中声明：“本编继吴氏而编，故名《续古文观止》。凡已读《古文观止》者，得此编斯成完璧。”

线装《古文观止》

清末谴责小说

我出来应世的二十年中，回头想来，所遇见的只有三种东西：第一种是蛇虫鼠蚁；第二种是豺狼虎豹；第三种是魑魅魍魉。

——《二十年目睹之怪现状·第二章》

赃官可恨，人人知之；清官尤可恨，人多不知。

——《老残游记》

经过中日甲午战争失利、戊戌变法失败、八国联军侵华这一系列巨大的变故，小说界出现了大量抨击时政、揭露官场阴暗与丑恶的作品，文学史上把它们别称为“谴责小说”，代表作家有李宝嘉、吴沃尧、刘鹗、曾朴。

李宝嘉（1867年~1906年）字伯元，号南亭亭长，江苏武进人，少有才名，擅长诗赋和八股文，曾以第一名考取秀才，却始终考取不了中举，先后在上海创办了《指南报》、《游戏报》、《世界繁华报》几种报纸。除了《官场现形记》，李宝嘉还作有《文明小史》、《活地狱》等长篇小说和《庚子国变弹词》。《官场现形记》是谴责小说的代表作，共60回，作于1901年，书未完稿作者就病故，最后一小部分是由他的朋友补缀而成。小说的结构由一系列彼此独立的人物故事联缀而成，“凡所叙述，皆迎合、钻营、朦混、罗掘、倾轧等故事，兼及士人之热心于作吏，及官吏闺中之隐情”（鲁迅《中国小说史略》）。书中写到的官，各种身份进阶，文的武的，无所不包。凡是沾一个“官”字，作者都叫他们显出丑陋原形。

《官场现形记》

吴沃尧（1866年~1910年）字趼人，广东南海人，因家居佛山，自号“我佛山人”。他出身于一个衰落的仕宦人家，二十多岁时到上海，常为报纸撰文，后与周桂笙等创办《月月小说》，并自任主笔。他所作小说，以《二十年目睹之怪现状》最为有名，此外还有《痛史》、《九命奇冤》、《电术奇谈》、《劫余灰》等。《二十年目睹之怪现状》共108回，全书于1909年完成。小说以“九死一生”为主角，描写他自1884年中法战争以来所见所闻的各种怪现状。吴沃尧性格强毅而多愤世之慨，文笔尖锐，但是“伤于溢恶，言违真实”。鲁迅批评这部小说“终不过连篇‘话柄’，仅足供闲散者谈笑之资而已”。全书用第一人称叙述，为过去的长篇小说所未见。

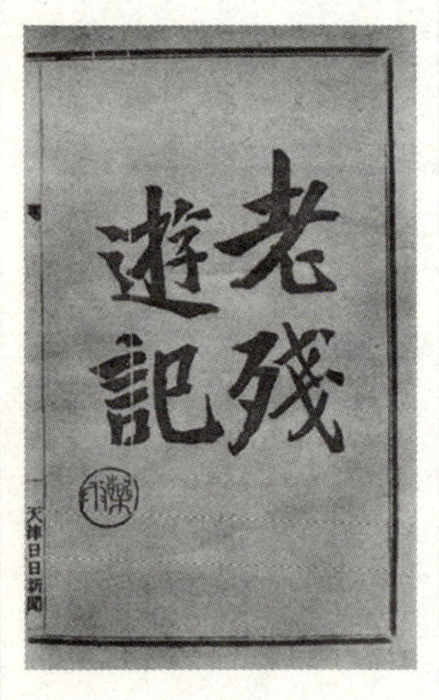

《老残游记》

刘鹗（1857年~1909年）字铁云，江苏丹徒人。出身于官僚家庭，既受过儒家教育，又对“西学”感兴趣，懂得数学、水利、医学，当过医生和商人。后因治理黄河有功，官至知府。他的思想与洋务派接近，曾从事过铁路、矿藏、运输等洋务实业活动，后谪徙新疆而死。《老残游记》20回，署名“洪都百炼生”。全书为游记式的写法，以“老残”行医各地的所见所闻，串联一系列的故事，描绘出社会政治的情状。刘鹗坚决反对孙中山所领导的革命，指斥“北拳（指义和团）南革（指革命党）”为国家之祸害，认为只有提倡科学、振兴实业。《老残游记》与一般谴责小说不同，它揭露官僚的罪恶，对象主要是“清官”——赃官可恨，人人知之，清官尤可恨，人多不知。

“盖赃官自知有病，不敢公然为非；清官则自以为我不要钱，何所不可？刚愎自用，小则杀人，大则误国，吾人亲目所睹，不知凡几矣。试观徐桐、李秉衡，其显然者也。”

徐桐、李秉衡均是清末顽固派的代表人物，作者特地提出这两个与小说本身并无关系的人物来，可以看出他揭露“清官”是别有用意的。《老残游记》作者的文化素养很高，小说中许多片断，都可以当做优秀的散文来读。如写大明湖的风景、桃花山的月夜、黄河的冰雪、黑妞和白妞的说书等，文字简洁流畅，描写鲜明生动，为同时的小说所不及，增加了这部小说的艺术价值。

曾朴（1872年~1935年）字孟朴，江苏常熟人，光绪举人，曾入同文馆学法文，对西方文化尤其法国文学有较深的了解，翻译过雨果等人的作品。他曾参加康、梁变法，辛亥革命后进入政界，做过江苏省财政厅长。曾朴一生著作丰富，而以小说《孽海花》最著名。此书初印本署“爱自由者发起，东亚病夫编述”，后者是曾朴的笔名，前者是其友人金松岑的笔名。《孽海花》主要描写清末同治初年到甲午战争30年上层社会文人士大夫的生活，以展现这一时期政治、外交及社会的各种情态。曾朴的生活年代较迟，较多接受了西方思想，在政治倾向上赞成革命。小说中人物大多以现实人物为原型，如金雯青为洪钧，傅彩云为赛金花，威毅伯为李鸿章，梁超如为梁启超等等，还有一些则直接用原名。作者说，他要反映的是“中国由旧到新的一个大转关”中“文化的推移”、“政治的变动”等种种现象。《孽海花》的结构，是以状元金雯青与名妓傅彩云的故事为全书线索，串联其他人物的活动。结合文人与妓女的“浪漫”生活，与权势人物的政治活动及琐闻轶事，可以说它是狎妓小说与谴责小说的合流。曾朴出身名门，一生交游极广，在广泛地反映那些上层文人在国家危亡之际犹自争名夺利、风雅自赏，而全无救亡图治的热情与才能这一点上，他的小说比较成功。譬如状元出身任外交使节的金雯青，自命懂得历史舆地之学，却以重价购得一幅错误的中俄交界地图，断送了国家八百里土地。

《官场现形记》、《二十年目睹之怪现状》、《老残游记》、《孽海花》，合称为清末四大谴责小说。这类小说顺应时俗所需，和现实政治、大众需求关系紧密，反映了清末政治的腐朽面貌与社会大众的厌恶心理，而小说之间思想倾向的变化也反映出清末知识分子思想的变化。然而，谴责小说或多或少都有夸张失实的毛病，它所反映出的只是一种变形的镜像。

知道点一

中国文学

文变染乎世情
兴废系乎时序

——近代文学

中国翻译第一人——严复

小之极于阳行倒生，大之放乎日星天地；隐之则神思智识之所以圣狂，显之则政俗文章之所以沿革，言其要道，皆可一言蔽之，曰“天演”是已。

——严复

严复站在尚未经历近代化变化的中国文化的立场上，一下子就发现并抓住了这些欧洲著作中阐述的“集体的能力”这一主题。

——本杰明·史华兹

1895年甲午战争，天朝帝国败于一个曾经惟中华是尊的小小岛国，晚清的士大夫才第一次深刻地意识到传统的制度和知识谱系不再足以应对严峻

严复为《天演论》写的序言

的现实。在士大夫心理严重受挫的背景下，如何重构新的世界观与知识系统，进而为制度改革创造理论前提，成为迫切的任务。严复通过对斯宾塞、赫胥黎、穆勒和斯密等人的著作的翻译和评注，以进化论与现代科学方法为基础建立了一整套新的世界观，有力地回应了中国人的内心焦虑与时代的挑战。

严复像

严复是近代中国系统翻译介绍西方资产阶级学术思想的第一人。通过翻译《天演论》，将达尔文进化论带到中国，并使之超越达尔文生物进化论的范畴而具有了世界观的社会意义。

严复（1854年~1921年），初名体乾、传初，改名宗光，字又陵，后又易名复，字几道，晚号愈野老人，别号尊疑，又署天演哲学家。福建福州人。特赐文科进士出身，中国近代资产阶级启蒙思想家、翻译家、教育家。1866年以第一名考入马尾船政学堂，五年后以最佳成绩毕业并上军舰实习。1877年以首批海军留学生的身份入英国皇家海军学院学习，在英国期间除学习专业外，还精心研习西方哲学、社会政治学著作，并到英国法庭考察审判，做中西异同比较。归国后任福建船政学堂教习，第二年调任天津北洋水师学堂总教习，后升会办、总办。

甲午战败后严复感于时事弥艰，开始致力于译著，并在天津《直报》上连续发表《论世变之亟》、《原强》、《辟韩》、《救亡决论》等政论，力主变法图强，以西方科学取代八股文章。光绪二十二年帮助张元济在北京创办通艺学堂，次年又与王修植、夏曾佑等在天津创办《国闻报》和《国闻汇编》。光绪二十四年九月，又撰《上光绪皇帝万言书》，极力倡导维新变法；同年，他翻译的第一部西方资产阶级学术名著——《天演论》正式出版。至1909年，先后又译出亚当斯密的《原富》、斯宾塞的《群学肄言》、约翰·穆勒的《群己权界论》、《穆勒名学》、甄克斯的《社会通诠》、孟德斯鸠的《法意》和耶方斯的《名学浅说》等西方名著，达160多万字。他的著述有《严几道文集》、《愈懋堂诗集》及《严译名著丛刊》等。

严复是近代中国系统翻译介绍西方资产阶级学术思想的第一人。通过翻译《天演论》，将达尔文进化论带到中国，并使之超越达尔文生物进化论的范畴而具有了世界观的社会意义。又通过翻译《穆勒名学》和《名学浅说》，将逻辑归纳法和演绎法介绍到中国，其中对培根的经验归纳法尤为重视。并将之与陈、朱学派的“道问学”相印证，而猛烈抨击陆、王学派的“心性之说”。严复的翻译，创造性地启用很多几乎死亡的中国古典文字，比如，天演、自繇、内籀、公理、群学、储能、效实，以及“物竞天择、适者生存”等等，从而在西方的新式理论与中国的传统文化之间建立起一种既紧张又内在的相关性。

严复在翻译《天演论》时，他其实更关注的不是生物的演化历史以及人类在生物圈中的位置，而是“群”（即社会）的进化理论。他通过翻译和其中的注释，在反思社会进化论的理论中思考作为不得不处于弱势的中国社会如何在世界中自处和自持。甚或，严复不仅不曾全盘接受西方理论，并且还试图重新纳入中国的传统资源中去吸纳它们。换句话说，严复从来不认为中国的自身资源是必须摒弃的。严复在为《天演论》和《穆勒名学》所做的序文和按语中，曾用《易》理阐西学。人们多半以古代佛经翻译的“格义”说作为解释，似乎这仅仅是一个解释的技术或工具的问题。但学术史家钱基博在1936年的《经学通志》中却不这样看，他把严复看做晚清经学的代表人物之一，赫然列之于“易学家”之列，而且将《天演论》作为其中的代表作品。如果理解了这里所揭示的严复翻译的内在旨趣，就不难理解严复为何到了晚年变得“保守”了，参与发起孔教会，极力主张尊孔读经。

在现今各种西方理论盛行的时代中，重新发现严复等这些率先引进西方理论的人们的行为模式与志趣，将有益于我们继续思考作为一个有悠久文明历史的国家，将如何自处与自持。

在烈火中翱翔的凤凰——郭沫若

“五四”时期的青年，“心里只塞满了叫不出的苦，喊不尽的哀。他们的心也快塞破了。忽地一个人用海涛的音调，雷霆的声响替他们全盘唱出来了，这个人便是郭沫若。”

——闻一多

诗人的心境如同一湾清澄海水，没有风的时候，便静止如一明镜，宇宙万汇底印象都涵映在里面，一有风的时候，便翻波涌浪起来，宇宙万汇都活动在里面。这风便是直觉、灵感。

——郭沫若

郭沫若像

八十多年前，一个诗人的灵魂被艺术女神所掳掠、折磨，他处于时代诗歌创作的巅峰，如同19世纪俄罗斯的伟大文学家、哲学家陀思妥耶夫斯基一样，不能自已。《女神》是这一时期诗人的心血结晶。他自己说，写《女神》中的那些代表性诗作时，他如同奔马，冲动得不得了，写完后如死海豚；灵感来时，激动得连笔都抓不住，浑身发烧发冷。他属于天才型或文艺型心理素质。这种素质直接影响和决定着他的文艺观也是追崇天才、灵感、直觉的，所以他总认为诗是写出来的，并非作出来的。

他就是郭沫若。

郭沫若（1892年~1978年），现、当代诗人，剧作家，历史学家，古文字学家。原名开贞，笔名郭鼎堂、麦克昂等。四川乐山人。郭沫若一生无论是从事文学创作、史学研究，还是从事实际的社会活动，他的人生目标都是一个，即兼济天下。很少有现代中国作家能够像郭沫若那样具有如此的雄伟抱负，更很少有现代中国作家能够像郭沫若那样倾尽全力去实现这种抱负。郭沫若从事文学创作伊始，曾提倡过“为艺术而艺术”，但就是在那时，他也从未忘怀过社会人生，从未忘怀过试图用文学来“使生活美化”、“唤醒社会”的使命。郭沫若的代表作《女神》是中国现代新诗的奠基之作，它出版于1921年8月，全诗共三辑，以第三辑最为重要。他的许多代表诗篇皆出于此，如《凤凰涅槃》、《天狗》、《炉中煤》、《匪徒颂》等。

《女神》所表达的思想内容，首先，是“五四”狂飙突进时代改造旧世界、冲击封建藩篱的要求。主人公以一个追求个性解放的叛逆者形象出现，要求打破一切封建枷锁，歌唱一切破坏者。其次，是对祖国深情的热爱和对美好明天的憧憬。诗中歌唱太阳、光明、希望，处处洋溢着积极进取的精神。

郭沫若诗歌风格的形成受到美国诗人惠特曼《草叶集》巨大的影响。当郭沫若接触《草叶集》的时候，“正是‘五四’运动发动的那一年，个人的郁积，民族的郁积”在那时“找出了喷火口，也找出了喷火的方式”，以致使郭沫若“那时候差不多是狂了”，尤其是惠特曼的那种把一切的旧套摆脱干净的诗风，和“五四”时代的狂飙突进的精神十分合拍，他彻底地为“惠特曼那雄浑的豪放宏朗的调子所动了”。

《女神》在艺术上取得了新诗最辉煌的成就，它是“五四”时期浪漫主义的瑰丽奇峰。《女神》的格式追求“绝对自由，绝对自主”，而不受任何一种格式的束缚。它的形式自由多变，依感情的变化自然地形成“情绪的节奏”。《女神》的浪漫主义特征主要表现在：诗中采用了比喻、象征的手法，并常借助神话传说、历史故事表达感情。

《女神》的诗风多豪壮、雄健、颇具阳刚之美。郭沫若的诗可以说是新诗中豪放的先驱，但同时，他也有许多清丽婉约之作。

郭沫若属天才型或文艺型性格，热情、冲动、活跃、多变是重要特点。这从其创作返观，都可证明。郭沫若性情冲动，在文艺观上也很追慕天才式的冲动与灵感。

《女神》中许多激情的篇什都是在这样冲动的心理状态中依靠灵感去构思，所以充溢着情绪流与奇丽多彩的想像，不一定深刻，却真切感人；虽然粗糙，却更显坦诚。郭沫若这种心理素质是非常适于浪漫主义诗歌创作的。

就《女神》而言，其中许多诗在当代人看起来的确写得有些袒露、散漫，如果脱离了特定的时代，不了解正是这种极端个人化的、粗糙的诗风，容易冲破传统的禁锢，引发叛逆的、痛快淋漓的情感宣泄，容易释放“五四”当年“新人类”渴求个性解放的能量，那么就不可能很好地领会《女神》的价值和那不可重复的时代审美特色。当然，由于郭沫若的部分诗作太贴近时代，而今时过境迁，不再有“五四”那样的新鲜、上进而又暴躁凌厉的“气”，不再有“社会青春期”的特殊氛围，所以我们今天比较难进入《女神》的境界。

或许我们可以说，郭沫若的《女神》在文学史中的价值要大于其本身文学的价值。

雾幕沉沉开子夜——茅盾

笔势具如火如荼之美，酣姿喷薄，不可控搏。而其细微处复能婉委多姿，殊为难能可贵。

——吴宓

这是中国第一部写实主义的成功的长篇小说。

——瞿秋白《〈子夜〉与国货年》

《子夜》是中国现代著名作家茅盾（1896年~1981年）创作的长篇小说，初版印行之时（1933）即引起强烈反响。瞿秋白曾撰文评论说，“这是中国第一部写实主义的成功的长篇小说……1933年在将来的文学史上，没有疑问的要记录《子夜》的出版”（《〈子夜〉与国货年》）。

历史的发展证实了瞿秋白的预言。半个多世纪以来，《子夜》不仅在中国拥有广泛的读者，且被译成英、德、俄、日等十几种文字，产生了广泛的国际影响。

日本著名文学研究家筱田一士在推荐10部20世纪世界文学巨著时，便选择了《子夜》，认为这是一部可以与《追忆逝水年华》（普鲁斯特）、《百年孤独》（加西亚·马尔克斯）媲美的杰作。

茅盾像

茅盾，原名沈雁冰，中国新文学的长篇小说成就，主要体现在茅盾的《子夜》创作上。除长篇《子夜》之外，还有由《幻灭》、《动摇》、《追求》3个略带连续性的中篇组成的《蚀》，以及短篇小说《春蚕》、《林家铺子》（也有人把这两篇视为中篇小说）。

《子夜》这部长篇围绕着民族资本家吴荪甫与买办资本家赵伯韬之间的尖锐矛盾，全方位、多角度地描绘了20世纪30年代初中国社会的广阔画面：工人罢工，农民暴动，反动当局镇压和破坏人民的革命运动，帝国主义掮客的活动，中小民族工业被吞并，公债场上惊心动魄的斗法，各色地主的行径，资本家家庭内部的各种矛盾……通过这些多姿多彩的生活画面，艺术地再现了第二次国内革命战争时期的风云，反映了革命深入发展，星火燎原的中国社会风貌，充分表现了作者对社会现实的极大关注和捕捉巨大课题反映社会时代的卓越能力。

悲剧英雄吴荪甫，是中国现代文学大师茅盾先生的代表作《子夜》中的主人公。《子夜》是我国小说史上为数不多的以城市为描写题材的力作，它力图全方位展现一幅20世纪30年代初期的中国社会图。吴荪甫是民族资本家的代表，热衷于发展民族工业，不同于以帝国主义为后台的买办资本家赵伯韬。吴荪甫是20世纪30年代中国民族工业中的精英人物。但吴荪甫所处的时代，已不是资产阶级上升时期的资产阶级革命时代，而是帝国主义和无产阶级革命的时代。时代和现实环境条件，不可能使他演出一出才智横溢、充满光华的历史正剧，他要发展民族工业的理想，只有在人民革命洗刷了山河后才有可能实现。而他所处的与人民革命的潮流相违背的立场，决定了他必然要陷于悲剧的结局；事实上从这个人物的经历、遭遇、结局来看，无疑是属于悲剧范畴的。

茅盾表现这个悲剧人物的性格和命运，也不像一般英雄悲剧那样，直接展示悲剧人物的性格，而是从各个层面展示主人公复杂的性格。作家十分自觉地把吴荪甫置于多方面的错综复杂的社会关系中加以刻画，表现他与买办资本家赵伯韬的关系、与工人的关系、与中小资本家朱吟秋的关系。围绕上述三方面的主要社会关系，又展示了更为错综复杂的关系。

茅盾擅长以心理描写来刻画人物，往往通过细密入微的剖析来揭示人物的潜意识活动；同时，把交代情节、抒发感情、描写景物等融为一体，显示出独特的艺术魅力。小说最后一章写吴荪甫的心理状态，大致可分为三个阶段：一是决战前，他坐卧不宁；二是决战时，他心情复杂，时而紧张，时而恐慌，时而惊喜，时而愤怒；三是决战后，他绝望透顶，如万箭穿心。这一章就这样以吴荪甫的心境变化以及由此而引起的行动来推动情节的发展。

茅盾遵循现实主义“典型环境中的典型人物”的创作原则，塑造了一个企图以个人奋斗来实现自己的理想却因时代的必然而一败涂地的悲剧英雄吴荪甫，他是一个20世纪初半封建半殖民地中国的民族资本家。《子夜》的主要美学价值也就在于真实地创造了这个在世界文学中具有独特悲剧意义的艺术典型。

难能可贵的是茅盾自己也坦言《子夜》的缺点，称这部书是“半肢瘫痪”。原因为何？用他自己的话说，就是“这本书写了三个方面：买办资产阶级，民族资产阶级，革命运动者及工人群众。三者之中，前两者是作者与之有所接触，并且熟悉，比较真切地观察了其人与其事的；后一者则仅凭‘第二手’的材料，即身与其事者乃至第三者的口述。这样的题材的来源，就使这部小说描写买办资产阶级与民族资产阶级的部分比较生动真实，而描写革命运动者及工人群众的部分则差得多了。至于农村革命势力的发展，则连‘第二手’的材料也很缺乏，我又不愿意向壁虚构，结果只好不写。此所以我称这部书是‘半肢瘫痪’的。”

文学史家认为，茅盾先生将巴尔扎克、托尔斯泰等人的结构严谨、场面宏大的长篇小说艺术带到了中国，使中国现代长篇小说在30年代走向成熟，而《子夜》正是以其巨大的历史内容和有力的艺术表现，耸立在20世纪中国现代长篇小说的最高峰。

波远泽长，曲高和众——老舍

由老舍先生投湖自尽时算起，整整二十年过去了。湖面上激起的波澜，竟会越来越大，至今，只见那波澜还在一圈一圈地扩展。这——由一个人的死所引起的延绵不断的愈演愈烈的波澜，说明的却完全是另一回事：生命，的确是永不停息的。

——[德]《赫塞文艺报》

在中国现代作家中，老舍是为数不多能引起世界级轰动的作家之一。日本成立了拥有一百二十多名会员的“老舍研究会”，还率先出版了《老舍小说全集》；欧美等国也纷纷翻译老舍的作品；前苏联的一位教授说：“在苏联没有‘老舍热’，因为根本没有凉过。”老舍的作品在那里行销数百万册。

老舍以文言夹杂白话、妙趣横生的笔锋书写了《自传》：舒舍予，字老舍，现年四十岁，面黄无须。生于北平，三岁失怙，可谓无父；志学之年，帝王不存，可谓无君。无父无君，特别才爱老母，布尔乔亚之仁未能一扫空也。幼读三百篇，不求甚解。继学师范，遂奠教书匠之基。及壮，糊口四方，教书为业，甚难发财，每购奖券，以得末彩为荣，示甘于寒贱也。二十七岁发愤著书，科学哲学无所不懂，故写小说，博大家一笑，没什么了不起。三十四岁结婚，今已有一男一女，均狡猾可喜。闲时喜养花，不得其法，每每有叶无花，亦不忍弃。书无所不读，全无所获并不着急，教书作事均甚认真。往往吃亏，亦不后悔。如此而已。再活四十年，也许能有点出息。

自传句句含情，表现了老舍谦虚质朴、开朗乐观的性格。在英国相田任汉语教师其间，他阅读了大量西欧文学名著，并开始了小说创作，初期的作品，如《老张的哲学》、《赵子曰》、《二马》等，幽默中含有讽刺，颇近于英国作家狄更斯的笔触，但夸张有时略嫌失度，几乎跌入油滑。然而，对于老舍来说，初期的创作是不可缺少的练笔，到了30年代，他的创作渐趋成熟，终于在1936年推出了自己的重头戏《骆驼祥子》。长篇小说《骆驼样子》是中国现代著名作家老舍（1899年~1966年）的代表作。

老舍像

《骆驼祥子》讲述的是旧中国北平城里一个人力车夫祥子的悲剧故事。祥子来自乡间，日益凋蔽衰败的农村使他无法生存下去，他来到城市，渴望以自己的诚实劳动，创立新的生活。他试过各种工作，最后选中拉洋车。这一职业选择表明祥子尽管离开了土地，但其思维方式仍然是农民的。他习惯于个体劳动，同时又渴望有一辆像土地那样靠得住的车。买车，做个独立的劳动者，“这是他的志愿，希望，甚至是宗教”。城市似乎给了祥子实现志愿的机遇，经过3年奋斗，他买上了车，但不到半年，竟被人抢去；但祥子仍然不肯放弃拥有自己的一辆车的梦想，尽管他对自己的追求不无怀疑，几度动摇，但仍然不断振作起来，再度奋斗。应该说，祥子以坚韧的性格和执拗的态度与生活展开搏斗，构成了小说的主要情节内容。而搏斗的结局，是以祥子的失败告终的，他终于未能做成拥有自己一辆车的梦。这部小说的现实主义深刻性在于，它不仅描写了严酷的生活环境对祥子的物质剥夺，而且还刻画了祥子在生活理想被毁坏后的精神堕落。“他没了心，他的心被人家摘去了。”一个勤劳善良的农村青年，就这样被改塑为一个行尸走肉般的无业游民。

祥子的悲剧，是他所置身的社会生活环境的产物。小说通过祥子周围人物及人际关系的描写，真实地展现了那个黑暗社会的生活面目，展现了军阀、特务、车厂主们的丑恶面目，以及由他们织成的统治之网对祥子们的压迫与被压迫关系的一种变形反映。小说并没有回避祥子与虎妞之间的本能欲望与一点点相互依恋之情，但同时也深刻地描写到，即使是这样的男女之情，也同样建基于金钱利益关系之上，所以虎妞要始终把钱拿到自己手上。“钱在自己的手中，势力才在自己身上。”虎妞与祥子的结合，无疑加剧了祥子的悲剧。

《骆驼祥子》通过祥子的悲剧命运，在读者面前展示一个强人横行霸道，弱者坐以待毙的吃人的乱世。同时，更微妙的是，小说还具有象征性色彩，在剖析人们“吃”与“被吃”的过程中，又有许多暗示。作者笔下的剥削者是肉食动物，被剥削者是草食动物，这衣冠礼仪的人类社会，恰好是一个以强凌弱的动物世界。老虎是兽中之王，而作为剥削阶级代表的刘四爷，父女全是“属”虎的。而祥子却是骆驼，骆驼是草食动物，而且是大牲畜中最老实的，性格最坚毅，力气最大的。肉食动物和草食动物生活在一起，吃与被吃的关系是不言而喻的。

《骆驼祥子》在中国现代文学史上具有重要位置。“五四”以后的新文学，多以描写知识分子与农民生活见长，而很少有描写城市贫民的作品。老舍以一批城市贫民生活题材的作品，特别是长篇《骆驼祥子》，打破了这种局面。《骆驼祥子》是一部意蕴极为深刻、丰富的作品。它绝非仅仅描写了城市贫民的贫困和难以翻身，而是主要通过对祥子这个悲剧形象的塑造，从经济处境到爱情婚姻状况，直至精神世界的变化，极为深刻地写出了城市贫民的悲剧命运。不仅如此，小说对于造成城市贫民悲剧命运的社会根源的揭示也是相当全面和深刻的。《骆驼祥子》是一部名副其实的现实主义杰作，它拓展了新文学的表现范围，为新文学的发展做出了特殊的贡献。

《骆驼祥子）最初发表于《宇宙风》杂志（1936 年)，1955 年 1 月人民文学出版社出版新的单行本，老舍曾做了删改，删去了旧版第二十三章的后半部分与第二十四章的全部。20 世纪 80 年代出版的《老舍文集》（人民文学出版社 1982 年版）则又恢复了旧版原貌。

有爱有一切——冰心

有了爱就有了一切。

——冰心

我们喜欢冰心，跟着她爱星星，爱大海，我这个孤寂的孩子在她的作品里找到温暖，找到失去的母爱。

——巴金

在我国众多现代作家中，有个人的文章尤富爱意；她有很多著作不但受读者喜爱，也受作家们的尊崇；她虽然已是文坛元老，却从不肯停笔直至生命的最后时刻，她就是著名现代女作家——冰心。

1999 年 3 月 19 日，首都各界人士送别世纪老人冰心，大厅中没有哀乐，却依然满溢哀情，人们向安眠于花丛中的她，献上一枝枝玫瑰色的祝福。在大厅的正中，挂着冰心手书的字幅：有了爱就有了一切。

冰心原名谢婉莹，笔名冰心女士，男士等。原籍福建长乐，生在福州。1923 年冰心毕业于燕京大学文科，获文学学士学位和金钥匙奖。毕业后，赴美国威尔斯利大学学习英国文学，1926 年获英国文学硕士学位。回国后曾在燕京大学、清华大学、北京女子文理学院任教，后来又在云南呈贡师范学校和日本东京大学任过教。

1919 年，冰心的第一篇小说《两个家庭》发表，此后相继发表了《斯人独憔悴》、《去国》等探索人生问题的“问题小说”。由于翻译泰戈尔的《飞鸟集》，同时也创作类似的无标题的自由体小诗，后结集为《繁星》和《春水》出版，被人称为“春水体”。1921 年加入文学研究会，同年起发表散文《笑》和《往事》。在旅途和留美期间，写成散文集《寄小读者》。此后著有散文《南归》小说《分》、《冬儿姑娘》等，表现了更为深厚的社会内涵。抗日战争期间在昆明、重庆等地从事创作和文化救亡活动。1946 年赴日本，任东京大学教授。1951 年回国，先后任《人民文学》编委、中国作家协会理事、中国文联副主席等职。

冰心小说创作的题材，多从家庭而来，她从父亲讲过的一些故事与个人的生活时间与日常语言中汲取创作的源泉。没有他人干预，也没有忌讳，心之所至，想到便写，这是冰心当时的写作状态。除小说之外，她的作品还有另外两种形式：随感和小诗。《笑》、《山中杂感》等等，都属于随感之类的文章；而随时随地用小纸头记下的思想闪光之类的不规则的长短句组成的诗集——《繁星》与《春水》，给读者一个全新甚至陌生的感受。冰心的这些小诗从古典文学中脱颖出的现代美，从短小的诗行中流露出抒情式的哲理，令人倾倒。那时，许多人都学着冰心写小诗，包括一些著名文人如宗白华、苏雪林、巴金等，形成了一个“小诗运动”。

形成冰心这一时期文学高峰的，还有一部带有游记性质的散文集《寄小读者》。它是写给小朋友们看的，成为我国历史上一部重要的儿童育教性文学作品。冰心以平等的心态，简明而生动的语言，描述了到美国去和在美国留学时的有趣的故事和情景，长久以来成为许多小读者的心爱读物，甚至成年人也从中得到新与美的享受。

晚年的冰心

冰心的小说，文笔清新，简洁却富有韵味，勇于实践，在促成我国的文学从文言文向白话文过渡上做出了特殊的贡献，表现出了作者良好的古典文学修养与敏锐的对现代语言的掌握，有着很强的语言驾驭能力。她的文章的作风，文学造诣之高超得到了很多著名作家、学者的赞许，其中胡适先生对冰心作品评价道：“冰心女士曾经受过中国历史上伟大诗人的熏陶，具有深厚的古文根底，因此她给这一新形式带来了一种柔美和优雅，既清新，又直截。”“不仅如此，她还继承了中国传统对自然的热爱，并在写作技巧上善于利用形象，因此使她的风格既切实无华又优美高雅。”巴金先生对冰心本人是这样评价的：“我们喜欢冰心，跟着她爱星星，爱大海，我这个孤寂的孩子在她的作品里找到温暖，找到失去的母爱。”

冰心的创作，从“问题小说”到现代白话散文，从《繁星》、《春水》到《寄小读者》，以文体与语言的形式而论，都具有开创的性质，语言清丽、自然并夹杂着古汉语韵味，是一种具有鲜明艺术特点与个人叙述风格的文体。而以文本的内容而言，母爱、童心和大自然，是冰心写作的基本母题，体现为对爱与美的礼赞、追求与思考。“爱在右，同情在左，走在生命路的两旁，随时撒种，随时开花，将这一径长途，点缀得香花弥漫，使穿枝拂叶的行人，踏着荆棘，不觉得痛苦，有泪可落，也不是悲凉。”正如本文的题目所言，冰心的文章透彻地反映了她本人对爱的信仰。早在20世纪30年代，郁达夫就说：“冰心女士散文的清丽，文字的典雅，思想的纯洁，在中国算是独一无二的作家了……（她）对父母之爱，对小弟兄小朋友之爱，以及对异国的弱小儿女，同病者之爱，使她的笔底有了像温泉水似的柔情。”而她结婚后，作品显著减少，关于爱的哲学的论调少了些，却比以前有更多的现实感和较为厚实的社会内容，主要有散文《南归》、《分》、《姑姑》等。

80岁之后，冰心又出现了一个创作高峰。这一时期的创作，从《空巢》到《桥》到《万般皆上品》到《落价》到《远来的和尚》，都深刻而尖锐地切入到实际问题中。她也写了大量回忆录与散文。晚年的冰心文字炉火纯青，不饰雕琢，自然天成。像《绿的歌》、《霞》、《我的家在哪里？》等文，熟透而至美，读之爱不释手。

曹文轩曾说：“冰心老人的去世，在一段时间内，会在文学和教育界留下空白感，一方面这是由于她在现当代文学史上的地位，一方面是由于冰心先生始终与社会生活发生密切的联系。”

风华绝代笑文坛——钱钟书

围在城里的想逃出来，城外的人想冲进去。对婚姻也罢，职业也罢，人生的愿望大多如此。

——《围城》

钱钟书在《围城》的序里说，这本书是他“锱铢积累”写成的。我是“锱铢积累”读完的。每天晚上，他把写成的稿子给我看，急切地瞧我怎样反应。我笑，他也笑；我大笑，他也大笑。有时我放下稿子，和他相对大笑，因为笑的不仅是书上的事，还有书外的事。

——杨绛《记钱钟书与〈围城〉》

钱钟书（1910年~1998年），江苏无锡人，1933年于清华大学外国语文系毕业后，在上海光华大学任教。1935年与杨绛结婚，同赴英国留学。1937年毕业于英国牛津大学，获副博士学位。又赴法国巴黎大学进修法国文学。1938年秋归国，先后任昆明西南联大外文系教授、湖南蓝田国立师范学院英文系主任。后留学英、法，是位学贯中西而富才情的学者。钱钟书具有过目不忘的记忆力，博古通今，他也曾讲过："东海西海，心理枚同；南学北学，道术未裂。"而且他还具有滔滔不绝的口才，非凡的机智与睿智，淡泊宁静毁誉不惊的人格，使得他极富传奇色彩，风靡海内外。

有位外国记者如是说，"来到中国，有两个愿望，一是看万里长城，二是见见钱钟书"，简直把他看作了中国文化的"奇迹"与象征。一些人来自各个国家，不远万里来"朝圣"，然而，他却常常闭门谢客，避之惟恐不及。曾有一次，一位英国女士来到中国，给钱钟书打电话，想拜见他，钱钟书在电话中说："假如你吃了一个鸡蛋觉得不错，又何必要认识那下蛋的母鸡呢？"风趣若是。

他那震烁中外的文学巨著《围城》动笔于1944年，完稿于1946年，其时，作者正蛰居上海，耳闻身受日本侵略者的蛮横，"两年里忧世伤生"（《围城·序》），同时又坚韧地"锱铢积累地"把自己对人生、对学术的感悟与思考付诸笔端，先后完成了小说《围城》和学术著作《谈艺录》。《围城》是钱钟书创作的惟一一部长篇小说。

《围城》是中国现代文学史上一部风格独特的讽刺小说。作者在《围城》初版的序言里曾自述创作意图说："我想写现代的某一部分社会，某一类人物。"参照小说内容，可以看到，作者着意表现的是现代中国上层知识分子的众生相。通过主人公方鸿渐与几位知识女性的情感、婚恋纠葛，通过方鸿渐由上海到内地的一路遭遇，《围城》以喜剧性的讽刺笔调，刻画了抗战环境下中国一部分知识分子的彷徨和空虚。作者借小说人物之口解释"围城"的题义说：这是从法国的一句成语中引申而来的，即"被围困的城堡"。"城外的人想冲进来，城里的人想逃出来。"小说的整个情节，是知识界青年男女在爱情纠葛中的围困与逃离，而在更深的层次上，则是表现一部分知识者陷入精神"围城"的境遇。而这，正是《围城》主题的深刻之处。

钱钟书像

《围城》以讽刺知识分子、婚姻以及人情世故为主题，目的是力求刻画出当时某一空间、某一群体的一部分人的众生相。理解“围城”这两个字，不能空泛地把他看做是婚姻的代名词，在某种层面上，它与西方现代主义所描写的人类的尴尬困境所采取的一些象征手法不谋而合。书中充满苦涩的笑，无奈的自我欺骗，这都是这部讽刺小说的成功之处。

《围城》表现出了对世态人情的精微观察与高超的心理描写艺术。作者刻画才女型人物苏文纨的矜持与矫情，小家碧玉式的孙柔嘉柔顺后面深隐的城府，可谓洞幽烛微；而对嘴上机敏而内心怯弱、不无见识而又毫无作为的方鸿渐的复杂性格心态的剖析，则更是极尽曲折而入木三分。《围城》的描写，自始至终又都贯穿着嘲讽的喜剧情调。小说的基本情节，都围绕着方鸿渐展开，小说的诸多人物，场面也大都从方的观点展现，方的观人阅世的揶揄态度，以及隐含在他背后的小说作者的嘲讽口吻，交错交融，使《围城》的讽刺手法别具一格。

《围城》的叙述并不完全贴近人物性格与情节线索，并且语言别具特色，有着传统话本讲故事的延续，也有现代文学的表现手法。作者常常旁逸斜出，谈古论今，旁征博引，新奇的比喻，警策的句子，层出迭见，与钱钟书博学而善于旁征博引有关，机智俏皮的小聪明也处处可见，随手拈来。语言的过度讽喻却表达了人性的弱点和人生的苍凉无情，在这里，方鸿渐，或者说钱钟书，是相当悲观的。

钱钟书能把这样一批“新式儒林”人物塑造得栩栩如生、淋漓尽致，并把当时社会那样复杂的现实人生浓缩在一部《围城》当中，实在是中国文坛、乃至世界的一大奇

《围城》以讽刺知识分子、婚姻以及人情世故为主题，目的是力求刻画出当时某一空间、某一群体的一部分人的众生相。

迹。正如柯灵在《促膝闲话钟书君》中所言："钱氏的两大精神支柱是渊博和睿智，二者互相渗透，互为羽翼，浑然一体。……灵心慧眼，明辨深思，热爱人生而超然物外，洞达世情而不染一尘，水晶般的透明与坚实，形成他立身处世的独特风格。"

《围城》1947年在上海初版发行，1980年由人民文学出版社出版修订本，增加了作者补写的"重印前记"一篇。钱钟书的夫人杨绛曾作有《记钱钟书与〈围城〉》，对《围城》的写作情况及小说中某些人物与原型的关系，有很风趣的记述，可以参看。

鲁迅像

民族之魂——鲁迅

但对于他的时代与民族，鲁迅又是超前的。他因此无论身前与身后，都不能避免寂寞的命运。我们民族有幸拥有了鲁迅，但要真正理解与消化他留给我们的丰富的思想文化（文学）遗产，还需要时间。

——钱理群《中国现代文学三十年》

鲁迅，恐怕已经勿需介绍。每一个中国人如果希望更加深刻地了解自己的国家、自己的国民性，都绕不过鲁迅这样一个巨人。鲁迅更为现代文坛留下了一系列不朽的典型：既疯狂又格外清醒的"狂人"；国民弱点象征的"精神胜利法"体现者阿Q；带着滴血的灵魂走向地狱的祥林嫂；还有闰土、华老栓……他不但写出人物的"血肉来"，而且表现了"灵魂的深"，这种实写人物，虚写寓意的方法，既富有强烈的真实感，又赋予更深广的社会批判意义，显示出巨大的艺术表现力。

鲁迅（1881年~1936年），是中国现代文学家、思想家。他原姓周，名豫才，1898年改名树人；鲁迅是他1918年发表《狂人日记》时开始使用的笔名。他早年学医，后深切感到，在中国，头等的重要的还是改变人的精神，于是弃医从文。鲁迅的小说集有《呐喊》、《彷徨》和《故事新编》。《呐喊》收入《狂人日记》、《孔乙己》、《药》、《阿Q正传》等名篇，反映从辛亥革命前后到“五四”时期中国古老农村和市镇的面貌；《彷徨》收入《祝福》、《伤逝》等11篇小说，比较集中地描写知识分子的痛苦和挣扎；《故事新编》是他于20世纪30年代创作的一组杂文化的小说，采用古今杂糅的浪漫主义手法，把历史题材与现实斗争结合起来，使正面人物显示中国人民的战斗传统，反面人物漫画化、滑稽化。鲁迅还是中国现代杂文的开拓者，“五四”时期的杂感和论文，形象生动、尖锐泼辣，形成独特的“鲁迅风”；1925年以后，杂文成了鲁迅的创作重心，内容从广泛的社会批评转到激烈的政治斗争。最能显示鲁迅复杂的心态的是他的散文，《野草》为现代文学史上的第一部散文诗集，每一篇都在剖露作者的灵魂，显示他的愤激、感伤、企望和追求；《朝花夕拾》是带有回忆性质的叙事散文集，其风格深挚平易而清新舒展。

《阿Q正传》是鲁迅作品中影响最大最有代表性的一篇小说。1923年由北京新潮社初版。《阿Q正传》流传极广，版本甚多，国外许多国家都有译本，前苏联、日本、法国还曾将其改编为剧本正式演出。在意大利的《蓬比亚尼作品及人物文学辞典》里，甚至可以查到《阿Q正传》和“阿Q”的辞条，可见影响之深远。《阿Q正传》以阿Q的形象，令人信服地画出了“沉默的国民魂灵”和“中国的人生”。阿Q是一个赤贫者，靠出卖劳力为生，身受经济的剥削和政治的压迫。但是，他对自己的处境没有丝毫反抗的意识，没有开辟新生活的欲念，成了一个安于奴隶地位的苟活者。这一切与儒道两家所鼓吹的道德如出一辙，儒道两家提倡的人生哲学在这里获得了具体实在的显现。

更可怕的是阿Q的性格主体——精神胜利法。阿Q不仅甘于处于受尽欺凌的卑贱地位，而且还要以一种想像中的优胜来为自己的不公平待遇寻找解脱，以一种脱离实际的虚妄精神的超然，来取得心理上的自慰和精神的胜利，这本质上是一切受压迫者在未觉悟和未有能力反抗前的不得已的一种心理选择和消极适应、消极保护的思想行为方式。然而，这是更深刻的“沉默的魂灵”，是完全丧失了做人资格和地位的被扭曲了的灵魂的表征，是人被异化的变态反映。这实际上是一个民族长期在封建专制土壤上、在封闭的文化模式中、在农业自然经济条件下生长起来的一种性格上的痼疾。

“沉默的国民魂灵”和“中国的人生”还表现在阿Q的保守、盲目、排斥异端、讳疾忌医等性格缺陷上。阿Q的价值判断标准，一切以狭隘的个人经验生活和传统的标准为尺度，凡是背离了这两条原则标准的，皆是离经判道。这些性格缺陷，从根本上讲是与动态的发展意识背道而驰，是静态的停滞与沉默的表征。这种意识正是整个传统文化局限的反映，与整个国民心态中的心理价值结构互为因果。

产生阿Q精神的原因固然很多，但阿Q式的人格在中国民族性国民性中的确有着相当的比重，当这个事实被揭示出来之后，产生了巨大的社会反响。另外，鲁迅以严格的理性精神审视国民性格，以批判的眼光无情解剖自己的民族，为中国人建立健康的批判理性开辟了道路，把中国人从固步自封、夜郎自大的封闭性中解放出来。中国人不仅需要根治阿Q式的精神痼疾，更需要的是建构"批判——创造"相结合的理性结构，这是中国走向近代化、现代化的不可缺少的思想动力。正是在这个意义上，《阿Q正传》的问世，一方面深深触及了国民的弱点，使一些人惶惶然，觉得阿Q就像自己一样；另一方面它又激发了人们反思自己，反思整个民族性格的历史发展、审视民族的现在并且展望民族性格未来走向的激情。

阿Q作为艺术形象将永远流传青史，《阿Q正传》也将因其艺术成就而载人不朽的时间史册；随着社会的发展，阿Q的精神应当而且必然会被埋葬。

鲁迅作品最具价值的在于其改造"民族灵魂"和中国社会的思想。鲁迅是中国现代文学的两大题材——农民（包括市镇平民）和知识分子题材的开拓者。他是中国几千年文学史上第一个真正写普通劳动人民的小说家；他全身心关注的不是这些下层民众所受的经济剥削和政治压迫，而是精神上所受的毒害，所表现的不是他们物质生活的困苦，而是精神的痛苦与病态，从而尖锐而深刻地提出"改造国民性"的主题。比如大家熟悉的作品《药》，华家经济上的拮据仅用一床"满幅补钉的夹被"暗示了一下，正面展开的是他们一家及茶客们精神的愚昧。鲁迅认为，在封建社会长期统治下，吃人的统治阶级的思想已经渗透到民族意识与心理之中，成为历史的惰性力量，而且是多数力量，形成"不见血的虐杀"，他在更深刻的意义上否定支配大多数人思想与行动的统治阶级的伦理道德观念，这更能产生震撼麻木国民灵魂的力量。鲁迅对知识分子的了解更加深切，他笔下既有孔乙己等受科举毒害的酸腐文人，他们还属被吃掉的一类，也有假道学者这类吃人帮凶；但最重要的是现代知识分子，鲁迅在肯定他们的历史作用的同时，也着重揭示他们的精神痛苦和自身的精神危机，他们是时代的孤独者，这也是先觉者鲁迅内心矛盾的写照。

文海中奔腾的激流——巴金

（巴金是）当代世界伟大的作家之一，……自由、开放与宏博的思想已使他成为本世纪伟大的见证人之一。

——前法国总统密特朗

巴金是个身世很神秘的作家。

他原名李芾甘，根据他的作品，我们勉强知道他是四川一个大家的子弟，家里似很有钱。“他虽然生下地便被黄金般幸运包裹着，虽然可以在大观园式的园亭里，享受公子哥儿的豪华尊贵生活，他却偏爱和一班轿夫仆人做朋友，因而知道了许多下等社会的事，而对他们发生浓厚的同情。”（《家》及《将军》自序）“他有一个孟母般贤淑的母亲，给了他一颗无所不爱的心，她还给了他沸腾的热血和同情的眼泪；她教他爱人、祝福人，她这样地教育着他一直到死。然而他长大以后却来诅咒人。”（《光明》自序）“他在悬崖上建筑了他理想的楼台，一座很华丽的楼台，他打算整天坐在里面，然而暴风雨来了，这是时代的暴风雨。这风是人底哭泣和呼号，这雨是人底热血和眼泪。在这暴风雨底打击之下，他的楼台终于倒塌了。幸而他在楼台快倒塌的时候，跳了出去。”（《新生》自序）这就是巴金的自状，读者一定要明白了这些，才了解他整个的人格和他整个作品的思想。

巴金像

巴金（1904年~2005年）现当代作家。原名李尧棠、字芾甘，笔名佩竿、余一、王文慧等。四川成都人。在1929年到1937年中，他的主要代表作是长篇小说《激流三部曲》，《家》是《激流三部曲》之首。

《家》描写了在一个封建仕宦家庭里的一群年轻人，

以及他们在封建礼教的束缚下各不相同的命运。高家是一个古老的封建家庭，高老太爷是这个家庭的最高权威，他主宰着所有人的命运。觉新是高家的大少爷，性格善良而懦弱，他接受了一定的新思想，希望把新思想和旧家庭“毫不冲突地结合起来”，然而在面对现实的时候，他却不能真正地站出来反抗。他和表妹梅青梅竹马、两情相悦，但是由于两家家长在牌桌上的龃龉，活活拆散了他们，觉新只能接受父母给他安排的婚姻，梅最终也郁郁而死。在觉新的妻子瑞珏临产之时，正好是高老太爷归天的时候，高家的人说是孕妇生产会引起“血光之灾”，于是逼迫瑞珏到破庙里去生孩子，瑞珏终于凄惨地死在破庙里，觉新连保护妻子和未出生孩子都不能够，甚至没有见妻子的最后一面！二少爷觉民比他的大哥勇敢，他在新思想的鼓舞下，敢于向腐朽的封建制度挑战，追求个性的解放和婚姻的自由，终于获得了婚姻自主的胜利。三少爷觉慧和聪明伶俐的丫头鸣凤真心相爱，但是身份的悬殊决定了他们爱情的悲剧，鸣凤被高家嫁给比她大四十多岁的地头蛇；为了反抗封建制度的凌辱，她投湖自尽，她的死是对这个等级森严的封建家庭公然蔑视和抗议，她以死唤醒了觉慧的觉悟，觉慧毅然脱离旧家庭，投身到革命之中，从此这个家庭内部不断地出现叛逆者，高公馆也渐渐走向分崩离析。

巴金曾经说过：“我不是为了要做作家才写小说，是过去的生活逼着我拿起笔来。”《家》这部小说的创作与巴金的生活经历密切相关。巴金出身于四川成都一个官僚地主的大家庭，正如他自己所说，他在二三十个所谓“上等人”和二三十个所谓“下等人”中间度过了童年。在这个森严的封建家庭里，他“眼看着许多亲近的人在那里挣扎，受苦，没有青春，没有幸福，终于惨痛地死亡。他们都是被腐朽的封建道德、传统观念和两三个人一时的任性杀死的”(《文学生活五十年（代序)》)。年轻的巴金像“甩掉一个可怕的黑影”一样从旧家庭里挣脱出来，来到巴黎，“想找寻一条救人、救世，也救自己的路”。在巴黎，他阅读了卢梭、雨果、罗曼·罗兰、屠格涅夫、托尔斯泰、高尔基、狄更斯等作家的大量作品，开始用写作来宣泄自己的情感。他掘开回忆的坟墓，他所熟悉的亲人的悲剧一幕幕浮现在脑海里，这些不堪回首的往事令他感觉内心似乎有一团火焰在燃烧，于是，他将这些家庭的惨剧连同自己悲愤的心情一起写进了《家》里。

巴金说：“我并不要写我的家庭，我并不要把我所认识的人写进我的小说里面。我更不愿意把小说作为报复的武器来攻击私人。我所憎恨的并不是个人，

巴金在书斋

而是制度……我所要写的应该是一般的封建大家庭的历史……我要写这种家庭怎样必然地走上崩溃的路，走到它自己亲手掘成的墓穴。”的确，《家》就是通过描写高家这个封建家族的没落，来揭露封建统治者虚伪残忍的面目，揭露封建礼教对年轻人的摧残和迫害，反映在新民主主义革命的浪潮冲击下，中国社会发生的剧烈的动荡，觉悟的年轻人从封建制度的禁锢中冲出来，寻找着新的生活的希望。这在当时有着重要的进步意义。

此外，《家》在人物形象的塑造、情节的安排，以及文学语言的运用上都有许多值得借鉴的地方。巴金的语言充满了浓厚的抒情气息，他内心饱满的情感和丰富的人生体验使这部作品令无数人感动落泪，很多读者十分关心书中人物的命运，他们给巴金写信，探询这些人物的下落。甚至在《家》问世26年后，还有读者写信给巴金，要求他“介绍他们跟书中人通信，他们要知道书中人能够活到现在，看见新中国的光明才放心”（《和读者谈〈家〉》）。由此可见《家》强烈的艺术感染力和永恒的生命力。

中国的莎士比亚——曹禺

一个垂死的阶级的文明往往就像熟透的深秋，参天大树上每一片叶子飘零着，腐烂着，带着人类的心智一同消沉，可是，能够流传百世的文学巨著往往也诞生在此时。远看《红楼梦》，近看《雷雨》，莫不如此。

——沈从文

当我们步入21世纪后，把曹禺剧作放到百年戏剧、百年文学的历史发展进程之中，可发现其不容置疑的经典价值和经典地位。随着时间的逝去，它们的经典意义愈发凸显出来，成为中国现代文化的瑰宝。可以说，曹禺的《雷雨》、《日出》、《原野》、《北京人》等，都是经典之作。曹禺作为一位戏剧大师，不仅是中国话剧艺术的奠基者，而且是20世纪世界话剧艺术发展的一个杰出代表。

曹禺（1910年~1996年），被称为“中国的莎士比亚”。原名万家宝，字小石。祖籍湖北省潜江县，生于天津一个没落的封建官僚家庭。其父曾任总统黎元洪的秘书，后赋闲在家，抑郁不得志。曹禺幼年丧母，在压抑的氛围中长大，个性苦闷而内向。3岁即随继母看戏，是一个小戏迷。1922年，入读南开中学，并参加了南开新剧团。导师张彭春对他格外器重，他则以扮演娜拉等角色而闻名，展露表演才华。少年时，喜写新诗，常吐露着感伤和凄婉的调子。1928年，入南开大学政治系，翌年转入清华大学西洋文学系。在校期间，继续

曹禺像

演剧并攻读了大量的中外剧作。1933 年毕业前夕，年仅 23 岁，即完成了处女作《雷雨》。继而又发表了《日出》（1936 年）、《原野》。他的三部曲，犹如一座座丰碑，矗立在中国的剧坛上，从而决定（1937 年）了曹禺在中国话剧发展上，特别是话剧文学上的奠基地位。

《雷雨》是一部纠缠着复杂的血缘关系和聚集着许多的巧合但却透露着必然的悲剧。也许，它写得太像戏，但却蕴含着深刻的思想内涵和令人惊心动魄的艺术震撼力。

周朴园，虽曾留学德国，又是一个现代厂矿的董事长，但他的性格冷酷、自私、虚伪，在家庭里，像一个黑暗王国的统治者。故事就围绕他而发生。30 年前，他的家庭为了给他娶一个名门闺秀，硬是把他所爱的，并为他生了两个儿子的女佣侍萍逼走了。他以为她投河自尽，不想侍萍却为人所救，嫁给一个下层的佣人鲁贵。岂料，30 年后，鲁贵不但在周家当差，而且，他们的女儿四凤又像她的母亲当初一样，来到周家作佣人。她同周家的大少爷周萍（周朴园和侍萍所生之子）相爱，并已有孕在身。但他们的爱情却带着内心的隐痛，因为周家年轻的太太繁漪，不肯放弃曾与她私通的周萍，而四凤却又要面对周家二少爷周冲（周朴园和繁漪所生）的爱情。侍萍由于寻找女儿来到周家，在这里，她最不愿看到的事发生了：她与周朴园再度重逢，而昔日之情却已覆水难收；女儿重蹈了她的覆辙，与其同母异父的哥哥相爱并已有了身孕；她的两个儿子周萍与鲁大海本是同根生，而今却因身份不同而水火难容；所有的人都蒙在鼓里，只有她知道，她感到老天太不公平了。当一切血缘的谜底被揭穿时，一场大悲剧发生了：四凤触电自杀了；周冲为救四凤也触电身亡；周萍开枪自尽；繁漪疯了；侍萍呆痴了。好像周朴园就是一切罪孽之渊薮。

周朴园是《雷雨》中的成功艺术形象，他是悲剧的制造者，也是这一切的承担者。一切罪孽都来自他的专制统治。《雷雨》的深刻之处在于，在周朴园这个人物身上，曹禺揭示了中国的资产阶级同根深蒂固的封建传统有着政治的、思想的紧密联系，揭示了中国资产阶级的封建性。在他那纠集着复杂矛盾的心理和似乎具有人性的外观中，让人看到一个恐怖的封建暴君的黑色灵魂。《雷雨》以高度的艺术成就和现实主义的艺术力量震动了当时的戏剧界，标志着中国话剧艺术开始走向成熟，几十年来成为最受观众欢迎的话剧之一。

1935 年曹禺又写成剧本《日出》，深刻解剖了 20 世纪 30 年代中国的都市生活，批判了那个“损不足以奉有余”的罪恶社会，曾获《大公报》文艺奖。

曹禺先生是继鲁迅之后，在中国现代文学史上最能塑造人的灵魂的作家，最能揭示人的灵魂的复杂性和丰富性的作家，一个善于刻画人的深刻灵魂的大师。

它与《雷雨》前后辉映于剧坛，奠定了曹禺在中国话剧史上的地位。1936年曹禺任教于南京戏剧专科学校，写了他惟一的涉及农村阶级斗争的剧作《原野》。抗日战争爆发后，曹禺随校迁至四川，编辑戏剧刊物，任中华全国文艺界抗敌协会理事和电影厂编剧等职。著有《全民总动员》(合写)《正在想》、《蜕变》、《镀金》等剧本，创作有淳厚清新、深沉动人的优秀剧作《北京人》，并将巴金的小说《家》改编成剧本，还译有《罗密欧与朱丽叶》等。1946年赴美国讲学，翌年初回国，任上海文华影业公司编导，发表剧本《桥》，写了电影剧本《艳阳天》，由他导演摄成影片上映。

解放后的曹禺创作了话剧《明朗的天》(获全国第一届话剧观摩演出剧本一等奖)、历史剧《胆剑篇》(执笔)、《王昭君》，出版有散文集《迎春集》及《曹禺论创作》、《曹禺戏剧集》等。他的一些剧作已被译成日、俄、英等国文字出版，《雷雨》虽出现得最早，但却是中外读者最喜爱的作品，这一点恐怕是曹禺没有想到的。

曹禺先生是继鲁迅之后，在中国现代文学史上最能塑造人的灵魂的作家，最能揭示人的灵魂的复杂性和丰富性的作家，一个善于刻画人的深刻灵魂的大师。如果说，曹禺的戏剧有着什么诱人的秘密？那么，这个秘密就是他把最伟大的人文胸怀同对人性的深刻探索和理解结合起来。这就是曹禺戏剧魅力的一个重要的因素。

海宇同声哭郑君——王国维

此公治学方法极新极密，今年仅五十一岁，若矮延十年，为中国学界发明，当不可限量。

——梁启超

十七年家国久魂销，犹余剩水残山，留与累臣供一死；五千卷牙签新手触，待检玄文奇字，谬承遗命倍伤神。

——陈寅恪

中国的诗话和词话历来发达，在用词话这种形式评论词作、阐发词学观点的无数著作中，王国维的《人间词话》以其深厚的哲学功底，敏锐的美学眼光，以及对词的独特理解，成为近代以来影响最大的一部词学著作。

王国维像

王国维，初名德桢，后改国维；字静安，亦字伯隅；初号礼堂，后更为观堂，又号永观；1877年12月3日出生于浙江海宁；1927年6月2日自沉于北平颐和园内昆明湖中，以50岁的大好年华为自己画上了悲剧的句号。

王国维少年时期受到了较多的旧式教育，但对旧学兴趣并不大，常读塾师规定以外的书籍。15岁左右才华开始显露，被推为海宁四才子之第一。然而科举场上的接连失利，使他选择了“弃帖括而不为，继举业而不就”的道路，开始了另一条学习之路。22岁时，王国维到上海，先在梁启超的《时务报》工作，后又在罗振玉的东文学社学习，很得罗器重，由罗资助留学日本，回国后历任南洋公学等校教师、学部总务司行走、图书馆编译、京师大学堂教习。辛亥革命后，王国维曾在溥仪宫中作溥仪老师，以清朝遗老自居，后应清华大学之聘，任研究院教授，终因难割断与前朝的精神纽带，内心冲突不能自已，投身昆明湖。

王国维是近代以来最有成就的学者之一，一生学术成就斐然，对甲骨文、金石器物、古代史、西北史的研究造诣都很深，在戏曲、诗词方面的研究也极见功底，而且善作词，自云“虽所作尚不及百阕，然自南宋以后，除一、二人外，尚未有能及余者”（《海宁王静安先生遗书》15册第21页）。他的著作甚丰，在文学研究方面的贡献，除研究古代戏曲的《宋元戏曲史》等外，还有《人间词话》。

《人间词话》是王国维词学观点的一次全面性总结。它是针对清代词坛、总结五代以来词的创作经验的产物。

清代以来，词坛诸家，大都笼罩在南宋词的影响下，王国维认为这是词的衰落，是南宋到清代词的不幸。他认为，根本的问题是南宋以来的词人只求文字声律而不求“意境”或“境界”。因而，他提出了“境界说”，企图以此纠偏补弊端正词的创作方向。

“境界说”是《人间词话》的基本论点，也是王国维诗词美学的核心。在《人间词话》中，第一条就开宗明义提出了“境界”在词创作中的绝对地位：“词以境界为上。有境界则自成高格，自有名句。五代北宋之词所以独绝者在此。”那么，究竟什么是境界呢？王国维认为：“境非独谓景也，喜怒哀乐，亦人心中之一境界。故能写真景物，真感情者，谓之有境界，否则谓之无境界。”可见，王国维所谓的有境界的作品，不仅是对客观事物的形象化描述，而且包含着诗人的独特感受和感情色彩。

在王国维看来，境界不仅有赖于内容，而且还有赖于对作品内容的表达。他说：“境界有二：有诗人之境界，有常人之境界。诗人之境界，惟诗人能感之而能写之……若夫悲欢离合、羁旅行役之感，常人皆能感之，而惟诗人能写之，故其入人者至深，而行于世者尤广。”言下之意，诗人的作品之所以能感人，一是由于作者独特的感受力、观察力，能于常见之处发现其独特的东西；二是由于诗人“能写之”，具有常人不具的表达能力。所谓“红杏枝头春意闹，著一‘闹’字而境界全出”，便是指的这种感知力和表现力的特殊。王国维把“境界”视为评价诗词的根本标准，认为“文学之工不工，亦视其意境之有无与其深浅而已”。

王国维按照审美范畴把境界分成“有我之境”和“无我之境”两种：

“泪眼问花花不语，乱红飞过秋千去”，“可堪孤馆闭春寒，杜鹃声里斜阳暮”，有我之境也。

“采菊东篱下，悠然见南山”，“寒波淡淡起，白鸟悠悠下”，无我之境也。

以感情倾向是否在作品中明显表露出来对抒情方式进行了区分，反映了物与我、我观物的方式上的区别。从严格意义上讲，这二者并无高下低劣之分，不过王国维的态度确实是更钦慕“无我之境”的，“无我之境”体现了中国文学的一种理想，体现了儒道两家文化对人格的理想追求。

围绕着境界的创造，王国维《人间词话》中还论述了作者的修养、创作技巧等问题。他认为，作者必须有“内美”和“修能”两个方面的修养。就“内美”而言，诗人最优良的品质是“真”，所以他喜欢李后主之无世故之态，赞赏纳兰性德的真切、自然，无矫揉造作。而能力方面，他认为作家要“能入”，“能出”，进入对象，又高出对象，方能写出真实深刻的作品。

“境界”之说本是源远流长，然而王国维之前所论“意境”、“境界”者，多是一些空洞理解，或者抽象界定，缺乏具体准确明白的阐释和专门的系统研究。王国维在继承前人成果的基础上，发展出了系统的“境界”理论，将印象的、即兴的、评点式的改变为思辨的、理论的、系统化的，以“境界”为理论核心，构架了一个完整的理论体系。在中国文学批评史上有着划时代的意义，其影响至今不衰，对文学理论的发展作出了重要贡献。而他在《人间词话》中运用的西方理论思辨方法，吸收了西方文学的理论成果，也为当时中国文学研究诗词的学者合理引进西学开辟了道路。

“思不出其位”——朱自清

我们中国人是有骨气的。……朱自清一身重病，宁可饿死，不领美国的“救济粮”。……我们应当写闻一多颂，写朱自清颂，他表现了我们民族的英雄气概。

——毛泽东

提起民国时期的散文创作，不能不提起朱自清，他的散文以朴实、细腻、清新的风格著称，被称为“白话美术文的模范”。

朱自清出生于江苏省东海县的一个小官吏家庭，本名自华，号实秋，后来投考北京大学的本科，才改名自清，号佩弦。朱自清自小接受私塾教育，而且受到士大夫家庭的影响，逐渐养成了“整饬而温和、庄重而矜持”的性格。上大学之后，动荡时代的暴风骤雨冲开了他的心扉，四年哲学的学习培养了他剖析现实社会的敏锐的洞察力。所以，这决定了他不可能像隐士一样消沉遁世，当面对社会的污浊、现实的丑恶的时候，他迸发出了强烈的愤世嫉俗的不平之鸣。因此，他的挚友们称他为“积极的狷者”，狷介自守是指士大夫洁身自好，不同流合污的性格。朱自清一生的经历和作品创作都反映了他的这种个性。

“五四运动”爆发时，朱自清正在读书，他响应新文化运动的号召，写了一些新诗；他的诗直面人生，风格伶俐明朗，收入诗文合集《踪迹》中。后来，他谦称自己诗情枯竭，开始转向散文写作，其实，他是用散文这种更加闲宽大度的文学手段来更加缜密地描绘社会人生，更加酣畅地抒诉内心起伏的情感。这段时间的散文有着突出的成就，《桨声灯影里的秦淮河》、《背影》、《阿河》、《白采》、《荷塘月色》、《匆匆》等都是脍炙人口的名篇，它们代表着朱自清散文的风格和特色。

“真挚朴实”是朱自清散文的一个重要特点。朱自清为人正直、淳朴，他的文章也散发出率真的气息。朱自清有许多记人记事的作品，大多写亲友的交往、家庭的琐事，这些平凡无奇的小事在朱自清朴实无华的笔下真实感人，催人泪下。比如，《背影》里的父亲穿着“黑布大马褂，深青布棉袍”，在为“我”买桔子回来过铁道的时候，“他两手攀着上面，两脚再向上缩；他那肥胖的身子向左微倾，显出努力的样子”。这普通的老人的背影，不知道感动了多少做儿女的人。《儿女》里寥寥数笔就将小儿女天真可爱的憨态展现出来，表现了一个父亲在感叹生活艰辛同时的欣慰和乐观。《给亡妇》是纪念早逝的妻子的，作者用极其平实的语言回忆了妻子为家庭任劳任怨的一桩桩小事，怀念之情溢于纸面。类似的篇章还有很多，它们写的都是生活中的真人真事，正如文学史家赵景深所说：“朱自清的文章，……不大谈哲理，只是谈一点家常琐事，虽是像淡香疏影似的不过几笔，却常能把那真诚的灵魂捧出来给读者看。”诚然，作者很少直抒胸臆，而只是用生活中的细节来表现“只为家贫成聚散”的窘苦处境和当时昏暗社会的日暮途穷。

朱自清像

“细腻清秀，情致盎然”是朱自清散文的另一个特点，主要表现在他的描写文中。朱自清对景物观察细致，描写入微，而且善于运用多种修辞手法，将情感和景物交织糅合在一起，使读者身临其境，产生心灵的共鸣。秦淮河的素月、灯影、碧波以及小船上坐着的歌伎，让人追思六朝金粉画舫凌波的繁华，然而“历史的重载”又引起作者对沦落风尘的歌女的深切同情，“心里充满了幻灭的情思”；《荷塘月色》描绘的是一幅错落有致的水墨画，在朦胧清幽的月光下，荷花绽放，荷叶田田，流水脉脉，作者暂时抛开了俗世的烦恼，享受着独处的自由和宁静，但是内心深处郁结的激愤却终究是无法排解的；《匆匆》是一篇令人警醒的小品：“洗手的时候，日子从水盆里过去；吃饭的时候，日子从饭碗里过去；默默时，便从凝然的双眼前过去……在逃去如飞的日子里，在千门万户的世界里的我能做些什么呢？”这样的话语让人悚然惊栗，激励人们珍惜光阴、热爱生命。此外，朱自清笔下醉人的梅雨潭的绿、烂漫的春色、如影如幻的白水漈都给读者留下了深刻的印象。

1927年大革命失败，社会矛盾、民族矛盾进一步恶化。“四·一二”大屠杀给朱自清带来了极大的震撼，他的思想和创作发生了很大的转折，他的作品不再限于有关日常生活的抒情小品，而转向了抨击现实丑恶的杂文。这些杂文高扬着战斗的旗帜，反抗压迫，追求民主，冷峻论世，标志着朱自清散文创作进入了新阶段。1940年，朱自清在成都目睹饥民哄抢米仓，于是愤然写下了《论吃饭》一文，犀利地指责当权者无视人民的温饱，支持人们为维护自己的天赋人权而斗争。他说：“这集体的行动是压不下也打不散的，直到大家有饭吃的那一天。”“没饭吃会饿死，严刑峻罚大不了也只是个死；这是一群人，群就是力量：谁怕谁！”体现出不畏强暴的一身豪气。《论气节》也是朱自清散文中的上品，他精辟分析了“气”、“节”二字，指出“五四”以来的青年的“气”和“节”，实际上就是“正义感”，“这是他们新的做人的尺度”。毛泽东这样评价朱自清：“我们中国人是有骨气的……朱自清一身重病，宁可饿死，不领美国的‘救济粮’。”一个“狷者”的浩然正气由此可见。《动乱时代》、《论青年》、《论书生的酸气》等也是他的代表作，从这些作品中，我们可以看出，朱自清已经突破了前期散文的细腻柔婉，而是选择了杂文这种跟“真的暗夜”进行“肉搏”的利刃，用激情洋溢的笔调直抒情怀、笑骂人生。

纵观朱自清的一生，由一个进步的知识分子到一位勇敢的民主斗士，展现出高尚的“狷者”风范。他创作的散文在中国现代文学史上独树一帜，给后人留下了宝贵的财富。也许，他的好朋友杨振声的这段话是对朱自清一生的性情和成就的最好概括：“我觉得朱先生的性情造成他散文的风格。……他文如其人，风华是从朴素出来，幽默是从忠厚出来，腴厚是从平淡出来。他的散文，确实给我们开出一条平坦大道，这条道将永久领导我们自迩以至远，自卑以升高。”

战士胸怀，学者风范——艾青

二十一年换来三个字：搞错了！

——艾青

（1979年3月，中共中央组织部为艾青平反时）

她（大堰河）连我的诗集都没有看到……

法国有赛纳河，德国有莱茵河，中国没有大堰河……

——艾青

艾青一生都用“嘶哑的喉咙”，为人类的命运不停地歌唱，岁月的沧桑都写在他深深的皱纹上。《大堰河——我的保姆》让几代人为之落泪。而病危的艾青仍一再说对不起保姆“大堰河”，“她连我的诗集都没有看到”，然后又深情地说：“法国有赛纳河，德国有莱茵河，中国没有大堰河……”

艾青，中国现代著名诗人，原名蒋海澄，曾用过林壁等笔名。他出生于浙江金华乡间一个地主家庭，但由一个贫苦妇女的乳汁养育长大，从幼年起心灵便濡染了农民的忧郁。艾青青年时期主要兴趣在绘画，曾就学于杭州国立西湖艺术院，1929年赴法国留学，1932年回国后，在上海参加“中国左翼美术家联盟”，同年7月被国民党政府逮捕，监禁3年之久。在监狱里，艾青无法继续从事绘画艺术，便“从绘画转变到诗”。他在狱中写作的《芦笛》一诗，典故出自现代派诗人阿波里内尔的诗句：“当年我有一支芦笛，拿法国大元帅的节杖我也不换。”芦笛象征艺术，大元帅节杖则象征反动权力。这表明，艾青的诗歌创作，开始便是与反动权势所对立的。

艾青的20世纪30年代前期至中期的作品，或写异域的现代都市，或写半殖民地的中国的现实，大都闪烁着象征主义的色彩与批判的锋芒。茅盾曾说，在长诗中，他对“艾青体”比较中意。“艾青体”这一称谓，暗示了艾青长诗与众不同的格调。其中，《大堰河——我的保姆》是最著名的篇章。这首诗以抒情主人公“我”与乳母大堰河及其一家的关系为主线，以大堰河一生的悲惨遭遇为副线，深刻地展示了旧中国农村凋敝衰败的景象和勤劳善良的中国农民的凄苦人生，同时也抒发了诗人对大堰河的真挚感情。这首诗写于诗人被监禁期间，一个下雪的早晨，羁难中诗人由眼前飘洒的雪片，联想到大堰河“被雪压着的草盖着的坟墓”，含泪写下了这首诗。毫无疑问，他从农民母亲那里获得了对抗命运的力量。在诗歌里，痛苦和幸福的根子深深地伸进社会和历史的土壤，这也是诗人选择及组装意向的原则。作者爱憎分明的强烈思想感情，是通过塑造大堰河这一妇女的形象表达出来的，而对大堰河这一农村普通妇女形象的完美塑造，又通过意象的创造和一个个意象的串连组合来完成。另外，诗人为了创造出生动而寓意深刻的意象，常常利用对色泽、光彩、声音等各种物质的渲染来唤醒人们的感官，达到同诗人产生强烈共鸣的艺术效果。意象是感官的，而人们的感觉器官有视觉、听觉、触觉、嗅觉、味觉、意觉等。诗人善于通过意象，充分调动人们的一切感觉器官，使人获得感知，从而收到诗歌应有的艺术效果。他总是用可感触的意象去消泯朦胧暗淡的隐喻。艾青对于自己诗歌的语言要求是适切、准确，最能表达形象。因此，采取口语而表达真实、贴切、自然美的意象，是他一生的追求。他用朴素自然、新鲜活泼的现代口语，抒写出优美深沉的诗情，表现出亲切动人的意象。诗歌中大众化的口语反映出诗人对客观现实的认真观察及理解，凝聚着他从中产生的真情实感，又表现了他优异的意象创造力。因此，诗人一贯主张“口语是美的”，“而口语是散文的”。主张：尽可能创用口语写，尽可能地做到“深入浅出”，“深厚博大的思想，通过最浅显的语言表演出来，才是最理想的诗”。

1937年抗战爆发后，艾青立刻投身于伟大的民族解放战争之中。他以自己的作品，悲愤地诉说着民族的苦难：“雪落在中国的土地上/寒冷在封锁着中国呀”；同时，他也以真诚的歌喉，倾吐着对祖国大地的热爱。诗人把自己比拟为一只鸟，即使喉咙嘶哑，也要歌唱“这被暴风雨所打击着的大地”，即使死了，“连羽毛也要腐烂在土地里面”。诗人放声赞颂那些为祖国和民族挺身而战的战士。《他死在第二次》、《吹号者》都是这类诗篇的杰作。可以说，艾青自己也是一位勇敢的“吹号者”，他用诗歌吹响了民族解放战争的战斗号角。

从吹奏芦笛到吹响号角，艾青诗歌创作轨迹的演变，在中国新诗史上有重要意义。艾青的诗，与阿波里内尔、维尔哈伦等现代派诗人有密切的联系，但艾青把现代派诗歌与为民族、人民呼喊的内容结合起来，从而接通了“五四”时期《女神》等作品开启的战斗传统，又对后来的年轻诗人提供了有益的启示。

"七月派"诗人绿原曾说："中国的自由诗从'五四'发源，经历了曲折的探索过程，到20世纪30年代才由诗人艾青等人开拓成为一条壮阔的河流。"（《(白色花)序》）这样的评价是很准确的。

20世纪40年代初，艾青从国统区奔赴延安，在解放区的新天地里生活、创作，直至1945年抗战胜利，诗人又积极投身解放战争；新中国成立初期，他担任了文艺界的一些行政领导工作。但无论是在炮火纷飞的日子，还是繁忙的行政事务中，诗人始终坚持创作不辍，甚至在1957年被错划为"右派"，被下放的时日里，他的诗心也仍然在跃动。1976年粉碎"四人帮"后，诗人冤案平反，再次焕发创作青春，写作并发表了《鱼化石》等优秀作品。1979年诗人自己编定《艾青诗选》，交人民文学出版社出版。这部诗选收录了诗人自20世纪30年代到70年代末期的主要作品，基本反映了诗人的创作历程和风格特征。

艾青与文友们在一起